룩셴의 연인

룩셴의 연인 II

초판 1쇄 인쇄일 2016년 03월 26일
초판 1쇄 발행일 2016년 03월 29일

지은이 | 임혜
펴낸이 | 김기선
편집장 | 김은지

펴낸곳 | 와이엠북스(YMBOOKS)
출판등록 | 2012년 7월 17일 (제382-2012-000021호)
주소 | 서울시 도봉구 노해로 379, 1005호(창동, 대성빌딩)
전화 | 02)906-7768 / **팩스 |** 02)906-7769
E-mail | ymbooks@nate.com

ISBN 979-11-322-3688-7 04810
ISBN 979-11-322-3686-3 (set)

값 9,000원

룩셴의 연인 Ⅱ

: 시간의 사막을 건너다

임혜 장편소설

YMBOOKS
ROMANCE STORY

BOOKS

차 례

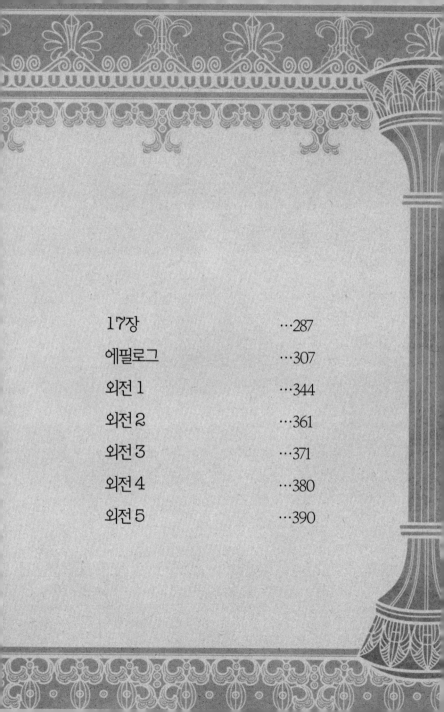

10장

"싫어! 싫어! 아아아아아악!"

꿈에서 깸과 동시에 자리에서 벌떡 일어났다. 여자의 얼굴이 선명하게 떠올라 몸서리가 쳐졌다. 왜지? 왜 얼굴이 없지. 등줄기를 타고 식은땀이 주르륵 흘렀다.

칸도 비명에 놀라 잠에서 깨어 나를 안고 등을 두드렸다.

"괜찮아."

거친 호흡과 함께 몸이 덜덜 떨렸다. 지금까지 꿨던 꿈과는 달랐다. 칸이 꿈에 나타났다는 사실이 등골을 오싹하게 했다. 대체 칸과 그들 사이에 무슨 일이 있었던 걸까.

"또 같은 꿈이었어?"

"……."

답하지 못하고 고개를 위아래로 움직였다.

"날 밝으면 당장 헤크란을 부르자."

"칸, 샤이크도 불러줘요."

"샤이크는 왜?"

"묻고 싶은 이야기가 있어요."

더는 미룰 수 없다. 나의 자각 증상에 왜 칸과 그녀가 등장하는지 알아야겠다. 하얀 가루고 뭐고, 더 이상 기다리기가 힘들었다.

아, 칸……. 이 사람은 어떻게 해야 할까.

칸도 나와 같은 악몽을 통해서만 자각이 가능하다면, 먹이고 싶지 않다. 그러나 잃어버린 그의 기억을 찾아야 하는 것이 불가피하다면?

모르겠다. 아무것도 모르겠다. 머릿속에서 뭔가 떠오를 것 같으면서도 선명한 모습이 보이지 않았다. 안개만 걷히면 보일 텐데, 그 안개가 도무지 걷히지 않아 머리도, 마음도 복잡했다. 처음부터 단단히 엉켜 있는 실타래처럼 하나하나 세밀하게 풀어야 했다.

'어쩌면 처음부터 엉켜 있던 실타래였는지도 몰라.'

예전에 샤이크가 한 말이 생각났다. 처음부터 꼬여 있는 실타래. 내가 놓치고 있는 것이 뭘까.

"샤이크가 궁에 들어오지 못한다는 거, 잘 알아요. 하지만 그를 꼭 만나야 해요. 그동안 당신에게 무리한 부탁 안 했잖아요. 이유가 있어서 그래요. 대신 당신과 함께 만날게요. 헤크란도 같이."

눈에 힘을 주며 내 의견을 강하게 말하자 칸의 황금색 눈동자가 흔들렸다.

"궁 안 사람들의 눈을 속여야 한다. 내가 궁의 주인이라지만, 지켜야 할 것이 있어."

"알아요. 하지만 만나야 해요. 아무도 모르게 들어오도록 해줘요. 당신, 할 수 있잖아요."

나만을 위한 게 아니야. 내가 느끼는 이 불안감에 당신이 포함되어 있어서 그래. 그 절실한 마음을 담아 그에게 간절한 눈빛을 보냈다.

"대신 아무도 몰라야 한다. 로아에게만 알려서 네 방 근처에 누구도 얼씬 못 하게 일러둬."

그가 어쩔 수 없다는 표정으로 허락했다.

"다른 이유 없어. 네가 편안해질 수만 있다면 그보다 더한 것도 해줄 수 있다."

"고마워요."

그의 허리를 감싸며 가슴에 머리를 기댔다. 심장이 전쟁을 준비하는 것처럼 불규칙하게 뛰었고, 불안했다. 어서 빨리 이 시간이 지났으면 좋겠다.

칸의 말대로 로아에게만 내 방에서 특별한 만남이 있다고 전했다. 만약의 사태를 대비해 방 근처에는 누구도 얼씬 못 하게 믿을 수 있는 보초 몇을 세워두라고 했다.

테이블에 차를 준비했고, 한쪽에는 샤이크에게 받은 봉투를 올려뒀다.

똑, 똑, 똑. 노크 소리가 들렸다.

로아가 문을 열고 들어와 헤크란이 왔음을 알렸다.

"신시아, 오랜만이에요."

안 본 사이 헤크란은 살이 많이 빠져서 핼쑥했다. 얼굴도 까칠해 보였다. 그래도 나를 향해 미소 짓는 얼굴은 여전히 잘생겼다.

"앉으세요, 림."

헤크란이 아닌 림이라 부르는 것을 그가 어떻게 받아들일지 알기에 일부러 그렇게 했다. 칸이 신경 쓸까 봐 더 신경을 쓰는 면도 있었다. 아니나 다를까, 림이라는 호칭이 내 입에서 나오자 헤크란의 미소가 씁쓸하게 바뀌었다.

"무슨 일 있나요, 신시아?"

"칸과 샤이크가 오면 이야기할게요."

말이 끝나기가 무섭게 칸이 들어왔다. 나를 향해 웃던 그가 헤크란을 보더니 표정이 딱딱하게 굳었다. 옆의 의자에 앉은 칸이 내 손을 잡았다.

"이건 뭐야?"

샤이크에게 받은 봉투를 가리켰다.

"조금만 기다려요. 샤이크가 와야 하니까."

방 안에 무거운 침묵이 감돌았다. 칸과 헤크란 사이에 묘한 신경전이 있어 보였지만 입을 다물고 있는 내 눈치를 보는지 딱히 말이 오가지는 않았다.

침묵이 길어진다 싶을 때쯤 노크 소리와 함께 샤이크가 들어왔다. 늘 입던 검은색 옷이 아니고 귀걸이도 하지 않았다.

"아~ 몰래 들어오려니 힘드네. 꼭 이렇게 만나야 했어?"

샤이크가 툴툴거리며 의자에 앉았다. 그러다 테이블 위에 놓인 봉투를 보더니 눈살을 찌푸렸다가 픽 웃었다.

"시간이 더 걸릴 줄 알았는데 예상보다 빨리 불렀네, 신시아."

샤이크가 내게 봉투를 준 것은 계산된 행동에서 나온 것이 맞았다. 그가 자각하기를 원한 대상은 칸이 아니라 나였다.

"무슨 말인가요?"

헤크란이 물었다.

"잠깐만요, 먼저 내 이야기부터 들어요."

그의 말을 막았다.

"오늘 모두 진실을 이야기하기 전에는 방에서 한 발자국도 못 나갈 줄 알아요."

샤이크와 헤크란을 노려보며 주먹을 쥐었다. 분명 열쇠는 두 사람이 쥐고 있었다. 그래, 내가 진실을 알기 전에는 그 누구도 절대 나갈 수 없을 것이다.

단호한 선언에 칸과 헤크란이 놀란 눈으로 나를 봤고, 샤이크는 어느 정도 이 상황을 짐작한 사람처럼 천천히 차를 마셨다.

나는 봉투를 집어 테이블의 중앙에 놓았다.

"저번에 샤이크에게 받은 약이에요."

봉투 안에 있는 종이를 꺼내 펼치자 하얀 가루가 보였다.

"이게 뭐지?"

칸이 종이를 가까이 끌어 자신 앞에 놓고 자세히 봤다.

"각(覺)의 차와 함께 마시면 자각의 효과가 있대요."

찻잔을 잡고 있는 헤크란의 손이 떨리는지 받침과 부딪쳐 딸각딸각 소리가 났다. 그의 낯빛이 급격히 창백해졌다.

"그래서?"

칸의 눈빛이 날카로워졌다. 헤크란의 떨리는 손과 그와 반대로 차분함을 유지하는 샤이크, 그리고 이 만남을 만든 나 사이에 무언가가 있다는 것을 그도 눈치챘다.

"요즘 들어 꾸기 시작한 악몽의 원인이 이 가루 같아서요. 맞아요, 샤이크?"

"다 알면서 뭘 물어."

샤이크가 어깨를 으쓱했다.

"그 악몽이 자각을 가리키는 건가요?"

"어디까지 알게 됐는데?"

"뒤엉켜 있어요. 뭐가 앞뒤인지도 잘 모르겠고요. 하지만 제일 중요한 것은 내가 왜 자각을 하느냐는 거예요. 난 기억을 잃은 적이 없어요."

"기억이란 것이 얼마나 모순적인지 모르나 본데, 네가 온전하게 가지고 있는 기억이 진실이 아닌 모두 조작된 거라면? 네 상상으로 만들어진 거라면?"

내 기억이 조작된 거다? 상상으로 만들어졌다?

어떻게 그것이 가능하단 말인가. 물론 룩센이라는 나라에 온 것 자체가 불가사의한 일이었다. 그렇다고 사람의 기억까지 조작한다는 것은 말이 되지 않았다. 차라리 내가 살던 시대에서는 기억의 조작이 가능하다고 생각할 수 있겠지만, 룩센은 아니었다. 이곳은 21세기가 아니니까.

"마, 말도 안 되는 소리 하지 마요."

그렇다. 정말 말도 안 되는 소리였다. 그의 말은 돌아가신 부모님과, 결혼해서 아이까지 낳은 내 동생 주아가 조작일 수도 있다는 뜻이었다.

"말도 안 되는 소리 같으면 계속 이 가루를 먹어. 네가 완전하게 자각을 하면 모든 일을 알게 되겠지."

차분하게 대응하는 샤이크에게 섬뜩함이 느껴졌다. 그가 알고 있는 것은 무엇이고, 왜 지금까지 털어놓지 않다가 갑작스럽게 행동을 취하기 시작했는지 의문이었다. 단순히 자신의 아버지가 재상에서 쫓겨난 사건을 알아보고 싶다고 하기엔 무리가 있었다.

그럼 아문이 차지한 원래 자리를 되찾기 위해서일까? 아니면 정말 아문이 칸의 자리까지 넘보는 것이 싫어서?

머리가 복잡했다. 그러나 그에 앞서 내 기억에 대해 명확하게 짚고 넘어가야 했다.

"좋아요. 샤이크, 이걸 계속 먹어서 알아내는 방법도 있겠지만 더는 기다리고 싶지 않아요. 당신이 알고 있는 걸 다 말해줘요."

앞에 있는 하얀 가루를 검지로 가리키며 물었다. 헤크란은 추위를 느끼는 듯 온몸을 떨었다. 그는 내가 기억을 되찾는 것이 두려운 듯 보였다. 칸은 의외로 가만히 찻잔만 응시하며 우리의 대화를 들었다.

"내가, 내가 모든 일의 주범입니다!"

떨리는 음성으로 헤크란이 외쳤다. 그가 어떤 일을 벌였다는 거지.

"내가 카르카노의 기억을 잃게 했고, 신시아를 멀리 보냈어요."

"잠깐만요, 나를 보냈다니요? 어딜요?"

칸은 자신의 잃어버린 기억에 대한 이야기가 나오자 눈빛이 무섭게 변했다.

이게 다 무슨 말인지 모르겠다. 헤크란이 칸의 기억을 잃게 만들었고, 나를 멀리 보냈다니!

예전에 샤이크가 했던 말을 떠올렸다. 친구 세 명 중 한 명이 폭주했고, 자신의 실수로 인해 사랑했던 그녀를 잃었다고.

친구 세 명은 아문과 헤크란, 샤이크. 그녀를 잃을 수밖에 없었던 사건에 잘못된 개입한 사람은 샤이크, 그럼 그 사건을 일으킨 사람이 헤크란이란 말이었다.

두 사람이 내게 용서받지 못할 일을 저질렀다고 했다. 또 두 사람은 그녀에게도 잘못했다. 왜 그녀와 내가 매치되는 거지? 결론은 하나다. 설마, 그들 셋의 사랑의 주인공이 나? 아니야, 아닐 것이다.

미치겠다. 정말 미치겠다. 이들이 무슨 이야기를 하는지 알면서도 이해가 되지 않아 머리가 아파지고, 심장이 방망이질해댔다.

"됐어. 헤크란 너 아니야. 넌 주범이 아니라 이용당했던 것뿐이지."

헤크란의 눈동자가 동그랗게 커졌다. 쿵! 칸이 테이블을 주먹으로 내리쳤다. 잠자코 듣기만 하더니 끝내 인내가 바닥을 드러냈나 보다.

"헤크란, 입 다물어. 시아, 너도 잠깐만 참고. 샤이크, 네가 알고 있는 것을 모두 이야기해. 난 전부 처음 들은 것들인데, 우선은 듣고 이야기하자."

헤크란이 고개를 옆으로 돌렸다. 나는 칸의 말에 수긍한다는 의미의 눈짓을 했다. 샤이크의 입에서 가는 한숨이 흘렀다.

"나와 헤크란, 아문, 그리고 카르카노. 어렸을 때부터 함께 자랐지. 물론 신분의 차이 때문에 각각 받는 교육은 달랐지만 그런 것과는 상관없이 친했어."

칸도 친했나. 그가 헤크란과 샤이크, 아문만 친하다고 했는데, 이상했다. 어쨌든 다 듣고 생각하자.

"대부분 20세가 되어야 현과 림의 자리가 결정되는데, 카르카노와 헤크란은 자신들의 특기가 확실히 드러났기 때문에 15살에 이미 자리가 결정됐어. 내가 알기로 둘 다 자신의 자리에 불만이 없었어. 그러다 17살이 끝나가던 해에 카르카노에게 비밀이 있다는 사실을 우연히 알게 됐어."

샤이크의 눈동자가 칸을 향했다.

"카르카노, 네가 차기 현이라는 것이 결정되던 날, 너에게 신부가 생겼어. 아니, 그 전이었는지도 몰라. 아무튼 선대 현께서 왜 그렇게 하셨는지 모르겠지만, 비의 자리에 올릴 사람을 미리 정해놨고, 다행히도 넌 그녀를 많이 사랑하며 소중히 여겼어. 선대 현께서 절대 그녀를 사람들 앞에 내보이지 말라고 하셨던 탓에 넌 친형인 헤크란이나, 형제나 다름없었던 우리에게도 그녀의 존재에 관해 전혀 이야기하지 않았지."

잠시 말을 멈춘 샤이크는 목이 타는지 차를 마셨다.

"끝까지 그녀의 존재를 모르고 살았더라면 서로에게 좋았을 것을……. 하긴 몰랐더라도 어쩔 수 없는 일이었나?"

그가 의자의 팔걸이에 손을 세워 머리를 기댔다. 제 머리카락을 손가락에 넣고 쥐었다.

머리카락을 비비며 복잡한 심사를 샤이크가 드러냈다. 그는 자세를 고쳐 앉고 칸을 바라봤다.

"아문이 알려줬어. 너에게 신부가 있다는 사실을."

칸의 첫사랑 소녀는 현의 비가 될 여자. 그녀가 자꾸 나인 것 같은 예감이 지워지질 않았다.

"물론 너는 우리에게 그녀를 보여주지 않으려 했어. 선대 현의 명령도 있었고, 불안했겠지. 자신만의 울타리 안에서 곱게 키워왔던 작은 새를 다른 사람 앞에 보인다는 것이. 우연히 너 몰래 그녀를 보게 됐는데 선대 현께서 그 사실을 알게 되셨고, 접근 금지 명령을 내리셨지. 하지만 어려서 생각이 짧았던 우리는 네게 부탁을 했고, 너는 우리의 성화에 어쩔 수 없이 들어줬어. 처음엔 너에게 신부가 있다는 사실이 신기해서 그녀가 숨어 사는 곳에 자주 놀러 갔어. 자주 보다 보니 친해졌고, 친해지다 보니 욕심이 생겼지. 예쁘고, 정말 사랑스러웠다."

헤크란의 고개가 떨구어졌고, 샤이크의 눈이 나를 향했다.

꿈이 떠올랐다. 샤이크와 헤크란, 아문이 들떠서 웃는 모습으로 바라보던 그녀. 그리고 그들에게 또 왔느냐며 질책했던 칸.

"그녀가 카르카노, 너의 연인이라는 것을 알면서도 처음 겪는 첫사랑의 열병에 주체를 못했어. 그녀에게는 오로지 너밖에 없었으니까."

샤이크는 칸에게 이야기하면서도 내게서 눈길을 떼지 않았다. 점점 그녀의 실체가 밝혀지고 있었다. 왜 내가 이렇게 떨릴까. 정말 나인 걸까. 그들은 내 기억에 전혀 없는데, 정말 나는 조작된 기억을 가진 채 살아왔던 것일까.

"그러다 헤크란이 폭주했어. 이해할 수 있었지. 나는 겉으로 표현만 안 했을 뿐 마음은 똑같았거든. 어리석게도 그때의 헤크란은 카르카노 네가 없어지길 바랐어. 그러면 현의 자리에 자신이 오를 테고, 현의 신부인 그녀를 갖게 될 거라고 생각했거든. 신들을 불러 다른 세계의 문을 열어 너를 그곳으로 보내려 했는데, 뒤따라온 그녀가 너 대신 다른 세계로 들어가 버렸어."

"아무리 여자에 눈이 멀었다지만 동생을 죽일 수는 없었습니다. 내 나름 최선의 방법이었어요."

가만히 있던 헤크란이 말했다. 그를 가만 보던 샤이크가 칸에게 다시 얼굴을 돌리고 말을 계속 이어갔다.

"어둠의 괴물에게 먹히는 그녀를 두 눈으로 목격한 넌 그렇게 기억을 잃었어. 자신 때문에 그녀가 그리됐다는 생각에 미쳐가던 차에 차라리 기억을 잃는 쪽을 택했던 거야."

어둠의 괴물에게 먹혔다는 말은 내가 꾸었던 악몽과 같았다.

"이 말을 나더러 다 믿으라는 건가?"

칸이 서늘한 음성으로 샤이크에게 물었다.

"믿고 안 믿고는 네 몫이야. 못 믿겠으면 이 약을 계속 먹으면서 알아봐. 그리고 사실 이건 내 쪽에서의 기억에 불과해. 너와 신시아에게 우리가 모르는 기억이 분명히 있을 거야. 그것을 기억해야 해. 이 일은 겉보기엔 헤크란이 꾸민 일 같지만 그가 아니야. 왜냐면……."

"잠깐, 멈춰."

칸이 샤이크를 저지했다.

"아까부터 궁금했는데 말이다, 왜 시아가 자각을 해야 하는 거지? 시아가 네가 말하는 그녀란 말인가? 그렇다면 시아가 내 기억 속의 소녀란 말이야?"

"알면서 묻는 건 둘이 똑같네."

샤이크의 대답으로 내가 가진 궁금증이 풀렸다. 그러나 말이 안 되는 그의 이야기를 믿어야 할지 모르겠다.

아무것도 기억나지 않는 이야기를 어디서부터 진실로 받아들여야 하는 걸까.

고개를 저었다. 머리가 쥐가 나는 것처럼 저렸다. 머리가 아픈 건 칸도 마찬가지일 것이다. 나야 지속적으로 나를 둘러싼 의문들에 대해 끊임없이 고민을 해왔지만 이 사실을 오늘 처음 접하는 칸은 나보다 더 힘들겠지.

"시아가 내 앞에 나타난 건 우연이 아니겠군."

칸이 피곤한 듯 눈을 감으며 샤이크에게 물었다.

"아니, 우연이야. 신시아가 너를 만날 줄은 짐작도 못 했어."

칸은 아주 혼란스러워 보였다. 이번에는 내가 헤크란에게 물었다.

"그럼 처음에 헤크란과 내가 만난 것은 우연이 아니었겠군요."

"신시아를 룩센으로 다시 부른 건 내가 맞지만 그날 만난 건 우연이었어요. 당신을 불러들이고 만나지 못해서 계속 찾아다녔거든요."

"그럼 왜 도중에 사라졌어요?"

"……."

헤크란이 고개를 숙이고 눈을 감았다.

"비겁한 변명이겠지만 막상 동생의 여자를 취하고 나니 부끄럽고 겁이 났어요."

"왜 당신을 칸이라고 말했죠?"

"도중에 신시아가 자각을 할까 봐서요."

흩어졌던 퍼즐이 맞춰졌다. 2년 전에 헤크란이 사라진 이유가 자신이 룩센으로 불러들인 나를 찾아 헤맸던 것이다.

"그렇다면 내, 내 동생은요? 내…… 동생도 조작된 기억이라는 거예요?"

그럴 리가 없었다. 내가 다른 세계로 갔다면 그곳에 주아는 분명히 살아 있는 존재가 맞다. 그런데 자꾸 '조작된 기억'이라는 부분이 마음이 걸렸다.

"허상이에요. 아니, 실제로 존재할지도 몰라요. 하지만 나로선 알 수 없어요. 미안해요, 신시아."

"알아듣게…… 제발…… 알아듣게 설명해줘요."

목이 메었다. 손이 심하게 떨려 테이블을 힘껏 잡았지만 소용이 없었다. 칸이 내 손을 꽉 잡았다.

"내가 카르카노를 보내려 했던 다른 세계는 내가 만든 허상이었어요."

헤크란이 내게 답을 하며 잠깐 칸을 봤다. 일말의 미안함을 느끼기라도 했을까.

"신시아 당신을 내 사람으로 만들면 카르카노를 다시 부르려 했죠. 직접 만든 공간으로 보내는 것이기 때문에 불러들이는 것 또한 쉬운 일이었죠. 그런데 당신이 카르카노를 대신해서 가게 되어 급하게 다시 불러들이려다가 알게 됐어요. 신시아가 간 곳은 내가 만든 공간이 아니라, 다른 이가 만든 공간이었어요. 그랬기 때문에 신시아를 이제야 부를 수 있었고요."

"왜 처음부터…… 말하지 않았어요?"

눈물이 흘렀다. 인정할 수가 없었다. 모두 다 거짓이라고 말해줬으면 좋겠다.

"네가 우리보다 카르카노와 먼저 만날 줄 몰랐어. 그리고 처음부터 말했더라면 네가 믿었을까?"

샤이크가 물었다. 그래, 믿지 않았겠지. 지금도 믿을 수가 없는데.

칸이 나를 위해 그들에게 돌아가기를 권했다.

"오늘은 그만 가줬으면 좋겠다. 아무래도 시아가 많이 힘들어서 쉬어야 할 것 같아."

그도 힘든 것은 마찬가지일 텐데, 나를 걱정하는 그의 배려에 고마웠다.

"우리의 얽힌 운명에는 누구의 잘못도 없다고 생각해. 물론 헤크란이 잘못된 마음을 먹었지만 금세 후회하고 일을 되돌려놨을 거야. 하지만 얽히지 않아도 됐을 우리의 운명을 시작한 사람이 있어. 그를 잡아야 해. 아마도 우리를 이대로 두지 않을 것은 분명해. 먼저 그를 잡으려면 빠른 시일 내에 너와 신시아가 완벽하게 자각을 해야 한다."

샤이크가 칸을 보고 강하게 힘을 주며 말했다.

"그럼 나도 이걸 먹어야 한다는 건가?"

칸이 하얀 가루를 눈짓으로 가리켰다. 그리고 곧 샤이크를 똑바로 봤다.

"나와 신시아의 자각으로 인해 너와 헤크란이 얻는 건 뭐지? 너야 이 상황을 준비하고 온 것 같다만 헤크란은 아닌 것 같은데?"

"아니, 헤크란도 나와 함께 준비했어. 그가 준비하지 않았다면 2년 전에 신시아를 이곳으로 불러들이지 않았을 거야."

샤이크의 말에 헤크란이 고개를 끄덕였다.

"진실을 보여야 하는 이 순간이 괴로울 뿐입니다, 현."

자신의 마음을 고백하는 헤크란은 얼굴에 정말로 괴로워하는 빛이 역력했다.

"우리가 얻는 것을 물었어?"

샤이크가 픽 웃었다. 헤크란과 달리 그는 편해 보였다.

"용서를 바라지 못하는 사죄라고 해두지."

"샤이크, 너는 아까 헤크란이 꾸민 일처럼 보이지만 아니라고 했다. 그럼 누가 꾸민 일이야? 그리고 너희가 그 일의 범인이 아니라면 왜 사죄를 한다는 건데?"

"네가 자각을 통해 알아봐. 그 수밖에 없어. 그리고 우리가 사죄하는 것은 너의 연인인 신시아를 마음에 담았던 죄라고나 할까. 담지 않았다면 이런 일은 애초에 일어나지 않았을 테니까."

그들의 대화가 윙윙거리는 소리처럼 들려 머리가 아팠다. 손가락으로 이마를 짚다가 그대로 얼굴을 묻었다.

지금까지 샤이크에게 들은 이야기가 모두 그가 꾸민 일이었으면 좋겠다. 처음부터 끝까지 모두 거짓이라고 말해주길 바랐다.

어쩌면 나는 악몽을 통해 자각을 시작하는 순간부터 이런 날이 올지도 모른다는 생각을 했는지도 모른다. 그들과 풀 수 없는 매듭으로 얽혀 있다는 것과 내가 모르는 많은 것들이 존재할 것이라고 어렴풋이 짐작은 했다. 그래도 이건 너무…… 심했다.

나는 원래부터 룩센의 사람이었고, 처음부터 칸의 신부로 정해졌던 여자. 지금 내가 가지고 있는 기억이 전부 조작됐다는 사실은 받아들이기가 너무 어려웠다. 칸과 헤크란이 쌍둥이였음을 알았을 때보다 더한 충격이었다.

아아…….

머리가 어지러워 테이블 위로 엎드렸다. 내 행동에 그들의 오가던 대화가 멈췄다. 잠시 후 의자가 밀리는 소리가 났고, 몇 개의 발소리가 멀어졌다.

탁! 문이 닫혔다. 등을 어루만지는 손이 따뜻했다.

눈물이 흘렀다. 세상에 태어나게 해준 내 부모님이, 나와 피를 나눈 자매인 주아가 모두 거짓이라니! 지금쯤이면 한창 예쁜 짓을 할 나이인 내 조카가 거짓이라니! 말도 안 돼. 이럴 순 없는 거야. 대체 왜! 내게 왜! 걱정과 안타까움이 가득 담긴 칸의 손길에 겨우 꾹꾹 눌렀던 울음이 터져, 아이처럼 엉엉 울고 말았다.

책상에 엎드러진 채 울고 있는 나를 일으켜 세운 칸이 품에 꼬옥 안아줬다. 그의 가슴에 안겨 받는 위로가 이렇듯 의미가 없기는 처음이었다.

얼마나 울었을까. 그는 자리에서 꼼짝도 하지 않고 나를 안고 있었다. 울음이 진정되고 얼굴을 드니 그의 옷이 젖어 있었다.

눈물을 훔쳐내고 심호흡을 했다. 진정해야 했다. 일의 근원이 누군지 찾아내서 기필코 그에 상응하는 대가를 치르게 해줄 것이다.

그러다 문득 내 진짜 부모님은 누구일지 궁금해졌다. 내가 룩센의 사람이라면 나를 태어나게 해준 부모님도 룩센 사람일 텐데. 내 생김새는 이곳의 사람들과 얼굴이 판이하였다. 그렇다면 나를 낳아준 부모님도 나처럼 생겼을까.

"칸……."

"응. 말해."

남아 있는 눈물을 그가 닦아줬다.

"정말 당신의 기억에는 소녀에 관해 아무것도 남아 있지 않아요?"

"그래. 저번에 말했던 게 전부야. 그런 감정을 가진 대상이 있었다는 것만 기억나."

그에게 부모님에 관해서 묻는 것은 포기해야 할 것 같았다.

"네가 나의 연인이었다니. 그래서 처음 너를 봤을 때 내 감정을 주체할 수 없나 봐."

나 또한 처음 봤던 칸, 아니 그때는 헤크란이었지. 아무튼 그 외모에 끌려 잠자리까지 가고 말았다. 처음 보는 남자와 관계를 맺는다는 것이 미친 짓인 줄 알면서도 합리화를 시켜가며 그리했던 것은 나도 그 얼굴이 익숙했기 때문이리라. 잠재되어 있던 기억이 더욱 나를 부추겼을 수도 있었다.

돌이켜보면 헤크란과 헤어지고 1년 후 칸을 다시 만났을 때는 그에게 친근감을 넘어선 익숙함, 그리움, 기대와 작은 배신감 등 다양한 감정을 느꼈다. 칸을 만나며 갑자기 그에게 마음이 커진 이유는 과거에 우리가 연인이어서 그랬을까.

"샤이크의 말이 진실일까요?"

"샤이크는 믿지 못하지만 너의 악몽은 믿을 수밖에 없지."

젠장. 또 눈물이 차오른다. 이 모든 일을 현실로 받아들일 수밖에 없나 보다.

"샤이크가 말한 사람을 찾아야겠어요. 내가 먼저 약을 먹기 시작했으니 빠른 시일 내에 자각할 거예요."

"나도 해야겠군."

"괜찮겠어요? 당신이 기억을 지우고 싶을 만큼 힘들었던 사건인데, 다시 떠올리면⋯⋯ 괴롭지 않겠어요?"

"네가 있으니까 괜찮아."

그가 뒷목을 끌어당겨 이마에 키스했다.

"미안하게도 말이다⋯⋯ 힘든 네 모습을 보며 마음이 아프기도 하지만 기쁨과 안도감이 더 커."

키스를 끝낸 칸이 머뭇거리다 말을 꺼냈다.

"기쁨과 안도감이라뇨?"

"네가 원래부터 나의 연인이었다는 사실이 기쁘네. 누군지 기억 나지도 않은 상대를 첫사랑으로 가지고 있다는 것이 네게 미안했 거든. 그런데 나는 지금까지 온전히 너만을 사랑했던 거야."

"칸."

그래, 나는 그의 인생에 유일무이한 여자였다. 그 빌어먹을 헤크 란만 아니었어도 완벽했을 텐데⋯⋯.

이렇게 된 이상 이 일의 원흉이 따로 있다 해도 헤크란은 도저 히 용서 못 하겠다.

"가족 생각에 지금 네가 많이 혼란스럽고 힘들다는 거 알아. 그 런데 그걸 알면서도 네가 돌아가지 않아도 된다는 생각에 안도감 이 생긴다. 미안하다."

볼을 감싸는 그의 손에 기대는 것으로 답을 대신했다. 어떤 말 을 해야 할지 몰라서였다.

그의 마음을 이해했다. 그리고 주아에게 한없이 미안했다. 나 때 문에 그 아인 존재했고, 나 때문에 세상에 존재하지 않는 사람이 됐다. 눈물이 그만 나올 만도 한데 또 쏟아졌다.

어떻게 해야 돼. 내 동생…….

내내 곁을 지켰던 칸은 간신히 정무를 보러 나갔다. 한사코 옆에 있겠다는 그를 겨우 달래 보냈다. 그가 나 때문에 일을 게을리하는 것이 싫기도 했지만, 혼자만의 시간이 필요했다.

샤이크가 나를 납치했을 때 나눈 이야기로 비추어보면 일의 시작은 아문이다. 그런데 그는 칸에게 아문에 대한 이야기를 꺼내지 않았다.

왜 그랬는지 고민하다가 칸이 아문을 신뢰하고 있음을 상기했다. 샤이크의 입장에서 기억이 없는 칸에게 아문을 얘기한다면 되레 샤이크가 아문을 모함한다고 생각할 수도 있을 것 같다.

아문은 칸의 자리까지 노리고 있다. 일을 제일 빠르게 처리하는 방법은 칸과 내가 되도록 빨리 자각을 하는 것인데, 내가 먼저 먹었으니 더 빠를 것이다.

내가 먼저 아문에 대해 알아낸다면 칸은 내 말을 믿어줄까. 부디 아문에 대한 신뢰보다 나에 대한 사랑이 더 크기를 바라는 수밖에 없다.

로아를 불러 각의 차를 달라고 해서 약을 섞어 마셨다. 하루라도 빨리 모든 일을 자각하기를 바랐다.

샤이크가 온 날부터 칸도 각의 차와 함께 약을 먹었다. 반응이 없는 칸에 비해 나의 악몽은 점점 그 범위를 넓혀갔다. 다만 아직 이렇다 할 장면이 나타나지 않아 어떤 자세도 취할 수가 없었다.

또한 악몽으로는 부족했다. 자각해서 나 스스로 기억을 하는 게 중요한데, 아직 악몽 외엔 떠오르지 않았다.

사실 악몽이라도 또렷했으면 좋겠다. 칸과 샤이크, 헤크란과 아문을 제외하고는 사람들의 얼굴을 자세히 알아볼 수 없었고, 사건이 뒤엉켜서 순서를 나열할 수 없었다.

가장 궁금한 것은 약을 먹고 처음 꿨던 악몽의 대상이 누군인가였다.

'신시아, 잠깐 나와 함께 갈까?'

그때 나를 데리고 나갔던 사람의 얼굴이 보이지 않았다. 그 뒤로도 꾸준히 같은 꿈을 꿨지만 여전히 오리무중이었다.

아문일까? 샤이크? 헤크란? 아니면 내가 기억하지 못하는 다른 사람?

아무 의심 없이 따라나선 뒤에 어둠이 나를 삼켰고, 그 어둠은 내가 다른 세계로 가는 과정 중의 하나였다고 짐작했다.

나를 데리고 간 사람. 헤크란은 칸을 다른 세계로 보내려 했는데 내가 나타나서 대신 갔다고 했지.

헤크란의 말과 꿈을 조합해봤을 때 나는 칸에게 그런 일이 생길 줄 몰랐던 같다. 누군가를 따라갔다가 그때서야 헤크란의 계획을 알고 칸 대신 내가 간 것이었겠지.

쿵, 쿵, 쿵. 테이블에 이마를 찍었다. 뇌에 과부하가 걸려 터지기 일보 직전이었다.

"신시아 님, 바람이라도 쐬고 오시겠어요?"

로아가 조심스럽게 말을 건넸다.

"로아가 보기에도 그래야 할 것 같죠?"

그녀가 멋쩍게 웃으며 고개를 끄덕였다.

로아와 같이 밖으로 나왔다. 따갑게 내리쬐는 햇볕에 눈살이 저절로 찌푸려졌지만, 이왕 나온 거 조금이라도 머리를 비워볼까 하는 마음에 그늘진 곳을 찾아 걸었다.

로아에게 혼자 다녀오겠다고 해서 주위에는 아무도 없었다. 어차피 발목에 칸이 준 방울도 달려 있어서 누구를 만난다 해도 어려움은 없을 터였다.

연회 때 물놀이를 한다는 수영장 근처로 갔다. 차양막이 있어 그 밑에 자리를 잡고 앉아 물속에 발을 담갔다. 햇볕에 데워진 물이 따뜻했다.

좀 더 차가웠으면 얼마나 좋아.

찰박찰박. 발로 가볍게 물장구를 치며 기억하지 못하는 것들을 추적하려 애썼다.

골똘히 생각에 잠겨 있던 순간, 물 위로 인영이 비치는 것이 보였다. 지금 발이 물속에 있어 방울 소리가 안 난다곤 하나 궁 안의 사람이라면 이렇게 대놓고 나를 볼 수 없었다. 놀라서 자리에서 벌떡 일어났다. 아문이었다. 그는 나와 눈이 마주쳤지만 인사를 하지 않았다. 그저 나를 빤히 바라봤다.

예전에 서고에서도 이런 일이 있었다. 내가 누구인지 알면서 고개를 빳빳하게 들고, 경계심이 가득한 눈으로 나를 봤다.

대체 이놈의 정체는 뭐야.

"그대는 어찌하여 항상 그런 식으로 나를 보는가?"

헉. 이 말투가 또 나왔다. 예전에 아문을 서고에서 봤을 때와 똑같은 말투였다.

아무래도 나, 정말 칸의 신부였던 게 사실인가 보구나.

내가 룩센의 사람이었다는 사실을 인정하려 애쓰면서도 실낱같은 희망도 가지고 있었다. 현재 가지고 있는 기억이 제발 사실이기를.

그런데 이제는 그 희망이 필요 없어졌음을 깨달았다. 머리가 아프다. 심장이 세차게 뛰며 그를 피하라고 알렸다.

아문이 입꼬리를 올리며 비웃었다. 번쩍. 순간 머릿속에서 섬광이 일어났다.

지직. 지지지직. 끊어졌던 전선에 전기가 다시 흐르기 위해 준비를 했다. 희미한 얼굴들이 빠르게 스쳐 갔다. 귓가에서 여러 사람이 내 이름을 부르는 소리가 메아리처럼 울렸다.

끊어진 전선이 닿을 듯 말 듯 하다. 세차게 뛰던 심장이 그 속도를 더 올리며 달리자 스쳐 가는 얼굴들이 점점 자세하게 보였다. 조금만, 조금만 더 견디면 완벽하게 볼 수 있을 것 같았다. 숨이 가빠오고 정신을 잃을 것 같아 입술을 깨물며 견뎌내려고 하였다.

그러나 자리에 털썩 주저앉고 말았다. 식은땀이 척추를 타고 흘러내렸고, 팔다리에 오돌토돌 소름이 돋았다.

삐ㅡ! 신경을 예민하게 자극하는 가는 소리가 머리에서 울렸다. 들리지 않았으면 좋겠는데, 머리를 끊임없이 자극해 아팠다.

답답했다. 숨이 막혔다. 가슴을 두드리며 얹혀 있던 숨을 토해냈다.

머릿속에서 수많은 기억이 소용돌이를 치며 얽히고설켰다. 기억의 조각들이 사방으로 촤악 흩어지더니 순식간에 퍼즐처럼 제자리를 찾아갔다.

그리고 거짓말처럼 모든 일이 생각났다. 힘이 없는 몸을 겨우 일으켜 허리를 곧추세웠다. 미소를 머금고 아문의 눈을 응시했다.

그래, 당신이었다.

"오랜만입니다, 아문 오라버니."

"우리가 그렇게 격식을 차리는 사이였더냐."

그는 이제야 올 것이 왔다는 듯 가볍게 받아치며, 눈꼬리를 매섭게 올리고 음험하게 웃었다.

"오라버니께서 이리 격식을 차리지 않으시니 어쩔 수 없지요. 제게 존대하셔야 할 텐데요."

아무리 오라버니라 하나 칸의 여인인 내게 함부로 말을 낮출 수는 없다. 과거에는 존대를 하더니 지금은 모두 들켜서 그러는 것일까? 전혀 거리낌이 없었다.

"흐음, 그러고 싶지 않다. 그나저나 기억이 완전히 돌아온 모양이구나. 하긴 서고에서 마주쳤을 때 네 말투를 듣는 순간 이럴 날이 머지않았음을 알았다."

그는 내 오라버니가 맞았다. 생김새가 전혀 다른 우리는 같은 부모님을 두었다. 다만 피를 나눈 친남매가 아니었기에 모든 일의 시발점이 되었다.

정확한 나이는 기억나지 않는다. 내가 5살이던가, 6살이던가. 아무튼 그쯤 되던 해에 내 외모가 가족과 다름을 알게 되었다.

그때에도 나는 까무잡잡한 피부를 가진 룩센의 사람들과 달리 흰 피부를 가졌고, 같은 검은 머리카락이라 할지라도 색이 달랐다. 그들이 가지고 있는 검은 머리카락은 샤이크처럼 푸른빛이 감돌거나 보랏빛이었다.

어렸을 적에는 잘 몰랐지만 조금씩 눈치라는 것이 생기면서 집 밖으로 나갈 수 없다는 것을 깨달았다. 나중에 안 사실이지만 아기일 적, 몇 번 납치의 위험을 겪었다고 들었다.

어린 나는 밖에 나가고 싶어 많이 울고 떼썼으나 부모님은 언제나 단호했다. 다정하게 어르고 달래주시다가도 도를 넘는다 싶으면 가차 없이 훈계하셨다.

어린 마음에 원망스러웠지만 나이가 들면서 깨달았다. 그것이 나를 위한 부모님의 사랑이었음을.

항상 집 안에 갇혀 지내며 부모님과 아문, 특별하게 정해진 시녀들만 내 방에 드나들었다.

그때만 해도 아문은 오라버니이자 유일한 벗이었다. 그는 나를 위해 늘 재미있는 이야기를 준비해왔고, 새로운 놀이를 알아 와서 알려줬다. 그림을 배운 것도 그에게서였다.

14살이 되었을 때 부모님이 내게 입양되었다는 사실을 털어놨다. 그리고 그날은 칸을 만나기 위해 입궁하는 날이었다.

부모님과 나의 외모가 너무 달랐던 탓에 어렴풋이 짐작은 하고 있었다. 다행히 미리 마음의 준비를 한 덕분인지 입양이라는 충격보다 감사한 마음이 먼저 들었다.

노예 시장에서 아기인 내가 비싼 값에 팔릴 준비를 하고 있더란다. 상인이 독특한 외모의 여자아이임을 강조하자 더러운 취향을 가진 남자들에게 번뜩이는 시선을 한 몸에 받고 있었다고 했다.

당시 그 자리에 있었던 룩센의 총사령관이었던 아버지가 나를 사서 입양했다. 물론 어머니도 함께 있었기 때문에 가능한 일이었다.

그리고 아문. 그는 나보다 먼저 입양되었었다. 아이가 없었던 부모님은 아문과 나를 입양해서 친자식처럼 사랑으로 키웠다.

나는 외모 때문에 어딜 가든 항상 주목을 받았다. 그래서 부모님은 나중에 내가 자랐을 때의 일을 걱정하셨고, 가장 안전한 방법으로 룩센의 왕비가 되는 길을 택했다고 했다.

이미 내가 어렸을 때 선대 현과 상의 끝에 정해진 일이었다. 대신 두 사람 중 한 사람이라도 싫다는 의사를 보이면 없었던 일로 한다는 조건하에 이루어졌다.

처음에 칸은 내게 무관심했지만 우리는 곧 사랑에 빠졌다. 5년이라는 시간 동안 서로의 배우자가 되는 날만 기다렸는데, 아문 때문에 모든 것이 엉망진창이 됐다.

"왜 그리하셨습니까."

"그 말투 좀 바꿀 수 없겠어? 어째서 항상 너는 나와 거리를 두려 하는 것이냐. 어렸을 적엔 그렇게도 나를 따르더니."

"오라버니가 바뀌셨으니까요. 어렸을 적의 오라버니 그대로였다면 저 또한 변하지 않았을 테지요."

부모님과 함께 궁으로 들어가던 날이었다. 나는 내가 입양아라는 것과 칸의 신부가 되기 위해 바로 궁에 들어가야 한다는 사실을 제법 담담하게 받아들였다.

그날은 평소와 다르게 곱게 단장을 했다. 어린 나이라 화장을 한다거나 살이 훤히 드러나 보이는 옷을 입지는 않았지만, 그날만큼은 어머니께서 특별히 머리카락을 만져주시고, 옷도 직접 골라서 입혀주셨다.

흐뭇한 미소를 지으며 나를 바라보던 그 미소를 아직도 기억한다.

"세상에, 우리 아기가 어느 세월에 이렇게 컸다니?"

"아이참, 아기라뇨."

"내 눈에는 아직도 아기란다. 눈이 부시게 하얀 피부가 예쁜 아기. 어디 그뿐이겠니. 맑은 눈망울이 어찌나 가슴에 콕 박히던지……."

어머니의 눈가가 촉촉하게 젖어들었다. 허리를 안으며 자주 비비적댔던 가슴에 얼굴을 묻었다. 향기가 났다. 어머니만 가지고 있는 향기.

"카르카노 님이 절 싫어하시면 어쩌죠?"

"그런 걱정 접어두렴. 이렇게 예쁘고 사랑스러운 신시아를 어떻게 싫어할 수 있겠어. 만에 하나 널 싫어하신다 해도 난 좋단다. 다시 우리 아기와 함께 살 수 있잖니."

머리를 쓰다듬는 따뜻한 손길에 가슴이 벅찼다. 피 한 방울 섞이지 않은 나를 사랑으로 키워주신 것도 모자라 앞일까지 걱정해서 미리 준비를 하셨다. 목숨으로도 갚을 수 없는 은혜였다.

"어머니, 제가 잘할게요. 그러니 오래오래 사셔야 해요. 전 어머니와 아버지가 안 계시면 못 살아요."

"응. 우리 신시아가 낳은 예쁜 아기도 봐야지. 아기가 아기를 낳겠네?"

까르르 웃는 어머니의 말에 얼굴이 붉어졌다.

쾅! 갑자기 방문이 열리며 아문이 들어왔다.

"어머님! 대체 이게 무슨 일이랍니까! 신시아가 궁으로 간다니요!"

얼굴이 붉으락푸르락하는 그가 어깨를 들썩이며 씩씩댔다.

"맞아. 아문, 문제 있어? 얼굴이 왜 그러니?"

어머니의 물음은 따뜻하고 부드러웠다.

"신시아는 제 아내가 되어야 합니다!"

"아문!"

이게 무슨 말인가. 충격적인 아문의 고백에 이어 아버지의 외침이 들렸다.

"아문, 신시아는 네 동생이다."

"피 한 방울 섞이지 않았는데 무슨 상관입니까!"

아문의 눈이 이글이글 타올랐다.

아버지와 어머니의 안타까운 얼굴에 가슴이 아팠다. 아문이 나를 동생 이상으로 생각하는 줄은 몰랐다. 친남매가 아니라는 것을 알고는 있었으나 그는 그저 내게 좋은 오라버니에 불과했다. 무엇보다 이런 일로 부모님의 가슴에 상처를 주는 것은 싫었다.

"오라버니, 왜 그래."

"왜라니? 넌 얼굴도 모르는 남자에게 시집가는 것이 좋아? 왕비가 그렇게 되고 싶었어? 네 외모가 특이해서 팔려 가는 거나 다름없······!"

철썩! 힘껏 날린 내 손에 아문의 얼굴이 세차게 돌아갔다. 오른쪽 손바닥이 얼얼했으나 주먹을 말아 쥐며 그를 노려봤다. 아무리 화가 나도 절대 해서는 안 되는 말이 있다.

"정신 차려! 누가 팔려 간다는 거야? 카르카노 님을 만나봐서 싫으면 그쪽에서 좋다고 해도 내가 돌아올 거야! 그러니까 부모님을 모독하는 말은 다시는 하지 마! 아무리 오라버니라 해도 절대 용서하지 않을 거야!"

"신시아, 안 돼. 넌 카르카노의 신부가 아니라 나의 신부가 되어야 해."

그가 털썩 무릎을 꿇고 앉으며 손에 얼굴을 묻었다. 고개를 저으며 '안 돼.'를 중얼거리는 그를 보는 부모님의 눈빛이 아팠다. 나만 빼고 모두 알고 있었던 분위기였다.

아버지가 더 이상 지체하는 것은 서로에게 좋을 게 없다는 판단을 하셨는지 나를 데리고 밖으로 나왔다. 아문 때문에 어머니와 제대로 인사도 못 하고 서둘러 마차에 올랐다.

"아문에 관해선 신경 꺼라. 너는 카르카노 님을 뵙고 마음의 결정을 하는 일에 더 집중해야 한다. 물론 그쪽에서도 마찬가지다. 둘 중 한 명이라도 싫다는 의사를 밝히면 이 일은 무효가 된다. 하지만 신시아, 나는 네가 그분을 마음에 들어 했으면 좋겠구나. 좋은 분이고, 선대 현에 이어 훌륭한 룩센의 왕이 되실 분이야. 무엇보다 너를 가장 잘 지켜줄 수 있는 분이란다."

"카르카노 님이 저를 싫어하시면요?"

"그건 어쩔 수 없지."

인자한 웃음과 함께 머리를 쓰다듬는 손길이 따뜻했다.

아버지와 어머니는, 모두 내 의견을 존중해주실 분들이었다. 하지만 이미 아문의 마음을 알게 된 이상 집으로 돌아갈 수는 없었다. 칸이 마음에 들지 않더라도 궁에 남기로 마음먹은 것은 그때부터였다.

마차에서 내리기 전에 준비했던 베일을 머리에 썼다. 굳이 이유를 말해주지 않아도 왜 써야 하는지 알고 있었다. 아버지를 따라

걷는 복도가 많이 길었지만, 막상 걷기 시작하니 짧게 느껴졌다.

현이 계시는 방 앞에 도착하자 아버지가 내 머리를 또 쓰다듬었다. 염려가 가득 담긴 눈빛이었으나 한편으론 나에 대한 믿음도 있었다.

포근한 미소에 긴장이 조금 풀렸다.

방으로 들어가 아버지와 함께 현 앞에 섰다. 그는 부드러운 인상에 조각 같은 얼굴을 가지고 있었다. 길게 내려오는 진한 금발에 군인인 아버지보다 좋은 체격을 가졌다.

왕좌의 팔걸이에 손을 세워 기대 있는 그가 파란 눈동자로 나를 봤다. 베일에 가려져 있을 텐데도 그는 내 얼굴이 잘 보이는 것처럼 바라봤다.

현의 옆에는 그를 닮은 소년이 있었다. 그가 카르카노임을 직감했다. 현과 달리 차가운 인상을 가지고 있었다. 흰색에 가까우리만큼 밝은 금발이 굵게 곱슬거리며 어깨 위에서 찰랑였다. 작지만 단단해 보이는 근육이 눈에 띄었다. 날카롭게 쏘아보는 눈이 황금빛이었다.

무표정한 얼굴로 나를 훑는 눈길이 불쾌해져 마차에서 했던 다짐이 다 사라질 것만 같았다.

"네가 신시아구나."

얼굴만큼이나 목소리도 부드러운 중저음을 가진 현이었다.

"여기는 우리 말고는 아무도 없으니 그 베일을 거둬보아라."

머뭇거리는 내게 아버지가 눈짓으로 괜찮다는 뜻을 전했다. 베일의 끝을 잡고 천천히 들어 올려 머리 뒤로 넘겼다.

순간 아! 하는 짧은 탄성이 들렸다. 나를 본 칸의 첫 반응이었다.

"저런, 우리 카르카노가 놀란 모양일세."

껄, 껄, 껄. 웃는 현의 말에 아버지도 기분 좋게 따라 웃었다.

그러나 내 모습에 놀랐던 칸은 언제 그랬냐는 듯이 표정이 싸늘하기만 했다. 어린 마음에 내가 뭘 어쨌다고 저렇게 냉담하게 반응하나 화가 나기도 했지만, 그는 후대 현이 될 사람이었기에 함부로 불만스러운 마음을 표현할 수가 없었다.

"듣던 대로 초상화 속 라리사 님과 똑같구나."

현이 나지막이 중얼거렸다. 들어본 적이 없는 이름이었다. 누군데 나와 닮았다고 그럴까. 이 나라에서 이방인의 모습을 한 나와 똑같이 생겼다는 그 사람은 누구인지 묻고 싶었지만 말을 꺼낼 수 없었다.

"신시아."

생각에 잠겨 있는 나를 현이 부드러운 목소리로 조용히 불렀다.

"네?"

"네가 왜 이곳에 있는지 아느냐?"

"……네."

"카르카노가 현이 되어 너를 비(妃)로 맞을 때까지 다른 사람 앞에 모습을 드러내서는 안 된다. 그리할 수 있겠느냐?"

익숙한 상황이라 그런지 당연하게 생각하고 고개를 끄덕였다.

"카르카노와 네게 2년이라는 시간을 주겠다. 그동안 둘 중 하나라도 이 혼인을 원치 않으면 깰 수 있지. 하지만 혼인을 마음먹은 후에는 절대 되돌릴 수 없느니라."

"네, 아버님."

칸의 목소리를 들었다. 15살 소년의 짧은 대답이었지만, 깊은 울림을 가진 저음의 목소리가 인상 깊었다.

"잘 알겠습니다."

대답하는 나를 칸이 힐끔 보더니 곧 눈길을 돌렸다. 마치 흥미 없는 장난감을 보는 듯했다.

방에서 나온 뒤 칸이 현의 자리에 오를 때까지 지내야 하는 별궁으로 안내되었다. 집보다 훨씬 넓은 정원에 눈이 휘둥그레졌다. 낯설어서 그런지, 아니면 아직 사람이 살지 않아서인지 시원한 기운이 몸을 감쌌다.

"신시아, 힘들어서 집으로 돌아오고 싶겠지만 2년만 참아보자. 2년이 됐는데도 네가 싫다면 네 의견을 따르마. 가끔 네 얼굴 보러 오도록 할게. 널 사랑한단다."

별궁에 나를 두고 돌아가기 전 아버지가 내 손을 잡고 눈을 맞추며 걱정이 담긴 얼굴로 말했다. 눈물이 왈칵 쏟아질 것 같아 입술을 깨물고 눈에 힘을 줬다.

나를 위한 결정인 것을 잘 알기에 서운하진 않았다. 설사 나를 위한 결정이 아니었다 해도 따랐을 것이다.

14년 동안 받은 사랑은 그 어떤 것으로도 갚을 수 없을 만큼 너무도 컸다. 돌이켜보면 14살이라는 나이치고는 꽤 성숙한 생각을 가지고 있었던 모양이다.

그렇게 시작된 별궁에서의 생활은 생각보다 단조로웠다.

집과는 비교할 수 없을 정도로 내 존재에 관한 비밀을 철두철미하게 유지하려 했다. 때문에, 시중드는 두 명의 시녀는 내가 혼인을 해서 밖으로 나갈 때까지 안에서 함께 지내야 했다. 그녀들의 역할은 밖에서 들어오는 물품을 받아 별궁에서 생활을 이어나가는 것이었다.

집에서 느꼈던 답답함과는 차원이 달랐다. 하루가 너무 길었다. 하는 일이라곤 밥 먹고, 잠자고, 정원을 산책하는 것뿐이었다. 그림이라도 그릴 수 있으면 좋으련만 이 안에서 그런 것까지 요구하기는 무리지 싶었다.

그렇게 한 달쯤 지났을까. 그동안 한 번도 찾아오지 않았던 칸이 손에 책을 들고 나를 찾았다.

현과 함께 앉아 있을 때는 몰랐는데, 그는 키가 꽤 컸다. 터덜터덜 걸어와 몸을 날리듯 의자에 앉고 테이블에 책을 던졌다.

툭. 둔탁한 소리를 내며 떨어지는 책을 보다 그에게 눈길을 돌렸다.

"오셨습니까."

예의를 갖춰 인사를 하고는 자리에 서 있었다.

"앉지그래."

멀찍이 자리를 잡고 앉아 고개를 숙여 발끝만 바라봤다. 시간이 흐르는데도 나를 보며 말이 없는 칸 때문에 분위기는 점점 무거워졌다. 깊게 가라앉는 적막에 숨도 마음대로 쉬지 못했다.

"흥미롭기는 해."

긴 침묵 끝에 그가 말했다. 눈을 들어 본 그의 모습은 현과 함께 있을 때와는 또 달랐다. 나이와 걸맞지 않은 차가운 카리스마에 압도되는 것 같았다.

"총사령관이 널 부탁했다고 들었을 때는 그가 혹여 정치에 욕심이 있나 생각했는데, 널 직접 보니 아버지로서 그럴 만도 했겠다 싶은 생각도 든다. 현이 아니고는 너를 지켜줄 사내를 찾기 어렵겠지."

나를 꼼꼼히 뜯어보는 눈길이 마치 직접 만지는 기분이 들어 몸을 움츠렸다.

"하지만 흥미가 있다고 해서 널 내 여인으로 취하진 않을 것이다. 좋은 것과 흥미 있는 것은 다르니까."

그와 내 처지가 다름을 잘 알고 있다. 물론 이 혼인을 절박하게 원하는 쪽은 나였다. 그러나 나 또한 그의 생각과 같았다. 흥미 있다고 혼인할 수는 없었다.

그랬기에 그의 말에 아마 자존심이 상했으리라. 부모님의 걱정을 덜어드리기 위해 이 혼인을 성사하겠다고 다짐했지만, 나를 앞에 두고 좋음과 흥미를 논하는 이 남자의 여인이 되고 싶지 않았다.

배려 따윈 눈에 씻고 찾아봐도 없는 그와 혼인하고 싶은 마음이 싹 사라졌다.

그를 노려보기 위해서 고개를 들었다가 차마 그러지 못하고 그의 어깨 너머로 시선을 고정했다.

"그것은 저도 마찬가지입니다."

칸의 눈매가 매섭게 가늘어졌다. 그를 똑바로 바라볼 수 없었으나 할 말은 해야겠다.

"제 안위를 위해 마음에도 없는 사내의 여인이 되고 싶지 않습니다."

"그거야 보통의 사내라면 그러겠지만 난 보통이 아니라 현이 될 사내인데? 현의 여인이 되면 너의 안위를 지켜줌은 물론이고, 이 나라의 최고의 여인이 되는 것이지 않은가?"

한쪽 입꼬리가 길게 올라가며 웃더니 그가 되물었다.

"아무리 최고의 여인이 된다 한들 사랑할 수 없고, 사랑받을 수 없으면 그게 다 무슨 소용이겠습니까."

"그렇단 말이지?"

아차. 이러면 안 되는데…….

자존심이 뭐라고 순간 흥분했다. 나는 칸의 여인이 되어야 하는데, 왜 자꾸 이런 말이 나올까.

그가 손으로 턱을 괴고 신기한 듯 내 얼굴을 봤다. 그 시선이 부담스러워 얼굴이 붉게 물들어가는 것이 느껴져 고개를 숙였다.

생각해보면 그날 칸과 나의 대화는 10대 소년, 소녀가 나눌 만한 것은 아니었다. 물론 어디까지나 21세기를 살았던 현재 나의 관점에서였다. 당시 우리 입장에서 대화의 주제는 지극히 자연스러웠다.

그 후로 칸은 이삼 일에 한 번씩 책을 주러 별궁에 왔다.

그는 항상 나를 자극하는 말을 했다. 아버지와 내가 정치에 관심이 있는지 확인하기 위해 교묘하게 비꼬기도 했고, 내게 흥미는 있지만 여전히 이성으로서는 별로라고 하였다. 나 역시 그의 말에 날카롭게 받아쳤다.

"현께서 왜 널 마음에 들어 하셨는지 알아?"

아버지와의 친분 때문으로 알고 있었다. '나'라는 사람 자체를 본 것이 아니라 절친한 벗의 부탁을 들어준 현이었다.

그런 현이 나를 마음에 들어 했다는 말은 금시초문이었다. 단순히 아버지의 딸이라서 흡족했을지도 모른다는 생각은 했다.

모르겠다는 얼굴을 하고 그를 봤다.

"총사령관과 현께서 벗이라고 하나 무작정 그 딸을 차기 비로 들일 분은 아니지."

"그럼 무엇 때문에……."

"네가 라리사를 닮았기 때문이다."

라리사. 처음 현을 알현한 날 그가 중얼거렸던 이름.

다시 들으니 머릿속에서 이름 석 자가 가물가물하게 떠올랐다. 어디서 들어봤는데. 분명히 들어본 이름인데.

아! 아문에게 배웠었다. 과거 룩센의 왕비였던 이국인으로, 당시 현을 도와 많은 업적을 세웠다고 들었다. 이국인이라서 그런 줄로만 알고 있었는데 나와 닮았었구나.

본 적도 없는 사람이 주는 동질감이 예상외의 안도감을 주었다. 그런 나를 칸은 엷은 미소를 띠며 물끄러미 본다.

"닮았다는 이유만으로 널 원했다는 게 기분 나쁘지 않은가? 아니, 나와 닮은 사람이 존재한다는 것이 불쾌하지 않아?"

환하게 밝아진 내 얼굴이 의아한 모양이었다.

"전혀요. 세상에 저와 닮은 사람이 있었다는 사실만으로 좋습니다. 거기다 비의 자리까지 오른 분이라니."

"닮은 사람이 있는 것이 좋다니 의외네. 난 싫은데."

"네?"

닮은 사람이 있어서 싫다는 말을 어떻게 받아들여야 할지 몰라 고개를 갸우뚱했다.

"아니다. 혹시 너 외로웠어? 총사령관이 애지중지 키웠다고 들었는데 너는 만족스럽지 않았나 보군."

고개를 힘차게 저었다. 그런 오해는 금물이다.

"충분히, 넘치도록 사랑받고 자랐습니다. 외롭게 크지도 않았습니다. 다만 제 자신에 대해 알고 싶었습니다. 저는 제가 어디에서 왔는지 궁금했으나 알 방도가 없었습니다. 혼자만 이런 생김새를 하고 있다는 건 외로움과는 다른 부분이에요. 제가 돌연변이처럼 느껴졌으니까요."

살아오면서 내내 해왔던 생각을 누군가에게 털어놓긴 처음이었다. 부모님이나 아문에게 말해봤자 가슴만 아프게 할 이야기라 혼자서 삼켜왔다.

'신시아, 어린 너에게 이런 말 하기는 미안하다. 하지만 너도 자세히 알아야 세상의 위험함을 알 것 아니냐. 너는 밖에 나가면 사람들의 욕심을 채우는 대상이 되고 만단다.'

지금까지 술하게 들었었다. 그저 욕심이라고 했지만 그 안에는 많은 뜻이 숨어 있었다.

부모님이 나를 거두지 않았다면 룩센에서 나는 정욕을 채워주고, 그것으로 돈을 벌 수 있도록 해주는 존재. 그것으로 통했으리라.

칸이 자리에서 일어나 걸어와 앞에 서더니, 허리를 낮추고 앉아 있는 나와 눈높이를 맞췄다.

"네가 왜 돌연변이야."

손을 들어 내 머리를 쓰다듬었다.

"세상에 이렇게 예쁜 돌연변이가 어디 있어."

내가 돌연변이가 아니라는 그의 말에, 처음 보는 그의 따뜻한 미소에 갑자기 심장이 세차게 뛰었다. 순간 눈앞에 있는 그가 태양빛처럼 번졌다. 그 모습이 가슴으로 들어오는 기분이었다.

시간이 흐를수록 내 마음은 변화를 맞이하였다. 두 명의 시녀와 생활하며 사람의 왕래가 없는 별궁에서 칸의 존재가 너무나 커져 버렸다.

비록 만나면 긴장하게 되고 싸운다 할지라도 오랫동안 대화를 나누는 사람은 칸뿐이었다.

어느 날, 소파에 앉아 책을 읽고 있던 그가 물었다.

"필요한 거 있으면 말해."

'돌연변이' 대화 이후로 그가 나에게 저리 다정하게 말한 적이 없었다. 맞은편에 앉아 나 역시도 책을 보고 있다가 고개를 들어 그를 봤다. 그는 책에서 눈을 떼지 않았다.

시녀들이 항상 불편하지 않도록 신경 써주고 있어 물질적으로 필요한 건 없었다. 다만 창살 없는 감옥 같은 이곳이 답답할 뿐이었다.

집에서도 이처럼 비슷하게 지냈지만 부모님이 계시지 않는 것은 천지 차이였다. 나와 놀아줬던 아문마저 그리워질 지경이었으니까.

"없습니다."

내게 필요한 것은 칸이 줄 수 없는 부분이었다.

"무슨 일 있어?"

"네?"

들고 있던 책을 무릎 위에 놨다. 그는 여전히 내게 눈길을 주지 않고 책장을 넘겼다. 그의 눈동자와 고개가 넘어가는 책장을 따라 움직인다.

전혀 예상치 못했던 질문에 재차 당황스러웠다. 답을 하지 못하고 머뭇거리자 그가 보고 있던 책을 내려 나를 봤다. 오롯이 나만을 향하는 눈동자에 숨이 막힐 것처럼 가슴이 뻐근해졌다. 나 왜 이러지?

"요즘 식사를 거의 안 한다며."

"입맛이⋯⋯."

없어서요, 라는 말이 입안에서만 맴돌았다.

질문들의 의미를 파악하기 위해 애썼다. 필요한 게 있는지, 무슨 일이 있는지 왜 물어보며, 내 식사에 왜 관심을 두는지.

나를 걱정하고 있는 건가. 만나면 내 신경을 건드리기에 바빴던 사람이 보내는 관심에 마음이 갈피를 모르고 흔들렸다.

사실 첫 생리를 시작했다. 어머니에게 교육을 받아 생리를 왜 하고, 할 때마다 나타나는 증상과 조심해야 하는 일들에 대해 숱하게 들었다. 그리고 시작하게 되면 당신에게 꼭 알려달라는 당부도 있었다.

하지만 별궁에 들어와 있어 모든 걸 혼자서 감당해야 했다. 물론 시녀들이 필요한 물품을 준비해줘 불편함은 없었다. 단지 어머니가 그리웠다. 알려달라고 하셨는데, 전할 수가 없어 마음이 좋지 않았다.

아래서 줄줄 흐르는 느낌과 싸르륵거리는 배의 통증에 기분이 나빴다. 거기에 어머니에 대한 그리움이 더해져 요새 입맛을 잃었다.

"먹고 싶은 건?"

고개를 저었다. 그는 그런 나를 잠시 바라보더니 다시 책을 들어 올렸다. 짤막한 대화가 끝나고 어색한 분위기에 나도 시선을 책으로 옮겼다. 하지만 글자가 눈에 들어오지 않고 그의 얼굴이 어른거리더니 그가 했던 말들이 종이 위에 새겨졌다.

"괜찮아?"

"뭐가 말입니까?"

뭐가 괜찮냐는 건지 알 수 없어 되물었다. 눈만 깜빡이는 내게 그가 됐다며 책을 봤다.

그와 함께 있으며 지금까지 느껴왔던 긴장감과는 달랐다. 내가 내쉬는 숨소리와 반복되는 책장을 넘기는 소리가 오늘따라 유난히 크게 들렸다.

그가 돌아간 뒤 시녀가 차를 내왔다.

"카르카노 님께서 보내오셨습니다."

어쩐지, 처음 보는 빛깔이었다.

"배의 통증을 줄이고, 심신을 안정시켜주는 차라고 하셨습니다."

배의 통증을 줄이는 차? 내가 생리한다는 사실을 그가 안 건가?

"저, 저기…… 혹시 카르카노 님에게 알렸어요?"

놀라서 말을 버벅댔다. 생리가 시작되었다는 건 여자가 되었다는 증거니 창피할 일이 아니라고 어머니가 알려주셨다. 그래도 그에게는 부끄러웠다.

"신시아 님의 변화에 관해서는 모두 알려드려야 합니다."

아, 얼굴을 두 손에 묻었다. 화끈거린다.

'필요한 거 있으면 말해.'
'요즘 식사를 거의 안 한다며.'
'괜찮아?'

그는 전부 알고 물어봤던 거였다. 얼굴에서 손을 내리고 그가
보내왔다는 차를 마시기 위해 잔을 들었다.

향만으로도 몸이 이완되는 것 같았다. 나를 위해 그가 차를 보
내줬다. 어느새 화끈거림이 사라진 얼굴에 엷은 미소가 걸렸다.

이틀 후, 저녁 식사 시간이었다. 입맛이 없어 간단하게 준비해달
라고 했더니 간단하게 세 가지만 준비해줬다. 그러나 차려진 음식
을 보고 놀라지 않을 수 없었다.

오랫동안 맡아봤기 때문에 익숙한 음식 냄새. 많이 봐왔던 모양.
어머니가 직접 만드신 거였다. 텁텁하기만 했던 입안이 후각과 시
각으로 자극을 당하자 침이 고였다.

"어머니가 다녀가셨어요?"

시녀가 의자를 꺼내주기도 전에 내가 먼저 냉큼 앉았다.

"아니요. 보내오셨습니다. 사실 궁으로 음식 반입은 엄격하게
금지하고 있습니다. 여러 가지 위험성 때문에요. 그렇기에 이 상황
에 대해서 현께선 모르십니다."

금지된 일을 어머니가 왜 하셨을까. 현도 모른다면 들켰을 때
감당할 수 없는 일이 된다. 들고 있던 포크를 황급히 내려놨다.

"어서 치워요. 금지인 것을 알면서 어쩌자고 받아 왔어요?"

버럭 소리를 지르며 자리에서 일어났다. 나로 인해 집안에 해를 끼치는 사태가 발생할까 싶어서 걱정이 앞섰다.

"카르카노 님께서 명령하신 일이라 거역할 수 없었습니다."

"카르카노 님이요?"

"요즘 식사를 못하시잖아요. 직접 부탁하신 듯합니다."

아, 그저께 내게 먹고 싶은 것이 있냐고 묻더니 이 음식을 준비시킨 모양이었다. 놀랐던 가슴이 안정되며 몸에서 힘이 빠져나갔다. 의자에 앉으며 안도의 한숨을 쉬었다.

"들킬 일도 없겠지만, 만에 하나 들킨다 하더라도 카르카노 님께서 책임진다고 하셨습니다. 염려 놓으시고 식사하세요."

그가 시켰다고 진작 말해주지.

숨을 고르고 앞에 있는 음식을 향해 손을 뻗었다. 놀라서 식욕이 뚝 떨어졌으나 입에 대자 다시 입맛이 살아났다.

그는 보기보다 좋은 남자였다. 오만하고 이기적인 사람인 줄 알았는데 이런 배려심도 있었구나.

생각했던 것보다 좋은 현이 될 수 있는 마음을 가졌는지도 모른다. 그의 마음 씀씀이에 따뜻함을 느끼며 어머니의 손맛이 담긴 음식을 음미했다.

오랜만에 배부르게 저녁 식사를 끝내고 소화도 시킬 겸 밖에서 산책하는 중이었다.

"어? 카르카노 님!"

시녀가 부르는 쪽을 바라보니 양손에 큰 짐을 들고 오는 칸이 보였다. 시녀들이 달려가 그의 짐을 받아 들자 손을 탈탈 털며 얼굴을 찌푸리는 칸. 시종을 시켜도 되는데 왜 저걸 직접 들고 왔을까. 아! 여긴 비밀스러운 장소였었지.

칸이 먼저 다가와 내 앞에 섰고, 뒤따라온 시녀들은 짐을 가지고 안으로 들어갔다.

"무엇입니까?"

"나중에 봐."

방금 도착한 그는 짐만 전해주고 가버렸다. 짐을 들고 온 것은 처음이었지만 왔다가 금세 간 적은 많았기에 그러려니 했다. 짐의 정체가 궁금해져 서둘러 안으로 들어가 소파 옆에 있는 짐을 풀었다. 시녀들도 궁금했는지 함께 지켜봤다.

"신시아 님! 이건 화구(畫具)네요."

종이와 물감, 그리고 여러 개의 펜이 있었다. 종이의 두께가 만만치 않을 걸로 봐서 재질이 좋은 상품이었고, 물감은 질을 따지기 전에 그 자체만으로도 가격이 상당했다. 펜은 상류층만이 가질 수 있는 특별한 도구였다. 그뿐만이 아니라 그림 그리기 편하도록 그림판과 접어진 틀도 보였다.

그가 내 취미를 알아보고 준비해준 것이었다. 별궁에서 그리는 그림의 첫 번째 주인공은 칸으로 결심했다. 하지만 그는 귀찮다며 모델을 해달라는 내 부탁을 끝내 거절했다.

결국엔 머릿속으로 떠올리며 칸을 그렸다. 간간이 의자에 앉아 책을 있는 모습을 훔쳐보면서 수정을 하기도 하였다. 거의 매일 보는 사람이라 쉽게 그릴 수 있을 줄 알았건만 막상 해보니 작은 부분들이 달랐다.

자세히 들여다보니 내가 그렸던 것보다 그의 눈동자는 노을이 물들기 시작한 진한 황금빛에 가까웠고, 콧대가 훨씬 더 높았다. 턱 끝이 둥그스름하게 곡선을 그린 줄 알았는데 각이 져 있었다.

"이게 나인가?"

수줍게 내민 내 그림을 보며 그가 물었다. 자신과 닮지 않았다는 여기는지 못마땅한 표정을 지었다.

그와 똑같이 생겼다고 입에 침이 마르도록 칭찬했던 시녀들의 말은 그저 호들갑에 불과했던 모양이다.

고마운 마음에 정성껏 그렸는데 그는 시종일관 불만스러운 얼굴을 하였다.

"마음에 들지 않으면 주십시오."

"왜? 내게 주는 선물이 아니었나? 줬다 뺏어가는 게 어딨어?"

선물 맞다. 선물인 줄 알면 그런 얼굴로 받지 말아야지.

종이의 끝을 잡고 당겼다. 서로 힘을 주고 있는 탓에 종이가 팽팽하게 당겨졌다. 그의 얼굴이 화가 난 사람처럼 딱딱하게 굳었다.

"놔. 찢어진다. 그림이라도 내 신체가 손상되는 건 싫어."

어쩔 수 없이 잡고 있던 종이를 놓자 그가 구겨진 끝부분을 조심스럽게 엄지와 검지로 조심스럽게 비비며 폈다. 그 모습에 상했던 마음이 풀어졌다.

불만스러운 표정을 짓지나 말든가, 아니면 소중한 물건처럼 다루지를 말든가.

"감사합니다. 덕분에 모처럼 맛있는 식사를 할 수 있었습니다. 또 화구를 주셔서 무료하지 않게 지낼 수 있을 것 같습니다."

순간 그의 눈이 반짝 빛났다. 그가 고개를 돌리는 바람에 곧 사라졌지만.

"고마워. 덕분에 나도 정성이 들어간 선물, 처음 받아본다."

그의 얼굴이 옅은 붉은빛으로 물들었다는 생각이 드는 건 서서히 지고 있는 태양 때문이었을까.

고개를 푹 숙이고 내 뺨을 손등으로 문질렀다. 얼굴에서 자꾸만 열이 났다.

궁에 들어온 지 1년이 지나도 부모님은 찾아오지 않았고, 어쩌다 한 번씩 편지만 받아볼 수 있었다.

부모님께도 사정이 있을 것이라 여기면서도 시간이 지날수록 서운했고, 내가 친딸이 아니라서 그런가 하는 생각도 더러 했다. 곧 마음을 고쳐먹었지만 흐르는 세월만큼 별궁의 생활은 힘들었다.

그래서였을까. 처음에는 불편하기만 했던 그를 어느 순간부터는 기다리고 있음을 알게 됐다.

그렇다고 사이가 가까워진 건 아니었다. 그러나 화구를 선물받은 날부터 칸이 오면 신경이 온통 그에게 쏠렸다.

그 후로 눈에 띄게 변하지는 않았지만, 그가 별궁에 와서 내게 까칠하게 대하는 날이 점차적으로 줄어들었고, 조용히 책만 읽다 가거나 휴식을 취했다. 그럴 때면 칸의 신장보다 짧은 소파에 길게 누워 있는 그를 몰래 훔쳐보기도 하였다.

그가 내게 가끔 식사로 뭘 먹었는지, 읽은 책은 재미있었는지에 대해 물으면 그날은 두근거리는 가슴으로 잠을 이룰 수가 없었다. 그렇게 나도 모르게 그를 조금씩 받아들였다.

하지만 우리의 대화는 대부분 건조하게 메말라 있었고, 약속된

2년이 가까워질 무렵에서야 문득 그에 대한 마음을 깨달았다.

그가 없는 내 생활이 상상이 되지 않았다.

내가 예전으로 돌아갈 수 있을까. 어차피 집으로 돌아가도 갇혀 지내는 날의 연속일 뿐이다. 부모님이 계시겠지만, 그가 없는 건 싫었다.

"이제 곧 기한이 다 되겠네?"

찻잔을 입에 대고 나직이 내뱉은 칸의 말에 심장이 쿵 내려앉아 입술을 가만히 깨물며 그를 봤다.

왜 이러지.

손이 떨려 옷자락을 세게 움켜쥐었다.

15살의 소년은 2년이라는 시간이 흐르며 청년이 되어가고 있었다. 칸의 그을린 근육은 더욱 탄탄해져 반질거렸고, 얼굴에는 굵은 선이 살아나 남자다웠다. 2년 동안 훌쩍 커버린 탓에 그렇잖아도 긴 다리가 소파 사이로 매끈하게 뻗어 있었다.

"나는 심경의 변화가 전혀 없는데 말이다. 너도 그렇지?"

대답을 할 수가 없었다. 갑자기 가슴이 저릿하며 목이 메어 말이 밖으로 나오지 않았다. 심경의 변화가 전혀 없다는 그의 말이 비수가 되어 가슴에 박혔다.

"……네."

금방이라도 눈물이 차오를 것 같아 침을 삼킨 후 겨우 그에게 말했다. 그는 당연히 알고 있었다는 듯 고개를 한 번 갸웃거리고는 미소를 지었다.

"그래. 어차피 우리는 이렇게 될 수밖에 없었지."

"오늘은 그만 가주세요."

더는 참을 수가 없어서 한 말이었다. 계속 이렇게 있다가는 집으로 돌아가고 싶지 않다고 속마음을 털어놓을 것 같아서 그랬다. 그의 곁에 머물고 싶다고 고백할 것 같아서였다.

칸과 나, 두 사람 중 한 사람이라도 싫다면 무효인 혼인에서, 그는 지금 나를 거부하는 뜻을 보이고 있다.

가달라는 내 말에 그의 눈빛이 날카로워졌다. 굳게 입술이 씰룩거리다 멈췄다. 지금까지 2년이 가까운 시간 동안 그에게 가라고 말한 것은 처음이었다.

"원한다면."

비아냥거릴 줄 알았던 눈빛과 다르게 그는 별다른 반응 없이 간단한 답을 하고는 자리를 떠났다.

11장

칸의 모습이 시야에서 사라짐과 동시에 눈물이 떨어졌다. 나에 대한 마음의 변화가 없다는 말이 가슴을 아프게 하며 괴롭혔다.

그날 밤은 별궁에 들어와 제일 외롭고 힘들었다. 얼마나 울었는지 모르겠다. 16년 생애 그렇게 울어본 것은 처음이었다.

내가 부모님과 다르게 생겼다는 걸 처음 인지하고 울었던 때와 비슷했다.

베개에 얼굴을 묻고 한참을 울다가 설핏 잠이 들었다. 눈물로 축축해진 얼굴 위로 부드러운 손길이 느껴져 눈을 떴다. 칸이었다. 밤에 나를 찾아온 적이 없는 그가 침대에 걸터앉은 내 얼굴을 닦고 있었다. 놀란 나는 자리에서 벌떡 일어나려 했지만 어깨를 가만히 미는 그의 힘으로 다시 누울 수밖에 없었다.

칸이 양팔을 내 얼굴 옆에 세우고 상체를 숙여 내려다봤다. 어두워서 그의 표정을 볼 수 없었다.

"기뻐?"

"네?"

"집으로 돌아갈 수 있어서 기쁘냐고 물었다."

당황스러웠다. 어떤 대답을 해야 할지 도무지 알 수 없어서 잘 보이지 않는 그의 얼굴을 멀뚱거리게 보기만 하였다. 어둠 가운데 그의 밝은 황금색 눈동자만이 빛을 냈다.

"난…… 조금도 기쁘지 않아."

순간 달이 모습을 드러냈는지 방이 차츰 밝아졌다.

칸의 표정은 여느 때와 다름없이 냉랭했지만 내 가슴은 뛰기 시작했다.

기쁘지 않다니 뭐가? 설마 내가 돌아가는 것이 기쁘지 않다는 말인가?

"왜…… 기쁘지 않으십니까?"

그와 눈을 마주치며 조용히 물었다.

"내 질문에 대답부터 해야지. 집으로 돌아갈 수 있으니 좋아?"

그의 눈에는 내가 집으로 돌아가니 좋아하는 사람처럼 비쳤나 보구나.

금세 눈물이 차올랐고, 울음이 나오려는지 입술이 씰룩씰룩 움직였다. 내 마음을 몰라주는 그가 미웠지만 솔직하게 털어놨다.

"아뇨, 좋지 않습니다."

"좋아서 이리 눈물을 흘린 것이잖아."

기어이 한 방울이 떨어졌다. 그가 손을 들어 내 눈 밑을 쓸었다.

"사람은 좋아서 울 때보다 슬퍼서 울 때가 더 많습니다."

눈 밑을 매만지던 손가락이 볼을 따라 내려오다 주먹을 그러쥐었다. 미간에 주름이 진 채로 나를 한참 동안 보더니 다시 내 머리 옆에 팔을 세웠다. 그 때문에 푹신한 베개가 가라앉음과 동시에 머리도 따라 움직였다.

"그럼 이 눈물은 슬프기 때문이야? 이곳을 떠나 집으로 돌아가는 게 슬프단 말인가."

"네, 슬퍼요."

"왜?"

고개를 저었다. 그의 답을 먼저 듣고 싶다.

"제 질문에 답해주세요. 카르카노 님은 제가 떠나는 것이 왜 기쁘지 않으십니까."

옅은 한숨 소리가 그의 입술 사이로 새어 나왔다.

"이 별궁의 주인이 없어진다고 생각하니 조금도 기쁘지가 않다."

심경의 변화가 전혀 없다던 그가, 우리는 이렇게 될 수밖에 없었다고 말하던 그가 내가 떠남에 대해 아쉬움을 토로하고 있다.

"별궁을 지켜야 하는 주인이 없어져서 싫은 건가요, 아니면 주인인 제가 없어지니 싫다는 건가요?"

"네가…… 없는 것이 싫어."

그의 얼굴이 살짝 옆으로 기울어지며 가까이 다가왔다. 뜨거운 숨결이 입술 위를 간지럽혔다. 조금씩 뛰던 심장이 밖으로 터질 것처럼 두근거렸다.

"왜, 왜 싫으……!"

그러니까 내가 없는 것이 왜 싫은지에 대해 묻고 싶었다. 그도 나와 같은 마음인지 궁금해서, 더듬거리며 겨우 내뱉은 말이 그대로 멈췄다.

그가 내 볼에 입술을 댔다. 말캉하고 보드라운 입술이 가볍게 누르자 그의 뜨거운 숨결이 볼을 시작으로 전신에 퍼지는 기분이었다.

깜짝 놀라 눈만 깜박였다. 뭐라 말을 해야 할 것 같은데 머릿속이 새하얗게 돼서 아무것도 생각나지 않았다.

"신시아, 너를 가지고 싶다. 현의 여인이, 나의 여인이 되어라."

"저, 저는⋯⋯."

"강요하지는 않겠어. 앞으로 내가 현의 자리에 오를 때까지 오랜 시간 동안 너는 이곳에서 지내야 할 테니까. 하지만 오늘 나의 여인이 되겠다고 결정한다면 두 번 다시 돌이킬 수 없다. 절대 놔주지 않을 거야. 내게서 벗어날 수 있는 마지막 기회다."

"한 가지만, 한 가지만 물어봐도 됩니까?"

그가 자신의 숨결만큼이나 뜨거운 눈길로 나를 봤다.

"2년 동안 제게 흥미 이상의 감정이 생겼는지 알고 싶습니다. 분명 낮에만 해도 마음의 변화가 없다고 하셨잖아요."

"넌 늘 집을 그리워했어."

"그건⋯⋯."

집을 그리워했다기보다는 2년 동안 한 번도 뵐 수 없었던 부모님을 그리워했다.

"흥미 이상의 감정이 생겼기 때문에 널 놔줘야 한다고 생각했지. 그러나 내게도 마지막으로 기회를 줘보고 싶어서 다시 찾아왔어."

집으로 돌아갈 수 없었다. 그 이유는 아문 때문이 아니다. 부모님의 걱정을 덜어드리기 위해서도 아니고 룩센에서 안전하게 살아가기 위해서도 아니었다.

오직 칸과 함께 지내고 싶어서였다. 그 역시 나와 같은 마음이길 얼마나 원했던가.

"흥미 이상의 감정이 어떤 겁니까?"

"놓아주고 싶지 않아."

뜨겁다. 칸의 눈빛이, 숨결이, 체온이. 아니, 주위의 모든 것이 뜨거웠다. 피부에 닿는 공기마저도 데일 것처럼 타올랐다.

"너를 원해."

"혹 제 외모 때문이라면……."

"처음 봤을 때 반하긴 했어. 너는 그만큼 아름다우니까. 하지만 내가 단순히 그 이유만으로 너를 원하리라 생각해? 아니라는 거, 너도 알잖아."

내게 첫눈에 반했다니. 전혀 몰랐던 사실이었다. 반했다면서 왜 그렇게 내 신경을 못 긁어 안달이었나.

"가슴에 화살이 꽂히는 느낌이었다. 네 외모가 뛰어나다 해도 내 주위에 예쁘고 아름다운 여자가 많은데 너만 생각나. 알아갈수록, 볼수록 네가 목말라."

그의 음성이 낮게 가라앉았다. 조금 탁하기도 했고, 거칠게 갈라지기도 했다.

"카르카노 님."

"답해라. 내 여인이 되겠는가?"

"……네."

얼굴에서 귀까지 열이 나기 시작했다. 눈을 어디 둬야 할지 몰라 옆으로 굴리는데, 그가 한 손으로 양 볼을 잡았다. 얼굴 이리저리 훑는 황금색 눈동자가 짙게 물들어갔다.

쪽! 그가 내 입술에 자신의 입술을 댔다가 금방 떼었다.

"카, 카르…… 카노 님."

처음이었다. 어렸을 적에 어머니가 가끔 입맞춤을 해줬지만 남자는 처음이었다.

"칸이라고 불러. 돌아가신 어머니께서 날 칸이라 부르셨지. 네게만 허락해줄게."

"……칸."

내게만 허락해준다는 이름을 나지막이 불렀다. 그의 특별한 사람만이 부를 수 있는 이름이었다. 그날부터 오직 나만이 그를 칸이라 불렀다.

"너도 알려줘. 이 세상에서 나만 부를 수 있는 네 이름."

"전 누구에게나 신시아라고 불렸습니다."

"흠. 그럼 난 너를 시아라고 부를까."

"아, 좋은 것 같아요."

그를 향해 싱긋 미소 짓자 갑자기 그의 황금색 눈동자가 노을처럼 붉어졌다. 그는 황급히 눈을 감고는 고개를 들어 천장을 향해 한숨을 내쉬었다.

"넌 아직 어려서 안 되겠다. 그렇지?"

"뭐가 말입니까?"

뭐가 안 된다는 걸까. 어차피 내가 어려봤자 그와 한 살 차이밖에 안 나는데.

"그동안 공부 많이 해놔야겠어."

그가 피식 웃으며 내 코를 아프지 않게 잡고 흔들었다.

그때는 뭐가 안 된다는 것인지, 어떤 공부를 많이 한다는 것인지 도통 알 수 없었다. 그러다 20살이 되던 해에 그 의미를 알게 되는 일이 일어나고서야 그의 말을 상기하며 함께 지난 추억을 떠올렸다.

서로의 마음을 알게 된 후, 칸은 책 때문이 아니더라도 별궁을 자주 드나들었고, 우리는 행복한 시간을 보냈다.

정확히 2년을 채우지는 않았지만 칸의 아버지인 현에게 그와 나의 결정을 말했다. 현은 마치 예상하고 있었다는 듯 특유의 부드러운 미소를 지으며 잘됐노라고 만족스러워했다.

그리고 부모님을 뵐 수 있었다. 2년에 가까운 시간 동안 부모님께서 날 찾지 않은 이유는 단 하나였다. 내가 마음이 약해져 집으로 돌아가고 싶어 할까 봐서였다. 반대로 별궁에 갇혀서 외롭게 생활하는 나를 보는 부모님의 마음도 변할까 싶어서 그리하였다고 하셨다.

모든 일은 순조롭게 잘 풀렸다. 아문을 다시 만나기 전까지는.

사실 아문을 만나고 나서도 몇 년 동안은 평온하게 지냈다. 아마 그때는 그의 계획을 전혀 몰랐으니까 평온하다고 느꼈겠지.

아문을 다시 만난 날은 칸이 일이 있다고 오전에 일찍 별궁에 다녀간 뒤였다.

정원 의자에 앉아 칸이 가져다준 책을 보며 깜박 잠이 들었다가 눈을 떴는데 책 위로 드리워진 그림자가 보였다. 시녀 중 한 명인가 생각하며 다시 눈을 감으려는 순간이었다.

"예쁘게 컸구나, 신시아."

그 목소리에 잠이 싹 달아났다. 눈이 커다랗게 떠지며 자리에서 벌떡 일어섰다.

2년이 지나도 누군지 금방 알 수 있는 목소리였다.

14년간 함께했던 목소리, 아문이었다.

"오, 오라버니……. 여기는 어떻게……."

당황스러웠다. 별궁은 아무나 들어올 수 있는 곳이 아니었다. 오로지 칸과 현, 부모님만이 알고 있는 장소였는데 아문은 어떻게 알고 왔지.

그를 보고 반가움보다 앞서는 두려움에 입을 다물지 못했다. 어릴 적 그는 내게 다정다감한 오라버니였다. 하지만 예전과 달라진 것이 있었다. 바로 나에 대한 그의 마음을 알았다는 것.

본능적으로 그것이 두려웠다. 슬프게도 현실이 그랬다. 그의 마음을 알게 된 이상 그는 내게 더는 어린 날의 오라버니가 아니었다.

칸이 2년 동안 소년에서 남자로 자란 것처럼 아문 역시 남자의 느낌이 물씬 풍겼다.

"난 오랜만에 봐서 반가운데 넌 그러지 않은 모양이구나."

"아니야, 오라버니. 너무 놀라서 그래. 여긴 아무도 못 들어오거든."

"나도 네가 여기에 있을 줄은 꿈에도 생각 못 했어. 궁 안을 구경하다가 우연히 들어왔는데……."

우연히 들어왔다고 하기엔 아문의 표정이 너무나도 차분했다. 그를 더 의심했어야 했다. 의심을 전혀 안 했던 건 아니었지만 너무나도 자연스러운 그의 말과 행동에 넘어가고 말았다. 별궁은 절대적으로 우연히 들어올 수 없는 곳임을 잠시 잊었다.

"잘 지냈지?"

그가 예전처럼 내게 다정한 미소를 보였다. 어떻게 답을 해야 할지 몰라 그를 따라 어색한 미소를 지었다.

"……응."

"혹시나 해서 말인데, 네가 궁에 들어오던 날, 2년 전의 내 모습은 잊어주길 바라. 그날 제정신이 아니었나 봐. 친구 녀석들에게 물어보니 아끼던 여동생이 혼인하면 그런 마음이 들 수도 있다고 하네."

아문이 다가와 머리를 쓰다듬었다. 나도 모르게 몸이 움츠러들었고, 그 때문인지 그의 눈이 안타깝게 흔들렸다.

"내가 너에게 큰 잘못을 했구나. 예나 지금이나 동생 이상의 감정은 없으니까 예전처럼 지내자, 신시아."

"으, 응."

준비한 대사를 외운 사람 같았다. 아문의 입에서 흘러나오는 말에 의구심이 들어 꺼림칙한 마음을 가지고 대답했으나 이 역시 처음에만 느꼈을 뿐, 잠깐 동안 가졌던 마음은 시간이 흐르며 풀어졌다.

"아문이 다녀갔다고?"

저녁에 별궁을 찾아온 칸에게 아문이 다녀갔다는 사실을 알릴지 말지 고민하다가 결국 말했다. 작은 테이블 건너로 마주친 눈이 동그랗게 커졌다.

"흠, 어떻게 여기를 찾았지."

조용히 혼잣말하는 그의 눈치를 살피다가 물었다.

"혹시 제 오라버니를 아십니까?"

"모를 리가 없잖아. 총사령관의 아들이고 너와 남매지간인데. 어디 그뿐일까. 2년 전부터는 거의 궁에 살다시피 했다."

"궁에 살다시피 했다고요? 왜?"

"재상의 아들 샤이크, 총사령관의 아들 아문, 그리고……."

칸이 머뭇거렸다.

"내 형 헤크란과 나. 네 명이 함께 교육을 받고 있어. 나는 따로 받을 때가 많지만."

헤크란, 칸의 쌍둥이 형제. 궁에 들어오기 전에 쌍둥이 왕자가 있다는 이야기만 전해 들어 문득 궁금해졌다.

칸과 쌍둥이 형제인 헤크란은 정말 그와 똑같은 얼굴을 하고 있을까.

"칸과 많이 닮았습니까?"

"응."

"어떤 분이세요?"

"나도 몰라."

형에 대해 무관심한 듯 보였다. 짧은 대답에서 그의 불편함이 느껴져 내가 하면 안 되는 질문을 했나 싶었다.

"형이지만 남처럼 자라왔어. 궁은 그런 곳이지."

쓸쓸했다. 자세한 사정은 모르지만 여느 집과는 많이 다르다.

"나와 똑같이 생긴 사람이 있다는 건, 기분이 좋지 않아."

문득 예전에 그가 했던 말이 떠오른다.

'닮은 사람이 있는 것이 좋다니 의외네. 난 싫은데.'

그때 그런 말을 한 이유가 있었다. 왠지 나도 별로다.

"만약 제가 나중에 두 분을 구분하지⋯⋯."

"할 수 있어."

구분하지 못해서 실수하는 일이 생길까 봐 꺼낸 말을 그가 잘랐다.

"헤크란과 나는 거의 비슷하게 생겼어. 하지만 넌 구분할 수 있을 거야. 아니, 구분해야 한다."

칸의 음성이 딱딱하게 굳었다. 구분해야 한다고 강하게 못을 박는 그의 말에 걱정이 앞섰다. 나야 구분하기 위해 모든 감각을 총동원하겠지만 그래도 안 된다면 어찌해야 한단 말인가.

"그렇게 심각하게 고민하지 마. 헤크란은 머리카락이 길어서 괜찮을 거야. 쉽게 알아볼 수 있지. 그리고 어차피 우리가 혼인을 올리기 전에는 만나지 못할 테니까, 그 전에 나를 본능처럼 알아볼 수 있게 만들면 되잖아?"

고민에 빠져 있는 나를 본 건지 딱딱했던 그의 목소리가 한층 누그러졌다.

의자에 비스듬히 앉아 있던 그가 자세를 바로잡고는 손을 뻗어 내 볼을 감쌌다. 엄지로 볼을 살살 문지르다 아랫입술을 가만히 누르며 쓸었다.

"내가 그렇게 만들어줄 것이다. 너의 본능이 나를 바로 알아볼 수 있도록."

그 말이 어떤 뜻인지 알지 못했다. 그러나 이상한 감각이 그의 손을 타고 온몸을 휘감아 돌며 떨려왔다. 갑자기 호흡 조절이 안 돼서 가늘게 겨우 숨을 내쉬었다.

심장이 거세게 뛰기 시작했다. 두근거리는 심장 소리를 그가 듣는 것은 상관없다. 하지만 몸의 떨림은 왠지 들키면 안 될 것 같아 조용히 마른침을 삼켰다.

칸의 엄지는 아랫입술에서 떨어질 생각을 안 했고, 그의 눈동자 또한 내 입술에 머물러 움직이지 않았다.

숨이 점점 차올라 더 이상 조절이 어렵겠다 싶은 찰나 그의 손가락이 원래 자리로 되돌아갔다.

매력적인 그의 입술 사이로 짧은 한숨이 터졌다.

그가 이마를 짚으며 고개를 가만히 저었다.

"견디기 힘들다."

"……뭐가 말입니까?"

영문을 몰라 묻자 그가 피식 웃으면 손사래를 쳤다.

"아냐. 어찌 됐거나 아문이 널 발견했기에 망정이지, 다른 사람이었으면 큰일 날 뻔했네."

"아, 네."

궁에 들어오기 전 아문과 있었던 일을 차마 말할 수는 없었다. 누가 봐도 외모상 아문과 나는 친남매가 아니었지만 남매인 것은 맞았다. 칸 또한 그렇게 믿고 있었다.

무엇보다 아문이 오늘 말하지 않았던가. 내게 동생 이상의 감정은 없다고. 괜히 긁어 부스럼을 만들 필요가 없다고 생각해서 그 일은 덮어두었다.

그 후, 별궁의 위치를 알게 된 아문이 자주 올까 염려가 되어 며칠 동안은 신경을 곤두세우고 있었다. 칸 앞에서는 티를 내지 않고자 노력했으나 소용이 없었나 보다.

나의 예민함을 칸도 느꼈는지 평소보다 더 따뜻하고 부드럽게 대했다. 아마도 그는 내가 별궁에 갇혀 있는 것을 힘들어한다고 판단했던 것 같다.

처음에 낯선 환경과 외로움 때문에 힘들었던 것은 사실이었다. 그러나 칸의 마음을 확인하고 나서는 외로움에서 어느 정도 벗어날 수 있었고, 현이 제시한 2년이 지나자 부모님도 종종 뵐 수 있어 나쁘지 않았다.

오히려 많은 사람과 만나며 밖을 돌아다니는 것보다 갇혀 있는 생활이 익숙했다. 집에서 자란 14년 동안에도 밖으로 한 발자국 나가지 못했으니까.

조금만 더 참으면 된다고 생각하며 하루하루를 잘 버텨나가고 있었다.

어느 날은 칸이 새를 선물했다. 고운 빛깔로 형형색색 물들어 있는 깃털은 인간이 가지고 있는 그 어떤 색으로 표현할 수 없을 만큼 아름다웠다. 길게 늘어진 날개가 매끄럽게 휘어 있는 모양은 생전 처음이었다. 책에서도 볼 수 없었던 신기한 새였다.

"아주 예쁩니다."

"목소리도 곱지. 들어볼래?"

그가 새장 안으로 긴 손가락을 집어넣어 새의 목을 쓰다듬었다. 휘파람 소리 같은 높고 가는 소리가 나오더니 이내 노래를 불렀다. 마치 악기를 연주하듯 나오는 울음에 놀라 감상하느라 정신이 없었다.

"이제 기분이 좀 나아졌어?"

새장 안의 새에게만 눈을 고정하고 있는 나를 향해 그가 물었다.

"네, 좋습니다."

그의 마음 씀씀이가 고마워 수줍게 고개를 끄덕였다.

"미안하다."

"……?"

"이리 갇혀 살게 해서."

"아닙니다. 제가 선택했습니다. 그러니 그런 생각 마세요."

그의 손을 잡고 활짝 웃어 보였다.

"요즘 네가 너무 힘들어 보여."

"괜찮습니다. 누구 덕분에."

"그 '습니다' 좀 안 쓸 수 없나?"

"그럼…… 어떻게 해야 함…… 니까?"

"멀게 느껴져서 그래. 내 신부랑 이야기하는 게 아니라 신하와 대화하는 것 같아. 좀 더 편하게 대해줬으면 좋겠다."

머리카락을 쓸어내리고 내 어깨를 잡았다.

"그냥 '요' 자만 붙여도 되잖아."

"노력하겠습…… 요."

버릇처럼 나오는 말의 끝맺음을 서둘러 바꿨다. 그는 만족한 듯이 입을 길게 늘어뜨리며 어깨를 가볍게 두드렸다.

단시간에 고쳐지기는 어렵겠지.

"근데 칸."

"응?"

그가 부드럽게 대답했다. 차가우면서도 낮게 가라앉은 그의 목소리가 좋았는데, 이제는 저렇게 따뜻하게 대답하는 음성이 더 좋았다. 녹아드는 기분이 들 정도였다.

"이 새는 새장 밖으로 나가면 다시 돌아오지 않겠죠?"

"왜, 놔주고 싶어?"

"새장 안에 갇혀 살기엔 너무 예뻐서요."

"너를 보는 것 같은가?"

그의 표정이 서늘하면서도 슬프게 변했다.

그에 눈에는 한정된 공간 안에서 살아가는 새와 내가 동일시됐을 수도 있다. 그러나 나는 새를 나로 생각하지 않았다. 엄연히 다른 입장이다.

"저와는 다르죠. 전 칸이 옆에 있지만 이 새는 혼자지 않습니까."

"……."

"그리고 제가 원해서 여기에 있는 것입니다."

"하고 싶은 대로 해."

내 말에 그가 안심했는지 새장 입구의 문을 활짝 열었다. 하지만 안에서 고개를 갸웃거리는 새는 문이 열렸는지조차 모르는 듯했다. 오랜 시간 갇혀 있다 보니 어떻게 나가야 하는지도 잊어버렸나 보다.

"너도 이 새처럼 갇혀 있는 것이 익숙해서 나갈 생각조차 못하고 있는 건 아니지?"

그가 새장 안으로 손을 넣어 능숙하게 새의 다리를 자신의 손 위로 옮겼다. 조심스럽게 새를 빼내 팔을 공중으로 날리자 푸드득 소리와 함께 새는 사라졌다.

여태까지 몰랐다. 그는 내가 별궁에 갇혀 지내는 것이 마음에 걸렸던 듯싶다. 그의 얼굴에서 약간의 죄책감도 보였다.

"칸, 나가는 법을 몰라서가 아닙니다. 전 나가면 갈 곳이 없을뿐더러 밖은 제게 위험한 곳이잖아요. 칸의 여인이 되고 싶어서 선택하기도 했지만, 저를 위하는 것이기도 했습니다."

그가 씁쓸하게 웃었다. 그때부터였을 것이다. 아니면 그전부터였는데 내가 이제 알게 된 걸까?

늘 냉정하게 이성을 유지하던 그가 나와 관련된 일 앞에서는 속절없이 무너져 내려 무섭게 화를 내기도 했고, 때론 아이처럼 여려지고, 유치해지기도 했다.

며칠 뒤 날려줬던 새는 돌아왔다. 먹이를 구해지 못해서 그러나 싶어 먹이를 주고 다시 날려 보냈다. 그러나 새는 또 되돌아왔다. 사막이라 궁 밖으로는 나가지 못해도 넓은 안에서 지낼 곳을 많을 텐데.

여기가 네게는 꼭 돌아와야 하는 곳인 거니?

결국 새장에 가둬놓지 않았다. 가끔 하루 이틀 보이지 않을 때도 있었지만, 어김없이 돌아왔다. 꼬박꼬박 다시 오는 걸 보면 집으로 생각하는 모양이었다. 뭐, 먹이 때문일 수도 있겠으나 그렇게 생각하고 싶지 않았다.

이곳이 새에게 집인 것처럼 내게도 집이었다. 내가 있어야 하는 곳.

새의 목을 손가락으로 쓰다듬자 고운 목소리로 울었다.

시간이 흐르고 아문을 만났던 일은 기억에서 잊혀지고, 나의 마음도 안정을 찾아가고 있을 무렵이었다.

칸이 전날 밤에 놓고 간 책을 읽다가 잠시 산책을 하려고 문을 나설 때 밖에서 남자가 시끄럽게 떠드는 목소리가 들렸다.

"와~! 궁 안에 이런 곳이 있었단 말이야? 누가 살길래 이렇게 꽁 꽁 숨겨놨대?"

칸의 목소리가 아니었다. 그렇다고 아문도 아니었다. 덜컥 겁이 나서 방으로 도망치려 했지만, 늦었다. 이미 문은 열렸고, 처음 보는 남자가 서 있었다.

칸보다는 작았으나 큰 키를 가졌고, 감청색 머리카락이 반질반질 윤이 났다. 머리카락과 같은 색의 눈동자가 유난히 반짝반짝 빛났다. 호기심으로 똘똘 뭉친 눈동자가 나를 향해 꽂힐 듯했다.

"너, 누구야?"

누구인지 물어봐야 할 사람은 그가 아니라 나였다. 뇌에서 위험을 알리는 신호에 뒷걸음질을 쳤다. 사실 그의 눈빛은 위험스럽다기보다는 호기심에 가까웠다.

하지만 위험으로 느끼는 것은 당연했다. 그는 여기에 있으면 안 될 사람이었다.

"룩센에서 너처럼 생긴 애는 처음 봐. 왜 여기 있어? 갇힌 거야?"

친근하게 대하는 물음에 답을 하지 못하고 뒤로 물러났다.

"겁먹지 마. 널 해치지 않아."

나의 보폭에 맞춰 그가 천천히 다가왔다. 돌아서 도망가야 하는데, 굳은 몸이 말을 듣지 않는다. 겨우 뒤로 물러서는 것밖에 할 수 없었다. 마른침을 삼키고는 어떻게 하면 그를 지나쳐 밖으로 나갈 수 있을지 머릿속으로 계산했다.

소리를 지를까 했지만 별궁에 있는 사람은 어차피 나와 시녀 두 명뿐이라 큰 도움이 되지 않을 것이다.

별궁은 철저하게 비밀리에 지켜지는 곳이었다. 한데 이 남자는 대체 어떻게 들어온 거지?

점점 가까워지는 그에게서 벗어나기 위해 무작정 뛰었지만 허사였다. 금세 그에게 팔목이 잡히고 말았다.

"놔주십시오!"

"도망가지 않는다고 약속하면 놔줄게."

몸부림을 쳤으나 남자의 완력에 비해 여자인 나는 너무나 약했다. 칸이 와줬으면 좋겠다. 그가 지금 이 사태를 안다면 이 남자를 가만두지 않을 텐데.

"그만해, 샤이크! 놀랐잖아."

익숙한 목소리. 손목을 잡고 있는 남자의 뒤로 아문이 나타났다.

어린 시절의 샤이크는 어른일 때보다 훨씬 장난스러웠다. 나이가 든 그는 예전보다는 많이 진중해진 편에 가까웠다. 그래 봤자 거기서 거기겠지만.

"놀란 건 나도 마찬가지야."

호기심으로 가득 찬 눈동자가 쉴 새 움직이며 빛났고, 그것을 풀기 위해서는 거침없는 샤이크였다.

그날도 그랬다. 그는 나에 대한 궁금증을 쏟아냈다.

"넌 왜 여기 있어? 여기는 어떤 곳이지? 그리고 넌 대체 누구야?"

질문하면서도 답할 시간을 주지 않았다. 물론 답할 마음도 없었다.

"우선 잡은 손부터 놔줘. 내가 알려줄게."

아문이 다가와 내 손목과 샤이크의 손을 각각 잡아서 힘을 줬다. 가족인 아문이 있으면 마음이 놓일 법도 하건만 나는 샤이크보다 아문이 더 두려워졌다.

'내가 알려줄게.'

이 말 하나로 샤이크를 별궁으로 데려온 사람은 아문인 것이 확실했다. 무엇 때문에? 여기가 어떤 곳인지 잘 아는 아문이 왜 낯선 남자를 데려왔는지 아무리 생각해봐도 답이 나오지 않았다.

"싫어. 너한테 듣고 싶지 않아. 이 예쁘고 탐나는 입술로 말하는 걸 보고 싶어."

샤이크는 나의 손목을 놓지 않고 더욱 세게 쥐었다.

"샤이크!"

아문이 큰 소리로 샤이크를 불렀다.

"소리 지르지 마. 내가 뭘 어쨌다고 그래?"

샤이크가 생글거리며 말하자 금방이라도 싸울 것처럼 아문의 눈이 험악해졌다. 그러나 샤이크는 전혀 신경 쓰지 않고 내게 눈을 맞췄다.

"둘 다, 내 신부에게서 손을 떼는 것이 좋을 거야."

서슬 퍼렇게 날이 선 목소리가 들려왔다. 그 목소리의 주인공이 누군지 우리 셋은 알 수 있었다. 잡혔던 팔목이 느슨해져 얼른 빼내고는 칸에게 다가가 그의 팔을 잡고 옆에 섰다.

"괜찮아?"

칸이 고개를 돌리고 조용하게 물었다.

"네."

가만히 대답하자 그가 머리를 쓰다듬어줬다. 아문과 샤이크의 눈이 나를 좇아오다가 칸에게서 멈췄다.

"뭐 하는 짓이지?"

칸의 얼굴을 보지 않아도 그가 지금 어떤 표정일지 눈에 훤했다.

"카르카노?"

눈이 동그랗게 뜨인 샤이크가 칸을 불렀다. 샤이크는 칸이 이곳에 있으리라고는 털끝만큼도 짐작하지 못한 사람처럼 당황한 빛이 역력했다.

"카르카노, 그 애가 네 신부라니?"

"내 집에서 당장 나가."

"여기가 네 집이야?"

"궁 전체가 내 집이다."

"아니, 아니. 잠깐! 그래, 궁 전체가 네 집이겠지. 그런데 여기를 너의 집이라고 표현하며 나가라는 걸 어떻게 받아들여야 해?

신부는 또 뭐야?"

샤이크는 정말 난감해 보였다. 의문투성이에 비밀스러운 별궁의 여자가 칸의 신부라는 것도 모자라 이곳의 주인이 그라서 황당했나 보다.

"우리만 있는 것이 아니다. 예의를 갖추지."

칸이 샤이크와 아문을 번갈아 보며 조용히 말했다. 낮게 깔리는 목소리가 주위를 얼어붙게 할 것처럼 차가웠다.

아문이 아랫입술을 깨물며 비틀었다. 그러다 곧 칸을 향해 허리를 숙였고, 샤이크도 아문을 보더니 어깨를 으쓱하고는 별수 없다는 표정을 지으며 허리를 숙였다.

"죄송합니다, 카르카노 님."

"이곳은 내 집이고, 이 사람은 내 사람이다. 답이 됐는가?"

칸이 내 어깨에 팔을 두르고 자신의 가슴 쪽으로 살짝 끌어당겨 안았다.

아문과 달리 샤이크는 나와 별궁의 존재에 대해서 전혀 모르는 모양이었다. 아문이 샤이크를 데리고 온 것 같은데, 아무런 정보도 알려주지 않은 것 같다.

샤이크는 알쏭달쏭한 표정을 지었다.

"어떻게 된 겁니까?"

"이제 그만 돌아가도록."

의문이 풀리지 않은 샤이크가 돌아가라는 칸의 말에도 움직일 생각을 하지 않자, 곁에 있는 아문이 그를 잡았다.

"가자, 샤이크."

하는 수 없이 아문을 따라나서는 샤이크의 발걸음이 무거웠다.

"아문!"

그들이 막 문을 나서려 하자 칸이 아문을 불러 세웠다.

"신시아가 그대의 누이라지만 또 한 번 이렇게 찾아온다면 용서하지 않겠다. 무엇보다 이곳이 어떤 곳이고, 신시아가 왜 여기에 있는지 그대는 잘 알고 있지 않은가? 더는 이곳에 대해 그 누구에게도 발설하지 마라."

"명심…… 하겠습니다."

아문에게 답을 들은 칸이 이번에는 샤이크를 향해 말했다.

"그리고 샤이크, 그대 역시 이곳에 대해서는 잊어야 할 것이다. 알겠는가?"

샤이크는 고개를 숙이는 것으로 답을 대신했다. 궁금증으로 반짝였던 그의 눈빛이 차분해졌다.

"너의 오라비인데 내가 너무 심했다고 생각해?"

그들이 돌아간 뒤 칸이 물었다. 아무래도 아문이 내 가족이라 그런지 말하고 나서 후회하는 듯했다.

"잘하셨습니다."

"잘했다고?"

"네, 잘하셨습니다."

잘했다는 말이 이상했나.

"넌 아문과 사이가 나빴나?"

"아뇨, 보통의 남매처럼 지냈습니다."

적어도 나는 그랬다. 아니, 보통의 친남매보다 더 가까운 사이였다.

아문은 늘 내게 친절했고, 양보하기를 아끼지 않았다. 신기한 것, 재미있는 것, 맛있는 것, 좋은 것을 갖게 되면 항상 내가 먼저였다. 그가 나를 위해 하는 행동들은 부모님 못지않았다.

그랬기에 그동안 한 번도 싸운 적이 없었다. 아니, 싸울 수가 없었다고 하는 것이 맞겠다. 그가 항상 내게 모든 것을 맞춰줬기 때문에 의견이 충돌하는 일은 좀처럼 일어나지 않았다.

그것이 순수하게 여동생을 향한 마음이 아니라는 게 문제였지만.

"아문이 보고 싶지 않았어?"

"이곳은 현과 부모님, 그리고 칸만 올 수 있는 곳이잖아요. 제 오라버니라고 해서 특혜를 줄 수는 없지 않겠습니까."

"나는 네가 원한다면……."

"원하지 않습니다."

칸의 말을 잘랐다.

아문에게 일말의 희망이나 기회를 주고 싶지 않았고, 칸이 아문의 마음을 몰랐으면 했다. 괜스레 오해하거나 복잡해지는 것이 싫어서였다. 이 상태로 나만 침묵하고 있으면 칸이 현의 자리에 올랐을 때 그의 연인이 되면 그만이라 여겼다.

칸은 그렇게 내가 룩센에서 사라질 때까지 아문의 마음에 대해서 몰랐다. 모든 일의 원인을 찾아가고 있는 지금도 모르고 있긴 마찬가지겠지.

이제 와서 이런 생각 해봤자 아무 소용 없겠지만 만약 내가 별궁에 머물렀을 당시에 나를 향한 아문의 마음에 대해서 칸에게 털어놨더라면 그런 일은 일어나지 않았을까.

우리가 긴 시간 동안 헤어지는 일은 없고, 칸이 기억을 잃는 일도 없었을까. 나 또한 가공의 세계에서 가공의 인물들과 조작된 기억을 가지고 살아가는 일은 없었을지도 모른다.

만약 내가 모두 털어났더라면 어떻게 되었을까. 부질없는 고민이 죄책감처럼 나를 죄어왔다.

아문과 샤이크가 다녀가고 칸은 별궁을 더 자주 찾아왔다. 교육이 없는 날에는 책을 산더미만큼 가지고 와서 온종일 읽고 가고는 했다. 그러기를 며칠 하더니 나중에는 수면 시간과 교육 시간만 빼고는 별궁에 머물렀다.

눈뜨자마자 아침 일찍 찾아와 나를 깨워 아침 식사를 함께했고, 밤이 되면 머리를 쓰다듬어주며 내가 잠든 것을 확인한 후에 돌아갔다.

칸과 함께하는 시간이 길어질수록 그에 대한 마음은 크기를 가늠할 수 없을 만큼 커졌다. 그리고 그도 나처럼 마음이 커지고 있음을 느낄 수 있어 행복했다.

긴 의자에 엎드려 책장을 넘기는 모습을 보고 있노라면 가슴이 벅차올라 눈물이 왈칵 쏟아질 뻔도 했다. 책을 읽다가 고개를 들어 나와 눈을 마주칠 때마다 보이는 근사한 웃음에 설렌 적이 한두 번이 아니었다.

"시아."

"네?"

"빨리 시간이 갔으면 좋겠다."

"왜요?"

그가 말하고자 하는 바를 알고 있으면서도 모른 척하며 물었다.

"하루라도 빨리 어른이 돼서 널 내 여인으로 만들고 싶어. 내가 어서 현이 돼야 너와 혼인을 올릴 수 있을 것 아니겠어. 아! 이러면 아버님께 불효이자 불충하는 건가?"

낮은 웃음소리가 들렸다.

"전 지금도 칸의 여인입니다."

"내가 요즘 자주 읽는 책이 있는데, 거기에 그런 말이 쓰여 있더군. 젊은 남녀가 서로 마음이 통하면 몸도 통하고 싶어 한다고."

"네? 몸을 통하는 것은 어떤 것입니까?"

나는 아무것도 모르고 있었다.

별궁에서처럼 집에서도 갇혀 살아 그런 이야기를 나눌 상대가 없었다. 어머니께는 한 달에 한 번 있는 생리에 대한 교육만 받았다. 뒤늦게 짐작하는 거지만, 아마도 어머니는 내가 혼인하기 바로 전에 알려주시려고 했던 것 같다.

친구라도 있었으면 어디서 주워들을 수도 있었을 텐데, 남녀 간의 육체적 사랑에 대해서는 아는 바가 없어 칸의 말을 이해하기 어려웠다.

"그래, 너는 젊은 여자가 아니라 아직 어린 여자애였지. 미안하다. 깜박했네."

"칸과 저는 1살 차이밖에 나지 않습니다. 제가 어린 여자애면 칸도 어린 남자애입니다."

"남녀가 같아?"

"다를 건 없지요."

그렇잖아도 항상 나더러 아직 어리다는 말을 달고 사는 칸에게 불만이 있었는데, 오늘 또 그러니 슬그머니 짜증이 나려 했다.

"화났어?"

"아뇨."

"다 너를 위한 거야. 나중에 알려줄게. 화내지 마. 응?"

칸이 몸을 일으켜 내 곁으로 왔다. 그가 옆에 앉자 푹신한 의자에 반동이 일어나 내 엉덩이도 함께 움직였다.

갑자기 그가 내 허벅지 위로 벌렁 누워 나를 올려다봤다. 잠시 놀라기는 했지만 허벅지를 누르는 머리의 무게가 묘한 두근거림을 가져다줘 기분이 좋아졌다.

"칸은 저와 몸을 통하고 싶습니까?"

"응. 아주 간절히."

"그게 어떻게 하는 것인지 말해주세요. 칸이 원한다면 하면 되지 않습니까."

"너 지금 굉장히 위험한 말을 했어."

"네?"

내가 뭘 어쨌다고 위험한 말을 했다는 건지 영문을 몰랐다. 그가 팔을 올려 내 뒷머리를 잡아당겼다. 고개가 아래로 숙여지며 그의 얼굴로 바짝 다가갔다. 코끝이 닿을 듯 말 듯 했다. 그의 뜨거운 날숨에 갑자기 현기증이 이는 것 같았다.

"어떻게 하는 것인지 조금만, 아주 조금만 알려줄게."

그의 손이 뒷머리를 더 세게 그러나 부드럽게 눌렀다. 그의 입술과 내 입술이 닿았다.

평소처럼 그저 입술이 닿기만 한 건데 왜 이렇게 심장이 뛰고 몸이 뜨거워지는지 이유를 알 수 없었다. 뒷머리에서 한 번 더 힘이 느껴졌다. 눈을 질끈 감았다.

그의 입술을 내 입술로 눌렀다. 그리고 조금씩 그의 입술이 움직였다. 윗입술을 한번 물었다가 다시 아랫입술을 물었다. 한꺼번에 물기도 했다. 입술 안쪽의 점막 때문인지 촉촉했다.

숨을 쉴 수가 없어 그대로 멈췄다. 손이 덜덜 떨려 아무거라도 잡고 싶은데 잡을 만한 것이 없어 주먹을 꽉 쥐었다.

헉! 입술 사이로 말캉한 혀가 들어왔다. 어떻게 해야 할지 모르고 가만히 있자 그가 혀로 살살 입술을 문질렀다. 몸이 연기처럼 풀어지는 것 같았다.

칸이 입술을 떼자 점성이 섞인 작은 소리가 났다.

"숨 쉬어."

쉰 목소리가 내게 명령했다. 그제야 나는 멈추고 있던 호흡을 겨우 뱉어내며 눈을 떴다. 칸의 눈동자가 짙게 물들어 흐릿했다.

"이런 것이 몸이 통한다는 거야. 서로 연결되는 것. 이제 좀 알겠어, 꼬맹이?"

천천히 고개를 저었다. 어떤 것인지 잘 모르겠다. 어떻게 설명해야 할지도 모르겠다. 그가 알려준다 하더라도 내가 할 수 있을지조차 모르겠다. 온통 모르는 것투성이였다.

쪽. 그가 짧게 입을 맞추고는 내 뒷머리를 놔줬다. 힘이 없어 고개를 바로 들어 올리지 못했다.

"난 아주 기분이 좋은데 넌 어떻지?"

"저, 전……."

얼굴이 달아오르는 것을 느꼈다. 나쁜 건 아니지만 좋은 건지도 판단이 잘 안 됐다. 그저 내 몸이 내 것이 아닌 것 같아 이상했다.

"완벽하게 몸을 통하면 기분이 더 좋을 거라고 했다. 그러니까 빨리 어른이 되자."

"저와 몸이 통하고 싶어서…… 빨리 어른이 되고 싶은 겁니까?"

"아니라고는 말 못 해. 근데 더 중요한 이유는 아까도 말했잖아. 네가 내 여인임을 세상에 빨리 알리고 싶어서야. 그 누구도 너를 탐내지 못하도록. 눈길조차 줄 수 없도록. 모두에게 알리고 싶다."

그가 내 머리카락 끝을 만지작거렸다. 그의 손이 머리카락을 타고 올라오는 것 같은 느낌에 졸음이 몰려왔다. 머리카락을 만져주면 내가 잘 잔다는 것을 알고 있는 그는 밤마다 이런 식으로 나를 재웠다.

"아직 잘 시간이 아닙니다."

"잘 시간이 따로 있나? 졸리면 잘 시간이지. 그리고 이미 잘 시간 넘었어."

"그런가요."

"나도…… 여기서 자고 갈까?"

칸이 일어나 나를 안아 들고 침실로 움직였다. 꼬옥 안은 채 그가 귓가에 대고 속삭였다.

"난 이제 네가 없이는 못 살 거 같아."

"저도 그렇습니다."

침대에 누웠다. 그는 팔을 세워 머리를 기대고는 나를 바라봤다. 자유로운 한 손으로 내 머리를 쓰다듬다가 얼굴을 쓰다듬었다. 속눈썹을 가볍게 쓸어 올리기도 하고, 코끝을 살짝 누르기도 했다.

점점 깊은 잠 속으로 빠져들고 있었다.

"……해. 시아."

칸이 내게 뭐라 말하는 것 같은데, 잠에 취한 나는 그 말을 자세히 듣지 못하고 잠들었다.

칸이 교육이 있는 날이라 저녁쯤에나 온다고 했다. 그동안 나는 얼마 전부터 그가 읽고 있다던 책이 무엇인지 알아내기 위해 애를 썼다.

몸을 통한다는 게 뭐지?

사실 그 말을 들은 다음 날부터 궁금증이 꼬리에 꼬리를 물더니 결국 스스로 답을 찾기 위해 나섰다.

어차피 내가 대화를 나눌 수 있는 상대는 칸과 시녀 둘뿐인데 칸에게 물어봐도 대답 안 할 것은 뻔하고, 그렇다고 시녀에게 묻자니 뭔가 민망했다.

그래도 어쩌겠는가. 목마른 사람이 우물 판다고, 하는 수 없이 창피함을 무릅쓰고 시녀들에게 묻기로 했다. 차를 따르는 시녀의 눈치를 보다가 조심스럽게 입을 열었다.

"혹시 그거 알아요?"

"어떤 거를 말씀하십니까?"

두 명의 시녀 중 나이가 많은 여자에게 물었다.

"그 뭐지? 그러니까……."

"뭔데 그러세요. 편하게 말씀하세요, 신시아 님."

"그러니까…… 아…… 남녀가 몸을 통하는 방법이 쓰인 책이 있나요?"

"어머!"

그녀의 얼굴이 붉게 물들자 순간 칸과의 입맞춤이 떠올랐다.

내가 이럴 줄 알았지. 아, 어떻게 해.

그러나 곧 그녀는 웃으면서 괜찮다고 했다.

"있기는 합니다. 궁 밖의 백성들은 간혹 그런 책을 만들어 판다던데, 아시다시피 누구에게 그런 걸 구해달라고 말할 수 없는 처지시지 않습니까."

"아, 네……."

쿡쿡 웃음소리가 들렸다. 그녀가 손으로 입을 막고 터져 나오는 웃음을 참고 있었다.

"내가 이상한 질문을 했나요?"

"아니요!"

그녀가 급하게 손사래를 쳤다.

"신시아 님께서 벌써 이렇게 커서 아가씨가 되셨구나 싶어 좋아서 웃었습니다."

그래, 나는 컸다. 컸는데 왜 자꾸 칸은 어리다고 하는지. 그나저나 그 책은 어떻게 구한단 말인가.

"도움이 되어드리지 못해 죄송해요."

그녀는 내게 묵례를 하고는 자리를 떠났다. 결국 칸에게 물어봐야 하나 고민하다 내가 참 별걸 다 궁금해하는구나 싶어 말았다.

그때였다. 창밖으로 칸이 보였다. 하얀 금빛의 머리카락이 햇볕을 받아 반짝였다. 저녁에 올 수 있다고 했는데 교육이 빨리 끝났나 보구나. 반가운 마음에 냉큼 그를 향해 달렸다.

"칸! 오늘은 교육이 빨리 끝났나 봐요?"

문을 활짝 열고 외쳤다. 여느 때처럼 미소 지으며 내게 손을 흔들어줄 줄 알았는데, 그가 놀란 얼굴로 자리에 얼어붙었다.

순간 나도 그가 이상하다고 생각했다. 아니, 미세하게 달랐다. 좀 더 말랐고, 표정이 부드러웠다. 칸은 미소를 짓지 않는 이상 저런 느낌이 나지 않는 사람인데……

다름을 깨달으며 선뜻 그에게 다가서지 못하고 눈빛이 마주쳤다.

아니다, 칸이 아니야.

그가 고개를 갸웃하며 이쪽으로 움직이자 뒤로 묶인 머리카락이 보였다.

아! 그때 머리를 스쳤다. 그는 칸의 쌍둥이 형이었다. 이름이 헤크란이라고 들었다. 문제는 그가 왜 이곳에 있느냐는 것이다. 분명 칸이 혼인하기 전까지는 내가 그의 형을 만날 일은 없을 거라고 했다.

칸이 보냈을까. 아니면 아문처럼 우연히 찾았을까. 그것도 아니면…… 아문이 여기를 알려줬을까. 머릿속이 복잡했다.

칸의 형이라 그런지 샤이크를 봤을 때처럼 두렵지는 않았다. 하지만 아직 만나야 할 시기가 아니라 마음이 불편했다.

헤크란과 나는 서로에게서 눈길을 떼지 않았다. 그러다 내가 먼저 눈길을 거두고 뒤로 돌아 문을 열었다.

"자, 잠깐만요!"

안으로 들어가려는 나를 불렀다.

"잠깐만 이야기를 나누면 안 될까요?"

어느새 내 앞으로 성큼 다가온 헤크란이 머뭇거리다 말을 꺼냈다. 상냥한 사람이었다. 조심스럽게 내가 놀라지 않도록 배려하는 것이 보였다. 칸과 그는 구분하기 어려울 정도로 닮았지만 표정과 말투에서 확실히 다름이 느껴졌다.

"안녕하십니까, 헤크란 님."

공손하게 허리를 숙여 인사했다.

"날 알아요?"

놀란 눈이 더욱 커졌다.

"룩센의 백성이라면 누구나 알겠지요. 하지만 저에 대해서 말씀 드릴 수 없음을 용서하십시오."

다시 돌아서 열린 문 안으로 한 걸음 옮겼다.

"카르카노와 어떤 사이인가요? 날 칸이라 불렀잖아요!"

아, 그랬지. 착각해서 칸이라고 크게도 외쳤더랬다.

"궁에서 카르카노를 '칸'이라고 부를 수 있는 사람은 없어요. 당신은 누구죠?"

헤크란의 물음에 뭐라 답해야 할지 판단이 서지 않았다.

솔직히 말을 해야 하나. 어차피 칸의 형인데, 말한다고 무슨 큰일이라도 있겠는가.

그러나 몇 번의 망설임 끝에 말하지 않는 쪽을 택했다. 궁에서 내가 믿을 수 있는 사람은 오직 칸과 그의 아버지인 현뿐이다. 지금 처음 보는 칸의 형보다 나와 함께 2년간 별궁에서 살아온 시녀들이 더 신뢰가 간다.

"죄송합니다. 제가 말씀드릴 수 있는 것은 하나도 없습니다. 궁금하시면 칸에게 직접 물어보십시오."

집 안으로 들어와 문을 닫았다. 황망하게 서 있는 그의 얼굴이 문 사이로 사라졌다.

샤이크였다면 다짜고짜 열고 들어와 말할 때까지 나를 놔주지 않았겠지만 헤크란은 예의를 지켰다. 어쩌면 그 누구에게도 허락되지 않은 동생의 이름을 부르는 내게 함부로 행동하면 안 된다고 생각했을지도 모른다.

어쨌거나 그는 문밖에 한참을 서 있다가 돌아갔다.

그런데 무언가 불길했다. 헤크란을 봐서 불길한 것이 아니라 비밀로 유지되고 있는 별궁이 타인에게 자꾸 드러나는 상황이 불길했다.

처음에는 아문, 다음은 샤이크, 그리고 칸의 형인 헤크란. 누군가 계획을 세운 것처럼 일정한 간격을 두고 한 사람씩 나타났다. 그것도 지금까지 조용하다가 칸의 여인이 되기로 결정한 시점부터였다.

주위에 둥둥 떠다니는 불쾌함에 짜증이 나려 했다.

"신시아 님, 괜찮으십니까?"

아까부터 나를 살피던 시녀가 조용히 물었다.

"네. 그런데 기분이 아주 나빠요. 왜인지 설명하기는 어렵지만……."

"이해할 것도 같습니다. 그동안 카르카노 님만 드나들었던 여기가 점차 남들에게도 알려진 듯해서요. 카르카노 님과 혼인을 치르기 전까지 절대 누구도 알지 못하는 곳이어야 하는데 말입니다."

"지금까지 이곳에 온 사람들을 알아요?"

"그럼요. 신시아님의 오라버니시기도 하고 총사령관님의 자제인 아문 님, 재상의 자제인 샤이크 님, 그리고 카르카노 님의 형이자 차기 림의 자리에 오르실 헤크란 님이시지 않습니까."

"아, 샤이크란 사람은 재상의 아들이었군요."

그러고 보니 예전에 칸이 그들과 함께 교육을 받는다고 말한 적이 있었다. 왜 하필 칸과 함께 교육을 받으며 룩센을 이끌어 나갈 준비를 하는 그들이 별궁에 왔는지 의문이 들었다.

"칸에게는 내가 말할게요."

헤크란을 만난 시간은 아주 잠깐이었지만 거듭되는 의문으로 피로가 몰려왔다. 침대에 누워 쉬다가 잠이 들었다.

"시아."

머리를 쓰다듬는 섬세한 손길. 차가운 듯하지만 내 이름을 부를 때만은 따뜻함이 있는 저음의 목소리. 익숙한 체취. 내가 가지고 있는 모든 감각이 그를 알아본다.

눈꺼풀을 올렸다.

"으응......"

"내가 깨웠나?"

"아닙니다."

"저번에도 말했지만, 더 다정하게 말해줘."

"잘 고쳐지지 않습...... 않아요."

그가 삐쳤다는 듯이 입술을 내밀었다.

"내게만 그러잖아."

"노력할게요."

손을 올려 그의 턱을 매만졌다. 날렵한 턱 선을 따라 손이 매끄럽게 움직이다가 그에게 잡혔다.

그가 손바닥에 가벼운 입맞춤을 했다. 손바닥에서 야릇한 감각이 퍼져 어깨를 움츠리다 그의 손에서 빼냈다.

"미안합…… 해요. 기다리다 깜박 잠들었어요."

"괜찮다. 오늘은 교육이 늦게 끝나서 내가 늦었어. 저녁은 먹었나?"

"아뇨. 그건, 기다렸…… 어요."

자꾸 '습니다'로 나오려 해서 말이 느려졌다. 칸은 흡족하게 웃으며 나를 일으켜 세웠다.

"밥 먹자. 배고프다."

그 말에 자고 일어난 나도 급속도로 허기가 몰려왔다.

테이블에 앉아 고기를 한 입 집어넣고 오물거리며, 언제쯤 헤크란의 이야기를 꺼낼지 그의 눈치를 보고 있었다.

"할 말 있으면 해."

독심술이라도 하나. 가끔 칸은 내 속에 들어갔다 나온 사람처럼 금방 내 의중을 파악했다.

"어떻게 알았어요?"

"입은 먹고 있지만 눈에서는 '할 말 있어요'라는데?"

"그게 보여요?"

"네 눈은 너무 맑아서 다 보여."

그의 칭찬에 기분이 좋아져 생긋 웃었다.

"그러니까 눈치 보지 말고 말해. 우리가 서로 눈치 보는 사이는 아니지 않나?"

"알겠습니다. 오늘 헤크란 님이 다녀갔어요."

칸이 대수롭지 않게 넘길 수도 있는 일인데, 내가 너무 예민하게 반응하는 것 같아 최대한 아무렇지도 않게 말했다.

그러나 내 예상이 빗나갔다. 탁! 그가 들고 있는 나이프와 포크를 테이블 위로 세차게 내려놓았다.

"누가 와?"

"헤크란 님요."

"어떻게 헤크란이!"

대수롭지 않은 일이 아니었구나.

칸의 눈썹 끝이 매섭게 치켜 올라갔다.

"몇 마디 나누지 않았어요. 저보고 누구냐고 물었지만, 칸에게 직접 물어보라고 했어요. 그러다 금방 돌아가셨어요."

쾅! 칸이 주먹으로 테이블을 세게 내리쳤다. 그가 지금 얼마나 화가 났는지 보였다.

"헤크란 녀석. 어쩐지 오늘 공통 교육 시간에 안 보인다 했더니, 여길 왔던 거로군."

그는 자신의 형을 '녀석'이라 했다. 아무리 남처럼 지내는 형제라지만 형은 형일 텐데 '녀석'이라 부르는 말에서 둘의 사이가 많이 나쁘다는 느낌을 받았다.

"어떻게 알고 왔을까요?"

"아문이나 샤이크 짓이겠지. 내가 말하지 않았으니 두 놈 중 하나일 거야. 아버님께서 알려주실 리도 없고. 일이 기분 나쁘게 꼬이네."

"다시 오지 않겠죠?"

"못 오게 해야지. 우선 누가 발설했는지 범인부터 잡아야겠다."

칸의 눈빛이 먹이를 앞에 둔 사자처럼 사납게 변하며 이글거렸다.

얼마 되지 않아 칸이 말했던 '범인'은 잡혔다. 헤크란에게 별궁에 관해 이야기를 한 사람은 샤이크였다.

하지만 오로지 샤이크만의 잘못이라고 할 수는 없었다. 아문이 샤이크를 별궁으로 데려왔던 것이 시초였으니. 그렇다고 아문의 잘못이라고 하기에도 문제가 있었다.

우연찮게 발견한 곳에서 오랜만에 동생을 만나 반가웠지만, 제대로 인사를 나누지 못했던 탓에 샤이크와 함께 다시 찾아왔던 것을 가지고 무어라 할 수도 없었다.

그들이 칸을 어떻게 설득했는지 모르겠으나 세 사람에게 한 달에 한 번 별궁 출입이 허락되었다. 물론 현의 허락이 아닌 칸의 허락이었다. 이 일은 세 사람과 칸, 나와 별궁의 시녀들만 아는 것으로 비밀에 부쳤다.

처음에는 그들의 출입을 허락한 칸에게 불만이 있었지만 차마 그것을 토로할 수는 없었다. 칸 또한 그리 기분이 좋아 보이진 않았으니까.

"그들에게 하대(下待)하도록 해."

아문과 샤이크, 헤크란에게 하대하는 것이 세 사람의 출입 조건 중 하나였나 보다.

"어떻게 하대를 하나요? 신분의 차이가……."

"그들의 신분은 너보다 낮다. 별궁에 보고 듣는 이가 없기 때문에 더욱 조심해야 해."

보고 듣는 이가 없기 때문에 하대할 필요는 없지 않은가.

이해할 수 없었으나, 칸의 말을 따르기로 했다.

그들과 함께하는 시간은 서먹서먹했다. 칸도 못마땅한 표정을 감추지 않았다. 나 또한 내가 왜 이 세 사람과 함께 있어야 하나 이해할 수 없었지만, 칸을 보며 참았다. 어쨌거나 앞으로 칸을 도와 룩센을 이끌어 나갈 사람들이었다.

그렇게 흐르지 않을 것 같은 시간이 지나며 서먹함도 많이 줄었다.

별궁은 칸과 함께한 순간부터 외롭지 않은 공간이었다. 하지만 그들이 채워주는 별궁은 또 달랐다. 비록 세 사람이었으나 그들로 인한 시끄러움이 즐거웠다. 이제야 사람 사는 집처럼 느껴졌다.

후에 알게 된 사실인데 칸이 그들의 출입을 허락한 이유는 오직 나 때문이었다. 별궁에 갇혀만 있는 나를 위해 친구를 선물한 셈이었다.

그렇다고 해서 칸과 그들 사이가 친밀해지지는 않았다. 아무래도 칸이 현의 자리에 올라야 해 신분 자체가 다르니 그럴 수밖에 없다는 생각도 들었다.

칸이 셋 중에서 제일 어색해하는 사람은 헤크란이었다. 두 사람의 관계에 대해서 내가 모르는 무언가가 있겠다 싶어 하루는 칸에게 물어봤다.

"헤크란이 남 같다고 했죠? 왜인지 물어봐도 돼요?"

"피를 나눈 형제인 건 맞지만 우리는 따로, 또 함께 자랐다. 아들이 하나라면 모를까 둘이 되는 순간부터 하나뿐인 현의 자리를 놓고 싸우는 거지. 우리가 그러고 싶어서 그런 게 아니라 그렇게 키워져서 어쩔 수가 없어. 형제이기 전에 경쟁 상대인데, 여느 가정의 형제처럼 자란다는 것은 불가능해."

"그럼 경쟁에서 칸이 이긴 건가요?"

"이겼다기보다는 타고난 성품과 능력의 차이 때문이라고 할 수 있어."

성품의 차이. 지금까지 겪어온 헤크란은 현의 자리에 오르기엔 너무 유한 사람이었다. 그에 반해 칸은 15살이라는 어린 나이부터 카리스마가 넘쳤다.

칸이 모든 부분에서 헤크란보다 뛰어난 반면, 접신에서는 헤크란이 월등하게 실력을 보여줘 그가 차기 림으로 선택되었다.

"신시아, 나중에 우리 아이들은 그렇게 키우지 말자."

우리 아이들. 칸과 나의 아이들.

아이에 관한 이야기는 처음이었다. 막연하게 상상만 했던 일을 그의 입으로 직접 듣자 가슴이 설레었다. 한편으로는 '그렇게 키우지 말자'는 그의 말이 씁쓸했다.

한 나라의 왕자로 태어나 그저 호의호식할 줄 알았더니, 그것이 아니었나 보다. 같은 부모 밑에서 태어나 피를 나눴음에도 불구하고 형제애를 모르고 자란 그가 안타까웠다.

세월이 흘러 부모님이 세상을 떠나셨을 때 함께 슬픔을 나누고 의지할 수 있는 형제가 있으면 참 좋을 텐데.

내게 오라버니로 돌아온 아문이 있어 그나마 다행이다. 그러니 칸에게는 내가 있어줄 것이다. 그의 여인이자 형제처럼. 그렇게.

칸과의 약속대로 나는 그들에게 하대했고, 그들은 내게 깍듯이 존대했다. 아주 가끔 그러지 않은 적도 있었지만, 큰 문제가 되지는 않았다.

샤이크는 제외였다. 그는 죽어도 내게 존대하지 않았다. 아문도 내게 존대를 하는데, 샤이크는 칸이 아무리 뭐라 해도 소용이 없었다. 그러다 아주 가끔, 칸이 화를 많이 내는 날에만 그러는 척 흉내를 내곤 하였다.

칸과 나, 아문과 샤이크, 그리고 헤크란.

우리 다섯 사람이 함께한 세월이 4년이 지나 아문은 25살, 칸과 헤크란, 샤이크는 21살. 나는 20살이 되었다.

그들에 대한 칸의 마음이 변했는지는 모르겠다. 적어도 겉으로 보기에 네 사람은 3년 전보다 훨씬 사이가 좋아졌다. 간혹 미묘한 신경전이 보이기는 했으나 웃어넘길 수 있는 수준이라 크게 신경 쓰지 않았다.

하지만 그것이 잘못이었다. 칸이나 나나 그 미묘한 신경전을 느끼며 뭔가 잘못되었음을 눈치챘어야 했다.

함께한 시간만큼, 눈에 보이는 것만큼 서로에 대한 신뢰가 커졌더라면 얼마나 좋았을까. 차라리 서로 조금도 믿지 않았다면 그 또한 좋았을지도 모르지.

그날은 내 생애 가장 행복한 날이었다. 하지만 내게 가장 행복했던 날이 아슬아슬하게 우리 다섯 명을 묶고 있던 줄이 뚝 끊어진 날임을 나중에 알았다.

그날, 유난히 더워 방의 창이란 창은 활짝 열어뒀다. 시간이 흘러 해가 져 견딜 수 있을 만큼 기온이 내려갔지만 더 시원한 공기가 들어오기를 바라는 마음에 창문을 닫으려다 말았다.

저녁 식사 후, 낮에 흘린 땀 때문에 목욕을 하고 나오는 길이었다. 칸이 언제 왔는지 침대에 걸터앉아 책을 보고 있었다. 익숙한 표지의 책을 보자 피식 웃음이 나왔다.

남녀가 몸을 통하는 법이 나와 있다던 책. 4년 전부터 칸은 이 책을 자주 봤다. 오랜 시간 동안 본 책이라 너덜너덜해질 법도 하건만 깨끗하게 보는 습관을 가지고 있는지 책은 멀쩡했다.

내 앞에서는 절대 보지 않더니 언젠가부터 상관하지 않았다. 한번 정도는 나도 보고 싶었으나 그 책을 보고 싶다고 말하면 왠지 밝히는 여자처럼 보일까 봐 포기했다. 게다가 시녀가 어렵게 구해다 준 책 하나가 있어 칸의 것에 관심을 껐다.

어릴 적 멋도 모르고 봤을 때는 얼굴이 화끈거리고, 누구에게 들키면 안 될 것 같아 제대로 보지 못했다. 몇 장을 넘기다 그림을 봤을 때의 충격은 어마어마했다. 짐작조차 안 되었던 '남녀가 몸을 통한다'는 칸의 말을 책을 통해 깨닫게 되었다.

아무도 모르게 은밀하게 벌어지는 그 행위를 왜 하는지 이해가 안 됐다. 처음엔 아프기도 하다던데, 굳이 아프면서까지 왜 하는 거지.

그러나 나이를 먹음에 따라 그 이유를 알게 됐다. 횟수가 늘어나고 점점 깊어지는 칸과의 키스와 스킨십을 통해 느낀 생경한 감각이 궁금해지기 시작했다.

다리 사이에서 피어오르는 낯설면서도 이상한 감각. 그렇다고 기분 나쁘지도 않은 묘한 느낌이 칸과 몸을 통해야지만 알게 된다는 것을 깨달았다.

또한 칸의 완전한 여인이 되고 싶었다. 사랑하는 칸에게 전부를 줄 수 있는 그의 여인.

이미 내 마음을 가져간 그였지만 몸까지도 그에게 주고 싶었고, 내 모든 걸 사랑받고 싶었다. 그가 나의 전부를 사랑해주길 바랐고, 또 원했다.

얼마 전부터 그는 나와 키스하거나 살갗이 스칠 때면 괴로운 신음을 뱉고는 자리를 피했다. 겨우 한 살 차이인데, 그가 보기에 나는 아직도 어린애인가 보구나 생각했다.

칸이 내 앞에서 그 책을 보고 있을 때면 발끝에서 간질거리는 느낌이 들었다. 물론 티를 내지는 않았다.

"이리 와. 머리 말려줄게."

나를 발견한 그가 책을 덮고는 옆자리를 두드렸다. 옆에 앉아 수건과 머리를 그에게 맡겼다. 그 역시 씻고 왔는지 좋은 향기가 코끝에 머물렀다.

칸은 내가 목욕을 하고 나면 늘 이렇게 정성스럽게 머리를 말려줬다. 처음에는 잘하지 못했지만, 차츰 능숙해져 불편하지 않게 금방 해냈다.

어느 정도 머리카락을 말린 그가 손가락으로 결을 따라 빗어 내리자 더위에 시달렸던 몸의 피로가 사르르 풀어지는 기분이었다.

"으응."

몸에 힘이 빠지는 것 같아 눈을 감으며 뒤로 기댔다. 칸의 단단한 가슴이 등을 통해 느껴졌고, 머리가 그의 어깨에 닿았다.

"졸리나?"

"아뇨, 조금만 이대로 있어요."

쪽. 그가 고개를 숙여 입술에 짧은 키스를 했다. 눈을 감은 채로 미소를 지었다.

또 한 번 쪽. 살며시 눈을 뜨니 나를 바라보고 있는 그의 황금색 눈동자가 보였다. 불꽃이 일고 있는 강렬한 눈빛에 다시 눈을 감고 말았다.

순간 우리는 누가 먼저랄 것도 없이 서로의 입술을 찾았다. 내가 먼저 그의 입안으로 들어가려 했지만 한발 늦었다.

입술과 치아를 뚫고 들어온 그의 뜨거운 혀가 숨 가쁘게 입안을 젓고 다녔다. 타액이 섞이고, 혀가 섞이며, 입술이 섞였다.

그가 입술을 떼길래 끝난 줄 알았다. 그런데 착각이었다. 내 몸을 돌려 자신의 허벅지에 눕히고는 다시 입술을 부딪쳤다. 먹을 것처럼 급하게 입술을 물었다 놓고, 뿌리까지 뽑아버릴 기세로 혀를 엉키며 잡아당겼다.

왜 이러지? 그가 이토록 거칠게 키스한 적은 없었는데.

하지만 그 생각도 잠시뿐.

거칠지만 정신을 놓을 정도로 황홀한 키스를 더욱 원했던 나는 그의 목덜미에 팔을 둘렀다. 아까부터 간질거리던 발가락에 찌르르 전기가 통했다.

이 느낌이었다. 그와 키스할 때면 전신을 돌고 도는 이 감각.

찌릿! 아, 또 다리 사이가 이상했다. 아랫배와 엉덩이에 힘이 들어가는 반면 온몸이 풀어졌다.

"눈 떠."

입술을 뗀 그가 말했다.

가슴이 미친 듯이 들썩였고, 심장은 터질 것처럼 빨리 뛰어 현기증이 일었다. 그의 요구에 감았던 눈을 천천히 떴다. 그의 눈빛이 위험했다.

"기다렸어."

"뭐, 뭘를요?"

"이 순간을."

말하지 않아도 알 수 있었다. 그는 지금 나와 몸을 통하려 하고 있었다.

12장

싫지는 않았지만 당황스러웠다. 그를 원하긴 했으나 이렇게 마음의 준비도 못 하고 갑작스럽게 다가올 줄은 생각지도 못했다.

"원래는 네가 정식으로 나와 혼인하게 될 때까지 기다리려 했어. 하지만 더는 안 되겠어. 불안하다. 이렇다 할 이유를 댈 수는 없지만 더는 기다리면 안 될 것 같아."

"……칸."

"그래도 네가 싫다면 안 할 거야, 신시아."

'내가 어떻게 당신을 거부할 수 있겠어요.'

나는 대답 대신 고개를 끄덕였다.

"잠깐 눈 감아봐."

눈을 감자 부스럭, 하는 소리가 들린다. 손가락에 차가운 기운이 느껴지자 몸을 움츠렸다.

"눈 떠."

왼손 약지에서 얇은 금빛의 반지가 반짝였다. 가슴에 감동의 파도가 밀려와 뭉클했다. 그가 눈에 키스를 했다.

"정식은 아니지만 내 다짐."

그리고 볼에 키스.

"내 마음."

마지막으로 입술.

"내 사랑이야."

짧게 닿았다 떨어지고 뜨거운 날숨이 이마 위로 쏟아졌다. 들썩이는 가슴이 진정했으면 좋겠는데, 내 바람과는 달리 더 격하게 움직였다.

칸의 강렬한 눈빛은 사막의 태양보다 따가웠다. 분명 그는 내 아랫입술을 매만지고 있는데, 허리 아래가 왜 이리 찌릿한지 모르겠다.

책의 내용을 떠올려봤다. 거기 여주인공은 이럴 때 어떻게 했더라. 이다음에 일어나는 일이 뭐였더라.

다급하게 머리를 굴려봐도 이미 하얗게 변해버린 머릿속에는 어떤 것도 그려지지 않았다.

나를 옭아매던 그의 눈길이 천천히 아래로 내려갔다. 적게 벌어진 입술을 스쳐 뒤로 약간 늘어진 목을 지났다. 그저 눈동자가 움직이는 것에 불과한데, 손으로 만지는 것처럼 솜털이 하나씩 일어났다.

그의 눈길이 들썩이는 가슴에서 멈췄다. 거친 키스를 몇 차례 끝낸 뒤라 단단하게 묶어뒀던 가운의 허리끈이 느슨하게 풀렸던 모양이다.

그때 떠올랐다. 책 속의 남주인공이 여주인공의 가슴에 얼굴을 묻는 장면이.

금방이라도 칸이 책의 남주인공처럼 할 것 같았다.

그러나 그는 눈길을 돌려 다시 내 얼굴로 올라왔다. 칸의 입술이 내 입술 위로 내려앉았다. 사탕보다 달콤한 입맞춤에 몸이 녹아내려 흐물거렸다.

뜨겁다 못해 화마(火魔)가 돼버린 그의 혀가 입술을 비집고 들어와 자신의 흔적을 남겼다. 목에서 올라오는 여린 신음이 다시 목으로 넘어가 삼켜졌다.

"하아."

살갗에 인두를 대면 이런 느낌일까. 그의 혀가 스치는 곳마다 타들어가 발끝에 힘이 모여 바짝 세워졌다.

어깨와 팔을 오르내리던 강인한 손이 옷 위의 가슴을 움켜쥐고 반죽을 치대듯이 부드럽게 잡았다 풀기를 반복했다.

그의 다른 손이 가운의 허리끈 풀기를 시도했다. 금세 풀어낸 끈을 저 멀리 던졌다. 오직 끈 하나에 의지했던 매끄러운 천이 스르르 흘러내리며 벌어지자 내 몸이 그의 눈앞에 활짝 드러났다.

"후우."

낮은 신음이 흘렀다. 부끄러워서 얼른 옷으로 가리고 싶었지만 손이 마음처럼 움직이지 않았다. 덜덜 떨며 겨우 옷의 끝을 잡아들어 올리려 할 때였다. 그가 손목을 잡았다.

"보고 싶은 것을 4년 동안 참고 또 참았어. 너무 매정하다, 너."

"부, 부끄럽잖아요."

잡힌 손목을 그가 끌어 내렸다. 힘없이 딸려간 손은 아무런 시도도 해보지 못한 채 아래로 떨어졌다.

그는 자신의 허벅지에 누워 있는 나를 침대에 반듯하게 눕혔다. 내 어깨를 살짝 들어 올려 가운을 뒤로 내리고는 팔을 빼내 쉽게 벗겨냈다. 몸에서 벗어나는 미끈한 감촉마저 숨을 멎게 만들 만큼 자극적이었다.

상체와 하체의 중요 부위를 겨우 가린 조그마한 천이 남았다. 룩센 여자들의 속옷은 하나의 천으로 이어져 가슴이나 아래가 풀리면 쉽게 벗길 수 있는 형태였다.

꿀꺽. 그의 울대뼈가 심하게 출렁였다. 그가 내 양쪽 발목 잡아 옆으로 벌렸다. 마음은 그게 아닌데 다리가 자꾸 반항하려는 듯 힘을 주고 버텼다. 하지만 그의 힘 앞에서는 소용이 없었다.

다리 사이로 들어온 그가 상체를 숙이며 진한 키스를 퍼부었다. 타액이 넘나드는 소리, 혀가 뒤엉키며 헤집는 소리가 귓가를 울렸다. 몸이 열이 난 것처럼 화끈했다.

그의 손이 어느샌가 가슴을 가린 천을 벗겨내고, 적나라하게 드러난 가슴을 잡았다. 옷 위로 느껴지던 것과는 차원이 달랐다. 맨살에서 느껴지는 야릇한 촉각을 참지 못하고 시트를 꽉 쥐었다.

입안을 유린하던 그의 말랑한 혀끝이 목덜미와 작게 솟은 쇄골을 두드렸다. 그리고 더 아래로 내려와, 밖으로 노출되어 꼿꼿하게 선 가슴의 정점을 간질거렸다.

"흐응."

낯설었다. 가끔 신음을 토해낸 적은 있었어도 나도 모르게 저절로 나오는 소리가 너무 낯설어 당황했다.

"듣기 좋아."

내가 당황하는 것을 눈치챈 것인지 그가 머금고 있던 가슴에서 입술을 떼고 속삭였다.

"하, 하지만……. 흑!"

갑자기 입안에 담고 거세게 흡입하는 통에 연달아 쪽쪽 소리가 났다.

아래가 이상했다. 끈적끈적한 것이 다리 사이로 나오는 것을 느끼자 얼른 닦아내고 싶어 그의 어깨를 밀었다.

"카, 칸. 하아. 잠깐만요."

"안 돼."

"아니, 이상해서……."

"이상한 게 정상이야."

그는 다시 고개를 숙여 한쪽 가슴은 손으로 이리저리 뭉그러 트렸고, 반대쪽 가슴은 물고 빨았다. 그리고 이를 세워 정점을 씹었다. 고통에 눈썹이 찌푸려졌지만 동반되는 쾌감에 숨을 헐떡였다.

거칠게 호흡하는 나와 달리 칸은 그 어느 때보다 차분해 보였다. 간혹 길게 숨을 내쉬었지만, 그것뿐이다. 왜 나만 이렇게 반응하는 것인지 묘하게 자존심이 상하려 할 때였다.

그러나 한참을 가슴에서 벗어나지 않던 칸이 몸을 세우는 순간, 다 잊었다. 빨갛게 되어 꼿꼿하게 선 가슴의 중심이 그의 타액으로 반짝였다. 들썩이는 숨 때문에 유난히도 가슴이 눈에 들어와 고개를 옆으로 돌렸다.

"날 봐."

그가 내 턱을 잡아 돌렸다.

"나를 원하는 네 눈을 보고 싶어. 날 원하지 않아?"

"원…… 해요."

"그렇다면 고개 돌리지 마."

양손으로 내 뺨을 감쌌다. 귓바퀴를 돌고 목덜미를 훑어 내렸다. 내려앉은 그의 속눈썹 사이로 노을처럼 물들어 붉은 황금빛으로 일렁이는 눈동자가 보였다.

동그란 어깨를 가만히 감싸 쥐었다가 팔을 쓸었다. 간지럽고 짜릿했다. 쇄골을 따라 그의 검지가 그림을 그렸다. 열 개의 손가락이 아래로 내려가며 가슴을 건드렸다. 손 전체가 아닌 손가락으로 그러쥔 가슴을 가벼운 놀림으로 만지작거리다 도톰하게 솟아 있는 정점을 꼬집었다.

"흣!"

참으려 했는데 또 소리가 나왔다.

그가 엷은 미소를 지으며 손을 아래로 내렸다. 가슴만 풀어져 아직 여성의 중요한 곳을 감싼 쪽으로 연결된 천을 헤쳐 나갔다.

배를 살살 문지르며 내려간 손이, 파인 배꼽을 지나 아랫배에 걸쳐 있는 천 조각에 막혔다. 그가 어찌할지는 굳이 생각하지 않아도 알 수 있었다. 아무에게도 보여준 적이 없는 은밀한 곳을 그가 보려 하고 있다.

"카, 칸?"

그는 내 부름에 조금도 반응하지 않았다. 오로지 천 조각에만 신경을 집중하고 있을 뿐이었다. 긴 손가락이 천의 끝을 들어 올려 잡아당기자 사르르 풀어지는 순간 눈을 감아버렸다.

타인에게 한 번도 보인 적이 없던 그곳을 공기가 어루만졌다.

눈을 뜨고 보지 않아도 느껴지는 그의 시선에 허벅지를 붙이려 하다, 사이에 앉아 있는 그의 다리에 닿는 순간 소용없음을 깨달았다.

그의 손이 내 양 발목을 잡고 부드럽게 마사지하면서 복사뼈를 문지르다 이윽고 위로 올라왔다. 그의 손길이 종아리를 타고 올라와 무릎 안쪽을 스쳤다. 그리고 허벅지에 닿자 소름이 전신으로 퍼졌다.

"읏. 아…….."

허벅지를 손으로 단단하게 잡아두고 안으로 그의 얼굴이 사라졌다. 허리를 비틀며 빠져나오려 했으나 그것은 작은 움직임에 지나지 않았다.

아아, 어쩌면 좋아.

매끄럽고 날렵한 혀가 촉촉하게 젖은 곳을 핥았다. 처음 느껴보는 생경한 감각에 숨이 멎었다.

스윽, 한 번. 멈췄던 숨을 겨우 뱉었다.

스윽, 두 번. 허벅지 안쪽이 간헐적으로 떨렸다. 어찌할 바를 몰라 하며 바르르는 떠는 나를 아는지 모르는지 혀의 움직임은 멈출 생각을 하지 않았다.

혀로 하나하나 세기라도 하는 듯이 천천히 느리게 스치는 자극에 애써 참고 있던 신음이 터져 나오기 시작했다.

"하아. 아아. 칸, 제발…… 그만."

그만하라고 빌었다. 하지만 아랑곳하지 않을 그라는 것을 잘 알고 있었다. 아니, 솔직히 말하자면 지금 이것을 정말 멈추길 바라는지 알 수 없었다. 이 묘하고도 야릇한 쾌감이 좋았다.

작은 봉오리를 찾은 그가 혀를 세워 중점적으로 건드렸다.

"앗! 칸!"

허리가 비틀리며 그의 이름을 끊임없이 불렀다. 부끄럽고 창피하면서도 멈출 수가 없었다. 몸은 이미 내 통제를 벗어났다. 끝나지 않을 것 같았던 혀의 움직임이 멈추고 그의 얼굴이 위로 올라왔다.

달뜬 숨을 뱉는 나를 흐릿한 눈으로 보다가 입술을 물었다. 내은밀한 곳을 탐하던 그의 혀가 이제는 입안을 들쑤셔놓았다.

가슴이 다시 그에게 쥐이고, 클리토리스가 그의 손가락에 잡혔다. 예민한 두 곳에서 동시에 받는 자극에 엉덩이가 들썩였다. 신음이 뚝뚝 끊어지며, 나의 애끓는 감각을 대신했다.

"웃."

그의 손가락이 안으로 들어왔다. 눈이 번쩍 뜨였다.

"칸?"

"완벽하게 몸을 통하려면 어쩔 수 없다."

숨소리가 거칠어졌다. 그의 가슴이 크게 들썩였다.

"당장에 갖고 싶은데…… 후…… 널 위해 참고 있어."

그 말이 끝남과 함께 손가락이 움직였다. 시트를 잡은 주먹에 힘이 들어갔다. 들어왔다 나가기를 반복하는 손가락 때문에 정신을 잃을 것 같아 고개를 세차게 저었다. 그는 움직임을 멈추지 않으며 손바닥으로 볼록한 봉오리를 문질렀다.

입술 사이로 새어 나오는 신음을 더 이상 참지 못하고 소리를 질렀다. 정신이 어떻게 돼버릴 것 같았다. 나의 신음과 칸의 거친 숨결. 손가락과 은밀한 부분의 마찰로 인한 젖은 소리가 방 안을 가득 메웠다.

천장이 돌았다. 창문으로 보이는 달이 점멸했다. 침대 깊숙이 한없이 빠져드는 기분이 들 때쯤 새된 비명과 함께 몸 안에서 뭔가가 쏟아졌다.

맙소사, 이런 기분이었구나. 책에서 여자들이 왜 소리를 내고 비명을 지를까, 어떤 기분이길래 그러는 것일까 수도 없이 상상했었다.

상상으로는 전혀 가늠할 수 없는 그런 기분.

나는 아무것도 하지 않았는데 고된 일을 한 사람처럼 몸이 늘어졌다.

칸은 내게 짧은 입맞춤을 하고는 가쁘게 움직이는 가슴을 토닥였다. 그리고 몸을 세워 재빨리 걸치고 있는 옷을 벗었다. 아직 끝난 것이 아니었다.

그의 나신은 아름다웠다. 룩센의 남자들은 더운 날씨 때문에 대부분 상의를 벗다시피 했다. 그에 반해 칸은 항상 얇은 조끼를 입고 다녀서 그의 피부와 근육은 늘 봐왔지만, 그동안 숨겨져 있던 가슴과 복근에 정신이 아찔했다. 구릿빛으로 반짝이는 탄탄한 가슴과 복근을 따라 내려와 관능적인 모습을 드러낸 장골에 침이 저절로 삼켜졌다.

"아!"

장골 아래로 눈길이 옮겨져 그의 거대한 남성이 보이자 눈을 휘둥그레 떴다가 곧 감아버렸다. 책에 글로 설명이 되어 있었지만 머릿속으로 그릴 수가 없었다. 직접 보니 징그럽기도 했고, 저 큰 것을 내가 받아들일 수 있을지 걱정도 됐다.

그러나 곧 아래에 닿는 그의 것으로 인해 생각이 정지됐다. 혀로 그랬던 것처럼 그의 남성이 천천히 은밀한 곳을 아래에서 위로 쓸어 올렸다.

자꾸 움찔거렸다. 내가 그러려고 하는 게 아닌데 저절로 반응하며 엉덩이가 조금씩 움직이고 허리가 뒤틀렸다.

"아플지도 몰라."

맞아. 책에서도 처음에는 아프다고 했다.

"괘, 괜찮아요."

그가 내 머리 옆으로 팔을 세우고 상체를 올린 채 나를 내려다봤다.

"아앗!"

거대한 그의 것이 여기저기 찌르다가 입구를 찾고 안으로 들어왔다. 느낌상 전부가 들어온 거 같지는 않은데 몸이 두 쪽으로 갈라지는 고통에 아랫입술을 깨물었다.

"정말, 큭, 괜찮아?"

칸이 걱정스러운 눈으로 물었다. 이마에 송골송골 맺히는 땀을 보니 그도 나만큼 힘들어 보였다.

"괜, 괜찮다니까요."

팔을 올려 그의 목에 두르고 상체를 살짝 일으켜 어깨에 매달렸다. 아픔에 찡그리는 내 얼굴을 볼 수 없도록 턱을 그의 어깨에 올렸다.

"어서…… 해요."

목소리가 떨렸다. 그의 팔이 등과 허리를 감싸자 우리 몸은 조금의 틈도 없이 밀착되었다. 살끼리 닿는 감촉이 좋았다.

그가 조금씩 움직이며 조심스럽게 안으로 들어오기 위한 시도를 했다. 고통에 자꾸 비명이 나오려 해서 이를 물며 참았다. 그가 뒤로 빼내더니 한 번에 밀치고 안쪽 깊숙한 곳까지 들어왔다.

"아앗!"

나도 모르게 비명이 터졌고, 그 소리에 그가 멈칫했다.

"얼굴 내려."

그의 어깨에 올려뒀던 턱을 내려 그와 얼굴을 맞댔다. 거칠게 입술을 벌리고 들어온 키스와는 다르게 그의 허리는 천천히 움직였다. 긴장한 허벅지와 내 안이 그를 붙잡았다.

그러나 계속되는 키스에 다리가 부드럽게 벌어져 그가 좀 더 편안하게 움직일 수 있게 되었다. 전진과 후퇴가 반복됐다. 아프기만 하던 것이 어느 순간부터는 쾌감을 가져왔다.

아랫배에서 느껴지는 생경한 감각을 견딜 수가 없었다. 좋기도 하지만 뭔가 더한 것을 원했다.

어느 순간 힘을 잃고 제멋대로 휘청거리던 다리로 그의 허리를 감쌌다. 나를 안고 있던 그의 손이 엉덩이를 잡아 움직이지 못하게 하고는 점점 빠르게 안을 점령하기 시작했다.

철썩철썩. 살 부딪는 소리가 퍼지며, 집어삼키고 있는 입술 틈으로 그가 신음을 흘렸다.

"시아, 네가, 좋아서 미치겠다."

입술을 뗀 그가 자맥질을 멈추지 않으며 말했다. 흐릿한 눈동자가 나만을 온전히 담은 채로 흔들렸다.

답을 할 수가 없었다. 찔꺽이는 낯선 소리가 민망했다. 쉴 새 없이 찔러대는 그 때문에 머리카락이 쭈뼛 서고, 온몸에 소름이 돋았다. 안의 살이, 팽창해 있는 그의 것에 딸려 빠져나갔다 들어왔다.

격렬해지는 마찰에 눈앞이 하얗게 변해가고 있었다. 타는 듯한 갈증에 그의 입술을 찾아 입을 맞췄다. 그가 공격적으로 혀를 밀어 넣고 거칠게 탐닉했다.

더는 감당할 수 없을 만큼 그가 속력을 냈다. 뜨거웠다. 커질 대로 커진 그것이 마치 고지를 향해 달리는 말처럼 빨랐고, 포식자가 먹잇감의 숨을 끊어놓을 것처럼 잔인하게 움직였다.

받아내기가 힘들었으나 그만큼 짜릿해지는 쾌감에 눈앞이 흐려지며 눈물이 흘렀다.

"으윽!"

나를 으스러지게 꽉 껴안고 마지막에 도달하자 그가 힘껏 찔러넣으며 내 목에 얼굴을 묻었다. 빳빳하게 굳은 그가 몇 번 더 찔러오고 멈췄다.

드디어 칸의 여자가 됐다.

매달려 있던 팔과 다리에 힘이 빠져 풀썩 떨어지고, 맞붙어 있는 가슴이 불규칙하게 움직였다.

눈꼬리를 타고 흘러내린 눈물을 칸이 입술로 닦아줬다. 나를 안은 채로 쓰러진 그의 몸이 무거웠지만, 이것도 나쁘지 않았다. 아직 내 안에서 빠지지 않은 그의 남성이 꿈틀댔다.

내 턱 아래에 고개를 파묻고 키스하던 그가 나를 불렀다.

"시아."

"네……."

"신시아."

"네."

그 뒤로 더는 내 이름을 부르지 않았다. 나지막이 부르는 그의 쉰 목소리가 가슴을 파고들었다. 갑자기 뭉클해지며 눈물이 다시 차올랐다.

정의하기 힘든 이 감정이 뭔지 고민하는 사이 그가 고개를 들어 나를 봤다. 땀에 젖어 얼굴에 붙은 머리카락을 떼어 정리하던 그가 이마에 입을 맞췄다.

"사랑한다."

사랑. 방금 나를 사랑한다고 했나.

처음 그의 고백을 들으면서 깨달았다. 벅차오르는 이 감정은 사랑이었다.

"사랑해요, 칸."

환희와 쾌락만이 있는 것이 아닌 온전한 그의 여자가 되었다는 기쁨, 하나가 되었다는 감동. 그 모든 것이 한데 어우러졌다.

왼손을 들어 반짝이는 반지에 입을 맞춘 다음 그에게도 가벼운 키스를 했다. 행복했다.

나른하면서도 따뜻한 기운에 도취하여 묵직하게 누르는 그의 몸을 손바닥으로 쓸어내렸다. 창문을 통해 들어오는 달빛이 그의 은빛 머리카락과 굴곡진 몸의 선을 적나라하게 비췄다.

아! 그러고 보니 나 계속 소리 지르지 않았던가!

달빛을 보며 창문이 열려 있음을 이제야 파악했다.

어떻게 하지? 어떻게 하지? 누가 들었으면?

아아, 함께 사는 시녀들은 다 들었겠구나. 내일부터 얼굴을 어떻게 본담.

"왜 그래?"

울상을 짓는 날 보고 그가 물었다.

"칸, 창문이 모두 열려 있어요."

"그게 왜?"

"그게…… 누가 들었으면 어떻게 해요……."

"들으면 어때?"

그는 별일이 아닌 것처럼 말했다.

"차기 현과 그의 여인이 사랑을 나눴다는데, 누가 들으면 어떻다는 건가? 난 궁 안의 모든 사람이 들었으면 더 좋겠다."

"왜, 왜요?"

"시아 네가 내 여인임이 다 알려졌을 테니까."

"칸!"

"장난이야. 이제 그만 잘까? 싫으면 말해. 난 더 하고 싶거든."

"안 돼요! 아프단 말이에요."

그가 입술로 내 입술을 앙 물었다.

"알아. 그러니까 그런 고민으로 머리 아파하지 말고, 자자."

옆으로 누운 그가 한 팔을 목 밑으로 넣어 팔베개를 해줬다. 내 몸을 바짝 끌어당겨 가슴에 밀착시키고 엉덩이 쪽으로 자신의 단단한 허벅지를 둘렀다.

"씻고 싶은데……."

"씻으려면 시녀들을 깨워야 하고, 그럼 더 민망하지 않겠어?"

"그런데 이 상태로 자자는 것은 아니죠?"

눈을 감은 그는 답을 하지 않고 나를 더욱 세게 끌어안았다.

"이렇게 아니면 싫다. 어서 눈 감아."

꼭 이렇게 민망한 자세를 하고 자야 하나. 얼굴이 붉어졌지만 피곤한 탓에 금방 눈이 스르르 감겼다.

"시아, 일어나 봐."

칸이 흔들어 깨웠다. 아침 햇살에 눈이 부셔 제대로 뜨지 못하고 그를 봤다. 칸은 어느새 옷을 다 갖춰 입고 날 보며 미소를 짓고 있었다.

"난 지금 가봐야 해. 더 자고 일어나. 혹시 아프면 꼭 이야기하고. 알았지? 저녁에 보자."

아직 잠에 취해 정신을 차리지 못한 내게 짧은 입맞춤을 하고는 칸이 나갔다.

몸이 뻐근하고 몸살이 난 것처럼 욱신댔다. 더 자려고 베개에 얼굴을 묻는 순간, 밖에 있을 시녀들이 생각나 자리에서 벌떡 일어났다.

"아야."

아래에서 전해오는 묵직한 통증에 허리를 숙이자 지난밤의 흔적이 고스란히 남아 있는 시트가 눈에 들어왔다. 여기저기 붉게 물들어 있었다.

모르는 척 숨기려고 해도 그럴 수가 없겠구나. 하긴 어차피 창문이 죄다 열려 있었기 때문에 불가능하겠지만.

다행히 시녀들은 전혀 모르는 일처럼 행동했고, 완벽하게 모든 일을 처리해줬다. 어젯밤, 너무 힘들었기에 목욕할 때를 제외하고 종일 침대에 누워 있었다. 그가 나를 배려해 최대한 부드럽게 다뤘지만, 처음이라 어쩔 수 없나 보다.

그가 별궁에 도착하기 전에 일어나 있겠다는 다짐과 달리 그가 저녁 식사를 하러 올 때까지도 자고 있었다. 결국 그가 잠들어 있는 나를 깨우고 말았다.

저녁 식사를 함께하는 칸의 눈은 시시각각으로 변했다. 노골적인 그의 눈빛을 보자 어떤 의미를 담고 있는지 눈치챘다.

"오늘 밤은 안 돼요."

부끄러움에 목소리가 기어들어 갔다.

"누가 뭐래?"

그가 영문을 모르겠다는 표정으로 말했으나 이미 다 알면서 장난 중이었다.

"앞으로 시간은 많다."

앞으로 많은 시간을 그와 어떻게 보낼지 그만 상상이 돼버려 얼굴이 화끈거렸다. 그런 내 모습에 만족하는지 칸이 싱긋 웃었다.

"참, 그리고 아버지께 들켰어."

"네, 네? 뭐를요? 설마 어제……."

어젯밤의 일을 현께서 아셨단 말인가. 나를 얌전치 못한 여자로 보면 어떻게 하나.

"흐음. 그래, 어제 일도 들켰지."

"칸, 어떻게 해요."

고개를 숙이며 손으로 얼굴을 감쌌다.

현의 얼굴을 어떻게 뵈지? 곧 눈물이 나올 것처럼 눈이 시큰거렸다.

"어젯밤 일은 별말씀 없으셨어. 그게 문제가 아니라 녀석들이 별궁을 출입하는 걸 들켰단 말이야. 헤크란, 샤이크, 아문. 몇 년간 당신을 속였다고 크게 노하셨다."

"그래서요?"

크게 노하셨다는 말에 놀라서 들고 있던 포크를 떨어뜨렸다.

"이제 별궁 출입은 절대 금지. 물론 나는 괜찮지만 네가 걱정이다. 그나마 그 녀석들이 있어서 네가 이곳 생활이 더 즐거웠을 텐데, 아쉽네."

나 역시 아쉬웠다. 조용하던 별궁이 그들로 인해 사람 사는 곳처럼 시끌벅적했는데 갑자기 예전으로 돌아갔다.

하지만 그것도 잠시였다. 현의 명을 어기고 그들은 다시 별궁을 출입했다.

처음에는 칸과 나도 그들의 출입에 반대했지만, 어느 순간부터는 그러려니 했다. 현의 명이 있기 전처럼 자주 드나들 수는 없었으나, 적어도 한 달에 두어 번씩은 봤다.

익숙함이란 것이 참 무섭다. 현의 말은 곧 법인데, 그 법을 어기고 있는 우리는 어느새 무뎌져 그저 흘러가는 시간으로만 여겼다.

칸이 별궁에서 밤을 보내는 날이 많아졌다. 즐거운 시달림에 아침잠이 늘어난 나와 다르게 그는 조금의 흐트러짐도 없이 일찍 일어나 별궁을 나섰다.

가끔 헤크란이나 아문, 샤이크가 아침에 오는 날에는 칸과 마주칠 수밖에 없었다. 그때마다 아무렇지도 않게 넘어가는 그들이었기에 모른다고 생각했다. 나는 당시 그토록 생각이 짧고 어리석었다.

시간은 흐르고, 어느덧 룩셴의 축제날이 되었다. 어차피 구경할 수 없는 처지지만 들려오는 환호성을 듣는 것에 만족하며 나름의 축제를 즐겼다.

별궁도 궁 안에 있기 때문에 많은 사람이 한꺼번에 고함치는 소리가 생생했다. 시녀들과 함께 특별히 준비한 맛있는 음식을 먹고, 평소와는 다른 화려한 옷으로 단장했다. 비록 우리끼리의 축제였으나 재미있었다.

사실 축제 기간에는 칸을 잘 볼 수 없다는 사실이 서운했지만, 차기 현의 자리에 올라야 하는 사람이니 이해했다.

몇 년 동안은 축제 기간 도중에 틈틈이 나를 보러 왔으나 그것마저도 19살이 되던 해부터는 단 한 번만 가능했다.

그때부터 창 싸움 경기에 참여했기 때문이었다. 그는 처음 참여한 19살부터 연속 우승을 거머쥐었다. 이긴 뒤에 씻지도 않고 곧바로 땀과 먼지 범벅이 된 차림으로 날 찾아와 승리의 기쁨을 전하는 그가 자랑스러웠다.

아마도 그 무렵부터 칸이 '사막의 백사자'라는 이름으로 불리기 시작했던 것 같다.

그날은 내가 룩센에서 보내는 마지막 날이 되었다. 한국 사람 신시아가 되기 전 온전한 룩센의 사람 신시아로서 머문 마지막 날은 축제의 꽃인 창 싸움이 있었다.

"이번에도 카르카노 님께서 우승하시겠죠?"

시녀 중 하나가 과일 접시를 내려놓으며 물었다.

"당연하죠!"

탱탱하게 여문 포도 알을 입에 집어넣은 채로 답했다. 달콤한 과즙이 입안에서 터졌다.

"신시아 님, 곧 창 싸움이 시작할 시간인데 정원으로 나갈까요?"

"네, 좋아요."

시녀와 함께 나가 정원의 풀밭에 천을 깔고 털썩 주저앉아 어서 사람들의 외침이 들리기를 기다렸다.

뿌우! 긴 나팔 소리가 들리고, 곧이어 사람들의 터질 듯한 환호성이 들렸다.

이제 시작이구나. 지금까지 칸이 싸우는 모습을 보고 싶은 욕심은 없었다. 언젠가 그의 신부가 되면 해마다 보게 될 것인데 조바심 낼 필요가 없다고 생각했다.

하지만 그때만큼은 유독 궁금하였다.

그가 말을 타고 달리는 모습은 어떨까. 창을 들고 상대를 공격할 때의 눈빛은 사자처럼 매서울까. 승리에 도취되었을 땐 말도 못 할 정도로 멋지겠지.

이렇게 저렇게 상상을 해봐도 안개 속의 인영만 떠오를 뿐이었다. 하긴 한 번이라도 비슷한 상황을 겪어봤어야 대충 예상을 해볼 텐데, 어림도 없었다.

궁금해. 보고 싶다. 하지만 아직 사람들이 칸의 이름을 부르지 않고 있었다.

"아직 카르카노 님 출전 전이신가 봐요?"

"이번에는 마지막으로 나가서 싸운다고 들었어요."

오늘 아침, 칸이 나를 위해 미리 경기 순서를 알려줬다.

"그럼, 뭐 좀 더 준비해올까요?"

"음…… 그래요. 아무래도 기다리다 보면 배가 고프겠네요."

아침을 간단하게 먹고, 간식으로 먹는 과일로는 아무래도 부족할 것 같아서 시녀들에게 부탁을 했다. 칸의 경기가 시작되면 불러

준다는 말을 하자 그녀들은 음식을 준비하러 들어갔다.

밖에서 들려오는 소리에 최대한 귀를 기울이며 그가 출전할 때만을 기다리고 있을 때였다.

"신시아! 신시아!"

다급하게 부르지만 큰 소리는 아니었다. 소리가 나는 쪽으로 고래를 돌려 보니 샤이크가 나무 뒤에 몸을 숨긴 채 부르며 손짓을 했다. 그냥 자기가 나오면 될 것을 왜 오라 하는지 의문을 가지고 그에게 다가갔다.

평소와 다르게 왜 이리 조심스럽지?

"신시아, 잠깐 나와 함께 갈까?"

"어딜?"

"별궁 밖으로!"

"또 그 소리야? 미쳤어! 그리고 축제 기간이라 궁 안이고 밖이고 사람들이 넘쳐나니까 너나 어서 돌아가. 축제 끝날 때까지는 절대 오지 말고. 저번처럼 들키면 어쩌려고 그래?"

샤이크는 종종 내게 밖으로 나갈 것을 권유했다. 그는 무엇에도 구속되지 않는 자유로운 영혼이라 그런지 별궁에 갇혀 지내는 나를 늘 불쌍하게 여겼다.

"같이 나갔다 오자, 신시아. 여기에 갇혀만 있으면 답답하지 않아?"

"됐어."

"카르카노가 싸우는 모습 보고 싶지 않아?"

"……보고 싶긴 해."

망설여졌다. 다른 건 안 봐도 상관없는데, 칸이 싸우는 모습이라면 보고 싶은 마음이 간절했다.

"잠깐이면 돼. 아무도 모르는 통로를 내가 발견했어."

"안 돼."

마음을 억누르고, 고개를 저었다. 정말 안 될 일이다.

"카르카노는 여자들에게 인기가 많아."

난데없는 소리에 이마가 찌푸려졌다.

"인기가 많다니?"

"잘생기고, 남자답고, 창이나 검 겨루기 실력도 좋잖아. 아, 넌 한 번도 못 봐서 모르겠구나? 카르카노가 얼마나 잘 싸우는지. 어디 그뿐이야? 이제 곧 차기 현이 될 몸인데, 주변국이나 신분 높은 집안의 딸들이 언제나 그 옆자리를 가지게 될까 넘보고 있어."

"칸의 신부는 나야."

목소리가 작아졌다. 지금까지 왜 한 번도 이런 부분에 대해서는 생각하지 못했던 것인지 한심했다.

별궁 너머 바깥세상에는 나보다 훨씬 예쁜 여자들이 많이 있을 것이다. 여자들이 어떻게 치장하고, 어떻게 웃으며, 어떻게 말을 하는지 잘 모르겠다. 오로지 책을 통해서만 경험하면서 짐작만 할 뿐이었다.

마음에 드는 남자를 향해서, 또는 사랑하는 남자를 향해서 여자들이 보내야 하는 눈빛과 몸짓. 글로는 설명이 되어 있지만 도무지 모르겠다.

거기다 어렸을 때부터 갇혀서만 지내온 나와 달리 밖의 여자들은 똑똑하고 매력적이겠지.

칸은 혈기왕성한 젊은 남자다. 그의 곁에 많은 여자들이 있는 것은 당연한 일이겠지. 갑자기 머리가 아프고 가슴이 뻐근했다.

"신시아, 너의 존재에 대해서는 아무도 몰라. 카르카노에게 여인이 있다는 사실은 물론이고, 그 여인이 현의 신부가 된다는 것을 아는 사람조차도 없어. 내 말, 무슨 뜻인지 이해하겠어?"

"알았어. 그만해."

입술을 깨물었다. 샤이크의 말처럼 나의 존재에 대해 아는 사람은 너무 적었다. 그가 전하고자 하는 것이 무엇인지 나도 알고 있다.

"만약 카르카노가 다른 여자와 사랑에 빠진다면 너라는 존재는 사라지고 말아. 혹시 알아? 너를 감추기 위해 이 별궁에 죽을 때까지 가둬놓을지도."

"칸은…… 절대 그런 사람이 아니야."

"응. 그러니까 만약이라는 거지. 하지만 사람 일을 어떻게 알겠어."

"그만해."

"내가 화나서 그래!"

샤이크가 대뜸 소리를 질렀다.

"가서 좀 봐! 상황이 어떻게 돌아가고 있는지! 바보처럼 여기서 기다리고만 있지 말고!"

왜 그가 화를 내는지 이해할 수 없었다. 정말 자기 일처럼 얼굴이 빨개진 채로 그는 화를 내고 있었다.

"그, 그게 무슨……."

"축제 때 카르카노가 별궁에 왜 자주 못 오는지 이유도 모르지?"

"그거야 바쁘니까 그렇지."

샤이크의 입에서 어떤 말이 나올지 몰라 두려웠다. 더 이상 그와 마주하고 있다가는 별궁을 나가는 어리석은 행동을 할 것만 같아서 자리를 피하기 위해 발길을 돌렸다.

그러나 몸을 돌리기도 전에 샤이크에게 팔이 붙잡혔다.

"뭘 어쩌자는 것이 아니야. 네 남자인 카르카노를 지킬 방법을 모색하라는 것이다."

고개를 저었다. 하지만 이미 마음으로는 당장 샤이크를 따라 칸이 있는 경기장으로 가고 있었다.

"샤이크, 칸을 본다고 해서 방법이 따로 있는 것도 아니고, 무엇보다 나는 그를 믿어."

"카르카노는 믿을 만한 사람이지만 그 주위에 있는 사람들은 믿기 어려운 사람들이야."

"현께서……."

"현의 입장도 마찬가지시다."

입을 다물고 침묵을 유지했다. 눈가가 시리더니 자꾸 눈물이 차올랐다. 이대로 버려질 수도 있다는 생각을 그동안 한 번도 해보지 못했는데.

"가서 카르카노의 주위의 여자들은 어떤지도 보고, 상황에 따라 네 모습을 사람들 앞에 보이는 것도 괜찮다고 봐."

"진짜 미쳤구나. 사람들이 나를 보게 되면 어떤 일이 일어날지 몰라서 그래?"

"그래, 그건 미안해. 하지만 너도 확답을 받아놔야 하지 않겠어? 카르카노를 믿지만 상황이 그를 어떻게 만들지는 아무도 몰라. 그가 너를 떠난다면 어쩔 거야? 이제 다른 남자를 만날 수도 없잖아."

서로의 눈빛이 뚫어질 듯 세게 부딪쳤다. 샤이크가 먼저 눈길을 돌렸다. 칸과 내가 함께 보낸 밤을 그도 알고 있었구나.

"그럼 그냥 좋게 생각해. 구경이나 하자."

사람 마음을 있는 대로 헤집어놓고 구경이나 하자니.

어쩌면 그는 이 점을 노렸을 것이다. 절대 움직이지 않을 나를 잘 알기에 칸을 이용했다.

"정말 아무도 모르게 다녀올 수 있는 거야?"

그러나 알면서도 넘어갈 수밖에 없었다.

"당연하지. 불가능하면 이런 말을 꺼내지도 않았어."

샤이크의 눈이 반짝였다. 그의 술수에 말려든 것이 뻔히 보였지만 그런 이야기를 듣고 가만히 있을 수는 없었으니까.

와아! 환호성 소리가 들렸다. 샤이크와 대화를 하는 잠깐의 시간 동안 한 경기가 끝났나 보다.

"어서 가자! 카르카노가 경기를 시작하기 전에!"

마지못해 고개를 작게 끄덕이자 그가 손을 잡아끌었다. 샤이크를 따라 알 수 없는 곳을 헤맸다. 물론 그가 잘 알고 발걸음을 내디딘 거라 생각했다.

미로처럼 구불구불한 정원 몇 개를 지나자 모래밭이 보였다. 그는 장소를 옮기는 내내 주위를 경계하며 빠르게 움직였다. 그를 따라가는 것이 조금 벅차기도 했으나 나를 배려해 잠깐씩 멈춰주는 덕분에 어렵지는 않았다.

시간이 흐를수록 커지는 사람들의 목소리에 점점 경기장이 가까워짐을 느꼈다.

궁 밖이라 그런지 나무나 풀을 볼 수 없었고, 태양은 뜨거웠다. 오랜만에 느껴보는 사막의 열기에 현기증이 일었다.

두 마음이 싸우고 있다. 더는 가면 안 된다는 마음과 끝까지 가보고 싶은 마음. 이미 행동으로 옮겼음에도 갈등은 끊이지 않았다. 그러면서 심장이 세차게 뛰기 시작했다.

들킬지도 모른다는 두려움과 처음 접하는 바깥 세상에 대한 설렘이 공존했다. 경기장 입구 근처에 다다르자 샤이크가 품에서 천을 꺼냈다.

"이걸로 머리랑 얼굴 가려. 아…… 피부를 미처 생각 못했네. 그래도 얼굴이랑 머리카락만 가리면 괜찮을 것 같다."

하얀 팔다리를 드러내는 옷을 어떻게 할 방법이 없었다. 하필 축제날을 즐긴다고 평소보다 노출이 더 심한 옷을 입었기에 몸 전체에 뭘 두르지 않는 이상 감출 방법은 전혀 없었다.

얼굴을 가리더라도 이대로는 안 되겠는지 샤이크가 자신이 두르고 있던 망토를 내 어깨에 둘러 상체를 가려줬고, 천으로 내 머리와 얼굴을 둘둘 말아줬다. 그렇잖아도 더운 공기에 숨이 턱턱 막히는데 코와 입을 가리자 더 힘들어졌다.

입구의 보초들이 샤이크를 알아보고 인사를 했다. 잠시 내게 눈길을 주었지만 샤이크에게 잡힌 손을 보고는 아무 말도 없었다.

그가 나를 사람들 틈으로 이끌었다. 사람들이 다닥다닥 붙어 빽빽하게 앉아 있었으나 경기에 열중한 나머지 엉덩이를 의자에 붙이지 못하고 쉼 없이 앉았다 일어서기를 반복했다.

"즐겨, 신시아."

샤이크가 귀에 대고 소곤거렸다.

태양만큼 사람들의 열기가 뜨거웠다. 낯선 환경에 대한 두려움에 가만히 앉아 경기를 지켜보기만 했다. 그러나 곧 주위 사람들처럼 조금씩 흥에 겨워 소리를 질러 뻔했다.

칸의 경기 외에는 관심이 없을 줄 알았는데, 점차 흥분이 되기 시작했다. 항상 정해진 사람만을 만나왔던 나로서는 밖에 나와 있다는 것 자체가 흥분의 요인이었다.

자리에서 일어나 마음에 드는 선수를 응원하고 이기면 환호성을, 지면 실망감을 드러냈다. 져도 상관은 없었다. 경기를 즐기는 것만으로도 좋았으니까.

그때부터 사람들의 눈길을 조금씩 받은 것 같다. 아니, 어쩌면 내가 나타난 순간부터 그랬을지도 모른다. 조심해야 한다는 사실은 언제나 이론적으로만 알고 있을 뿐, 막상 접하게 되니 미리 감지하고 행동한다는 것은 어려웠다.

몇 번의 경기가 끝나고 말을 탄 남자가 보였다.

은빛의 금발을 가진 사내, 칸이었다. 밖에서 보는 그의 모습에 감탄이 절로 나왔다. 바람에 흩날리는 머릿결 아래로 날카롭게 빛나는 눈동자. 거리가 있었지만 경기장을 훑어보는 그 눈빛에 가슴이 뛰었다.

얇은 천으로 만들어진 조끼가 그의 단단한 상체를 가감 없이 드러냈고, 짧은 바지 아래로 길게 뻗은 허벅지와 종아리 근육이 햇빛에 반짝였다.

칸이 손을 힘차게 들어 올리며 인사를 하자 사람들의 환호성에 고막이 찢어질 듯했다.

그러다 귀족들이 앉아 있는 천막으로 눈길을 돌렸다. 화사하고 아름답게 꾸민 여자들이 칸에게서 눈을 떼지 못했다.

하긴, 나도 이러는데 저 여자들이라고 다를 바 없겠지.

따각따각. 가볍게 움직이는 말발굽 소리에 맞춰 내 눈동자도 따라갔다. 칸은 귀족들이 모인 천막 아래로 갔고 그곳에 서서 묵례를 했다. 자세히 보니 천막의 중앙에는 현이 앉아 있고, 그 뒤로 우리 부모님과 아문도 함께였다. 눈동자를 빠르게 굴리며 헤크란을 찾았지만 그는 보이지 않았다.

천막의 끝에 앉은 젊은 여자가 칸에게 손짓을 했다. 불쾌함이 올라와 여자가 나를 절대 볼 수 없음을 알면서도 멀리 있는 그녀를 노려봤다.

칸은 말을 움직여 여자 앞으로 갔고, 여자는 칸에게 꽃다발을 건넸다. 그는 망설임 없이 꽃다발을 받아 들었다.

그때였다. 여자가 몸을 휙 숙여 칸의 목을 끌어안고 입을 맞췄다. 피가 거꾸로 솟는 듯했다. 옷자락을 잡은 주먹에 힘이 들어가 손톱이 손바닥을 아프게 눌렀다. 아랫입술을 어찌나 세게 깨물었는지 비릿한 피 맛이 돌았다.

칸은 여자를 거부하지 않았다. 고개가 여자를 향해 돌아가 있어 그의 표정을 볼 수 없었으나, 거부하지 않고 가만히 있었다는 사실이 내 마음을 더욱 흔들었다.

저건 승리를 기원하는 인사일 뿐이야. 칸도 의미 없는 키스에 민감하게 반응할 수 없어서 그냥 가만히 있는 거야. 더구나 귀족이 잖아. 상대를 무안하게 만들 수 없으니까 거부하지 않는 거겠지.

계속해서 나를 세뇌시켰다. 어쩔 수 없는 상황이라서 그가 저리 있는 것이라고.

눈물이 터졌다. 그를 믿으면서도 숨겨진 여인으로 살아야 하는 삶이 이런 것임을 처음으로 알았다. 흘러내린 눈물을 닦으려는 찰나였다. 갑자기 주위가 조용해졌고, 얼굴이 시원했다.

스르륵. 얼굴과 머리를 감싸고 있던 천이 풀어져 바닥으로 떨어졌다.

어떻게 된 거지? 이렇게 쉽게 풀릴 리가 없는데.

당황한 나는 떨어진 천을 주워 얼굴을 가리기 위해 애를 썼지만, 떨리는 손 때문에 마음대로 되지 않았다. 자꾸 미끄러졌다.

그보다 더 문제인 것은 근처에 있는 많은 사람들의 눈이 나를 향해 있다는 것. 우렁찬 함성 소리로 떠나갈 듯했던 경기장이 삽시간에 침묵에 싸였다. 심장이 격렬하게 요동쳤다.

칸은 누군지 모를 여자의 입맞춤이 끝났는지, 아니면 이 이상한 분위기를 파악했는지 얼굴을 돌렸다.

샤이크를 찾았다. 그런데 분명 조금 전까지도 옆에 있었던 샤이크는 사라지고 없었다. 입안이 바싹바싹 타들어갔다.

탁! 어떤 사내가 내 팔목을 억세게 잡았다.

"오호라~! 이건 또 뭐지? 또 다른 축제의 꽃인가?"

사내가 음흉하게 눈을 빛내며 입을 헤 벌렸다. 남자에게서 벗어나야 하는데 두려움으로 몸이 경직돼 말을 듣지 않았다.

"그 손 놓지 못해? 내가 먼저 발견했어!"

근처에 있던 다른 남자가 크게 외치며 다가왔다. 그리고 나는 느꼈다. 주위에 있는 많은 남자들의 시선이 나를 향해 있다는 것을.

그 시선은 견딜 수 없을 만큼 노골적으로 원하는 바를 드러내고 있었다. 왜 부모님께서 나를 그렇게 집 안에 가둬 키웠는지 이해가 되는 순간이었다. 내가 왜 별궁에서 그 오랜 시간을 보냈는지도 알 수 있었다.

"어림없는 소리. 내 손에 있으니 내 것이지!"

이성을 잃었다. 내 눈에는 모두가 이성을 잃은 것 같았다. 도무지 이해가 안 되는 상황이다. 단체로 약이라도 먹은 것일까.

"까악!"

손목을 잡고 있던 남자가 나를 자신의 어깨에 둘러멨다. 조용하던 주위에서 웅성웅성 소리가 들렸다.

"사, 살려주세요!"

있는 힘껏 소리를 질렀으나 소용이 없었다. 사람들은 자기들끼리 소곤소곤 대화를 주고받을 뿐 나를 도와줄 마음이 전혀 보이지 않았다.

"어딜 데려가려고!"

다른 남자가 다가와 금방이라도 싸울 기세였다. 둘이 싸우려거든 제발 나를 내려줬음 좋겠다. 샤이크는 어딜 갔고, 칸은 지금 이 상황을 알고 있을까?

재빨리 고개를 들어 칸이 있는 쪽을 봤다. 자리에서 벌떡 일어선 부모님과 현, 아문이 보였다. 제법 먼 거리였지만 칸과 눈이 마주쳤다. 그의 표정은 놀라움을 지나 분노로 일그러졌다.

손을 뻗었다. 닿지 않을 것이 당연했다. 그러나 지금 내게는 오직 칸뿐이었다. 허공에 손을 휘적거리며 그의 이름을 부르려 했다.

남자가 투박한 손으로 입을 틀어막았다.

"으읍!"

입이 막혀 칸의 이름은 목구멍 너머로 사라졌다. 그래도 다행이다. 그가 나를 봤으니 이제 구해주러 올 것이다. 역시 칸은 말 머리를 돌려 내게 달려올 태세를 취했다.

하지만 거기서 끝이었다. 현께서 뭐라고 외치자 그가 뒤를 돌았고, 나를 보더니 멈칫했다.

왜? 당장 안 오는 거야?

칸이 굳은 표정으로 지켜보는 동안 나를 둘러멘 남자는 자신을 가로막는 다른 남자를 한 손으로 제압했다.

그들의 싸움 소리가 컸지만 귓가에는 저 멀리서 들려오는, 나와 전혀 상관없는 일 같았다. 내 눈엔 그저 멈춰 서 있는 칸만 보였다.

그때였다. 칸이 힘차게 말의 배에 발길질을 했다. 내 쪽을 노려보며 달려온다.

드디어 그가 와주는구나.

안도감에 마음이 놓을 때쯤 칸의 앞을 수많은 무리의 병사들이 에워쌌고 그는 더 이상 내게 오지 못했다. 칸이 보이지 않는다.

"시아! 신시아! 시아!"

그의 외침이 들렸다. 남자의 억센 손에서 벗어나기 위해 발버둥을 치며 소리를 질렀다. 왠지 이대로 그를 영영 못 볼 것 같은 불안감에 필사적으로 반항했다.

지금이 아니면 안 돼!

젖 먹던 힘까지 짜내도 변함이 없었다. 칸의 모습은 병사들 안으로 사라졌고, 나는 낯선 남자에 의해 어딘지 모를 곳으로 향했다.

"ㅇㅇㅇㅇ읍!"

발악을 하듯 내지르는 비명 소리가 안으로 먹혔다. 남자의 등을 주먹으로 두드렸지만 꼼짝도 하지 않았다.

퍽! 뒷목에 강한 가격을 받음과 동시에 정신을 잃었다.

더운 공기가 탁했다. 건조하기도 했다.

머리가 아파 눈살이 찌푸려졌다. 남자들의 소곤대는 말소리가 귀를 파고들었다. 익숙한 음성들. 눈을 번쩍 뜨고 상체를 일으켜 세웠다.

"아……."

급하게 몸을 일으킨 탓인지 두통이 더 심하게 몰려왔다. 지금 두통이 문제가 아니었다. 낯선 사내에게 납치된 것을 상기하고는 잘 떠지지 않는 눈으로 주위를 둘러봤다.

어라?

샤이크와 헤크란이 보였다. 그리고 아문도 있다.

"일어났네?"

샤이크였다.

"어떻게 된 거지?"

아직도 아픈 머리를 잡으며 그에게 물었다.

"내가 잠깐 자리를 비운 사이에 이상한 녀석이 널 메고 가고 있어서 냉큼 빼앗아왔어."

정신을 차린 곳은 하늘만 겨우 가린 허름한 천막 안이었다. 주위는 온통 모래였고, 천막 기둥에 세 사람이 타고 온 듯한 세 마리의 말이 묶여 있었다.

"여기는 어디야?"

"사막입니다, 신시아."

이번에는 헤크란이었다. 샤이크와 달리 헤크란과 아문은 내가 깍듯하게 예를 갖춰 대했다.

"지금 내가 사막인지 몰라서 묻는 것처럼 보여?"

딱히 뭐라 설명할 수 없는 의심이 생겼다. 이들과 함께 지내며 이런 기분은 처음이었다. 내게 무엇인가를 숨기는 기분에 불쾌해졌다.

"이리 오시지요."

아문이 천막 밖으로 나가며 내게 손짓했다. 그를 따라 나가 허리에 손을 올리고 주위를 둘러봤다. 아무리 봐도 끝없는 사막만 보일 뿐.

어? 저게 뭐지?

멀리서 뿌연 모래바람이 일었다. 더 자세히 보기 위해 손을 이마에 대어 차양을 만들고 눈을 가늘게 떴다. 누군가 말을 타고 달려오고 있었다.

"이런, 젠장! 왜 이렇게 빨리 온 거야?"

샤이크가 발을 동동거렸다. 달려오는 저 사람이 누구길래 이렇게 안절부절못하는 걸까.

짝! 갑자기 헤크란이 손뼉을 치고 두 눈을 감았다. 그를 중심으로 바람이 불더니 주위의 모래가 하늘을 향해 위로 솟구쳐 올랐다.

헤크란이 왼손을 들어 허공에 동그란 원을 그렸다.

"공간 모래의 신이시여, 당신의 공간을 열어주소서."

공간 모래의 신이라니. 말로만 듣던 접신을 하고 있는 것 같았다. 그는 왼손을 그대로 둔 채 오른손도 똑같이 움직였다.

"시간 모래의 신이시여, 당신의 시간을 움직여주소서."

하늘로 솟구치던 모래가 헤크란의 손동작에 맞춰 움직이며 커다란 원을 만들었다. 처음에는 작은 원이 점점 커지더니 하늘을 다 가릴 정도의 크기가 되었다.

"지, 지금 뭐 하는……."

경이로운 광경이었다. 하지만 무서웠다. 갑자기 사막 한가운데에서 그가 왜 이러는지 알 수가 없었다.

헤크란의 감은 두 눈이 뜨이고, 그가 양쪽으로 벌어진 자신의 손을 가슴 앞으로 모아 깍지를 꼈다. 눈빛이 살벌하게 빛났다.

신접을 할 때는 저렇게 변하는가 보구나.

"바람 모래의 신이시여! 당신의 충직한 종, 룩센의 신관 헤크란이 간절히 바라노니, 시간과 공간을 한데 모아 길을 만들어주소서!"

지금까지 한 번도 듣지 못했던 목소리다. 헤크란은 항상 조용하게 말하는 사람이었는데, 지금 이 순간만큼은 천지를 뒤흔들 듯이 큰 소리를 냈다.

땅이 흔들렸다. 다리를 타고 올라오던 미세한 흔들림이 점차 강해지더니 종내는 서 있기 힘들 정도였다.

쿠구구구구. 굉음과 함께 헤크란 앞에서 움직이는 모래바람 뒤로 땅이 불쑥 올라왔다.

지금 이게 뭐지?

사락, 사라락. 이제는 땅이 조금씩 무너져 내리기 시작했다. 무서운 기세로 흘러내리는 모래는 공포 그 자체였다. 마치 강이 범람하며 큰 물줄기를 만들어 덮칠 것 같았다.

"시아! 시아!"

칸의 목소리다! 말을 타고 달려오는 이는 칸이었다.

뿌연 모래 먼지를 일으키며 달려오는 칸의 얼굴은 분노로 가득 차 있었다. 얼마나 놀라고 화났는지 여실히 보여줬다. 어느새 칸은 말에서 내려 내게 달려오고 있었다.

"너희들 지금 뭐 하는 짓이야!"

칸은 아문과 샤이크를 보더니 곧 접신하고 있는 헤크란에게 눈 길을 돌렸다.

"헤크란!"

헤크란의 눈이 섬뜩하게 빛났다. 그는 칸을 보지 않고 조용하게 중얼거렸다. 그러더니 갑자기 팔의 방향을 칸 쪽으로 틀었다.

흘러내리는 모래언덕과 원형으로 불어닥치는 모래바람이 즉시 방향을 바꿔 칸 쪽으로 향했다.

헤크란이 지금 무슨 짓을 하려는지 직감했다. 그의 표적은 칸이 었다. 막아야 한다. 칸이 가까이 있었지만 모래바람 때문에 그에게 다가가는 것이 쉽지 않았다.

우르르르. 콰콰쾅. 세상이 흔들렸다. 그리고 갑자기 원형으로 돌 고 있는 모래바람 안에서 괴수 한 마리가 등장했다. 한 번도 본 적 이 없는, 그러나 어딘지 모르게 익숙한 괴물.

맙소사! 한 마리가 아니었다. 뒤이어 다른 생김새를 하고 있는 한 마리가 또 등장했다. 궁금해할 여유 같은 건 없었다. 괴물은 칸 을 향해 시커멓고 커다란 입을 벌렸다.

쿵! 갑자기 위에서 거대한 물체가 내려와 착지했다.

헉! 조금 전의 두 마리보다 훨씬 큰 괴물. 더 괴기스러운 생김새 를 가지고 느릿하게 움직이나 결코 느리지 않았다.

"헤크란! 너 지금 이들을 왜 부른 거야!"

칸은 괴물들의 정체를 알고 있는 모양이었다. 세찬 모래바람 앞에서 칸은 몸의 중심을 가까스로 잡고 있었다.

"잘 가라, 카르카노."

헤크란이 나지막이 말했지만 내 귀에는 들렸다.

잘 가라니. 잘 가라니?

"당신들이 만들어준 세계로 그를 초대하소서!"

크아아아. 큰 소리로 헤크란이 외치자 괴물들이 자세를 잡고 포효를 했다. 공기의 진동이 물결처럼 흔들려 눈에 보였다. 칸의 다리가 진동을 따라 질질 끌려가고 있었다. 금방이라도 칸을 잡아먹을 듯했다.

안 돼! 바람과 땅의 흔들림 때문에 몸을 움직일 수 없었다. 그러나 칸에게 다가가기 위해 있는 힘껏 움직였다.

한 발짝.

또 한 발짝.

내게서 어떻게 그런 초인적인 힘이 나왔는지 모르겠다. 그사이 칸은 괴물들 바로 앞까지 끌려갔다. 그도 버티기 위해 엄청난 노력을 하고 있음이 보였다.

갑자기 칸의 몸이 바람에 휘릭 감기더니 공중으로 떠올랐다.

"카안!"

비명처럼 칸의 이름을 부르자 세 마리의 괴물이 내게로 시선을 옮겼다. 그와 함께 공중으로 떠오른 칸의 몸이 바닥으로 내동댕이쳐졌다.

괴물들의 눈을 보는 순간 예감했다.

아, 내가 저들의 먹이가 되겠구나. 다행이야. 칸이 아니라서.

눈을 감았다. 순식간에 몸이 떠오르고 시커먼 짐승의 입으로 빨려 들어갔다.

"악!"

단말의 비명이 저절로 나왔다.

다시 눈을 떴다. 왠지 칸과 마지막일 것 같아서.

내 이름을 부르며 절규하는 칸의 모습이 보였다. 귓가가 바람 소리로 시끄러워 그의 목소리를 정확히 들을 수는 없었지만 끊임없이 내 이름을 부르고 있었다. 난처한 표정의 헤크란과 샤이크도 보였다. 그리고 곧 어둠이 덮쳐왔다.

이대로 죽는 건가.

아아, 칸……

"신시아, 너무 성급했어."

아문이었다.

"오라버니?"

"카르카노의 완벽한 신부가 될 때까지 참았어야지."

그의 목소리만 들릴 뿐 모습은 보이지 않았다.

"뭐, 뭘?"

"다 잊고 그곳에서 행복하게 살길 바라."

"오, 오라버니? 오라버니!"

아문의 목소리는 그것으로 끝이었고, 나는 까마득한 어둠 저 깊은 곳으로 한없이 들어갔다.

그렇게 룩센을 떠났다.

"날 처음 봤을 때 당황했겠군."

예전처럼 그에게 하대했다. 친근한 오라버니를 대하는 말투도 아니었다. 그는 이제 오라버니가 아닌, 오로지 나보다 지체가 낮은 신하일 뿐이다.

"흐음, 뭐, 그다지. 헤크란이 널 다시 데리고 왔다는 이야기를 먼저 들었으니까."

샤이크, 헤크란, 그리고 아문. 모두가 거짓말쟁이였다. 내게 거짓말을 하고 있다. 믿을 수 있는 사람이 누구도 없었다.

샤이크와 헤크란은 칸을 다른 세계로 보내려 했는데 내가 그를 뒤따라가는 바람에 그렇게 되었다고 말했다.

하지만 내 머리는 그렇게 기억하고 있지 않다. 분명 내가 먼저 납치되었고, 칸이 뒤따라왔다.

젠장. 이 세 사람은 대체 머릿속에 뭐가 든 거지?

"헤크란이 쓸데없는 짓을 했지."

입꼬리를 말아 올리며 아문이 픽 웃었다.

좌악! 손을 들어 있는 힘껏 그의 뺨을 내리쳤다. 얼굴이 돌아가기는 했지만 몸이 흔들리는 쪽은 오히려 나였다. 손바닥에서 불이 났다. 주먹으로 때릴 걸 그랬나 보다.

"후훗."

아문이 뺨을 어루만지며 얼굴을 돌렸다.

"네가 돌아왔다고 해서 바뀌는 것은 아무것도 없어. 네가 무슨 수로 지난 사건을 밝혀낼 건데? 카르카노는 아무것도 기억하지 못한다."

"기억나게 하면 돼!"

"카르카노의 기억은 너와 달라서 돌아오지 못해. 스스로 기억을 지우기도 했지만, 샤이크와 헤크란이 억지로 지우기도 했기 때문이지."

말아 쥔 주먹에 힘이 들어가 손톱이 살을 파고들었다.

이 미친놈들. 칸의 기억을 지워?

"모두 용서하지 않을 거야! 당신이랑 헤크란, 샤이크 모두!"

"너는, 아무것도 할 수 없어. 신시아."

아문이 뒤돌아서 걸었다. 할 수만 있다면 당장에라도 쫓아가서 그의 머리카락을 죄다 뽑아놓고 싶었다.

"아! 그리고 신시아."

걷던 그가 멈추고 나를 불렀다.

"어쩌면 우리는 이렇게 지금처럼 지내는 것이 오히려 좋을지도 몰라. 괜히 긁어 부스럼 만들지 마."

"당신들이 칸을 가만두지 않을 거잖아!"

"우리가…… 왜?"

그의 미간이 찌푸려졌다. 그는 정말 모른다는 얼굴이었다.

"신시아, 우리가 카르카노를 가만두지 않을 거라니? 여기서 우리는 나와 샤이크, 헤크란을 말하는 것인가?"

"당신은 카르카노가 아닌 현이라 불러야지. 함부로 부를 이름 아니야."

"알았어. 내 질문에 대답부터……."

"난 현의 여인이다. 예를 갖추어라."

어이없다는 듯 아문의 입이 조소를 머금으며 비틀어졌다. 하지만 곧 허리를 숙이고는 인사를 했다.

"룩센의 재상 아문, 현의 여인께 인사 올립……."

"계획을 말해."

그의 인사를 자르고 궁금한 것부터 물었다.

"무슨 계획을 말씀하시는지요?"

"하긴 내가 묻는다고 대답하지는 않겠지. 아무튼 당신의 바람대로 되지는 않을 거야."

"무엇을 말씀하시는지 전혀 모르겠습니다, 신시아 님."

여전히 허리를 숙인 채 대답하는 아문의 곁으로 다가가, 고개를 낮춘 후 그의 귓가에 대고 작게 속삭였다.

"당신, 칸을 현의 자리에서 끌어내리려 하고 있잖아."

아문의 눈초리가 날카롭게 치켜 올려갔다.

"누가 그럽니까?"

"누가 그러든 무슨 상관이야? 당신의 계획을 내가 알고 있으니 다행인 거지."

"신시아!"

빠르게 허리를 세운 아문이 내 팔을 잡았다.

"너 지금 대체 뭐라는 거야?"

"전 재상이었던 샤이크의 아버지를 끌어내린 사람도 당신이잖아!"

"혹시 샤이크가 그렇게 말했어? 내가 전 재상이었던 자기 아버지를 끌어내렸다고?"

"아니야?"

머리를 쥐어뜯는 아문. 그가 낮은 목소리로 욕설을 내뱉었다.

"샤이크 그 자식! 넌 샤이크는 믿고 왜 나는 믿지 않는 건데?"

"샤이크도 믿지 않아. 하지만 당신은 더욱 믿을 수 없어. 날 다른 세계로 보낸 건 오라버니였어! 똑똑히 기억하고 있다고! 나보고 행복하게 살라며 보냈잖아. 칸과 나를 갈라놓은 건 당신이잖아!"

"······."

그는 아무 말도 하지 않고 돌아섰다. 틀린 말이 아니니 할 말이 없을 것이다.

"그냥 이대로 있어, 신시아. 아까도 말했지만 돌아온 네 기억만으로 할 수 있는 것은 아무것도 없다."

"싫어! 어떻게 해서든 다 밝히고 말 거야! 용서 못 해."

"그래, 용서하지 마. 하지만 그 어떤 것도 알아내려 하지 마. 밝히려고도 하지 마."

"웃기고 있어. 당신들은 모두 죗값을 치러야 해. 돌이킬 수 없는 칸과 내 인생을 어떻게 보상할 거야?"

"둘이······ 다시 만났으니 된 거 아닌가?"

돌아서 있는 아문의 어깨가 흔들렸다. 칸과 다시 만났으니 지난 날은 잊자는 말에 어이가 없어 헛웃음이 나왔다.

"되기는 뭐가 됐다는 거지? 내 기억 속에 남아 있는 언니를 잃은 주아는 어쩔 거야? 그 애가 실제 존재하는 하기는 해? 실체가 있다 해도 내 가슴에 상처로 남고, 아니라 해도 상처야. 그리고 그것뿐이 아니잖아! 망할······. 헤크란 그 자식이······."

잊자고 생각했던 일이 다시 떠올랐다. 내가 아무리 기억이 없었다고 하나 별궁에서 칸과 함께 보낸 시간이 기억난 순간부터 1년 전 헤크란의 일로 그에게 더 미안해졌고, 이렇다 표현할 수 없을 만큼 헤크란이 미웠다.

내 기억 속에 어렴풋이 남아 있는 칸에 대한 마음을 이용해 나를 속인 나쁜 놈. 어차피 헤크란이나 눈앞에 있는 아문이나 다 똑같겠지만.

"헤크란이 왜?"

아문이 돌아서 나를 봤다. 헤크란과 나 사이에 어떤 일이 있었는지 모르는 눈치였지만 그 또한 믿을 수 없다.

"몰라서 물어? 헤크란과의 일도 당신이 꾸민 거 아니야?"

"정말 몰라! 무슨 일이야?"

"직접 물어봐. 내 입으로 이야기하는 것만으로도 역겨워."

빠른 걸음으로 그를 지나쳤다. 칸의 기억을 어떻게 돌아오게 해야 할지, 만약에 안 된다면 세 사람을 어떻게 처리할 것인지를 고민해야 한다.

"어쨌거나."

걷다가 멈춰 정면을 보고 말을 했다. 사막의 더운 바람이 불어와 숨이 턱턱 막히는 것 같았다.

룩센에서 태어나 자랐어도 온실 속의 화초처럼 보호받고 자라서일까. 사막의 바람은 도무지 적응이 안 되고 낯설었다.

칸과 헤어져 다른 세계로 가지 않았다면, 나는 지금쯤 이 바람을 자연스럽게 맞고 있을 텐데.

지금쯤 칸의 여인이 되어 아이를 낳았을지도 모르지.

"이 모든 일의 시작은 오라버니였어. 별궁에서 숨어 지내는 나를 찾아냈고, 그랬으면 혼자만 알고 있어야지 샤이크에게 나라는 존재를 알려 헤크란까지 끌어들였으니까. 가장 큰 원흉은 당신이야. 그런 게 나를 사랑하는 방식이었어?"

피가 섞이지 않은 남녀가 한집에서 자랐다면 다른 감정이 충분히 들어올 수 있다고 생각한다. 그러나 그는 용서할 수 없을 만큼 너무 먼 길을 와버렸다.

대답 없는 아문을 놔두고 방으로 돌아왔다. 아문에게 큰소리는 쳤지만 어떻게 해결하는 것이 좋을지 머리가 복잡했다.

조금도 기억하지 못하는 칸에게 돌아온 기억을 모두 말한다면 그가 행동을 취할 수 있을지도 의문이었다.

설사 그가 내 말을 모두 믿는다 하더라도 그는 룩센의 왕이다. 아무리 왕이라 한들 증거 하나 없이 룩센의 신관과 재상을 잡아들일 수는 없지 않겠는가. 하다못해 그들의 죄를 칸이 조금이라도 기억을 해야 꼬투리를 잡을 수 있을 텐데.

털썩. 침대에 대자로 누웠다. 그러다 다시 벌떡 일어났다.

침착하게 대비하자고 되뇌면서도 울화통이 터져 유지가 되지 않았다. 그 세 명을 처리하기 전까지는 계속 이럴 것 같다.

칸의 기억을 살릴 수 없다는 아문의 말이 사실인지 아닌지는 모르겠으나, 만약 정말 칸이 아무것도 모르는 상태로 일을 진행하려면 어떻게 해야 하나.

아문의 말대로 하얀 가루와 각(覺)의 차는 칸에게 효력이 없는 듯했다. 지금까지 아무런 반응도 보이지 않았다. 한편으로는 기억이 돌아온다면 칸이 잘 감당할 수 있을지도 걱정됐다.

저번에 샤이크와 헤크란이 과거에 대해 고백을 해서 도움을 준 듯했지만 분명 그들도 내게 감추는 부분이 있다.

내가 다른 세계로 가게 되던 날, 샤이크는 정말 실수로 나를 사막에 데려간 것일까.

코아쿤에 있는 그의 저택에서 지냈을 때 그가 그랬다. 용서받지 못할 일이었지만, 실수였다고.

헤크란은 다른 세계로 보낼 대상이 내가 아니라 칸이었다고 말했다. 먼저 납치한 것은 나인데, 왜 칸을 먼저 불렀고 내가 따라왔다고 했을까.

아아, 머리가 터질 것 같다. 당장 손을 쓰지 않으면 그들이 금방이라도 칸을 노릴 것 같아서 마음이 불안했다.

하지만 지금의 나는 무언가를 할 수 있는 입장도 아니었다. 공식적으로 룩센의 왕비가 된 것도 아니라 나서서 뭔가를 할 수 없는 신분이었다.

손으로 볼을 감싸 안고 무릎에 얼굴을 묻었다.

침착하게 생각하자. 서두르지 말자. 잘못하다간 일을 그르칠 수 있다.

"어디 아파?"

차분하게 가라앉은 저음.

언제 들어왔는지 칸이 걱정되는 얼굴로 앞에 서 있었다.

"칸……."

고개를 들어 그를 바라보자 내 앞에 바짝 다가서며 이마를 만지고 머리를 쓰다듬었다. 그의 허리에 팔을 둘러 끌어안고 판판하면서도 단단한 그의 배에 머리를 기댔다.

"많이 힘들지?"

"……아뇨."

"내가 빨리 기억이 돌아와야 할 텐데, 미안하다."

"칸, 그거 먹지 마요."

"정말 먹지 않기를 바라?"

"아뇨. 빨리 당신의 기억이 돌아오길 바라고 있어요. 하지만 돌아온 기억 때문에 당신 힘들면 어떡해. 그런 마음이 반반이에요."

그가 내 머리를 손으로 잡아 자신의 몸에서 살짝 떨어지게 한 다음 얼굴을 볼 수 있도록 턱을 위로 당겼다.

"시아, 난 너와 나의 어린 시절을 기억하고 싶다."

"만약에 기억이 돌아오지 않으면?"

"그건 림에게 부탁해야 하나?"

"됐어요! 부탁할 사람이 따로 있죠."

"그래도 그는 능력이 좋은 신관이야."

"동생인 당신을 다른 세계로 보내려 했던 사람이에요."

말도 안 돼. 부탁할 사람이 없어서 헤크란이라니.

"저번부터 말했지만 그와 나는 같은 부모님에게 태어났다는 것 외에 형제의 교류는 전혀 없었어. 그리고 너를 다른 세계로 보낼 수 있다는 건 그만큼 능력도 된다는 뜻이니까."

"아무리 능력이 좋아도 그런 사람은 안 돼요."

"시아."

황금색 눈동자가 다정하게 나를 바라봤다.

"무얼 두려워하고 있지?"

"전부……."

"내가 있잖아."

"내가 가장 두려워하는 건 당신이에요. 당신을 잃을까 봐 가장 두려워요."

눈시울이 뜨거워졌다. 내게 남은 건 칸뿐이다.

주르륵. 눈꼬리를 타고 눈물이 흘렀다. 이제는 칸이 내 곁에 없다는 상상조차 할 수가 없었다. 떠올리는 것만으로도 죽을 것처럼 가슴이 아팠다.

"이런, 당당하고 거칠 것 없었던 시아가 울보가 되었군. 너 요즘 자주 운다."

부드러운 손길이 눈물을 닦아주었다. 그의 입술이 살며시 내 입술로 내려앉았다. 따뜻한 입술이 닿은 순간 위로받은 것처럼 마음이 스르르 풀렸다. 촉촉하고 매끄러운 혀가 들어와 달래주듯이 천천히 입안을 유영했다.

칸의 몸이 기대어오자 그 무게를 견디지 못하고 뒤로 넘어가 푹신한 침대가 나를 감쌌다. 묵직한 그의 무게에 숨이 막힐 듯했다.

"더 이상은 안 돼."

그가 입술을 떼고 미소 지으며 몸을 일으키려 하기에 다급하게 그를 붙잡았다.

"가야 해요?"

"응. 재상이 찾아왔는데 기다리라고 하고 나온 거거든."

"우리…… 계속……."

그동안 계속 악몽을 꾸는 바람에 칸과 나는 말 그대로 같이 잠만 잤을 뿐 사랑을 나눈 지 오래되었다. 곁에 누워서 참는 것도 나름 고역이었을 텐데, 그는 내 걱정이 먼저였다. 하지만 지금은 참았던 그를 위해서가 아니라 그를 갖고 싶은 나를 위해서였다.

더 정확하게 말하자면 잠깐이라도 그의 품에서 잊고 싶었다. 감당하기 벅찬 이 모든 일들로부터.

"계속 뭐?"

그가 장난스러운 웃음을 띠며 짓궂게 물었다. 이미 다 알고 있으면서.

"그러니까 우리 계속 잠만 잤어요."

"흐응. 그랬지. 그래서?"

"……."

얼굴이 붉어지는 게 느껴졌다. 불퉁하게 아랫입술을 내밀고 대답을 하지 않자 그가 웃음을 터뜨렸다.

"이 앙큼한 여우!"

검지로 내 코를 살짝 튕기는 칸.

"지금 여자인 네가 괴로울까, 남자인 내가 괴로울까? 아문이 기다리니 밤에 보자. 기대하고 있을게."

아문이 뭐라고 그래! 기다리고 하면 되지.

몸을 일으키려던 그의 팔을 다시 잡았다.

"설마 마음이 식은 거 아니죠? 당신이 언제 때와 장소를 가렸다고 그래요?"

미간을 찌푸리고 눈을 흘겼다.

"갑자기 왜 이러실까. 뭐, 다른 때라면 상관없는데 아문이 급한 일이라고 해서 그래. 그리고 우리는 한번 시작하면 오래 걸리잖아?"

"기다리라고 해요. 어차피 당신이 올 때까지 꼼짝 않고 있을 텐데. 내가, 지금, 원한다니까요!"

결국 직접적으로 칸을 원한다고 외쳤다.

"정말 왜 그래? 무슨 일 있었어?"

"아무 일도 없어요. 당신 말처럼 난 내가 원하는 걸 당당하게 말하는 여자잖아요. 그래서 원한다고 말하고 있는 거예요."

한 번씩 그런 생각이 머리를 스친다. 어렸을 적에, 그러니까 별궁에서 살았을 때의 내가 지금과 같은 성격이었다면 어땠을까.

이미 지나버린 일이라 돌이킬 수 없지만, 가끔 내가 너무 나약했다는 생각에 자괴감이 들었다. 그러나 별궁에서 수동적으로 움직였던 나는 이제 없다. 그때의 나도 내가 맞지만, 현재의 내 모습도 내가 맞다.

그가 난감한 표정을 짓다가 마음을 먹었는지 고개를 끄덕이고는 어깨를 으쓱거렸다.

"아문이 눈치채겠군."

"상관없어요. 대신 빨리해요. 그건 내가 양보하죠."

빙그레 미소를 지었다. 어느새 그의 눈동자가 붉게 변하며 나른하게 내리 떴였다. 긴 속눈썹 사이로 보이는 황금 물결이 빛으로 흘러넘쳤다.

칸의 팔을 잡고 있던 손을 내려, 붙어 있는 우리의 하체 사이로 밀어 넣었다. 그의 남성을 잡으려고 하다 피식 웃음이 나왔다. 이미 솟아오른 그의 분신이 자신의 존재를 알리고 있었다.

"쳇, 뭐야. 그냥 보냈으면 큰일 날 뻔했잖아요."

"알아줘서 고마워해야 하나."

그의 입술이 다시 덮쳐왔다. 밀어닥치는 혀를 열렬히 환영하며 나 역시 그에게 들어가기 위해 혀를 쑥 집어넣었다.

우리의 숨소리는 곧장 헐떡임으로 변했다. 조금 전과는 다르게 거친 키스에 그의 것을 잡고 있는 내 손에도 힘이 들어갔다.

"흐윽!"

낮은 신음과 함께 그가 인상을 썼다.

"이럴 거야?"

"싫어요? 그럼 말고."

"싫다고 한 적 없다."

서로의 입술을 탐하며 나는 그의 것을 잡고 살며시 위아래로 움직였고, 그는 내 상의를 위로 올려 가슴을 입에 물었다. 입안에 가득 담아 부드럽게 빨아들이다 혀끝으로 유두를 간지럽혔다. 단단해진 돌기가 그의 입안에서 굴러다녔다.

"하아…… 칸……."

아, 간단한 가슴 애무만으로 몸이 녹아내릴 것 같다.

손에 쥐고 있는 그의 남성이 한 손으로 다 잡기 어려울 만큼 부풀었다.

그가 재빨리 자리에서 일어나 입고 있던 바지를 벗고, 내 바지도 벗겨 옆으로 던졌다. 허벅지 사이로 손을 집어넣은 그가 통로가 젖었는지 확인했다. 이미 키스할 때부터 젖기 시작했기 때문에 그가 들어오기에는 충분했다.

"괜찮으니까 빨리요, 칸."

머뭇거리는 그에게 거의 신음하듯이 말했다. 말이 끝남과 동시에 그대로 몸 안으로 그가 파고들었다.

"아훗."

확장과 수축이 동시에 이뤄졌다. 거대하게 부풀어 오른 그의 것이 들어오며 일순간 벌어진 좁은 통로가 곧바로 달라붙어 조이며 잡아당겼다. 쾌감을 느끼는 모양인지 그가 사자처럼 으르

렁거리는 신음을 뱉었다.

조금 아프긴 했지만, 동반되는 쾌락에 그깟 아픔쯤은 잊어버렸다.

칸이 허리를 움직이기 시작했다. 기교가 없는 단순한 동작이 내 머릿속을 백지처럼 하얗게 만들어가고 있었다. 여과되지 않은 새된 신음이 끊임없이 흘렀다.

점점 빨라지며 거칠게 여린 여성을 짓이기듯이 내리찍었다. 그와 할 때마다 느끼는 황홀함이었으나 매번 새롭게 다가오는 감각이었다. 혼미해지는 정신을 붙잡으려 입술을 물었다. 믿을 수 없는 소용돌이 속에서 허우적거렸다.

"훗. 더 빨리……. 칸."

그의 움직임에 보조를 맞추기 위해 허리를 움직이자 입술이 막혔다. 동작의 흐름을 따라 혀도 같은 율동으로 넘나들었다. 타액을 나눠 마시고, 호흡을 나눠 마셨다.

미칠 것만 같았다. 숨이 턱턱 끊어지며 더 이상 호흡이 불가능하다고 느낀 순간 비명이 터졌다. 그의 커다란 손에 붙잡힌 엉덩이가 세게 일그러졌고, 상상할 수 없을 만큼 그가 깊숙이 들어왔을 때 절정을 맞이했다.

"아아! 칸!"

"흐윽! 사랑해, 시아!"

"사…… 랑해요."

타닥타닥. 눈앞에 불꽃 쏟아지며 타들어갔다.

조용한 방 안에 우리의 숨소리만 가득했다. 창문을 통해 들어온 바람을 따라 정사의 향기가 실려와 코끝에 머물렀다. 나를 침대에 똑바로 눕혀준 뒤 칸은 옷을 갖춰 입고 내게 다가와 짧게 입을 맞췄다.

"당신, 정말 다른…… 여자랑은 안 해봤어요?"

기운이 빠진 몸처럼 말도 느릿하게 나왔다. 전속력으로 100미터 달리기 경주를 완주한 기분이었다.

"응. 믿기지 않아?"

그의 미소에 가슴이 두근거렸다. 당신은 왜 이렇게 매력적인 거야.

"믿기지 않아요. 너무 잘하잖아."

새삼스럽게 부끄러워 손바닥으로 얼굴을 가리자 그가 손목을 잡아 끌어 내렸다.

"나를 품은 사람은 너밖에 없어. 암튼 오늘 짧게 했어도 만족했다, 이거지?"

"몰라요."

눈길을 피하고자 고개를 옆으로 돌렸다. 칸이 이불을 허리까지 덮어주고는 방을 나서며 내게 물었다.

"아문에게 뭐라고 변명한다? 눈치가 워낙에 빨라서 말이야."

"그냥 대충 말해요."

"아깐 그가 알아도 상관없다며?"

"그거야……."

말끝을 흐리자 그가 됐다며 손을 흔들었다.

"푹 자둬. 오늘 밤을 위해서."

"칸."

"……."

나가려던 그를 불러 세웠다.

"당신 내 것이에요. 알고 있죠?"

"뭐지? 오늘 인심이 아주 후한데."

"내 것이니까 내가 지킬 거예요. 누구에게도 뺏기지 않아."

"덕분에 마음이 아주 든든해졌다, 시아."

크게 웃으며 방을 나가는 그의 뒷모습을 보다가 문이 닫힌 것을 확인하고는 자리에서 일어나 앉았다. 아문에 급한 일이라며 찾아왔다는 말이 걸렸다.

항상 볼 수 있는 사람들끼리 급한 일이 뭐가 있는지 의구심이 들었다. 칸의 집무실로 찾아가 몰래 둘의 대화를 들어볼까 하다가, 칸에게 밤에 물어보는 편이 낫겠다 싶어서 포기했다.

13장

2시간 정도 망설인 끝에 밤까지 기다리지 못하겠어서 결국 칸을 찾아가 보기로 했다. 그가 바쁘면 밤으로 미루고, 아니라면 당장 아문이 무슨 이야기를 했는지 물어보고 싶었다.

아문이 별 이야기를 하지 않았을 수도 있지만, 하필 왜 나와 대화를 하고 난 뒤에 급한 일이라고 칸을 찾아갔느냔 말이지.

괜스레 찜찜한 건지, 내 촉이 뭔가를 알려오는 건지 모르겠으나 확인해볼 필요성은 느꼈다. 차라리 그저 룩센에 관한 이야기를 나눴으면 좋겠다.

똑, 똑, 똑.

"네."

로아가 차를 가지고 들어왔다.

"아! 로아, 나 지금 나갈 건데요."

"네. 그럼 모시겠습니다."

"아니에요. 칸의 집무실에 갈 거라 혼자 가도 괜찮아요."

"하지만……."

"모르는 곳도 아니고, 사실 혼자 가고 싶어서 그래요."

그녀를 속일 필요는 없다고 판단해서 솔직하게 털어놨다.

"걱정됩니다, 신시아 님."

정말 걱정이 가득한 눈으로 로아가 내게 말했다.

"제가 길을 잃어버릴까 봐 그래요? 애도 아닌데요, 뭘."

"그것이 아니라 요즘 불안해 보이셔서 그럽니다. 지난번에 안
좋은 일도 있었지 않습니까."

축제 이야기였다. 본인도 험한 일을 겪어서 힘들었을 텐데 로아
는 내 걱정을 하고 있었다.

"궁 안인데 뭐가 문제예요. 괜찮아요."

"물론 궁 안이니 위험스러운 일은 생기지 않을 것이고, 생겨서
도 안 되지만 신시아 님의 마음과 건강이 걱정됩니다. 최근에 제대
로 주무신 적이 없지 않습니까."

"로아."

그녀의 곁으로 다가가 손을 잡았다. 진심으로 나를 걱정해주는
사람이 또 생겼다. 룩센에서 내 편은 오직 칸밖에 없다 생각했는데
로아가 있어 마음이 한결 따뜻하고 편해졌다.

뒤돌아보면 내가 칸에게 화가 났을 때도 로아는 칸의 입장을 내
게 피력하며 설득하느라 애를 썼다. 그녀는 우리가 잘되길 바라는
사람이었다.

"저는 정말 괜찮아요. 음, 풀어야 할 문제가 좀 있기는 한데 잘

될 테니 걱정하지 마요. 고마워요."

이해했다는 듯이 로아가 고개를 끄덕였다. 진심으로 그녀가 있어서 다행이었다.

복도에 방울 소리가 울렸다. 지나가는 사람들이 그 소리를 듣고 미리 엎드려 있거나 허리를 숙였다.

예전에도 별궁에 갇혀 지내지 않고 이렇게 했더라면 어떻게 됐을지 궁금했다. 지나간 과거를 돌이킬 수 없음을 알고 있지만 '그때 이렇게 했더라면 지금은 어떻게 되었을까'라는 질문을 스스로 끊임없이 반복하며 묻고 있었다. 모두 소용없다는 걸 알면서도 문득문득 떠올랐다.

멀리 칸의 집무실이 보여 발걸음을 빨리할 때였다. 문이 열리고 누군가 안에서 나왔다.

아문이었다. 자리에 멈춰 서 그를 봤다. 그는 닫힌 문 앞에서 한참을 서 있다가 크게 한숨을 내쉬고는 제 갈 길을 가는 모양인지 내가 있는 반대 방향으로 걸음을 옮겼다.

그를 따라가고 싶은 욕구가 생겼다. 이유는 모르겠으나 갑자기 따라가고 싶어졌다.

발목의 방울을 뜯어내 손에 움켜쥐고 흔들어봤다. 작게 딱딱거리는 소리만 나는 것을 확인하고는 적당한 거리를 유지하며 아문을 따라갔다.

방울 소리가 나지 않아 지나치는 사람들이 어쩔 수 없이 나를 보게 되는 상황이 돼버렸다. 그들은 깜짝 놀라 그대로 자리에 주저앉아 얼굴을 땅에 닿도록 낮췄다. 미안했지만, 지금은 아문의 뒤를 쫓는 것이 급했다.

한참 걷던 아문이 어떤 방으로 들어갔다. 안에서 말소리가 들렸다. 문이 미세한 틈을 보이며 열려 있었다. 주위를 살피고는 귀를 가져다 댔다.

"헤크란! 너 대체 신시아에 무슨 짓을 한 거야?"

헤크란과 만나는 장소구나.

아문의 목소리가 격앙되어 있었다. 이렇게 큰 소리라면 구태여 귀를 대지 않아도 됐다.

"무슨 짓이라니요? 재상, 지금 무슨 짓은 재상이 하고 계십니다. 막무가내로 찾아와서 예의를 차리지도 않고!"

퍽! 때리는 소리였다.

"바른대로 말해, 헤크란. 지금 너와 나는 림과 재상이 아니다."

아문은 정말 헤크란과 나 사이에 있었던 일을 전혀 모르는 것 같았다. 그의 목소리에서 끓어오르는 분노가 느껴졌다.

"이미 다 알고 온 거 아닌가요?"

"아니! 몰라! 신시아가 입에 담는 것조차 역겹다고 직접 너에게 물어보라고 했어. 그때 그 아이의 눈이 어땠는지 알아? 차마 카르카노에게 묻지는 못했다. 샤이크와 무슨 작당을 벌인 거야? 빨리 말해. 내가 너의 숨통을 끊어놓기 전에."

"내 숨통을 끊어놓는다라."

헤크란의 목소리. 지금까지 내가 알던 그의 목소리가 아니었다. 내가 알고 있는 그의 목소리와 말투는 상냥하고 부드러웠다. 그런데 지금은 조소가 가득해 낯설었다.

"이야기를 들으면 내 숨통을 완전히 끊고 싶어질 텐데요?"

헤크란 저놈은 뭘 잘했다고 저러는지 모르겠다.

퍽! 다시 때리는 소리가 들렸다.

"너의 숨통을 끊는 것은 이야기를 듣고 나서 판단하지. 내 동생에게 무슨 짓을 했어?"

"잤지요. 아문이 여자로 사랑했던 당신의 동생과 잤, 다, 고."

헤크란의 말은 진실이었다. 하지만 그 대답은 지금 헤크란 앞에 서 있을 아문과 문밖에서 대화를 듣고 있는 나에게 너무나도 잔인했다.

내가 앞에 없다지만 그런 식으로 말하면 안 됐다. 미안한 기색은커녕 양심의 가책조차도 느끼고 있지 않았다.

눈을 감았다. 주먹을 쥔 손이 부르르 떨렸다. 헤크란은 지금까지 내 앞에서 연기했던 것인가. 저런 인간인 줄 칸은 알고 있을까?

"모르죠? 신시아의 신음이 얼마나 환상적인지."

모욕감과 수치심에 얼굴이 달아올라 후끈거렸다.

퍽! 퍽! 연이어 때리는 소리가 났다.

"으윽. 으흐흐. 그녀의 안이 얼마나 뜨겁고 부드럽고 조이는……!"

쾅! 문을 세게 열고 들어가 헤크란의 앞에 섰다. 놀란 두 사람의 눈이 튀어나올 듯이 커졌다. 헤크란은 아문에게 맞아 입가에 흘러내리는 피를 닦으려던 모양이었다.

"시, 신시아."

헤크란이 말을 더듬었다. 놀라기는 한 모양이지?

찰싹! 몸을 실어 그의 뺨을 내리쳤다. 아문을 때렸을 때처럼 손바닥에서 불이 났다. 상관없었다.

찰싹! 헤크란의 얼굴이 돌아갔다. 그러나 그의 몸은 꿈쩍도 하지 않았다.

"미친 자식!"

찰싹! 찰싹! 양손으로 번갈아가며 그의 뺨을 때리던 나는 급기야 주먹을 쥐고 닥치는 대로 날렸다. 처음이었다. 누군가 죽기를 바라면서까지 저주를 퍼붓고 싶어진 적은.

"가만두지 않아! 용서하지 않아! 죽여버릴 거야! 아니, 죽어!"

바락바락 악을 썼다. 헤크란이 죽기를 진심으로 바랐다.

"아아아아악!"

화산처럼 분출하는 분노를 주체하지 못하고 계속 악을 썼다.

헤크란에게 분노한 이유가 가장 컸지만 하루 동안 너무 많은 일이 일어나 감당할 수 없었던 마음이 돌파구를 찾아 계속 비명을 지르고 있었다. 모르는 척 꾹꾹 누르며 참은 것이 터졌다.

눈앞에 까만 어둠이 몰려왔다.

"신시아."

누군가 나를 부르며 몸을 흔들었다. 눈꺼풀이 무거워 뜨기 싫었다.

"신시아, 눈 좀 떠봐."

계속되는 부름에 하는 수 없이 눈을 떴다. 희미한 인영이 짙어지며 누군지 알 수 있었다.

"너 기절했었다."

아문이었다. 주위를 둘러보니 내 방의 침대에 누워 있는 듯했다.

"오라버니, 헤크란과의 일, 칸에게 말하지 마."

"카르카노…… 현께서 아셔야 하지 않겠어?"

"왜? 그럼 당신의 죗값이 더 줄어들 것 같아서? 헤크란에 비해 자신은 상대적으로 덜하다고 느낀 모양이지?"

"신시아, 그런 게 아니라."

"명령이다, 아문 재상. 헌께 말씀드리지 마라."

몸을 돌리고 이불을 머리끝까지 덮어썼다. 나오려는 눈물을 이를 물고 참았다. 그렇게 비참한 하루가 지나가고 있었다.

며칠 동안 고민을 해봐도 도저히 답이 나오지 않았다. 녹음기라도 있으면 어떻게 해서든 대화 내용을 녹음해서 증거로 삼겠는데, 룩센에 그런 것이 있을 리 만무했다.

내가 자각을 했다고는 하나 아직도 모르는 일이 많았다. 우선 헤크란과 아문의 일만 해도 그랬다. 두 사람 사이에서 느껴지는 기류가 나의 예상에서 벗어났다.

헤크란과 샤이크가 아문에게 당하고 있다고 짐작했는데, 아까 있었던 일로 보아 그 반대의 상황 같았다. 묘한 분위기가 감지됐다. 모든 일의 원흉은 아문이 아닐지도 모른다는 생각이 들었다.

그렇다면 이제는 정말 어떻게 한다? 방법은 하나밖에 없다. 정면 돌파.

헤크란과 샤이크가 함께인 적은 있어도 아문까지 함께인 적은 없었다. 셋이 모이면 어떤 대화가 오갈지 궁금해졌다.

따로따로 만나는 것은 위험하다. 물론 셋을 함께 만난다고 해서 안전한 것도 아니지만, 그들 셋이 함께 모여 서로를 자극한다면 어떤 말이든 나올 것이리라.

그럼 칸은 어쩌지? 칸도 함께해야 하나.

칸이 있으면 헤크란이 어떤 모습을 보일지 의문이었다. 아문 앞에서의 모습과 또 달라져 그의 진실을 보지 못할 수도 있다.

아무래도 헤크란이 나와 칸 앞에서 연기를 했던 거 같다. 이미 내게는 들켜버렸으나 칸에게 들키지 않았으니 다시 연기할 가능성이 농후했다.

어디서 어떻게 그들과 만나느냐도 문제였다. 궁 밖으로 나갈 수도 없고, 궁 안에서 칸 몰래 만나기란 불가능했다.

산책하며 방법을 모색하다가 뜨거운 태양 볕을 피해 앉아 잠시 땀을 식히고 있었다.

"어? 안녕하십니까."

뒤에 있던 로아가 누군가를 향해 인사하는 소리를 듣고 고개를 들어 확인했다. 누군지 보는 순간 얼굴이 저절로 찌푸려져 다시 고개를 돌렸다.

"산책 중이셨습니까."

"일부러 날 만나러 온 거 같은데 아닌가요, 아문 재상?"

이제 어린 시절의 우리가 아니었다. 내가 그보다 높은 위치에 있다고 하나, 한 나라의 재상이니 격식은 차리고 싶었다.

"아셨군요."

그의 입술 끝에 미소가 걸렸다. 예전에는 음흉하게만 보이던 그 미소가 오늘은 웬일인지 부드러웠다. 손을 들어 로아에게 멀리 떨어져 있으라고 지시했다.

"내게 할 말이라도?"

"잠시만 오라버니와 누이 사이로 돌아가도 되겠습니까?"

"싫어."

단칼에 거절했다.

"……네, 알겠습니다. 잠시 저와 가실 곳이 있습니다."

"내가 당신과 함께 갈 것으로 생각하나요?"

"네. 예전에 지내시던 곳이니까요."

예전에 지내던 곳? 별궁을 이야기하는 건가. 자리에서 일어나 그의 눈을 똑바로 봤다.

"별…… 궁?"

"네. 아는 사람이 거의 없습니다. 물론 헤크란과 샤이크는 알고 있습니다만, 신시아 님께서 사라지신 후로 그곳을 찾지 않았습니다. 아시다시피 기억을 잃은 현께선 별궁을 모르십니다."

"로아는 데려가도……."

"안 됩니다."

망설여졌다. 아문에 대한 의심이 조금 줄기는 했지만, 그렇다고 믿을 수 있는 사람은 아니었다. 내가 로아를 데려간다고 우긴다면 그는 별궁을 보여주지 않을 것이 분명하다. 하지만 꼭 한 번 다시 보고 싶었다.

칸과의 추억이 있고, 내 어린 시절이 녹아 있는 그곳.

길을 알아두어 나중에 칸을 데리고 가면 혹시 그의 기억에 도움이 될지도 모른다. 지금은 내가 아쉬운 처지였다.

"지난날을 추억해보시라는 것뿐, 아무 의미 없습니다."

"재상을 믿을 수가 없는데, 믿어야 하는 건가요?"

"판단은 신시아 님께서 하시는 겁니다."

아문은 내가 갈 수밖에 없다는 것을 알고 있다.

그래도 망설일 수밖에 없었다. 고심 끝에 결국 그를 따라간 별궁은 깨끗하고 정리가 잘되어 있었다. 오랜 세월 사람의 손길이 닿지 않았을 텐데, 마치 현재 누가 사는 것처럼 온기가 있었다.

"별궁에 사는 사람이 있나요?"

아문에게 물었다.

"아무도 없습니다."

"그런데 정리가 잘되어 있네요."

기억을 더듬으며 정원을 둘러보고, 안으로 들어가기 위해 문을 열었다. 문이 삐걱대는 소리도 없이 스르르 부드럽게 열렸다. 사람이 살고 있지는 않지만 누군가 자주 드나들었다는 증거다.

밖은 깨끗하게 정리되어 있어도 내부는 먼지가 뽀얗게 쌓여 있지 않을까 상상했는데, 말끔하게 청소를 잘해놨다.

기억 속의 그대로였다. 칸과 마주 앉아 차를 마셨던 테이블과 의자, 그가 길게 누워 책을 읽곤 했던 소파, 바람에 날리는 푸른색 커튼.

안으로 들어가 구석구석 살펴봤다. 잠을 잤던 침실과 두 명의 시녀가 생활했던 방도 그대로였다. 음식을 준비하던 주방마저 예전의 모양을 유지하고 있었다.

테이블 위를 손가락으로 가볍게 쓸었다. 방금 닦은 것처럼 먼지 하나 묻어 나오지 않았다.

"아무도 살지 않는 곳치고는 굉장히 깨끗하군요."

테이블을 쓸었던 손가락을 들어 아문에게 보였다.

"네, 아무도 살지 않는 곳이 맞습니다. 하지만 늘 관리하는 이들이 있지요."

"비밀스러운 공간이라고 하지 않았던가요?"

"그래서 믿을 만한 이들을 골라 철저하게 비밀을 유지하며 관리하고 있습니다."

"왜죠?"

이해할 수 없었다. 나를 다른 차원의 세계로 보내놓고는 주인이 없는 이곳을 왜 따로 관리하고 있단 말인가.

"죄책감이라고 해두죠."

천연덕스럽게 말하는 아문을 노려봤다.

"죄책감? 그 죄책감에 대한 대가가 고작 별궁을 관리하는 것?"

"사람마다 다르지 않겠습니까."

대화가 통하지 않는 아문에게서 눈길을 돌리고 칸과의 추억이 깃들어 있는 곳을 다시 둘러봤다.

"칸을 데리고 와야겠어요."

"안 됩니다."

"두려운가요?"

"그런 것이 아니라 현께서 자신도 모르는 곳이 궁 안에 있다는 걸 아시면 어떻게 받아들이실지……."

"잘 받아들일 테죠. 그는 나와의 추억을 찾고 싶어 해요."

"안 된다니까, 신시아!"

여태껏 존대를 잘하던 그가 갑작스럽게 예전으로 돌아왔다. 나는 그가 칸을 현의 자리에서 끌어내릴 생각이 없다는 말을 믿지 않는다. 그렇기 때문에 지금도 이렇게 격하게 반응하지 않나 의심이 든다.

"현의 기억을 억지로 돌이키려 하지 마. 힘들어하실 거야. 네가 헤크란을 어떻게 생각하는지 잘 모르겠다만, 그는 능력 있는 신관이야. 룩센의 '림' 자리는 아무나 앉는 것이 아니다. 그가 현께 한 행동이 어떻게 작용할지 몰라."

단호했다. 아문은 내가 칸을 별궁으로 데려오는 것을 필사적으로 막을 것 같았다.

"신관이 나라를 위해 발휘해야 하는 능력을 개인의 일에 사용한다면…… 그 결과는 무서워."

헤크란의 다른 모습에 치가 떨린 것은 사실이었다. 아문의 말대로 무섭기도 했다. 상냥함과 유연함, 어찌 보면 나약해 보이기도 하는 그가 쓴 가면이 완벽하게 벗겨진다면 어떤 모습을 보이게 될지 궁금했다.

칸도 헤크란의 본래 모습을 알고 있기 때문에 그에게 형제로서의 애정이 조금도 없는 것일까.

"카르카노의 기억은 돌아오기 힘들어. 천천히 하자. 그나저나 어떻게 할 작정이야?"

뜬금없는 아문의 질문에 한숨부터 나왔다. 사실 어떻게 해야 할지 나도 잘 모르겠다.

"어떻게 할지 알려주면 아문 재상만 쏙 빠져나갈 건가요?"

"지금은 네 오라버니로서 묻는 거야."

"누구 마음대로 내 오라버니 역할을 하겠다는 거야?"

쏘아보는 내 눈빛을 피해 생각에 잠겨 잠시간 말이 없던 그가 입을 열었다.

"내가 보기에 지금 너는 방법이 없어. 현께서 기억이 돌아오신 것도 아니고, 설사 기억이 돌아오신다 해도 그분이 가지고 있는 기억으로 이 모든 일을 처리할 수 있을지도 미지수야."

"그래서 본인 죗값 치르고, 헤크란과 샤이크도 처벌해주게?"

"한 번만 나를 믿으면 안 되겠어?"

이건 또 무슨 소리야. 이 시점에서 그를 믿기는 어렵다.

"그 한 번에 무슨 일이 일어날 줄 알고."

"신시아."

"모르나 본데, 지금 칸과 내게 가장 위험한 인물이 당신이야."

"그러니 네가 나나 다른 사람으로부터 현…… 아니, 카르카노를 지켜야지."

칸을 지켜야 한단다. 현의 자리를 노리는 사람이 지금 내게 그를 지키라 말하고 있다.

얼마 전, 아문에게 칸을 현의 자리에서 끌어내리려고 하고 있지 않느냐고 물었을 때 당황한 얼굴을 보였다. 마치 자기는 처음 듣는 이야기다, 또는 생사람 잡지 말라고 항변하는 것 같기도 했다.

물론 그때도 지금도 그의 말을 완벽하게 신뢰하지는 않는다. 다만 믿을 수 없는 사람이 아문만이 아니란 점이 문제다. 만약에 샤이크와 헤크란, 둘이서 모종의 계획을 가지고 있다면?

칸을 지키라는 아문의 한마디에 머리가 더 복잡해졌다.

"오라버니……. 그래, 오라버니라고 생각하지. 좋아. 오라버니로 돌아가서, 한 가지만 물을게."

오라버니로 돌아간다는 말에 눈빛이 반짝이는 아문.

"나를 다른 세계로 보낸 사람은 오라버니가 맞지?"

기대감에 반짝이던 그의 눈이 실망으로 변했다.

"그 시간, 그 장소에서 나를 다른 세계로 보내려고 계획했던 것도 오라버니지?"

"……그래."

"왜? 이유가 뭐야?"

"이유를 말한다면 날 믿어줄 것이냐?"

고개를 저었다. 그가 말하는 내용이 진실일지, 거짓일지 내가 어떻게 알겠는가. 애매한 거래는 사절이다.

"못 믿겠지."

"그럼 말해서 뭐해."

"변명이라도 해야 할 거 아니야! 내게 죄책감을 느낀다면서!"

"그때 그 상황이 다시 오더라도 난 똑같이 행동할 거야. 이게 내 대답이다."

지난날 나를 다른 세계로 보낸 자신의 행동에 조금의 후회도 없다는 뜻이었다.

"내가 돌아오고 나서 서고에서 처음 봤을 때 뭐라고 중얼거렸던 거야?"

진실을 알기 전에 혹시 룩센에 나 같은 사람이 있었는지 기록이라도 찾아보려고 서고에 갔을 때 아문을 만난 순간 위협을 느꼈다. 당시 내 느낌이 그랬던 건지, 아니면 정말 그가 내게 위협을 가하려 했던 것인지 아직도 파악되지 않았다.

"결국 돌아오고 말았구나, 그렇게 말했다."

아문이 나지막이 숨처럼 말을 뱉었다.

"내가 돌아오지 않기를 바랐던 거지?"

"응. 아마 그때와 똑같은 상황이 될지도 모르니까."

"그때?"

"너를 다른 세계로 보낼 수밖에 없었던 그때."

"그래서…… 지금이 그때와 똑같아지고 있는 것 같아?"

좋지 못한 예감은 언제나 비껴가는 법이 없었다. 그의 침묵이 마음에서 연기처럼 가느다랗게 피어나던 불안함에 대한 답을 대신했다.

"그때 상황이 어땠는데?"

"……."

"말해줘."

나는 아무것도 모르고 있다. 내 기억이 모두 돌아왔다 한들 별 궁에서만 지냈기 때문에 상황이 어떻게 돌아갔는지 알 리 만무했다.

맞춰질 듯하면서도 맞춰지지 않는 조각.

불안, 두려움.

아문이 나와 칸에게 해를 가한다고 해도 그에게는 어떤 신념이 느껴졌다. 다시 과거와 같은 상황이 벌어진다면 똑같이 행동할 수밖에 없다는 절박함.

샤이크에게 듣기로 다른 차원으로 보내려 했던 대상은 칸이었다. 하지만 아문이 말하는 대상은 줄곧 나였다. 그가 나를 다른 세계로 보내 칸과 헤어지게 했고, 기억을 조작했다는 사실에만 화가 나서 깊게 생각을 하지 못했다.

아문이 웃자 옅은 주름이 파였다.

"날 믿지 않는다면서."

"들어는 봐야지."

"이왕 들을 거 이렇게 하자."

아문의 제안은 다소 황당했다.

"여기 별궁으로 헤크란과 샤이크를 부를 거야. 그 녀석들에게도 추억이 있는 곳이니 쉽게 오겠지. 단, 그저 추억을 되새김질하러 오는 것이 아니라, 카르카노를 현의 자리에서 물러나게 하기 위한 계획이라고 말해둘게."

"……정말 그럴 계획이 있는 건 아니고?"

아문을 노려봤다. 그는 내 눈빛에 한숨을 내쉬었다.

"끝까지 들어. 우선 그들이 내 제안에 온다는 것 자체가 문제이지 않겠어?"

그렇다. 아문이 샤이크와 헤크란에게 별궁으로 오라면서 꺼낼 이야기는 말 그대로 반란을 도모하자는 것이다. 그 말에 수긍하고 별궁으로 온다면 두 사람은 그럴 뜻이 있다는 말밖에 되지 않는다.

"그럼 오라버니는? 제안하는 사람이 오라버니인데, 내가 그걸 어떻게 믿어."

"그래서 한 번만 믿어달라는 거잖아. 샤이크에게 뭐라고 들었는지 모르겠지만, 난 카르카노가 현의 자리에 있음을 자랑스럽게 생각해. 그는 훌륭한 군주야. 룩센에서 그를 대신할 사람은 없어. 돌아가신 부모님의 이름을 걸고 맹세한다."

"함부로 부모님 이름 걸지 마. 부모와 자식으로 더 살아갈 수 있는 세월을 가로챈 오라버니만 생각하면 화가 나."

"그건…… 그 얘기는 나중에 하자. 아무튼 네가 의심하지 않을 방법이 하나 있다. 너도 그 자리에 함께 있자. 그럼 되겠지?"

"내가?"

내가 그 자리에 함께 있으면 그게 무슨 소용이야. 반란을 위해 모인 사람들이 칸을 사랑하는 여자 앞에서 잘도 속내를 털어놓겠다.

"어떤 의문을 가지고 있는지 알아. 신시아 네가 앞에 떡하니 버티고 있는데 그들이 무슨 말을 하겠느냐 묻고 싶은 거지?"

"내 마음을 그렇게 잘 알면 끊지 말고 계속 이야기해."

"어쨌든 너는 그 자리에 있어야 해. 모든 진실을 알고 싶으면. 대신 숨어 있어."

"숨어 있으라니?"

"큰 가리개를 세워놓고 넓은 천을 천장부터 내려놓으면 장식으로 생각할 거야."

당황스럽긴 해도 나쁘지 않은 제안이었다. 내가 그 자리에 없는 줄 안다면 적어도 아문을 제외한 헤크란과 샤이크의 의중을 알아내기 충분할 것이다.

과연 그들이 속아 넘어가주느냐가 문제였다. 벌써부터 머리가 아파 뒷목을 긁었다.

"헤크란과 샤이크가 속을까?"

"네가 안에서 조용히만 있어준다면 속고도 남아. 이야기 듣다가 화난다고 갑자기 뛰쳐나오거나 하지 않도록 노력해."

"내 말은 오라버니에게 속을까 하는 거지. 나야 안에서 숨죽이고 있으면 아무도 모를 텐데, 뭘. 우선 둘이 확실히 올지도 모르고."

"샤이크는 몰라도 너에게 본모습을 들킨 헤크란은 꼭 올 거야. 그리고 그 자리에 나타나는 하나로 최소한 반란의 마음이 있는지 없는지 정도는 알게 되겠지."

"내가 이 일을 함께한다고 해서 오라버니를 믿는 건 아니야. 설마 셋이서 미리 계획을 세운 것은 아니겠지?"

아문이 어이없다는 듯이 웃었다.

"그날 헤크란과 샤이크, 아무도 나타나지 않는다면 계획이라고 생각해."

"뭐야, 그 말은 헤크란과 샤이크가 당연히 나타난다는 말 같은데?"

"조금 전에 말했잖아. 헤크란은 꼭 오게 되어 있어. 아무튼 그건 알아서 생각하고, 샤이크가 궁 안에 들어오는 게 쉽지 않은 일이니 카르카노에게 어떻게 말할지 고민 좀 해봐야겠다."

"칸에게도 말하게?"

"아니, 카르카노가 당장 알게 되면 충격받을지도 몰라. 나중에 네가 진실을 제대로 마주하고 그날 어떤 내용이 오갔는지에 따라서 카르카노에게 말할지 말지 결정해도 늦지 않을 것 같다."

내가 마주하게 될 진실. 기억만 되찾으면 모든 일이 끝날 줄 알았는데 더 얽혀 들어가는 기분이었다. 완벽하게 아문을 믿을 수 없지만 지금은 그를 믿어보는 수밖에 없다.

"그럼 그날 별궁에는 넷만 있는 거야?"

넷만 있다는 사실에 마음이 편치 않아 물어봤다.

"시중들 시녀 한 명은 있을 거야. 믿을 만한 사람으로 고를 테니 염려는 접어둬."

"내가 몰래 숨어 있는 걸 알면……."

"그것도 염려 말고."

시녀라도 함께 있다니 그나마 다행이었다.

"이 일로 오라버니가 얻는 건 뭐야? 얻고 싶은 것이 있으니까 내게 이런 제안을 하는 거 아닌가."

"내가 얻고 싶은 것은."

그는 한참 동안 말이 없었다.

"동생을 다시 찾고 싶다."

"그 말을 나보고 믿으라고?"

"네가 판단할 일이겠지."

날짜는 아문이 정하기로 했다. 방으로 돌아와 과연 잘한 일인가 싶어 머리에 쥐가 날 만큼 한참 고민했다.

이미 결정한 일이니까…….

부모님의 이름을 건다고 했으니 그날만큼은 아문을 믿어보자고 마음먹었다. 헤어지긴 전 아문의 말이 떠올랐다.

'네가 불러주는 '오라버니'란 말, 참 좋구나.'

그가 날 여자로 사랑했던 건 정말 이미 지난 일일까. 시간이 어서 흐르길 바랐다.

열흘 뒤.

"오늘은 뭐 하고 있을 건가?"

잠결에 등 뒤에서 칸의 목소리가 들려왔다. 지난밤, 여느 때와 마찬가지로 늦게까지 진하게 사랑을 나누다가 잠이 들었다.

칸이 내 허리에 팔을 두르고, 허벅지 사이에 자신의 다리를 밀어 넣었다. 엉덩이 사이와 은밀한 곳에서 일어나는 약한 마찰 때문에 나직한 신음이 흘렀다.

허리에 둘려 있던 팔이 올라와 부드럽게 가슴을 마사지하기 시작했다. 목덜미에 자잘한 입맞춤을 하던 그가 어깨를 살포시 물었다. 허리 뒤쪽에서는 칸의 분신이 쿡쿡 찔러댔다.

"흐응…… 다른 때랑 똑같죠."

등줄기를 따라 그의 입술이 내려가고 가슴을 마사지하던 손에 힘이 들어갔다. 동시에 허벅지 사이에 있는 그의 다리가 여린 여성을 문질렀다. 숨이 가빠지고, 몸이 달아올라 더 늦기 전에 칸을 말려야 했다.

"아아…… 칸, 그만 일어나야 해요."

"다른 때랑 똑같은 날을 보낸다기에, 다른 때랑 똑같이 하루를 시작하려는 건데?"

칸은 매일 아침 항상 이런 식으로 나를 깨웠다. 체력이 좋은 그는 밤늦도록 나를 시달리게 하는 것도 모자라 아침 일찍 멀쩡하게 일어나 다시 나를 원했다. 그의 열정이 좋기도 하지만 가끔은 버거웠다.

매일 보약을 먹는다고 해도 칸의 체력을 절대 따라갈 수 없을 거 같다.

언제나 더 자고 싶은 마음이 굴뚝같았지만 일하러 가는 그와 함께 아침을 먹으려고 노력했다. 낮잠을 잘지라도 아침만큼은 같이 시작하고 싶어서였다.

등에서 느껴지던 그의 입술이 어느새 귓가에 뜨거운 숨을 불어넣더니 혀가 들어왔다. 혀가 들어왔다 빠져나가면서 차르륵 물소리가 들렸다.

가슴을 주무르던 손 하나가 칸의 허벅지와 닿아 있는 나의 중심부로 내려갔다. 허벅지의 마찰로 이미 젖어 있던 곳을 긴 손가락으로 천천히 쓸었다. 그의 손에 미끈한 액체가 질척였다.

"하아."

신음과 함께 허리가 들썩였다. 무겁고 단단한 허벅지에 눌려 꼼짝할 수 없는 나는 중심부에서 올라오는 쾌감에 바르작거리는 것이 전부였다.

"시아, 오늘은……."

"으응……. 오늘……."

오늘? 아! 오늘 하니까 생각났다.

오늘은 별궁에서 헤크란과 샤이크, 아문을 만나기로 한 날이었다.

맙소사! 이 중요한 날을 잊고 있었다니!

힘껏 몸을 비틀며 칸을 불렀다.

"칸! 칸?"

신음 대신 멀쩡한 목소리로 이름을 부르자 그가 멈췄다.

"음?"

그의 목소리에 약간의 짜증이 섞여 있는 것을 알았지만 어쩔 수 없었다. 지금 정신과 마음을 무장하고 있어도 부족할 판에 이러고 있다니!

오늘 별궁에서의 만남을 상기하는 순간 몸을 태울 기세로 준비하던 흥분감이 싹 가셨다.

"칸! 좀 이따가 저녁에! 저녁에!"

여전히 가슴과 은밀한 곳을 손에 넣고 주무르던 칸이 다급한 나의 외침에 움직임을 멈췄다.

"왜 그래?"

"잠깐만요!"

얼른 몸을 그에게서 빼내고는 짧은 입맞춤한 다음 재빨리 침대에서 내려와 얇은 가운을 걸쳤다.

"오늘은, 아니, 그러니까 오늘 아침은……."

딱히 핑곗거리가 떠오르지 않았다.

"응, 그래. 오늘 아침은 뭐?"

못마땅한 기색이 가득한 음성이었지만 좀 전의 짜증은 사라진 것 같다.

"배고파요!"

갑자기 안 하던 말로 어설픈 변명을 해서인지 칸이 인상을 찌푸렸다.

"배가 고파?"

"네! 그러니까 얼른 아침 식사 해요!"

"좋아서 어쩔 줄 몰라 했으면서."

그가 쯧 혀를 차고는 아쉽다는 얼굴로 일어나 가운을 입었다.

씻고 옷까지 갖춰 입은 칸은 테이블에 놓인 아침 식사를 보고 눈이 커졌다. 나 역시 차려진 음식이 뭐 이렇게 많아 하며 의아해하다가 오늘을 위해 로아에게 특별한 아침을 부탁했음을 상기했다.

전쟁하러 가는 기분이었다.

내가 가서 특별하게 할 일은 없겠지.

그러나 혹시 모를 충격적인 일에 대비하고 싶었다. 유치하지만 배라도 든든하게 채워 가자는 심산이었다. 그런 내 마음을 알 리 없는 칸이 아침임에도 불구하고 풍성하게 차려진 음식들에 놀란 것은 당연한 일이다.

"배가 많이 고프네요. 헤헤."

멋쩍게 웃어 보이고 한입 가득 달리 수프를 떠서 입에 넣었다.

"오늘 뭐 하며 보낼 거지?"

"아까도 말했잖아요. 보통 때랑 똑같아요. 궁이 넓으니 구경해도 해도 끝이 없어요. 근데 왜 자꾸 물어요?"

다른 때는 잘 묻지도 않으면서 아침부터 '오늘' 이야기를 벌써 세 번째 꺼냈다.

"난 좀 바쁠 것 같아서. 밤에나 볼 수 있을 거야."

칸은 웬만하면 나와 점심도 함께하려 노력했고, 가끔 중도에 시간이 빌 때 보러 오기도 했다.

오늘은 많이 바쁜 모양이구나. 차라리 잘됐다. 별궁에서의 일이 언제 끝날지 모르는데 칸이 와서 나를 찾는다면 난감하다.

"알았어요."

칸이 나를 보고 씩 웃었다.

뭐지? 그는 저런 웃음을 잘 보이지 않는데…….

아침이라 입맛이 별로였지만 고기를 크게 썰어 입에 넣고 우적우적 씹었다. 음식으로 전투력이 상승하기를 바라면서.

아문과 함께 별궁에 먼저 도착한 나는 헤크란과 샤이크가 오기 전에 가리개 안으로 들어갔다. 나무로 만들어진 큰 가리개는 정교한 무늬가 새겨져 있었다.

천장에서 내려오는 천이 억지로 꾸미지 않은 듯 휘감고 있어 원래 그곳에 자리하고 있는 멋진 장식으로 보였다. 안에는 칸막이로 반대편이 막혀 있고, 내가 들어간 곳에는 작은 테이블과 의자가 하나씩 놓였다.

우리는 다시 재상과 현의 여인으로 돌아갔다.

"잘 들리겠지요?"

혹시나 하는 내 질문에 아문이 손가락으로 위를 가리켰다. 가리개의 위쪽은 천장에서 내려오는 천으로만 막혀 있을 뿐 뚫린 거나 다름없었다.

시녀가 들어와 작은 테이블에 티 세트를 준비해줬다. 찻잔에 차를 가득 따랐다. 아문이 무카는 향이 나기 때문에 향이 없는 차를 준비했다.

"잠깐만요. 주전자와 받침은 가져가요. 난 이거 한 잔이면 충분하니까."

시녀가 주전자와 받침을 들고 나가자 아문이 왜냐는 눈빛으로 나를 봤다.

"혹시 차 따르는 소리나 차와 받침이 부딪는 소리가 들리면 안 되잖아요."

조심, 또 조심해야 한다.

"네, 조심해서 나쁠 것은 없습니다. 곧 올 테니 조금만 기다리십시오."

"샤이크가 궁에 들어오는 거 칸도 알고 있어요?"

그가 고개를 끄덕였다.

"어떻게 설득했어요? 칸이 샤이크 싫어하는데."

"제 능력껏 했습니다. 신시아 님은 헌께 오늘 하루를 어떻게 설명했습니까? 만약에 중도에 신시아 님을 찾는다면 난감할 수도 있습니다."

"그냥…… 나 알아서 놀 테니 찾지 말라고 했어요."

"쉽게 수긍하시던가요?"

"네."

오히려 자기가 바빠서 밤에나 볼 수 있다고 했으니 다행이었다.

처음엔 괜찮을 줄 알았는데, 시간이 흐를수록 떨렸다.

어떤 이야기를 듣게 될까. 모두 내가 감당할 수 있는, 적어도 내가 기억해낸 것보다 덜 충격적이었으면 좋겠다.

가리개 안에서 그들을 기다렸다. 적막했다. 아직 샤이크나 헤크란이 오지 않았는데도 숨 쉬는 것조차 불편하게 느껴질 정도였다.

밖에서 이따금 들리는 새소리가 무거운 공기를 흩어줬지만, 점점 목을 죄어오는 듯한 긴장감에 여러 차례 길게 숨을 뱉었다.

갑자기 발소리가 들렸다. 낮은 음성으로 이야기하는 소리도 들렸다. 숨을 죽였다. 점점 가까워지는 목소리들, 샤이크와 헤크란이 있다.

망할 자식들. 아문을 몰아세우더니 자기들도 반란에 뜻이 있었으면서 감쪽같이 나를 속였다.

차르륵, 차르륵. 얇은 금속이 부딪치는 소리가 가까워졌다. 샤이크의 귀걸이에서 나는 소리가 틀림없다.

"여기 정말 오랜만이네."

"먼지가 하나도 없군요."

헤크란이 물었다. 내가 그랬듯이 깨끗하게 정리되어 있어 그도 의문이 들었나 보다.

"그동안 내가 관리했으니까."

아문이 답을 했다.

"별궁의 주인이 돌아올 줄 알고 있었나 봐요."

"알고 있던 건 내가 아니라 너였지, 헤크란."

"시간이 지났으니 하는 이야기지만, 항상 당신은 신시아를 사랑한다면서 아무것도 모르고 있어요."

"뭘?"

"예를 들면 신시아가 처음 궁에 들어왔을 때 여기 별궁의 위치라든지……."

무슨 말이지? 별궁을 처음 알아낸 사람은 아문이었는데, 헤크란이 먼저 알고 있었다는 투다.

아문 역시 헤크란의 말뜻을 이해하지 못했다.

"알아듣게 얘기해."

"아문, 당신이 처음에 이곳을 어떻게 발견했는지 기억나지 않나요?"

"너를 따라 궁 안을 돌아다니다 길을 잃었어……."

불현듯 무언가 떠오른 사람처럼 아문의 말이 끊어졌다.

"헤크란!"

아문의 외침에 그렇잖아도 빠르게 뛰던 심장이 더 세게 박차를 가했다. 가리개 안에서도 충분히 잘 들렸으나 중요한 말이 나올 것 같아서 더욱 귀를 기울였다.

"더 숨길 것도 없어서 하는 이야기인데 난 별궁을 알고 있었어요. 아버지가 저 몰래 칸의 신부를 데려온 것도 처음부터 알고 있었지요. '림'이 될 사람이라 그 정도는 감으로도 충분했으니까요. 그날 일부러 당신이 날 쫓아오도록 만들어서 이곳을 발견하도록 한 겁니다."

"감은 무슨, 룩센의 림이 될 자가 잡신과 교접을 해서 알아낸 주제에."

아문이 비아냥거렸고, 샤이크가 쯧쯧 혀를 찼다. 혀를 차는 반응이 샤이크도 몰랐다는 투다.

두뇌 회전에 가속도가 붙었다. 모터가 징징 돌아가는 것처럼 소음이 들렸다.

"욕심나는 물건이 있으면 뭔들 못 하겠습니까."

"그렇다고 잡신과 교접을 하다니. 설마 지금도 하는 건 아니겠지?"

헤크란이 표정이나 제스처로 답을 대신한 모양이었다. 질문에 대한 답이 들리지 않아 답답했다.

"그러니까 헤크란 네 말은 내가 별궁과 신시아에 대해서 말하기 전부터 알고 있었다? 그때 네게 별궁을 알려줬다고 카르카노가 불같이 화냈었는데…… 괜히 혼난 거였군."

샤이크가 허허 웃었다. 그의 반응은 생각보다 가벼웠다. 매사에 장난스럽게 혹은 대수롭지 않게 반응하는 그였다 할지라도 이런 일이라면 좀 더 화를 내는 게 맞지 않나 싶다. 하긴 어쩌면 샤이크는 헤크란의 원래 모습을 알고 있었는지도 모른다.

헤크란, 샤이크와 아문.

모두 비상한 머리를 가지고 있다. 지금까지 서로 감추고 살아왔고, 지금 이 자리에서도 전부를 드러내지 않고 있었다.

세 사람의 대화를 듣고 있지만 각자 무슨 생각을 하고 있는지 전혀 가늠이 안 되는 상황이었다. 대화로만 하는 전쟁과도 같았다.

예전에 우연히 이곳을 찾게 되었다는 아문의 말을 믿지 않았다. 그런데 그의 말이 진실이었다니.

지금까지 아문이 가장 위험하다 생각했으나 정말 무섭고 위험한 사람은 헤크란이었다.

어쩜 저렇게 감쪽같이 모두를 속였을까.

목이 타서 찻잔을 잡으려다 관뒀다. 행여나 차를 마시는 소리나 찻잔을 테이블에 놓는 작은 소리가 밖으로 나갈까 싶어서였다. 조심하는 것이 차라리 낫지, 들킨다면 모든 일이 허사가 된다.

샤이크가 아문을 불렀다.

"너도 설마 헤크란처럼 일부러 나 따라오게 만들었던 거 아냐?"

"몰래 뒤를 밟은 사람은 너였다."

"아! 뭐, 그랬지."

역시나 샤이크는 미지근했다.

"샤이크가 아문을 따라가도록 한 건 저라고 볼 수 있어요."

헤크란이 웃음 가득한 음성으로 말했다.

"샤이크의 성격상 충분한 가능성이 있다고 생각했지요. 늘 궁에서 하는 공부에 지루해했고 어떻게 하면 흥미로운 일을 찾을까 고민하던 사람이었는데, 아문이 한 번씩 사라지니 궁금해하더군요. 제가 뒤를 밟으라고 알려줬더니 결국 몰래 뒤를 밟았지요. 카르카노야 사라져도 원래 바쁘니까 의심할 만한 구석이 없었지만."

헤크란은 치밀했다. 일부러 아문에게 별궁을 찾을 수 있도록 만들었고, 샤이크가 몰래 뒤를 밟으리란 것도 예상했다. 그리고 자신은 샤이크에게 듣고 아는 척했던 것이다. 본인만 쏙 잘도 빠져나갔다.

"헤크란, 너는 역시 위험해. 나보다 나를 더 잘 알아."

샤이크의 말에 묘한 기운이 서렸다. 넷 중에 두 사람이 가장 잘 맞는다고 생각했는데 그것도 아닌 것 같다.

"왜 그랬어?"

아문이 물었다. 그는 내가 들을 수 있게 일부러 질문을 유도하는 듯했다.

"왜 그랬을 거 같아요?"

"신시아를 사랑해서?"

"사랑했을까요?"

"신시아를 갖고 싶었어?"

"그랬을지도요."

탁구공처럼 쉼 없이 빠르게 대화가 오갔다.

"똑바로 이야기해."

"난 신시아를 사랑한 적이 없습니다."

자리에서 벌떡 일어날 뻔했다. 칸인 척 행동했던 헤크란이 죽이고 싶을 정도로 미웠지만, 그래도 나를 사랑하는 마음이 깊어서 어쩔 수 없었을 거라고 이해하려 했다.

물론 설사 그랬다 하더라도 그를 용서하지 않았겠지.

그런데 사랑하지도 않으면서 나를 안았다고? 대체 저놈의 머릿속에 뭐가 들었지?

"사랑…… 하지 않아?"

이번엔 샤이크다. 장난스러움 따위는 사라졌다. 그가 진지할 때면 나오는 목소리였다.

"네, 신시아를 사랑하지 않았어요. 지금도 마찬가지고."

"그러면 왜 그랬어? 신시아가 다른 세계로 가기 전에 넌 분명히 그녀를 사랑한다고 했어. 그래서 카르카노에게서 빼앗고 싶다며 도움을 청했잖아. 너무 사랑한다고! 목숨도 버릴 수 있다고! 그리고 그녀가 돌아온 뒤에도 사랑해서 신시아 앞에 나타나 카르카노인 척했다며!"

"욕심은 났지요. 갖고 싶긴 했으니까."

"헤크란!"

우당탕탕! 쨍그랑! 시끄러운 소리가 났다. 의자가 넘어지고 테이블의 찻잔이 바닥으로 떨어져 깨졌으리라.

"난 신시아를 사랑했어! 그 당시에 네가 가장 친했던 친구라서 너를 도왔어. 신시아를 향한 사랑이 나보다 네가 더 커서 양보했는데, 뭐가 어째?"

샤이크가 헤크란의 멱살을 잡은 모양이었다.

"으윽! 솔직해져요, 샤이크. 저를 위해 도와줬다고요? 그게 전부는 아니잖아요."

헤크란의 말에 샤이크의 목소리가 뚝 끊겼다. 무언가를 들킨 것처럼. 과연 헤크란이 말하는 '전부가 아닌 것'이 무엇이냔 말이다.

"처음에도 그랬고, 이번에도 역시 샤이크 아버지의 부정(不正)을 감추기 위한 목적이 더 크지 않았습니까. 그래서 신시아가 돌아오고 나서도 카르카노가 아닌 나를 도왔잖아요?"

우당탕! 다시 무언가 넘어지는 소리가 들렸다. 샤이크의 목소리가 이어졌다.

"인정해, 미련하게 너를 도왔던 것. 하지만 네가 모르는 것도 있다. 나중엔 널 돕지 않았어. 오히려 카르카노의 기억이 빨리 돌아와주길 기다리고 있어."

"카르카노의 기억이 돌아오는 일은 없을 겁니다. 기대하지 마세요. 그건 아문도 잘 알고 있는 사실입니다."

"아문도 네 편으로 만들었던 거야?"

뭐가 어떻게 돌아가는지 모르겠다. 뇌에 과부하가 걸릴 지경이었다. 당당한 헤크란의 목소리가 듣기 싫다.

"나는…… 대충 짐작했다."

짐작했다는 아문의 목소리가 아까보다는 제법 차분해졌다.

"아! 내가 별궁의 위치를 우연히 찾게 만든 일은 좀 놀랍군. 이건 전혀 몰랐던 부분이었어. 대단해, 헤크란. 네가 신시아를 사랑하지 않았다는 사실에도 놀라고 있는 중이야."

"아문, 넌 무슨 짓을 했던 거야?"

샤이크의 목소리가 커졌다. 그는 가해자이자 피해자였다.

"헤크란이 도가 지나치게 신시아에게 집착하고 있는 건 알고 있었지. 샤이크 네 마음도 알고 있었어."

"너도 신시아에 대한 마음은 나와 마찬가지였잖아?"

"그래. 그래서 일이 그렇게 될 수밖에 없었어. 칸의 기억은 절대 돌아오지 않아."

"나를…… 기가 막히게 속였군."

꽉 다문 잇새로 나오는 목소리였다. 직접 보지 않아도 샤이크가 지금 얼마나 분노하고 있는지 눈에 선했다.

"샤이크, 전부 속인 건 아닙니다. 원래는 당신에게 말했던 대로 카르카노를 보내는 것이 목적이었던 게 맞아요."

헤크란의 목소리에 집중했다.

"하지만 21살 때였던가. 어느 날 밤에 별궁을 찾아간 적이 있는데, 안에서 재미있는 일이 벌어지고 있더군요. 카르카노와 신시아의 뜨거운 밤. 창문을 모두 열어놔서 둘의 신음이 별궁 밖으로 흘러나왔어요. 그때 계획을 바꿨습니다. 17살부터 여자 없이는 못 살던 나와 다르게 카르카노는 그날이 처음이었지요. 그거야 그럴 수 있다지만, 그 밤 이후로도 녀석에겐 오직 신시아밖에 없다는 걸 깨달았어요. 원래 남자란 한번 눈을 뜨기 시작하면 다른 여자도 경험해보고 싶어지기 마련인데 카르카노는 그러지 않더군요."

젠장. 그 밤, 칸과 나의 아름다웠던 첫 밤을 헤크란이 모두 훔쳐보고 있었다.

"카르카노가 갑자기 사라진다면 현의 자리를 비워둘 수밖에 없는 상황이 됩니다. 죽음을 직접 확인하지 않으면 함부로 다른 누구로 대체할 수 없는 것이 룩센의 법이니까요. 그래서 고민했어요. 카르카노를 확실하게 현의 자리에서 끌어내리는 방법. 미치게 하면 된다. 그가 미쳤다는 명분이 있으니 대신들도 어쩔 수 없이 그를 현의 자리에서 폐할 수밖에 없지 않겠어요?"

아아…… 눈을 감았다. 헤크란은 칸을 미치게 할 작정이었다. 그래서 나를 향한 칸의 사랑을 이용했다.

헤크란이 고백했던 대로 그가 모든 일의 주범이었다.

"신시아가 사라지면 카르카노는 어떤 이유로든 미쳤겠죠. 여기저기 찾아 헤매느라 미치든가, 보고 싶어서 미치든가. 아무튼 계획은 착착 잘 진행되었습니다. 신시아는 다른 세계로 보냈고, 예상대로 칸은 미쳐갔고……. 하지만 누구 때문에 일이 틀어지게 되었죠. 그렇죠, 아문? 당신이 카르카노의 기억을 직접 지웠잖아요."

이건 또 뭐란 말인가. 돌겠다. 칸의 기억을 지운 사람은 샤이크와 헤크란이 아니었나? 아문이 거짓말을 했구나. 매우 급박하게 오가는 대화 속에서 믿을 수 있는 사람은 아무도 없었다.

"지우려는 게 목적이 아니라 더 미쳐서 죽게 하는 것이 목적이었지만, 지지리도 운이 좋은 놈. 죽기는커녕 미치지도 않고 겨우 기억만 잃었어요."

분하다는 투로 말하는 헤크란.

"그럼 네가 신시아를 다시 데려온 이유가 있었네?"

헤크란에게 묻는 샤이크의 목소리가 낮게 가라앉았다.

"네. 카르카노를 다시 미치게 하기 위해서죠."

"처음에 신시아에게 왜 칸인 척하며 다가갔던 거야?"

"카르카노가 왜 신시아란 여자에게만 그렇게 빠졌을까 궁금했어요. 물론 그녀가 빼어난 미인인 건 나도 알지만 여자가 그게 전부는 아니잖아요? 그런데 신시아를 안고 보니 칸이 왜 그러는지 알겠더군요. 샤이크도 봐서 알잖아요. 신시아가 얼마나 뜨겁고 매력적인 여자인지."

코아쿤에 있는 샤이크의 저택에서 나와 헤크란의 일을 이야기하는 것이었다. 일부러 샤이크 보라고 그의 저택으로 나를 데려갔다. 분명 안에 사람이 없을 거라 얘기도 했지.

그리고 시간이 흘러 샤이크의 집에 머무르고 있을 때 나눴던 대화가 떠올랐다.

'집주인인 내가 집 안에 있다는 건 그도 알고 있었다.'

'아니, 그럼 왜…… 그런 거짓말을…….'

'그만큼 급했든가, 아니면 누군가에게 보란 듯이 그랬을지도…….'

샤이크가 말한 그 누군가는 자신이었다. 당장에라도 밖으로 나가 헤크란의 목을 조이고 싶었다. 중도에 나오지 말라는 아문의 말을 듣는 것이 옳은지 모르겠다.

"아문."

이번엔 샤이크가 아문을 불렀다.

"단도직입적으로 묻는다. 우리 아버지, 그러니까 전 재상의 비리를 꾸민 사람이 혹시 너냐?"

그래, 샤이크는 항상 아문을 의심하고 있었다.

"정말 나라고 생각해?"

아문이 되물었다.

"아니, 아닌 것 같다."

아문을 향한 의심들은 헤크란이 심어줬다는 생각이 들었다. 샤이크는 그 사실은 이제야 깨달은 모양이다.

"네 생각이 맞아. 난 아니야."

"하! 무슨 짓을 한 거지?"

샤이크가 칸의 지난 기억을 되살리려는 이유는 오직 하나였다. 누명을 쓰고 재상의 자리에서 쫓겨난 아버지의 억울함을 풀어주기 위함이었다.

그런 그는 아문을 의심하고 헤크란과 일을 벌이려 했다. 그가 적인 줄도 모르고.

"도중에 단독으로 움직였기에 망정이지. 너냐, 헤크란?"

"검은 바람의 수장이라는 놈이 그렇게 무뎌서야. 나 맞아. 그래서? 이제 와서 뭘 어떻게 하게?"

내내 존대를 하던 헤크란의 어투가 갑자기 바뀌었다. 이중적인 사람이라는 건 알고 있었지만 새삼스럽게 또 한 번 놀라고 말았다. 대체 그는 어떻게 자라왔을까. 어떻게 살았길래 이런 사람이 된 거지.

"왜 그랬어?"

"카르카노 편의 사람 중 가장 영향력이 있는 사람이 네 아버지라 혹시 모를 나중을 대비하는 차원에서."

"내 아버지를 그리 만든 것도 모자라 나를 가지고 놀았다는 거냐. 너는, 내 손에 죽을 것이다."

샤이크의 목소리에 살의가 담겨 있다.

"넌 날 못 죽여. 룩센의 모든 신과 교접하는 나를 어떻게 죽여? 그랬다간 네 목숨은 물론이고 검은 바람의 무리도 모두 죽게 될 텐데? 검은 바람의 수장으로 네 부하들과 오래 살고 싶으면 내 말을 따르는 것이 좋을 거야. 그리고 내 손에 뭐가 있는 알잖아?"

"내가 그쪽으론 무지하다만 하나는 알고 있다. 룩센의 신은 절대 사람을 해하는 일에 돕지 않는다는 것. 네가 교접하는 신은 떠돌이 잡신일 뿐이지."

당장에라도 샤이크가 헤크란을 죽일 것 같았는데, 이상하리만치 조용했다. 대화로 추정해봤을 때, 헤크란에게 샤이크를 협박할 만한 무언가가 있었다.

샤이크의 성격상 헤크란의 협박 따위는 듣지 않을 것 같은데 말이지.

너무 깊게 생각하지 말자, 하며 헤크란이 분위기 전환을 위해 박수를 쳤다.

"어차피 오늘 우리가 모인 목적은 반란을 도모하기 위함 아니야? 사실 크게 일을 벌일 필요는 없어. 코아쿤과 유토라, 자로는 나를 도와주기로 했어. 우선 먼저 할 일은 과거처럼 신시아를 다시 다른 세계로 보내면 돼. 시간이 좀 걸리긴 하겠지만 한 번 해봤기 때문에 저번만큼 많은 준비가 필요하진 않을 듯싶다."

미친놈! 헤크란은 미쳤다. 룩셴의 림인 그는 현이 되고 싶어 했다.

"아문, 넌 왜 헤크란을 돕는 거지?"

샤이크가 물었다. 그의 말에 아문이 답을 하지 않자 헤크란이 대신 답했다.

"신시아 때문에. 아문은 신시아를 가질 수 없어도 그녀가 카르카노의 여자가 되는 것을 보고 싶어 하지 않거든."

몸이 덜덜 떨렸다. 피가 거꾸로 솟아 정수리 위로 터질 것만 같다. 손에 칼이 있다면 당장 들고 헤크란에게 달려들었을지 모를 일이다.

"정신 나간 놈들. 난 빠진다. 아니, 카르카노에게 알릴 것이다."

샤이크의 목소리였다.

"그러기 전에 넌 이 궁을 빠져나가지 못하고 지하감옥에 갇히게 될 텐데?"

"내가 그럴 것 같아?"

"여긴 궁이야. 네가 아무리 날렵하다지만 병사들로 겹겹이 둘러싸인 이곳을 과연 빠져나갈 수 있을 듯싶어?"

스르릉. 칼집에서 칼이 빠지는 소리였다.

"그래? 그렇다면 네놈을 여기서 죽이지, 뭐."

평소 샤이크의 목소리로 되돌아왔다. 이쯤이면 분노가 극에 달했을 텐데, 오히려 장난스러워졌다. 더 화났다는 증거인가.

"그만둬."

내내 조용하던 아문이 조용히 샤이크를 말렸다. 말린다고 말을 들을 샤이크도 아니거니와 말린다고 될 일도 아니다.

"너도 미쳤어. 누이인 신시아를 사랑하는 것까진 이해할 수 있다. 그렇다고 이런 엄청난 일을 꾸며?"

"너는 과거에 헤크란을 도왔잖아?"

"난 너와 다르지. 헤크란이 신시아를 목숨을 걸 정도로 사랑한다고 믿었고…… 거기다 아버지의 비리 장부를 가지고 있다고 하니 어쩔 수 없었다."

"아버지가 잘못을 저질렀다면 자식인 네가 말렸어야지. 혹여 그것이 누군가의 음모라 여겼다면 더더욱. 차라리 카르카노에게 직접 알리든가."

그랬다면 지금쯤 우리는 달라졌을까. 샤이크가 생각을 달리했다면, 헤크란의 욕심이 조금만 덜했다면 우리는 어떤 모습으로 살아갔을까.

아문의 말이 계속 이어졌다.

"너와 내가 뭐가 다른데."

"그래서 이번엔 안 한다고!"

샤이크는 믿음직하진 않지만 완전히 나쁜 사람은 아니었다. 흐응, 하는 헤크란의 한숨 소리가 들려왔다.

"안 하겠다면서 여긴 왜 왔는데요?"

헤크란이 다시 존대를 했다.

"아문이 우릴 부른 데는 이유가 있었어요. 반란 모의. 그 내용을 알고 온 거잖아요? 샤이크도 뜻이 있어서 왔다고 보는데요. 당신이 할 일은 직접적으로 반란에 참여하지는 않아요. 신시아를 왔던 세계로 다시 돌려보내면 됩니다."

"헤크란, 너 혼자 해. 어차피 내 도움 필요 없잖아."

"아니죠. 그나마 우리 중에 신시아가 가장 신뢰하는 사람이 당신이라 필요합니다. 아쉽게도 난 며칠 전에 들킨 일이 있어서……."

며칠 전 보게 된 헤크란의 본모습, 정말 연기 대상감이다. 미친놈. 입안에서 연신 미친놈이라는 말만 되풀이됐다.

"난 안 해. 그때처럼 신시아를 불러내는 일 따위 안 해."

"하게 될걸요. 원하는 게 있잖아요."

"됐어. 원하는 거 없어. 지금도 가진 것은 충분히 많아. 넌 아직 현이 된 것도 아니잖아."

"만약……."

헤크란이 숨을 들이켰다. 무슨 말을 하려는 거지?

"만약 이번 일이 잘못된다면 검은 바람이 함께 움직여줘요."

아, 군대를 만들 작정이었구나. 헤크란은 상상 이상인 사람이었다. 어쩌면 이미 군대를 만들어놨을 수도 있다. 주변국이 도와준다고 나섰다면 충분히 가능하다. 그는 현의 자리가 그토록 탐이 날까.

"우리가 왜 널 위해 움직여야 하는데?"

그나마 다행인 것은 샤이크가 그럴 마음이 없다는 것.

"전 재상, 그러니까 당신 아버지의 명예를 되돌려주지요. 지금의 카르카노는 아무것도 모르는 바보라서 그럴 생각조차 못 하고 있잖아요? 단지 전 재상의 잘못이라고만 알고 있습니다. 샤이크가 부탁한다고 해서 들어줄 위인은 더더욱 아니고요. 아버지의 명예가 중요하지 않아요?"

"내 아버지를 모함하고 결국 죽게 한 장본인이 다시 명예를 회복시켜주겠다고? 차라리 카르카노를 죽이지그래? 아아~ 그래도 룩센의 신관인 '림'이라 차마 네 손에 직접 피를 묻히진 않겠다?"

"그런 것도 있지만, 그래도 혈육이니까요."

"혈육 좋아하시네."

샤이크가 코웃음을 쳤다. 앞에 놓인 찻잔을 물끄러미 보다가 가만히 들었다. 이성적인 생각이 필요했다. 식은 차가 목구멍을 넘어가며 찬 기운을 실었다. 그 덕에 오히려 머리가 맑아졌다.

헤크란의 이중적인 모습, 칸도 알고 있을까.

샤이크도 처음엔 믿다가 의심이 생겨 나중에 따로 일했다고 했다. 헤크란이 코아쿤에 있는 샤이크의 집에 있다가 하이겐으로 떠났다고 들었으니까 적어도 그때까지는 속고 있었다는 뜻이다.

샤이크에게는 하이겐으로 떠난다고 해놓고 소란에 머물렀으니 그때부터 꼬리가 밟혔을 수도 있다. 또 샤이크가 저번에 궁에 들어왔을 때, 내가 그에게 받은 흰 가루를 보이자 헤크란의 얼굴이 하얗게 질렸다.

그렇다면 내 기억이 돌아오도록 했다는 사실을 그는 몰랐다는 건데……. 그전에 이미 샤이크의 마음이 돌아선 건가.

우선 샤이크의 반응으로 보아 이번에는 헤크란을 도울 것 같지는 않다. 샤이크는 위험인물에서 제외하자.

칸과 내 앞에서 헤크란은 연기 중이었다. 그나마 다행인 건 칸이 헤크란에게 형제애가 없다는 사실? 하긴 둘 다 마찬가지였다. 그래도 칸은 헤크란이 이렇게까지 일을 꾸민 줄은 모르고 있을 것이다.

아문을 어찌해야 하나. 별궁에서 몰래 대화를 들을 수 있도록 그가 제안했지만 대화 도중에 알게 된 사실이 놀랍다.

아문이 직접 칸의 기억을 지웠다니.

아문을 믿어야 하나, 말아야 하나.

이 가리개 안에서 계속 있어야 하나, 나가야 하나.

머리에서 쥐가 났다.

아문은 중립의 위치에 놓자. 그렇다면 헤크란이 적군, 샤이크는 아군.

적군 하나, 아군 하나.

샤이크가 헤크란에게 넘어가느냐가 문제다. 지금의 분위기로 전혀 넘어갈 것처럼 보이지는 않지만 헤크란이 끊임없이 유혹하겠지.

밖에서 헤크란은 여전히 샤이크에게 도와달라는 말을 하고 있었다. 그건 안 된다. 샤이크가 헤크란에게 넘어가지 않도록 해야 한다.

머리를 굴리며 현 상황에서 제일 좋은 방법을 생각해봐도 도무지 답이 나오질 않는다. 무작정 밖으로 나갈 수도 없고.

어차피 여기서 고민해봤자 답은 나오지 않을 것이다. 칸에게 알리는 편이 가장 좋을 듯했다. 칸과 함께 아문을 설득해서 이쪽으로 완전히 마음을 돌리게 하고, 샤이크는 헤크란과 손을 잡을 생각이 없어 보였으나 혹시 모르니 칸과 만남을 추진하면 되겠지.

벌써 헤크란이 주변국을 제 편으로 끌어들였기에 한시가 급하다.

헤크란에 대한 분노, 앞으로 벌어질 일에 대한 두려움. 가슴이 심하게 뛰고 호흡이 불편해져 어서 빨리 이곳을 벗어나고 싶었다.

"어떻게 할 건가요? 샤이크?"

헤크란이 물었다.

"정말 우리 아버지의 명예를 되돌려준다고 약속할 수 있어?"

아아, 샤이크, 이 사람아. 조금 전만 해도 그럴 의향이 전혀 없는 것처럼 말해놓고선 그사이 마음이 흔들렸나 보다. 지금까지 헤크란에게 당했으면서 판단을 제대로 하란 말이다. 당장 뛰쳐나가 소리 지르고 싶은 것을 꾹꾹 눌렀다.

"언제까지 답을 줄 거죠?"

"열흘."

"그렇게 오래 고민할 필요가 있나요? 모두가 준비되었습니다."

모두가 준비되었다니? 그 모두가 누구일까. 주위에 있는 다른 나라일까. 그 나라 왕들이 헤크란을 도와준다는 것인가. 도대체 헤크란과 손을 잡은 사람들은 누구고 얼마나 될까. 초조해져 손톱을 물어뜯었다.

"이미 날짜가 정해졌나 보군."

샤이크의 음성이 헤크란을 돕기로 마음을 먹은 것처럼 들려온다.

"네, 신시아를 보낼 날짜도 정해졌어요."

"언제인데?"

"준비를 제가 하면 아문과 샤이크는 거기에 맞게 움직여주기만 하면 됩니다. 늦출 수 없으니 망설이지 마세요, 샤이크. 신시아는 사흘 뒤에 보내고, 칸을 끌어내리는 일은 그로부터 3일 뒤입니다."

뭐가 이렇게 빨라. 총 일주일밖에 되지 않는다. 내가 과거에 집중하고 있는 동안 헤크란은 준비를 끝내가고 있는 모양이었다. 내게는 용서를 빈다며 울상을 짓고 있으면서 뒤로 자신이 세운 계획을 차근차근 실행에 옮겼다. 칸은 아무것도 모르고 있을 텐데 어떻게 하면 좋을까.

"신시아가 사라지고 3일 뒤에 칸을 끌어내리는 일이 가능하다고 봐?"

"그럼요. 처음이 아닌 두 번째니까요."

과거의 이력이 있으니 그가 선동하면 신하들은 흔들릴 가능성이 농후하다. 이러다가 아무런 대책도 준비하지 못하고 헤크란에게 당할 수밖에 없었다. 칸이 이 일을 잘 해결할 수 있을지 의문이다. 시간이 너무 부족해.

두통이 몰려와 양손으로 머리를 감싸 쥐었다.

"하루만 생각할 시간을 줘."

결국 샤이크는 내가 바라는 '싫다.'는 답 대신 시간을 달라고 하였다.

"긍정적인 답변을 하리라 믿겠어요, 샤이크."

"궁을 빠져나가는 데 방해나 하지 마."

샤이크의 귀걸이가 내는 소리와 함께 발소리가 멀어져갔다. 헤크란도 얼른 나가고 아문만 남았으면 좋겠다. 나도 어서 밖으로 나가고 싶다.

"역시 림이군. 아무도 모르게 이렇게 철두철미하게 준비할 줄은 몰랐어."

아문의 음성은 차분했지만 분명 그도 당황하고 있을 것이다.

"믿을 수 있는 건 오로지 자신뿐이니까요. 거사를 벌일 때는 직접 움직여줄 소수만 필요한 법이지요. 아문은 입 닫고 지켜만 봐주세요. 혹 마음이 변하지는 않았겠죠?"

"신시아가 잘 지낼 수 있는 곳으로 보내. 지난번과 같은 실수는 하지 말고."

"죄책감인가요? 신시아를 보내는 걸 묵과하면서도 좋은 곳으로 보내달라는 부탁이라. 그렇게 하죠."

후후후. 아문을 비웃는 헤크란의 낮은 웃음소리가 들렸다. 많이 웃어둬, 헤크란. 무슨 일이 있어도 네 뜻대로 되지 않도록 할 거야. 설령 이 일에 목숨을 걸어야 할지라도 기필코 막으리라 다짐했다. 막을 수 없다면 그를 데리고 다른 차원으로 가면 된다.

칸과 헤어진다는 상상만으로 마음이 아팠지만 더는 헤크란을 이대로 둘 수는 없다. 그는 룩센에서 살아가는 한, 성공할 때까지 일을 벌일 것이 분명했다.

"먼저 가. 난 뒷정리하는 걸 보고 갈 테니까."

아문이 헤크란을 보냈다. 의자가 밀리고 몇 걸음 옮기는 발소리가 들리다 멈췄다.

"아문, 딴생각은 마세요."

헤크란이 경고했다.

"이번에는 실패하지 않게 너나 잘해."

헤크란이 뭘 눈치채기라도 한 건지 딴생각 말라는 경고에 심장이 쿵 내려앉았다. 문득 그가 룩센의 모든 잡신들과 교접한다는 이야기가 떠올랐다.

설마 헤크란이 다 알고 하는 이야기는 아니겠지. 당장에라도 나가서 아문과 대화를 하고 싶은데 헤크란이 다시 돌아올 줄 몰라

숨죽이며 기다렸다. 찻잔과 받침이 부딪치는 딸그락 소리만 계속해서 들려왔다.

한참이 지난 뒤에야 아문이 나를 불렀다.

"나오셔도 됩니다."

큰 한숨이 들려왔다. 아문에게도 긴장되는 시간이었으리라. 나도 내내 긴장하고 있었던지 손바닥이 땀으로 흥건했다.

조심스럽게 천을 걷고 나가자 예상했던 대로 밖은 난장판이었다. 의자가 넘어지고, 바닥에는 깨진 찻잔이 여기저기 흩어져 있었다. 깨진 사기 조각을 밟았나 보다. 빠드득 소리에 깜짝 놀라 가슴을 쓸어내렸다.

"일주일은 너무 짧아요."

"아마 사흘 뒤에 샤이크가 신시아 님을 어떻게 해서든 밖으로 끌어낼 겁니다."

"샤이크는 궁에 못 들어오잖아요."

하긴 방금 전에도 이 자리에 머물다가 갔는데 어려운 일은 아니다.

"아, 헤크란이 내가 여기 있는 거 눈치 못 챘겠죠? 신접에 능하다면서요."

"별궁은 신성한 지역입니다. 예전에 바라크라는 현이 자신의 비를 위해서 지은 곳으로 잡신이 접근하는 것은 물론 어쭙잖은 마력은 통하지 않지요."

그래서 과거 내가 별궁에서 지낼 때, 헤크란이 직접 여기로 왔던 건가. 그의 능력이 어느 정도인지 감을 잡을 수는 없지만, 사람을 다른 세계로 보낼 수 있을 정도라면 보통 이상의 범주를 넘어서는 것이 확실했다. 그로부터 많은 세월이 흘렀으니 지금은 더하겠지. 암담하다.

"근데 룩센의 신도 헤크란에게 조종되고 있는 거예요?"

사막 한가운데서 나를 차원이 다른 세상으로 보낸 신은 룩센의 신이었다. 코아쿤 샤이크의 저택에서도 본 적이 있는.

"그게 의문입니다. 룩센의 신은 오로지 룩센 백성을 위해서 존재합니다."

예전에 배웠던 내용이 어렴풋이 떠올랐다. 오로지 림을 통해서만 움직이는 신. 림을 통해 신탁을 내리고 룩센의 번영을 위한 제사만 받는다고 들었는데 어째서 림 개인을 위해 나타났을까.

"그럼 궁 안에도 잡신이 들어올 수 있어요?"

"본래 접근이 힘들었는데 어느 날부터인가 들어오고 있다는 보고를 받았습니다. 아니, 접근이 오래되었다고 하더군요. 해서 2년 전부터 궁 전체에 일종의 보호막을 치고 있습니다."

"헤크란이요?"

"아닙니다. 저리 다른 일에 온통 신경을 쏟고 있는 그가 일을 할 리가 없죠. 어쩌면 궁 안으로 잡신이 들어올 수 있도록 만든 쪽이 헤크란일 수도 있어 그에게는 맡기는 건 더더욱 어려웠고요. 아무튼 헤크란 말고 신전에 사제들도 많습니다. 그중에서 특별히 임무를 준 이들이 있습니다."

아문은 온전히 칸의 편에 서지 않았다고 생각했었다. 하지만 그의 말을 듣고 있다 보니 칸의 곁에서 헤크란에 대해 주도면밀하게 관찰하고 있던 것을 아닐까 싶기도 하다. 이제 칸을 만나야겠다. 어디서부터 어떻게 이야기를 해야 할지 막막하고, 그가 충격을 받으면 어쩌나 염려도 된다.

"오라버니."

재상이 아니라 오라버니라고 불렀다.

"칸을 도울 거지요? 그가 혼자서 감당하기엔 일이 너무 커요. 지금 아무것도 모르고 있을 텐데……."

"저를 믿으십니까?"

그가 조용히 물었다. 궁에서 다시 그를 만났을 때 느꼈던 두려움은 이미 사라지고 없었으나 내가 과연 그를 믿을 수 있을까. 하지만 지금 상황에서 아문 말고는 도움을 청할 상대가 없다.

부디 그가 나에 대한 욕심을 가진 남자가 아니라 룩센과 칸을 위한 재상의 마음이 더 크길 바란다.

"믿고 싶어요."

"저보다 더 믿어야 할 분이 계십니다."

더 믿어야 할 사람이라니. 무슨 말이냐고 물으려던 찰나.

"그렇지. 나를 믿어야지."

내가 숨어 있던 가리개 안에서 익숙한 목소리가 들렸다. 단번에 누군지 알 수 있는 남자. 룩센에서 내가 한 치의 의심도 없이 믿을 수 있는 사람. 칸이었다.

14장

가리개 안쪽에 칸막이가 있었다.

어쩐지, 제법 넓은 공간인데 왜 막아놨을까 의문이 들기는 했지만 그러려니 하고 말았다.

그가 왜 여기에 있을까, 하는 의문은 아무 일도 아닌 양 차만 마시는 아문이 정답이었다. 저번에는 헤크란을 적극적으로 도왔지만 이번에는 샤이크처럼 헤크란을 도울 마음이 없었던 것이다. 역시 아문은 칸을 돕기로 결정했던 모양이다.

천천히 열리는 천 사이로 잘생긴 내 남자가 나타났다. 그만이 가지고 있는 냉정하고 차가운 황금색 눈동자가 그 어느 때보다 더 싸늘하게 식어 있었다.

"너는 나를 뭘로 보고 있는 거야?"

"……."

눈을 동그랗게 뜨고 검지로 그를 가리키고만 있자 칸이 굳어 있던 표정을 풀며 다가와 손가락에 입을 맞추고 제 볼에 댔다. 그의 피부를 통해 손에서 온기가 느껴지자 불안했던 마음이 조금은 가벼워졌다.

"나 혼자 감당하기엔 일이 너무 크다니 내가 그렇게 무능한 사람인 줄 알았나. 괜히 현의 자리에 앉아 있는 게 아닌데 말이지."

칸이 사라진 헤크란만을 찾아다닌 것이 아니었다. 이상한 낌새를 그도 느끼고 있었고, 해서 '림'을 찾아야 한다는 명목으로 그가 직접 나라 안팎으로 돌며 세세하게 조사했다고 들었다. 도중에 나를 만났던 것이고.

"내가 기억하지 못하는 시간 속에 어떤 일이 있었는지 알고 싶었어. 흐음…… 기억한다 해도 나 모르게 꾸며진 일이니 달라질 것도 없었겠지만."

잡고 있던 내 손을 놓은 칸이 느릿하게 발걸음을 움직였다. 고개를 돌리며 내부를 둘러보던 그가 창가에 기대섰다.

"기억을 잃지 않았더라면 나의 시아를 그렇게 만든 놈들이 누군지 눈으로 목격했으니 처벌할 수도 있었을 텐데 안타깝군. 당시 내게는 처벌하는 것보다 너를 찾는 일이 더 중요했겠지."

기억에 없는 일에 화가 났는지 그의 얼굴에 비소가 번졌다. 당장에 헤크란을 찾아가 칼로 벨 것 같은 눈빛을 했다.

"시아, 그때도 네가 널 많이 사랑했나 봐. 널 그리 만든 놈들을 눈앞에서 죽이지 못하고 찾는 데만 급급해서 미쳐갔으니…… 쯧. 하긴 미치지 않았으면 눈앞의 세 사람을 당장에 죽였겠지. 그럼 기억을 잃을 일도 없었을 테고, 기억을 잃지 않았다면 형님이 널 다시 부르진 않았을 거야."

"저는 용서해주시기로 했잖습니까. 빼주십시오."

농담조로 아문이 말하자 칸이 고개를 끄덕이며 피식 웃었다. 이 사람들아, 지금 웃을 때는 아닌 것 같아. 아무리 칸이 다 알고 있다지만 헤크란이 이렇게나 빨리 일을 진행할 줄은 몰랐을 거 아냐.

"어떻게 할 건가요?"

칸을 못 믿어서가 아니라 짧은 시간이 무리였다.

"기다리지."

"기다려요?"

바로 헤크란을 잡아들여도 모자를 판에 기다리긴 뭘 기다린단 말인가. 칸 나름대로 뜻이 있긴 하겠지만 헤크란은 뱀과 같은 사람이다. 부드러운 말투와 표정으로 무장한 그가 일을 여기까지 끌고 오면서 철두철미하게 준비했을 것이다.

"서두르지 않아도 돼. 다만."

"……."

"언제 헤크란을 잡을지 시기가 문제다."

"그걸 왜 고민해요? 지금 바로……."

왜 서두르지 않는 걸까.

"혹시 다른 문제가 있는 건가요?"

"네가 끼어 있으니 문제지."

자세한 내용은 아문이 설명해줬다. 칸이 여태껏 인내하고 있었던 이유는 헤크란 하나만 잡는 선에서 끝내지 않을 생각이었다. 누가 그와 협력하고 있는지, 어떤 나라가 룩센의 반란을 돕는지 뿌리를 캐려 했다. 헤크란과 함께 도모하는 모든 이들을 색출하기 위해 때를 기다리는 중이었다.

그러나 헤크란의 계획에 또다시 내가 들어갈 줄은 몰랐다. 헤크란을 돕는 이들이 수면 위로 드러나려면 내가 사라지고 사흘 뒤다.

헤크란에게 의심을 사지 않으려면 나는 그의 계획에 차질 없이 움직여줘야 한다. 그렇다면 방법은 하나뿐이지 않은가. 칸과 아문도 그것을 알고 있기에 말이 없었다. 헤크란의 목적을 알면서도 스스로 움직여줘야 하는 말이 되어야 한다.

고민하는 칸의 입술에서 낮은 신음이 흘렀다.

"제가 고민해보겠습니다. 현께서는 계획했던 대로 밀어붙이십시오."

갑작스레 방법이 생길 리는 없을 것이다. 방법이 있다면 내가 잠시 머물렀던 세상으로 다시 돌아가는 수밖에.

물론 다시 21세기의 한국으로 간다는 보장은 없지만 할 수만 있다면 그곳이 좋으리라.

하지만 내가 사라진 뒤의 칸은? 혼란스러웠다.

"이번에 모두 색출하는 작업은 뒤로 미루고 헤크란만 잡아들여도 돼. 그를 잡는 것만으로 함께 일을 도모했던 사람들이 앞으로 반란을 일으킬 생각을 접을 수도 있다."

칸이 저렇게 말하는 이유는 순전히 나 때문이었다. 과거에도 그에게 짐이었는데 이번에도 그러고 싶지는 않았다. 칸과 헤어지고 싶지 않았지만, 그렇다고 그의 발목을 잡는 사람이 내가 되는 것도 싫었다.

"시아, 너 쓸데없는 생각은 하지 마라."

"헤크란만 잡으면 해결이 되는 건가요?"

"뜻이 있어도 앞에 세울 사람이 없으면 당분간은 조용하겠지."

"헤크란은 무슨 명목으로 잡을 건데요."

이곳에서 나눴던 대화는 우리만 알고 있고, 아문 혼자 증인으로 나선다고 한들 큰 힘이 될까. 나는 칸의 여인지만 그와 결혼을 한 사이도 아니기에 내 자리는 아직 확고하지가 않아 발언권이 없다. 만에 하나 샤이크를 설득한다고 해도 도둑인 그의 말에 귀를 기울이진 않겠지.

"헤크란이 나를 다른 세계로 보내려고 하는 현장을 덮치는 건 어떤가요?"

"어렵습니다."

아문이 고개를 저었다.

"신시아 님이 아직 위치가 애매하십니다. 현재로선 아직 룩센의 신관인 림이 '신탁을 받았다.'는 식으로 둘러댄다면 의심은 하더라도 그에게 죄를 물을 수가 없지요."

신탁을 받았다는데 누가 반기를 들 것인가. 헤크란은 이번 계획이 실패하더라도 포기하지 않을 테니 무슨 일이 있어도 이번 기회에 그를 끌어내려야 한다. 그러려면 내가 서둘러 결정을 내려야 했다.

"칸, 헤크란이 나를 보낼 수 있도록 모르는 척해요."

"쓸데없는 생각 말라고 했다."

"이게 왜 쓸데없는 생각이에요? 내가 다른 세상으로 갈까 걱정하는 듯한데, 헤크란이 원하는 대로 되지 않아요. 사제들이 있다면서요. 그들은 림을 막을 수 있지 않아요?"

사실은 차원이 다른 세상으로 갈 수도 있다는 각오를 하고 한 말이었다. 아문이 고개를 저었다.

"림이 워낙에……. 아!"

그는 무슨 방법이 떠올랐는지 탁자를 손으로 툭 치며 자리에서 벌떡 일어섰다.

"사제들이 림을 막을 수는 없습니다. 하지만 림을 속이는 일이라면 가능할지도요. 제가 사제들과 의논해서 알려드리겠습니다."

속인다는 방법이 어떤 것인지 감은 오지 않지만 아문의 제안을 듣고 표정이 변하는 칸을 봤을 때, 꽤 괜찮은 방법임에는 틀림이 없었다. 아문은 사제들을 만나러 간다며 칸과 내게 인사를 하고 황급히 밖으로 나갔다. 그가 나가는 뒷모습을 물끄러미 바라보다가 한숨을 쉬었다. 부디 그와 사제들이 해낼 수 있는 방법이기를.

"신시아."

칸의 부름에 몸을 돌렸다.

"이리로."

창틀에 엉덩이를 살짝 걸터앉아 팔짱을 끼고 있던 칸이 두 팔을 벌려 손짓했다. 태양을 등에 지고 있는 그는 빛을 받아 눈부셨다. 그의 백금발도, 갈색의 매끈한 피부도, 입술 끝에 걸린 미소마저도 반짝인다. 목구멍으로 올라오던 한숨을 삼켜버리고, 깨진 찻잔 조각을 피해 그에게 다가가 안겼다.

"걱정돼?"

"조금요."

"괜찮을 거다."

그의 말은 의외였다. '내가 있으니까 걱정하지 마.' 또는 '헤크란은 아무것도 아니야.'라는 식의 허세 아닌 허세를 부릴 줄 알았다.

아무리 두려울 것이 없는 그일지라도 앞날을 장담할 수 없는 사람이니 어쩔 수가 없었다. 괜찮을 거라는 그의 말이 '나만 믿어.'라는 말보다 더 마음속 깊게 파고든다.

"칸, 당신 말처럼 괜찮을 거니까 헤크란만 잡을 생각은 마요."

"미안. 그건 약속 못 해. 네가 걸려 있는 일인데 어떻게 그래. 만약 아문이 방법을 찾지 못한다거나 헤크란에게 조금이라도 다른 낌새가 보인다면, 현이라는 내 자리를 이용할 거야."

누구도 내게서 너를 빼앗을 수 없어, 라고 중얼거리며 그가 내 목에 얼굴을 묻었다. 창 너머 보이는 넓은 정원은 그 옛날처럼 평온했다.

시간은 더디 가기를 바랄수록 빠르게 흘렀다.

나는 매일 신전으로 가서 반나절은 무릎을 꿇고 룩센의 신에게 기도를 올렸다. 마음 같아선 종일 기도를 하고 싶었으나 헤크란 때문에 그럴 수도 없다.

아문은 사제들과 일을 진행시켰다. 아는 것이 별로 없어 설명해 줘도 잘 알아듣지 못했지만 헤크란을 속이는 일이 가능하다고 했다.

내가 따로 할 일은 없냐고 묻자 놀라서 당황하면 일을 그르칠 수 있으니 마음의 안정을 찾도록 노력하는 것을 부탁했다. 다만 내가 정말 사라졌다고 헤크란을 속이기 위해서는 일이 끝날 때까지 숨어 있어야 하니, 밖의 사정을 알 수가 없어 답답하겠지만 믿고 묵묵히 기다려달라 하였다.

그리고 그날이 왔다. 칸도 나름대로 준비를 할 것이 있다고 하여 따로 잠을 잤다. 옆에 그가 없어서인지, 아니면 긴장이 돼서인지 잠을 설쳤고, 결국 동이 트기 전에 일어났다. 머리가 몽롱해 로아에게 무카를 부탁했다.

"무슨 일 있으세요?"

루아가 까만 무카가 담긴 잔을 테이블에 놓고 내 눈치를 봤다. 평소와 달리 너무 일찍 일어나 편치 않은 얼굴을 하고 있으니 신경이 쓰였으리라.

"아니요. 이상하게 오늘은 일찍 눈이 떠졌네요."

"피곤해 보이십니다."

"그래요?"

엷게 웃으며 손으로 얼굴을 매만지다가 잔을 들어 코로 커피 향을 들이마셨다. 보통 때라면 좋은 향에 마음이 차분해지기도 하겠지만 날이 날이니만큼 별 효과를 보지 못했다.

"벌써 일어났어?"

문이 열리고 칸이 다가와 옆에 앉았다. 내가 마시던 무카를 빼앗아 한 모금 마시더니 빙글거린다. 그의 미소에 무카 향으로 진정되지 않았던 마음이 거짓말처럼 편해졌다.

"준비해드릴까요?"

로아가 묻자 그가 손을 저었다. 무릎을 굽혀 인사를 한 그녀가 밖으로 나가고 칸이 내 어깨에 머리를 기댔다.

"밤새웠어요?"

"응."

"잠깐 눈 좀 붙일래요?"

"아니, 잠시만 이렇게 있자."

칸의 음색에 피곤함이 섞여 있어 미약하게나마 위로가 되길 바라며 그의 머리를 쓰다듬었다. 그가 기분 좋은 듯 작은 신음을 흘렸다. 오늘이 지나고 이제 5일만 견디면 모두 끝난다. 그의 말대로 괜찮을 것이다. 그렇게 수백 번 넘게 스스로를 세뇌했다.

갑자기 그가 손을 내밀었다.

"손."

칸의 손 위로 내 손을 가볍게 겹치자 바지 주머니에서 무언가를 꺼냈다. 오색실로 엮인 팔찌였다. 풀리지 않도록 팔목에 단단히 매어준 그가 씩 웃었다. 내가 불안해할까 싶어서 준비한 건가?

"웬 팔찌예요?"

"부적이야."

"부적?"

"응. 너를 지켜줄 부적. 그러니 절대 풀지 마."

궁 안의 남자들로부터 나를 지키기 위해 내 발목에 방울을 달아줬던 그가, 이번엔 헤크란으로부터 나를 지키기 위해 손목에 부적을 달아줬다.

"이거 정말 부적의 역할을 하는 건가요? 당신이 이런 것도 할 줄 알았어요?"

"당연하지. 헤크란처럼 신접의 능력을 타고나지 않아서 부지런히 배우는 쪽을 택했어. 현의 자리에 있는 사람이라면 뛰어나지는 않더라도 그 정도는 할 줄 아는 것이 옳으니까. 실체가 있는 공부라면 좀 더 쉬웠을 텐데, 신을 모시는 일은 내가 노력한다고 되는 일이 아니라서 고생 좀 했지. 하지만 아쉽게 아무리 노력해도 신탁을 받을 수는 없더라. 하긴, 그래서 림이 있는 거지만."

칸은 금수저 물고 태어나 그저 자신이 가지고 있는 범주 안에서 누리고 살았다고 생각했다. 부잣집 도련님처럼 말이다. 순전히 나의 오해였다. 짧막한 칸의 이야기 속에서 그도 '열등감'이라는 것을 가졌음을 알게 됐다. 완벽하지 않다는 사실이 왜 그렇게 예뻐 보이는지.

오만한 왕자가 그 '열등감'에서 벗어나 제대로 된 현이 되기 위해 노력했음이 대견스럽기까지 하다.

"잘했어요. 이건 고마워요."

그의 눈앞에 팔목을 대고 흔들었다.

"새삼 당신에 대해 내가 모르는 부분이 많구나 싶네요."

"내가 너에 대해 모르는 점이 더 많지 않나."

칸의 머릿속은 과거 기억의 일부분이 몽땅 잘라졌다. 그가 알고 있는 나는 현재의 모습뿐이고, 나 역시 룩센을 떠나 있던 기간의 그를 알 수 없다. 내 팔목을 들어 팔찌가 묶인 부분에 입을 맞추는 칸.

"모르는 건 알아가면 돼. 과거보다 현재가 더 소중하거든."

방긋 미소 짓는 그의 얼굴을 양손으로 잡고 끌어당겨 키스를 퍼부었다.

그는 내가 하는 대로 가만히 있었다. 입술이 막혀 소리를 제대로 낼 수 없는 그의 목에서 낮게 울리는 웃음이 들려왔지만 멈추지 않았다.

부드러운 그의 혀에서 느껴지는 쌉싸름한 커피 맛. 입안에 머물렀던 숨에서 맡아지는 커피 향.

더 가지고 싶어 칸에게 몸을 싣자 그가 뒤로 넘어가며 내가 올라탄 꼴이 되었다. 한참을 더 키스에 몰두하다 입술을 떼자 길게 타액이 이어졌다.

"벌써 멈춰?"

그가 아쉬운 표정을 했다.

"혀가 얼얼한데 벌써라뇨. 그리고 더 했다간 끝까지 갈 거잖아요."

"가면 되지."

"으휴, 진짜."

일어나기 위해 그의 가슴을 누르며 상체를 세웠다. 그가 팔을 당겨 금세 다시 안기고 말았지만.

"헤크란 일이 해결되면 진하게 안아줘요."

5일 뒤에 변함없이 우리는 서로 사랑할 수 있을까. 미리 해두는 유혹에 그가 응답해주는 그날이 올까. 꼭 온다고 믿으련다.

"나야 좋지만 넌 후회하지 않겠어?"

"뭐, 지금까지 경험으로 봐선 당신이 후회할 만큼 잘하는 것도……. 꺄악! 칸!"

별안간 칸이 옆구리와 겨드랑이를 간지럽히자 까르르 웃음이 터졌다. 그만하라고 외치는데도 그의 손장난은 끊임없이 이어졌고 웃느라 배가 아프다고 애원하자 겨우 멈췄다.

"잘…… 지나갈 거야."

내 불안함을 그가 느꼈는지 다시 힘껏 안아줬다.

헤크란이 나를 보내기로 한 날이 되었다.

"오늘 샤이크가 오전 중에 오기로 되었습니다."

아문이 칸과 내 앞에서 헤크란의 계획을 알려줬다. 샤이크가 헤크란의 편에 서기로 했다는 소식은 진즉에 들었다.

내게 미안하다고 할 때는 언제고 이제 와 다시 헤크란을 돕다니. 도대체가 속이 없는 인간이다.

매사에 장난인 적이 많아 믿음직한 사람은 아니었지만 검은 바람의 수장인 그가 현명할 줄 알았는데 나의 오산이었다. 바보, 멍청이. 한 번 속았으면 됐지, 또 속냐.

마음 같아선 오늘 만나면 한 소리 해주고 싶으나 칸의 목적을 위해서 꾹 참기로 했다.

"당신이 따라오나요?"

칸에게 물었다.

"아니, 아문하고 사제들이 몰래 뒤를 쫓고, 난 궁에 있을 거야. 오늘 몇몇 신하들이 알현을 청해서 그들을 만나야 해. 확실하게 하기 위해서 내가 자리를 비우면 안 돼."

"알현을 청해요?"

"중요한 일이라고는 하는데 들어봤자 쓸데없는 소리나 하겠지. 확실하지는 않지만 오늘 1차적으로 헤크란을 따르는 자들을 색출할 듯싶다."

칸의 말을 듣고 보니 신하들이 하필 오늘 알현을 청한 데는 이유가 있었다. 매일 오전에 국사를 논하는 시간이 정해져 회의를 마치면 차를 마시며 개인적인 이야기를 나누기에 따로 알현을 청하는 일을 거의 없다고 하였다.

그랬던 그들이 많은 날 중 오늘을 택했다면 헤크란을 돕기 위해 칸을 묶어두는 역할을 하리라는 것이다.

"슬슬 가봐야겠군."

칸이 소파에서 일어나며 머리를 쓸어 올렸다. 소리 없이 내뱉는 한숨이 느껴져 그의 허리를 안아줬다. 3일이다. 앞으로 3일만 지나면 평온해진 모습으로 다시 만날 수 있다.

"헤크란 처리하기 전까지 나 찾으러 오지 마요. 얌전히 기다리고 있을게요. 걱정하지도 말고."

"아무 생각 말고 푹 쉬고 있어."

내 머리를 몇 번 쓰다듬은 칸이 입을 맞추자 그를 안고 있던 팔을 풀었다. 한껏 미소를 지으며 그에게 손을 흔들었다.

무거운 발걸음을 옮긴 칸이 문 앞에서 나를 한 번 더 바라보다 밖으로 나갔다. 억지로 끌어 올렸던 입술이 그가 사라짐과 동시에 축 처졌다.

"오라버니, 혹시 내게 무슨 일이 생기면……."

성공하리란 보장이 없다. 만약 과거와 같은 일이 되풀이된다면 칸은 더 힘들어지리라.

"칸을 부탁해요."

"아무 일도 일어나지 않습니다."

"네. 혹시 말이에요. 혹시."

"네, 알겠습니다. 신시아 님, 그 팔찌는 꼭 착용하고 계십시오."

아문이 내 손목을 보며 말했다. 이 얇은 실 가닥들이 정말 부적이라도 되는 건가.

"헌께서 그 팔찌 때문에 꽤 애를 먹으셨습니다."

커다란 남자 손으로 실을 엮는 일 자체가 힘들기는 하겠다.

"칸이 이걸 직접?"

"보기엔 흔한 팔찌지만 그 안에 담긴 집약된 염원은 신시아 님을 지켜줄 것입니다."

팔찌가 묶인 손목을 눈앞에 갖다 댔다. 오색실로 만들어진 이 작은 장신구에 칸은 자신의 염원을 담았다. 그것이 무엇인지는 굳이 묻지 않아도 알겠다.

나를 향한 마음을 전부 쏟아부었겠지.

눈을 감고 나의 바람도 담기기를 기원했다. 곧 다가올 폭풍 속에서 부적의 힘이 더 완벽해지길. 더 강해지길.

아문도 준비한다며 나가고 로아를 불러 나 대신 신전에 가서 기도를 하고 오라며 심부름을 보냈다. 그녀가 고개를 갸우뚱했지만 의문을 제기하지는 않았다.

밖을 지키고 있던 두 명의 시녀에게는 각각 간식을 준비해 신전에 있는 로아에게 가져다주라고 시켰다. 이제 샤이크가 수월하게 방으로 들어와 나를 데리고 나갈 것이다.

시간이 얼마나 지났을까. 끼이익. 조심스럽게 문이 열리는 소리가 들렸다. 로아나 시녀들이라면 문을 열기 전 항상 노크를 했었기 때문에 그들이 아니었다.

기다리던 사람이 들어온다. 검은 머리가 먼저 보였고 뒤이어 낯익은 얼굴이 들어왔다.

"샤이크!"

쇼타임이 시작됐다. 그리고 덫이 놓였다.

어렵지 않게 샤이크와 무사히 궁을 빠져나왔다. 모두 약속이나 한 듯이 그를 따라 가는 길에는 아무도 없었다. 칸과 아문의 철저한 계산이 적용되어 그랬겠지만.

그가 미리 준비해둔 말을 타고 먼 사막으로 나왔다. 궁에서 멀어질수록 커지는 불안함을 잡기 위해 지속적으로 마음을 단단히 먹자 되뇌었다.

저 멀리 어디선가 본 적이 있는 광경이 펼쳐졌다. 사막 한가운데에 있는 허름한 천막. 누렇게 바랜 천으로 만들어져 모래 위를 겨우 버티고 있었다.

"정말 동생을 만날 수 있어요?"

샤이크에게 도움을 받아 말에서 내렸다. 최대한 놀라는 척을 하며 물었다. 솔직히 그의 제안이 거짓인 줄 알면서도 주아를 만나게 해 준다는 말에 설레어 더 자연스러운 연기가 되었는지도 모르겠다.

"내가 너에게 미안한 일이 많잖아. 갚을 수 있는 기회를 줘."

눈 하나 깜짝하지 않고 술술 읊어대는 거짓말에 하마터면 화를 낼 뻔했다.

"동생은 내 머릿속에만 살아 있는 존재가 아니었나요?"

"거기까지는 나도 몰라. 소란에서 유명한 신녀를 데리고 왔으니 만나봐. 내게 자신 있다고 했으니 가능한 일일 거야."

샤이크보다 앞서 걸으며 천막 안으로 들어갔다. 정오를 향해가는 시각이라 지면의 열기와 작렬하는 태양빛 아래를 달려왔더니 정신이 혼미해질 지경이었다. 조금이라도 뜨거움을 피할 수 있는 그늘에 들어오니 살 것 같았다.

"언제 오나요?"

헤크란은.

당신이 말하는 신녀가 아닌 헤크란이 온다면 난 또 놀라는 연기를 해야겠지.

이마에 흐르는 땀을 닦아내는데 저 멀리서 모래먼지가 일어났고, 그 사이로 누군가가 말을 몰아 달려왔다. 보이지는 않지만 헤크란이었다. 과연 어떤 말을 하며 여기에 왔다고 할까.

천막 가까이 온 그는 말에서 내려 나를 보더니 곤란한 표정을 지었다. 그의 표정 연기는 퍼펙트했다. 지금까지 잘도 속여왔으니 이 정도는 누워서 식은 죽 먹기만큼 쉬울 것이다.

"신시아!"

"당신이 왜 여기에 있죠?"

나도 그에 못지않은 연기에 돌입했다. 불쾌함이 가득 담긴 눈빛으로 그를 바라봤다. 하긴 정말 그를 불쾌하게 여기고 있으니 이건 연기가 아니지.

"소란의 신녀와 만나서 오기로 했는데 늦는다며 먼저 가 있으라고……."

"샤이크! 림이 온다는 말은 없었잖아요!"

헤크란의 말을 끊고 소리를 질렀다. 들으나 마나 한 이야기를 끝까지 할 필요는 없다.

"정말 내 동생을 만나게 해준다는 거 맞아요? 또 날 속인 건가요?"

씩씩대는 내게 샤이크가 뭐라고 말하려던 순간.

헤크란이 씩 웃었다.

"신시아, 당신은 눈치가 빠르면서도 아둔할 때가 있어요."

그 웃음과 말투가 기분이 나빠 얼굴을 잔뜩 찌푸렸다.

"잘 가요, 신시아."

"어, 어딜 가라는……."

그는 지체할 마음이 없어 보였다. 이왕 들킨 거 바로 나를 다른 세계로 보낼 시동을 걸었다.

아직 아문과 사제들이 보이지 않는데! 지금 시작하면 안 된다.

겨우 평정을 유지하고 있었던 마음에 금이 간다. 아무리 주위를 둘러보고 모래언덕의 끝을 살펴봤지만 그 어디에도 사람의 흔적은 보일 기미가 없었다.

아문이 늦는 건가. 절대 안 되는 일이다.

아문이 올 때까지 헤크란을 저지시켜야 하는데 방법이 떠오르지 않았다. 뭐라도 해야 해서 천막 밖으로 나가려는데 갑자기 샤이크가 뒤에서 나를 안았다.

"놔요!"

"미안해, 신시아."

"뭐? 뭐, 뭐를 하려고……. 놔요! 놓으라니까!"

몸부림을 쳤으나 샤이크의 힘을 감당하기엔 역부족이었다. 그의 품에서 미친 듯이 날뛰어봤자 벗어날 수 없는 족쇄와 같았다.

"당신들 미쳤어? 왜 이래!"

지금부터 그들이 무엇을 행할지 알고 있기에 더 두려웠다. 평정을 유지하라던 아문의 말은 잊어버렸다.

갑자기 헤크란이 천막 밖으로 나가 발아래의 모래를 툭툭 건드렸다. 그리고 손뼉을 치더니 두 눈을 감았다. 아, 어디서 본 적이 있는 장면이었다.

헤크란이 다시 손뼉이 치자 그를 중심으로 바람이 불더니 주위의 모래가 하늘을 향해 위로 솟구쳐 올랐다. 마치 모래분수처럼.

"안 돼!"

떠올랐다. 과거에 헤크란이 나를 다른 세계로 보낼 때와 똑같은 장면이 재생되고 있었다.

아문은 아직도인가.

빨리 와, 오라버니. 왜 안 오는 거야!

헤크란이 왼손을 들어 허공에 동그란 원을 크게 그렸다.

"공간 모래의 신이시여, 당신의 공간을 열어주소서."

공간 모래의 신이라니. 과거가 그대로 되살아났다. 조금도 변하지 않은 주문. 그의 행동.

그는 왼손을 그대로 둔 채 오른손도 똑같이 움직였다.

"시간 모래의 신이시여, 당신의 시간을 움직여주소서."

하늘로 솟구치던 모래가 헤크란의 손동작에 맞춰 움직이며 커다란 원을 만들었다. 처음에는 작은 원이 점점 커지더니 하늘을 다 가릴 정도의 크기가 되었다. 땅과 하늘에 있는 모래가 춤을 춘다.

"안 돼…… 안 돼."

이대로 아문을 기다리다간 헤크란이 원하는 대로 되리라. 도망쳐야 한다. 머릿속에서 자꾸 도망치라고 말했다.

나를 붙잡고 있는 샤이크에게 뒷발길질을 하고, 그의 팔을 물었지만 꼼짝하지 않았다.

"놔! 놔! 샤이크!"

"신시아, 버텨."

귓가를 울리는 조용한 음성. 버텨? 방금 샤이크가 한 말인가? 고개를 돌려 그를 봤다.

아주 잠깐.

눈빛으로 내게 무언가를 말하는 그였다. 곧 아무 일도 없었다는 듯이 그의 시선이 헤크란으로 향했다.

버티라는 음성이 샤이크의 것인지 아닌지 정확하지는 않으나, 그 말을 듣는 순간 정신이 차려졌다. 스멀스멀 나를 뒤덮었던 두려움의 기운이 걷히자 조금씩 정상적인 사고가 되었다.

여기서 내가 도망가면 안 된다. 차라리 다른 세계로 갈지언정 도망가면 칸이 위험해진다. 호흡을 조절하며 마음을 가라앉히고 헤크란을 봤다.

그의 감은 두 눈이 뜨이고, 양쪽으로 벌어진 자신의 손을 가슴 앞으로 모아 깍지를 꼈다.

본모습을 드러냈다. 눈빛이 살벌하게 바뀌고 그의 음성이 천지를 뒤흔든다.

"바람 모래의 신이시여! 당신의 충직한 종, 룩센의 신관 헤크란이 간절히 바라노니, 시간과 공간을 한데 모아 길을 만들어주소서!"

그때와 똑같았다. 이다음에 어떤 일이 벌어질지 훤했다.

이제 아문이 오리라 기대하지 않았다. 포기하는 쪽이 오히려 마음이 편하다.

그를 탓하지 말자. 칸을 위해 내가 선택한 길이다.

땅이 흔들렸다. 아니, 사위가 흔들렸다. 하늘을 덮은 모래가 태양빛을 가려 이 자리는 어둠뿐이었다.

지진이 난 것처럼 흔들리는 땅에서 진동이 느껴졌다. 다리를 타고 올라오던 미세한 떨림이 점차 강해지더니 종내는 서 있기 힘들 정도였다.

쿠구구구구.

굉음과 함께 헤크란 앞에서 움직이는 모래바람 뒤로 땅이 불쑥 올라와 허물어지기 시작했다.

내 기억대로라면 모래바람 안에서 괴수가 등장할 것이다. 룩센의 신이라고 불리는 그들.

왜 헤크란의 개인적인 집착을 도우는 것일까.

우르르르. 콰콰쾅.

번쩍! 하늘에서 파란 빛이 화살처럼 날아와 바닥에 꽂혔다. 그리고 그들이 등장했다.

천천히, 그러나 느리지 않게.

금방이라도 입을 벌리고 나를 먹어치울 듯이 다가온다.

어서 와라. 어서 나를 물고 가라. 니들이 그러고도 룩센을 지키는 신이냐. 괴기스러운 형체를 하고 다가오는 괴물들을 노려봤다.

크아아아. 괴물들의 포효에 고막이 찢어질 듯했다. 이제 끝인가. 눈을 감았다.

눈을 감자 샤이크의 팔에서 해방되었다. 귀를 아프게 했던 수많은 잡음들이 일순간 뚝 끊기고 적막이 흘렀다.

삐- 하는 날카로운 소리가 뇌를 관통한다.

'기다려줘.'

아찔한 의식 너머로 칸의 목소리가 아득했다.

15장 : 헤크란의 마지막

깊은 밤. 궁 안은 시끄러웠다. 많은 이들이 잠자리에 들었을 시간인데 실내는 밖에서도 환히 보일 만큼 밝았고, 자는 사람 하나 없이 모두가 부산하게 움직였다.

"시아! 신시아아아!"

칸의 비명과도 같은 절규가 궁 곳곳으로 울려 퍼졌다. 우당탕탕! 쨍그랑! 칸은 손에 잡히는 대로 던지고 부서뜨리며 미친 사람처럼 날뛰었다.

시녀들이 밖에서 벌벌 떨며 그를 걱정했다. 안에 있는 시종들은 어찌할 바를 몰라 땀만 흘렸다.

칸을 말리기 위해 들어온 신하들 역시 좀처럼 그를 제어할 수 없었다. 그가 무섭기도 했지만 이해도 되었기에 안타까운 마음으로 바라봤다.

그의 사랑하는 여인이 갑자기 사라졌다. 병사들을 풀어 룩센을 샅샅이 뒤졌는데, 그들 중 한 명이 신시아의 피 묻은 찢어진 옷과 방울을 들고 왔다.

그녀의 옷임을 확인한 칸은 겨우 붙잡고 있었던 이성의 끈을 놓고 말았다. 상처 입은 야수가 되어 신시아를 부르짖었다.

가슴을 부여잡고 깨진 조각들 사이를 기어 다니는 칸의 손과 다리엔 베이고 찔린 상처들로 가득했다. 모두가 발을 동동 구를 뿐, 그를 멈출 수가 없었다.

현이 그 여인을 사랑하는 건 알고 있었지만, 이 정도일 줄은 예기치 못했다.

어쩌다가 밖으로 나가 사막 한가운데에서 짐승의 먹이가 되었을까. 서로 눈짓으로 주고받으며 물어도 답은 나오지 않았다.

과거에도 한 번 그런 적이 있는데, 되풀이되는 비극을 겪는 그의 마음은 오죽할까. 모든 것을 가진 현의 자리에 앉아 있다지만, 이 순간만큼은 그가 조금도 부럽지 않았다.

"으아악! 으아아아아!"

차마 보고 있기가 어려워 모두 그를 똑바로 보지를 못했다. 칸을 피해 입구에 모여 있는 무리가 양쪽으로 갈라지며 아문이 들어왔다.

"모두 나가 있으시오."

그는 처참한 표정으로 내부를 둘러봤다. 고개를 저으며 손으로 이마를 짚었다. 눈치를 살피던 몇몇의 신하들과 시종들은 아문의 손짓에 허리를 숙여 인사하고 밖으로 나갔다.

문이 닫히고 땅이 꺼질 듯한 한숨 소리가 들렸다. 신시아를 정말 잃었다고 생각하니 연기가 어렵지는 않았다. 다만 몇 시간 동안 소리를 지르는 통에 약간의 피로가 몰려왔다.

헤크란은 이 피곤한 일을 어떻게 평생 하고 살았는지 감탄이 나왔다. 현의 자리에 대한 집요함이 그를 그렇게 만들었나 보다.

"시아는 잘 옮겼는가."

바닥에 엎드려 있던 칸이 팔꿈치에 붙은 여러 개의 사기 조각을 하나씩 떼어내며 물었다. 날카로운 면이 살을 베어 피가 흘러내렸다. 널브러진 천들 중에서 아무거나 집어 닦아내고 다시 바닥으로 던졌다.

조금 전까지 울부짖던 남자가 맞나 싶을 정도로 칸은 침착했다.

"네, 무사하십니다. 간간이 잘 계신지 살펴보겠습니다."

"미행이 붙을 수도 있으니 않게 항상 신중하고. 그나저나, 헤크란 쪽의 움직임은?"

"국경에 비밀리에 심어논 자객들에게서 연락이 왔는데 군대가 움직이는 조짐이 보인다고 합니다. 코아쿤과 자로, 유토라입니다."

코아쿤과 자로, 유토라는 룩센 바로 옆에 있는 나라로 왕래가 잦았다. 백성들도 자유롭게 넘나들기도 했는데, 유토라의 왕위가 5년 전에 아들에게 넘어가면서 우호적이던 사이가 점점 멀어졌다. 그 뒤 레인강 때문에 호시탐탐 룩센을 노리고 있다는 소문은 들었다.

그 이후 세 나라가 룩센을 배척한다고 생각해 주의 깊게 살펴봤건만, 아니나 다를까, 헤크란이 물밑 작업을 하고 있었다.

"소란이나 하이겐은?"

"특별한 움직임이 포착되진 않았습니다."

"내 설득이 먹혔나 보군."

신시아를 샤이크에게 맡겨놓고 빠르게 대처한 결과였다. 칸이 하이겐의 국왕을 만났을 때 뜨뜻미지근한 반응을 보이더니 이번 일에는 빠진 듯했다.

"마음을 놓지는 말도록 해. 헤크란이 시아가 사라졌다고 믿던 가."

"네, 림께선 신시아 님이 다른 세계로 가셨다고 믿고 있습니다. 의심하는 기색은 조금도 보이지 않았어요. 오늘 알현을 청한 신하들은 어떤 이야기를 했습니까?"

"예상대로 시답잖은 소리들만 늘어놓더군. 적당히 맞춰줬어. 흠. 3일 동안 연기를 할 일이 막막해."

소리를 질렀더니 목과 머리가 아팠다. 쉴 새 없이 눈물을 흘려야 하는데 이것도 고역이다.

"완벽한 연기였습니다."

아문은 달인의 경지에 오른 헤크란과 맞먹을 정도라고 생각했다.

"놀리지 마."

칸이 탁자 위에 있는 찻잔과 받침을 들어 벽을 향해 던졌다.

쨍그랑! 쨍그랑! 파열음이 연이어 두 번 들렸다. 밖에서 대기하는 인원들을 계속 속이기 위해서였다.

산산이 부서지는 조각을 본 아문은 칸에게 고생하라는 위로를 남기고 자리를 떠났다. 그는 조용한 발걸음으로 주위를 살피며 별궁으로 향했다.

별궁 안쪽에 마련해놓은 비밀의 방에는 덩그러니 침대 하나만 자리 잡고 있었다. 그는 침대 위의 천으로 둘둘 싸매져 있는 크고 길쭉한 보따리의 위쪽을 풀었다.

조심스럽게 서둘러서.

천을 풀어 헤치자 여자의 얼굴이 나왔고, 그녀는 동생인 신시아
였다. 모래와의 마찰로 입고 있던 옷이 여기저기 해어진 상태라 다
풀지는 못했다. 시녀가 있다면 옷을 갈아입혔겠지만, 은밀하게 진
행하고 있는 일이기에 그럴 수 없었다.

"로아라도 부를 걸 그랬나?"

하지만 로아가 보이지 않는다면 헤크란은 곧바로 의심할 것이
뻔했다.

헤크란이 신시아를 향해 주문을 외울 때 아문은 건너편 모래 언
덕 아래에 사제들과 몸을 숨기고 지켜보고 있었다.

그가 할 줄 아는 것은 오직 다른 공간을 여는 것이었다. 함께 간
두 명의 사제들은 아문이 열어둔 다른 공간에 신시아를 잠시 머물
게 했다가 데려오는 작업을 했다.

시간이 아슬아슬하게 맞아떨어져 다행이었다. 끝나고 나서 진
이 다 빠졌는데도 신시아를 별궁에 데려올 때까지는 긴장의 끈을
놓을 수 없었다. 별궁에 무사히 데려다놓고 급하게 칸에게 보고하
고 왔다.

신시아는 일이 해결될 때까지 당분간 수면 상태로 있을 것이다.
차원을 넘나드는 공간 안에 갇혀 있어서 몸에 무리가 갔을 텐데도
이만하면 잘 견뎌주었다.

"금방이야. 편안히 쉬고 있어."

그는 신시아의 머리 밑에 베개를 대주고, 얇은 이불을 덮었다.

다음 날, 칸은 어제처럼 올부짖으며 신시아와 함께 썼던 방과

집무실, 서재를 오가며 집기를 부쉈다.

급기야 신하들에게 난폭하게 굴자 이해한다면서 슬금슬금 피했다. 몇몇이 모여 칸에 대해 수군거리기도 했다.

"곧 좋아지시겠지요? 예전에도 길지 않았잖소."

"그렇다면 다행이지만 만약 오래간다면 걱정이지. 두 번째라 그런가, 저번보다 훨씬 심해진 것 같기도 하네."

"아문 재상은 뭐라고 합니까?"

"재상도 한숨만 내쉬더군. 걱정일세."

아문도 연기에 동참했다. 겨우 하루 지났는데 기다려보자는 신하들도 있었지만, 큰일이라는 아문의 말에 흔들리는 이들도 있었다. 그들이 많이 흔들려줄수록 헤크란은 쾌재를 부르며 한 치의 의혹도 없이 일을 진행하리라.

신시아가 사라진 지 이틀째부터 칸은 식음을 전폐했다. 물론 아문이 몰래 갖다 주는 음식을 섭취했으나 표면적으로는 살기 싫은 사람처럼 굴었다.

멍하니 초점 없는 눈으로 앉아 말을 걸어도 답하지 않고 나지막하게 신시아의 이름만 불러댔다.

저녁 무렵 헤크란이 비통한 얼굴을 하고 찾아왔다.

"정신을 차리십시오."

"……."

"헌, 산 사람은 살아야 하지 않겠습니까."

젖은 목소리로 헤크란이 애타게 부르자 칸의 눈동자가 움직였다. 말라서 쩍쩍 갈라진 입술 사이로 헤크란을 불렀다.

"형님, 시아가 없으면…… 전 살 수 없습니다."

칸은 두 눈동자에서 주르륵 눈물이 흘러내리자 헤크란이 안타깝게 바라보더니 그도 같이 울었다. 서로 껴안으며 우는 모습에 아문은 저절로 나오는 실소를 참느라 혼났다.

행여 헤크란이 눈치챌까 긴장되는 마당에 그들의 연기 대결을 보고 있으려니 머리가 지끈거렸다.

"카르카노, 내가 도와줄게. 이 형이 최선을 다해 널 도우마."

어느덧 헤크란은 현을 모시는 림이 아닌 '형'이 되어 칸을 위로했다. 그의 눈에서 계속 눈물이 흘러내리며 슬픔을 감추지 않았으나 입술의 한쪽 끝은 비뚜름하게 올라갔다.

3일째 밤이 되었다. 헤크란은 반쯤 미친 칸을 현의 자리에서 끌어내리기 위해 부지런히 신하들을 설득하고 다녔지만 실패했다. 3일은 너무나 짧은 시간이었다. 또한 칸이 예전으로 돌아올 것이라고 믿는 쪽이 우세해 그들의 도움 없이 밀어붙이기로 했다.

"아문, 제가 직접 군대를 이끌고 오겠습니다. 내일 궁 안으로 수월하게 진입할 수 있도록 만반의 준비를 해주세요. 나를 돕기로 한 이들이 연락을 줄 것입니다."

헤크란은 당일까지 자신의 편에 있는 신하들의 존재를 감췄다. 그놈들을 뿌리 뽑기 위해서라도 아문은 끝까지 헤크란을 돕는 척하였다.

"네, 미리 처리하겠습니다. 현은 걱정하시 마십시오. 지금 온전한 정신이 아니라 순순히 잡힐 것입니다. 지하감옥에 가둬뒀다가 적당한 때에 처리하시면 됩니다."

"역시, 아문 그대는 기회를 잡을 줄 아는 사람이라 좋아요."

"감사합니다."

"다시 만날 땐, 저를 현이라 부르셔야 합니다."

방금 칸을 현이라 칭한 것이 마음에 들지 않았는지 헤크란의 음성에서 냉기가 흘렀다. 아차, 싶은 아문이 얼른 허리를 숙였다.

"죄송합니다. 당장에라도 불러드릴 수 있습니다."

"아니에요, 아니에요. 위치에 맞게 불러야 맞죠. 그럼, 나는 먼저 갈 테니 내일 봐요. 잘 부탁합니다, 아문 재상."

"내일 뵙겠습니다."

헤크란이 궁 밖으로 빠져나간 것을 확인한 아문은 신시아를 살펴보고 칸의 집무실도 들어갔다. 칸은 총사령관과 내일 일에 관해 논의 중이었다.

아문이 칸의 옆에 앉았다.

"림께서 일을 도모하러 궁 밖으로 나가셨습니다."

앞으로 일어날 상황에 대해 총사령관에게 미리 말을 해두었으나, 그는 룩센의 림이자 칸의 형인 헤크란이 반역을 꾀한다고 믿지 못했다.

총사령관도 칸의 연극을 보고 있으면서 이렇게까지 하는 데에는 이유가 있으리라 생각은 했다. 그래도 계속 설마, 설마 했는데 헤크란이 궁 밖으로 나갔다는 아문의 보고를 듣자 조금 실감 났다. 총사령관이 굳은 표정을 하고 칸에게 물었다.

"저는 아침 일찍 군대를 궁 뒤편에 배치하고 있으면 되는 겁니까?"

궁의 뒤쪽 지대가 높아서 아래에 숨어 있으면 들킬 염려는 없었다.

"헤크란의 군대가 안으로 들어와 때가 되면 궁 안에서 뿔나팔을 불 걸세. 그때 덮치도록 해."

"뒤에서, 그러니까 한편에서만 밀고 가면 도망치기 쉽습니다. 차라리 방사형으로 배치하는 편이 더 좋지 않을까요."

"도망칠 구멍을 만들어주는 것도 나쁘진 않지. 막다른 길에 부딪혀 절망하는 모습을 구경하고 싶기도 하군."

기억에는 없지만 과거 신시아를 잃었을 때의 기분을 요즘 체험하고 있었다.

떠올려보는 것만으로도 이렇게 가슴이 찢어지는데 그때의 자신은 어땠을까. 그리고 그를 대신해 다른 세상으로 가야 했던 그녀는 얼마나 절망했을까.

헤크란, 너도 똑같이 느끼도록 해주리라.

환희에 차올라 온 세상이 네 것 같을 때, 모두 끝난 줄 알았을 때 빼앗아주겠다.

"무슨 일이 있어도 헤크란이 나를 찾기 전에 움직이면 안 돼."

내 손으로 처리해야 하거든.

의자에서 일어난 칸이 벽에 걸어둔 제 검을 뽑아 천으로 닦았다. 눈을 가늘게 뜨고 날을 세워 살피는 모습에 총사령관은 침을 꿀꺽 삼켰다.

아주 가끔 칸이 이럴 때가 있었다. 늘 차분함과 이성을 유지하다가도 잔인해지는 면이 있었다.

아무리 형과 우애가 없다지만 혈육이 아니던가. 총사령관이 고개를 절레절레 저었다.

다음 날 아침은 여느 날과 같았다.

비록 현이 슬픔에 빠져 있었지만 각각의 할 일을 해야 했다.

궁의 입구를 지키는 사병들은 교대를 하며 하루를 시작했다. 밤을 새운 사병과 이제 막 출근한 사병이 서로를 확인하고 절차대로 보고하며 위치를 바꾼 순간이었다.

"어! 큰일 났습니다!"

성벽의 전망대 위를 지키고 있던 사병의 외침이 들려왔다.

"왜 그래?"

둥, 둥, 둥. 북소리가 들리고 땅이 울렸다. 이상함을 감지하고 눈길을 돌렸다. 저 멀리 모래뿐인 사막의 끝에서 수평으로 길게 거대한 먼지바람이 일었다. 다가오는 속도가 심상치 않다.

"안에 들어가서 보고하겠다!"

허겁지겁 상부에 알렸고, 소식을 들은 아문이 칸에게 전했다. 함께 있던 신하들에게 알리지 않고 칸은 또 한 번의 미친 연기의 열을 올렸다.

"으악! 시아를 찾아내! 찾아내란 말이다!"

우당탕탕! 쨍그랑!

아문은 가만히 칸을 지켜보기만 할 뿐, 말리지 않았다. 칸이 깨진 사기 조각을 들어 자해를 했다. 그러자 옆에 있던 신하들이 놀라며 어찌해야 하냐고 아문에게 묻는다. 그는 질문에 기계적으로 기다리라 답을 반복하고 있다.

날아오는 물건들을 맞기도 하고 피하기도 하며 아문은 신하들의 행동거지를 탐색하였다.

저들 중 수상한 이들은 이미 파악해두었다. 다만 그들이 맞는지 확실한 증거가 필요했다. 그들이 아문에게 오늘이면 접근할 거라고 했는데 아직 잠잠했다.

분명 헤크란이 이곳에 들이닥치기 전에 존재를 드러낼 텐데, 혹시 눈치챘나.

그때였다. 누군가가 주위를 살피며 조심스럽게 다가왔다.

"잠시 밖으로 나가시지요."

들릴 듯 말 듯 숨죽인 목소리. 은밀한 부탁.

헤크란을 돕는 자다.

고개를 까딱한 아문이 먼저 밖으로 나갔다. 잠시 후, 신하 4명이 나왔다. 칸과 아문이 염두에 두었던 인물들이다.

주위를 살피던 아문이 넌지시 물었다.

"저는 림께서 현이 계시는 여기까지 편안하게 진입할 수 있도록 길을 트는 역할입니다만, 어떤 일들을 하시는지?"

"저희는 이곳에 남아 카르카노를 따르던 이들을 처리하도록 하겠습니다."

칸을 현이라 부르지 않는 그들은 안에 있는 신하들을 모두 죽이려고 했다. 이건 생각하지 못했던 부분이었다. 어떻게 할지 아문은 머리를 빠르게 회전했다. 칸에게도 알려야 하는데 이들 모르게 어떻게 한다?

그렇다고 아문이 지금 이들을 처리할 수는 없었다. 2명이라면 어찌해보겠는데, 4명은 역부족이었다.

곧 헤크란의 군대가 궁으로 침입할 시간이 다가오고 있었다. 아문의 이마에 땀이 송골송골 맺혔다.

"안에 있는 분들을 모두 처리하는 건 너무 극단적인 처사가 아닙니까."

이런 말로 그들이 생각을 바꿀 리가 없다는 건 알지만 일말의 가능성이라도 두고 싶었다.

"새 술은 새 부대에 담아야지요."

이 정도는 짐작했어야 한다. 헤크란이라면 충분히 그러고도 남을 사람이건만, 왜 예상하지 못했던가.

다시 안으로 들어가 칸 근처에 간다면 이들의 의심을 살 것이다. 하지만 이들은 검을 다루는 자들이 아니라 도리어 칸에게 당할 수도 있을 텐데, 이리 자신하고 있는 이유가 분명히 있다.

아문이 이맛살을 찌푸렸다. 도대체 뭘까.

"설마 직접 나서신다는 것은 아니시지요? 다치실까 걱정이 됩니다."

"뛰어난 실력을 가지고 있는 자객을 여럿 숨겨뒀습니다."

역시.

자객을 준비했다면 이대로 칸에게 알린다고 한들 방법이 없었다. 본인들 말처럼 어설픈 자들을 자객으로 고용하진 않았을 테고, 총사령관은 지시를 기다리며 자리를 비운 상태였다.

그나마 다행이라면 칸을 호위하는 페론이 곁에 있다는 점이었다. 그들이 칸을 해칠 가능성은 적었다.

헤크란이 직접 나서 칸을 처리할지, 아니면 아문의 조언대로 지하감옥에 가둘지는 모르지만.

자객의 수가 몇이나 될까.

아문은 복도에 지키고 있는 병사를 세었다. 이들이 자객을 감당할 수 있으려나.

잘못하다간 칸이 위험해질 수도 있는 노릇이라 계획을 바꿀까

했으나 신신당부하던 칸 때문에 고민했다.

'무슨 일이 있어도 헤크란이 나를 찾기 전에 움직이면 안 돼.'

머리가 터질 듯이 고민한 아문이 결론을 내렸다. 칸과 페론을 믿는 수밖에.

이제 그는 헤크란이 쉽게 들어오기 위한 준비를 하러 가야 했다.

"전 그럼 가보겠습니다. 나중에 뵙지요."

배신자들을 향한 눈빛을 감추며 자리를 떠났다.

그는 돌아다니며 사병들을 궁 뒤편으로 가라고 일렀다. 절대 각자의 위치에서 벗어나면 안 된다고 교육받은 사병들이었으나, 재상인 아문의 명령이라 의문을 가지면서도 따를 수밖에 없었다.

궁 뒤편으로 간 사병들은 총사령관의 군대에 합류해 함께 싸울 것이다.

아문이 말을 타고 궁의 입구로 향했다. 입구에서 잔뜩 경계 태세를 갖추고 있는 그들의 어깨를 두드렸다.

"여기를 떠나라."

"적의 침입으로 보이는 상황인데 떠나라니요!"

점점 가까워지는 모래먼지를 바라보며 다급하게 외쳤다.

"궁의 뒤편으로 가면 총사령관이 기다리고 있을 거야. 거기에 합류하면 된다."

"여기가 가장 중요하지 않습니까!"

"그런 생각도 못 했을까 봐? 말 들어. 괜히 여기 있다가 개죽음 당하지 말고."

"하지만!"

"어서!"

말발굽 소리가 마치 천둥소리처럼 들려오는 걸 보니 금방 당도할 모양이었다. 뿌연 먼지 사이로 말 머리가 드러났고, 선두에서 군대를 이끄는 헤크란이 보였다.

"빨리 가라!"

망설이던 다리가 아문의 재촉에 빨라지더니 입구를 지키고 있던 사병들이 뒤로 돌아 달렸다. 대충 눈으로 숫자를 가늠했다. 앞쪽은 마병이니 뒤쪽은 보병일 것이다. 예상보다 적었지만 그래도 어마어마한 군대였다.

순식간에 바로 앞까지 다가오는 군대를 보며 긴장하지 않을 줄 알았는데, 등에서 식은땀이 흘러내렸다. 말을 탄 채로 다가오는 헤크란과 반대로 아문은 말에서 내려 허리를 숙였다.

"아문, 준비가 되었나요?"

"궁을 비웠습니다."

"비워요?"

되물은 그가 고개를 갸웃했다.

"편하시도록 사병들을 모두 물렸습니다."

"아, 그랬군요."

너무 쉬우면 재미없는데, 하고 중얼거리는 헤크란.

아문은 슬쩍 그의 얼굴을 슬쩍 훔쳐봤다. 열려 있는 문 너머로 궁 안쪽을 바라보는 눈빛이 번뜩였다.

"카르카노는 우리가 오는 걸 모르고 있나요?"

"제가 보고를 받아 알리지 않았습니다."

"흐음."

너무 티가 났다. 조심성 있는 사람인데 이 부분에서 간과하고 말았다.

사제들에게 궁 안은 물론이고 근처에도 잡신이 다가올 수 없도록 하는 중이나, 만약 헤크란이 신접을 시도해 성공한다면 일이 복잡해진다.

"하지만 안에는 사병들이 있으니 쉽지만은 않습니다."

"네, 알겠어요. 이제…… 들어가죠."

다행히 헤크란은 의심하지 않았다. 그가 말을 돌려 검을 든 손을 높이 올렸다.

"모두 들어라! 이제 새 시대가 도래하리니 나를 따르는 그대들은 합당한 대가를 누리리라!"

와아아! 한꺼번에 지르는 함성이 고막을 찢을 것처럼 컸다.

오로지 헤크란을 믿고 따라온 사람들인데 잘못된 길을 선택한 그들에게 남은 건 죽음뿐이리라. 지금이라도 알고 떠나면 좋으련만 이탈하는 사람은 없었다. 보아하니 이번 일로 얻고 싶은 게 많은 사람들이었다. 조금 더 안전하고 정당한 길을 택하였다면 자신에게 정해진 운명만큼은 살았을 그들이 한편으로는 안타까웠다.

끊어지지 않을 것 같았던 함성이 헤크란의 손짓에 의해 조용해졌다.

"카르카노의 목은 내가 직접 처리한다. 현의 목숨에 대한 죄를 내게 돌리도록 할지니 겁내지 말고 싸워라!"

둥, 둥, 둥! 와아아아! 세게 두드리는 북소리와 더욱 커진 함성이 뒤섞여 시끄러웠다.

헤크란이 말의 옆구리를 찼다.

"이럇!"

그가 문을 통과하자 뒤를 따르는 누군가가 길게 호각을 불었다.

삐익-! 그 소리와 함께 아문은 재빨리 말에 올라타 칸이 있는 곳으로 달렸다.

헤크란이 칸이 있는 방으로 들어감과 동시에 뿔나팔을 불어야 한다. 아문은 제시간에 늦지 않도록 박차를 가했다.

칸과 페론은 5명의 자객들과 대치하고 있었다.

함께 있는 신하들은 자객의 등장에도 놀랐지만, 지금까지 신시아를 찾으며 미쳐 있었던 칸이 한순간에 정상으로 돌아오자 어안이 벙벙했다.

"현에게 해를 끼칠 생각이 없습니다. 저분들만 내어주시면 됩니다."

자객 중에 하나가 검으로 신하들을 가리키며 말했다.

"초대하지 않은 손님이 왔군."

칸은 왕좌에 앉아 팔걸이에 턱을 괴었다. 이것들을 어떻게 처리한다?

그의 옆에서 목숨을 잃을까 떠는 신하들은 대부분 싸움과는 거리가 멀어 이런 상황에서 하등의 도움도 되지 않았다.

제 몸 하나만 스스로 지킬 수 있다면 얼마나 좋을까. 앞으로 신하들도 검술 훈련을 시키든지 해야지.

"룩센에 꼭 필요한 자들이야. 내 목숨과도 같으니 이들을 해치는 것은 나를 해치는 것과 같다."

그는 자객들을 둘러보며 느긋하게 일어났다. 뒤쪽의 벽으로 걸어가 걸려 있는 검을 잡았다. 그 모습을 본 신하 중 한 명이 다급하게 말렸다.

"저희는 괜찮습니다! 부디 목숨을 보존하십시오."

"위험하니 떨어져 있어."

다다다! 챙!

칸이 검을 휘두르며 달려 나가 자객의 칼과 부딪쳤다. 곧이어 페론도 싸움에 동참했다. 칼이 부딪치고 서로의 날이 갈리며 쇳소리가 가득 울렸다. 살이 베이고 찔려 간간이 신음도 들려왔다.

푹!

"으윽!"

그의 검에 베인 자객에게서 피가 솟구치고, 끝내 바닥에 쓰러졌다. 하지만 하나를 베어내면 또 하나가 나타났다.

아무리 체력이 좋은 칸이라도 이렇게 계속되었다간 지칠 것이 분명했다. 이런 조무래기들에게 체력과 시간을 허비할 수는 없다. 어서 헤크란이 오기만을 기다렸다.

와아아아아! 함성이 들려왔다.

왔구나!

갑자기 자객들의 숫자가 늘어났다. 눈짐작으로 어림잡아 족히 열대여섯은 되어 보였다. 자객들이 반원을 그리며 섰다. 그들의 눈빛에서 더는 지체할 수 없음이 읽혔다.

칸은 페론과 눈빛을 교환하고 누가 먼저랄 것도 없이 그들을 향해 달려들었다.

휙!

"하나."

푸욱!

"둘."

칸은 자신의 칼에 쓰러지는 자객의 수를 세며 그중 한 몸에 칼을 꽂았다.

"셋."

그때였다. 쾅! 순간 육중한 문이 거칠게 열렸다.

헤크란과 그를 따르는 무리였다. 그는 칸과 싸우는 자객들에게 그만하라는 손짓을 보냈다.

"현, 미치지 않으셨군요."

"잠시 정신을 놓기는 했었습니다. 흐음, 그런데 이제 형님이 미치신 듯합니다만."

둘 사이에서 눈에 보이지 않는 팽팽한 접전의 기운이 흘러 홀을 꽉 채웠다. 상황을 예의 주시하던 칸 쪽의 신하가 '아!' 하고 옅은 신음을 흘렸다.

어떻게 돌아가는지 순식간에 파악이 되었다.

"저들을 순순히 내어주세요. 아우를 다치게 하고 싶지 않아요."

헤크란이 자신의 허리춤에 달린 칼을 잡았다. 승자의 여유만만한 미소를 짓고.

"머리 좋은 현께서도 사태를 감지하셨지 않습니까. 아니, 이제 현이 아니죠. 아무튼 어차피 이제 끝났습니다. 소중한 목숨 잘 붙들어야죠."

"과연……."

피로 물든 옷을 입은 칸의 입술 끝이 묘하게 비틀어졌다. 그는 제 뺨에 묻은 피를 손가락으로 닦아 옷에 문질렀다.

"끝났다고 생각하나, 헤크란?"

헤크란의 얼굴에서 미소가 사라졌다.

"이미 궁은 제 군대가 점령했습니다. 밖의 소리는 못 들었나요? 지금 제 뒤에 있는 병사들의 수가 몇인지는 아십니까?"

점점 헤크란의 목소리가 격앙되었다.

"뭐, 얼마나 되겠어. 고작 네까짓 게 데려온 병사가."

"카르카노! 너는 이런 순간까지도 형인 나를 업신여기는구나!"

흥분의 정점을 향해 나아가는 걸까. 지위고하를 막론하고 상대에게 언제나 존댓말을 쓰는 그의 어투가 변했다.

"헤크란, 난 널 단 한 번도 무시한 적이 없었어. 그저 넌 내게 남이었을 뿐. 내가 남들 대하는 것처럼 했다. 하지만 그건 너도 마찬가지잖아."

늘 웃음기를 머금고 있던 헤크란의 눈이 포악하게 변하기 시작했다.

칸이 헤크란을 보며 미소를 지었다. 피 묻은 칼을 앞에 쓰러져 있는 자객의 옷자락에 슥슥 닦아냈다.

"헤크란, 이제 와 형제애를 따지려는 건가. 혹 혈육의 정 따위를 논하려는 거야? 그랬다면 이런 일은 벌이지 말았어야지. 이건 너무 멍청하잖아."

분개한 헤크란이 부르르 떨자 칸은 '너쯤이야.' 하는 눈으로 헤크란을 내려다봤다.

"들어라! 카르카노는 내 몫이다! 전부 쓸어버려. 개미 새끼 한 마리도 남기지 말고 모두 죽여라!"

헤크란의 명령에 그의 뒤에 있던 병사들이 밀물처럼 밀려들어왔다. 이 순간이 오기만을 기다린 칸이 칼을 들고 헤크란을 향해 날아올랐다.

그때.

뿌우우우우.

뿔나팔 소리가 궁 안을 진동했다. 한 번, 두 번, 세 번.

밖에서 함성이 들려왔다. 뭔가가 잘못되어가고 있음을 느꼈는지 헤크란의 눈동자가 흔들렸다.

곧이어 칼이 부딪치는 소리, 비명 소리, 활이 날아다니는 소리가 섞여 복잡한 소음이 되었다.

"뭐 하고 있어?"

헤크란은 어깨를 향해오는 칼을 급하게 막아냈다.

"헤크란, 이런 중요한 순간에 딴 데 정신을 팔면 안 되지."

다시 칸이 공격을 가했고, 얼이 빠져 있었던 헤크란이 겨우 받아쳤다. 그는 어찌 된 영문인지 알기 위해 비상한 머리를 급속도로 회전시켰다.

"샤이크!"

칸의 외침에 헤크란은 또 놀랐다. 갑자기 샤이크가 여기에 왜! 샤이크는 궁 밖에서 병력에 힘을 보내주고 있는 중인데.

"아 씨, 기다리느라 다리에서 쥐 나는 줄 알았다."

천장에서 긴 줄을 타고 샤이크가 내려와 가볍게 착지하였다. 이어 얼굴에 문신을 한 검은 바람의 무리가 줄을 타고 내려와 병사들과 싸우기 시작한다.

"샤, 샤이크. 네, 네가…… 네가!"

더듬더듬 겨우 말을 이어가는 헤크란의 눈에 핏대가 섰다.

"룩센의 림이라는 놈이 그렇게 무녀서야. 철석같이 믿었다가 배신당한 기분이 어때? 이제 와서 뭘 어떻게 하게? 으하하하하하!"

샤이크가 호탕하게 웃었다.

'검은 바람의 수장이라는 놈이 그렇게 무녀서야. 나 맞아. 그래서? 이제 와서 뭘 어떻게 하게?'

샤이크는 헤크란에게 겪었던 수모를 고스란히 돌려주었다.

"언제부터 속였는지 궁금하지 않아? 들으면 엄청 놀랄걸. 하지만 유감스럽게도 난 알려줄 마음이 없다."

샤이크가 낄낄 웃자 칼 손잡이를 쥐고 있는 헤크란의 손이 부들부들 떨렸다. 그가 샤이크와 칸을 상대로 이길 가능성은 너무 낮았다. 그리고 샤이크가 칸을 도왔다는 건 검은 바람의 무리가 자신의 적이 되었다는 뜻이다. 게다가 밖의 함성 소리의 크기는 검은 바람무리의 것만이 아니다.

분하지만 우선 여기를 빠져나가는 것이 먼저였다. 헤크란이 샤이크와 칸을 노려보며 슬글슬금 뒷걸음질을 쳤다.

"어이, 헤크란. 도망가게?"

샤이크가 비죽거리며 칼을 뽑았다.

"샤이크, 헤크란 욕심내지 마라."

칸의 말에 아쉬운 듯 입맛을 쩝쩝 다신 샤이크.

"알았어, 알았어. 양보하기로 했으니까 네 마음대로 해. 자, 그럼 나는 오랜만에 사냥을 즐겨볼까?"

양손으로 칼 손잡이와 날의 끝을 잡고 기지개를 켠 샤이크는 싸움판이 벌어진 무리 사이로 뛰어 들어갔다.

눈치를 보던 헤크란이 얽혀서 싸우는 사람들 사이를 비집고 도망가자 칸이 뒤쫓았다.

의외로 복도는 한산했다.

헤크란은 의아하게 여기며 밖으로 뛰어나갔다. 그는 입구 앞에서 우뚝 멈췄다.

끝이 보이지 않는 넓은 정원에 병사들이 얽혀 있었다. 눈대중으로 봐도 제 쪽이 불리했다. 어떻게 된 거지? 보이지 않았던 병사들이 별안간 어디서 나왔을까.

칸이 천천히 걸어 나왔다. 낮게 울리는 휘파람 소리가 마치 승리의 전주곡처럼 들렸다.

"총사령관이 지휘하는 군대가 숨어서 적절한 시간을 기다리고 있었다. 넌 샤이크에게도 속았지만 아문에게도 속았어."

털썩. 헤크란이 자리에 주저앉았다. 아문마저.

여기까지 오면서 그려왔던 완전한 미래가 깜깜한 암흑 속으로 빨려 들어간다.

한 발자국만 내디디면 움켜쥘 수 있었는데. 손만 뻗으면 잡을 수 있었는데. 아니다, 이렇게 끝낼 수는 없다.

헤크란은 혼란스러운 머릿속을 추스르며 자리에서 일어났다. 다리가 떨린다.

"여기서 살아남아 궁 밖으로 나가봤자 모두 죽는다. 거기선 검은 바람의 무리가 나오는 족족 처리하고 있거든."

"너! 너 이놈!"

헤크란이 양손으로 칼을 잡고 칸의 가슴을 향해 달려왔다.

왠지 몸이 원하는 대로 움직여주질 않았다. 고장 난 기계처럼 사지가 멋대로 흔들린다. 관절이 삐걱거린다. 그때 칸이 몸을 돌려 피하며 헤크란의 복부를 베었다.

스윽. 옷자락이 떨어지고 벌어진 맨살에서 피가 스며 나왔다. 곧 주르륵 흘러내려 바닥으로 툭툭 떨어진다.

헤크란이 멍하니 베인 제 배를 내려다봤다. 피가 흘러내리는 상처에 가느다란 실 가닥이 붙었다.

칸은 충분히 그를 죽일 수 있었는데 상처만 냈다. 이 실 가닥은 독인가.

상처 부위에 아무런 반응이 없는 걸로 봐서 독은 아니었다.

그럼 왜 베기만 한 거지. 형이라고 차마 죽이지 못하는 건가. 멍청한 놈. 그래서 넌 내게 안 된다.

다시 칼을 단단히 붙잡고 달렸다. 칸을 향해.

하지만.

결과는 조금 전과 같았다. 팔뚝이 베였다.

다시 칸에게 덤볐다. 도망치지 않을 것이다.

"내, 기어이 너를 죽이고 말겠어!"

헤크란의 흰자위가 붉게 충혈됐다. 이를 물고 내뱉은 말에 칸은 팔을 벌리며 어서 오라는 제스처를 취했다.

궁을 치기로 한 것이 판단 오류였다. 장소가 궁만 아니었다면 잡신을 소환해 이 정도는 가볍게 해치울 수 있었다. 이가 바득바득 갈렸다.

"칸?"

헤크란은 뒤에서 들려오는 여자의 목소리에 고개를 돌렸다.

룩센의 신이 저를 버리지 않았다. 그의 눈앞에 이상한 옷을 입은 신시아가 서 있었다. 금방이라도 쓰러질 것처럼 몸이 휘청거리며.

사색이 된 칸이 소리를 질렀다.

"시아! 뛰어! 도망가!"

그녀가 예정되었던 시간보다 빨리 깨어났다. 난장판인 이곳까지 어떻게 왔는지는 중요하지 않았다.

헤크란이 그녀를 향해 뛰기 전에 칸도 먼저 달렸지만 헤크란과의 거리가 훨씬 가까웠다.

"제길!"

신시아는 헤크란이 만든 공간 속에 갇혀 있어 체력이 떨어졌다. 거기다 의식을 잃어 3일 동안 물 한 모금도 섭취하지 못한 탓에 힘이 없었다.

그녀는 도망가라는 칸의 외침에 힘껏 내달렸으나 바람에 날리는 얇은 천 조각처럼 나풀거리기만 할 뿐이었다.

기회를 잡은 헤크란이 전력을 다해 뛰어 신시아의 손목을 낚아채 뒤로 끌어안았다. 예리한 칼날을 그녀 목에 대며 미친 듯이 웃었다.

"그녀를 놔, 헤크란."

칸이 조금씩 다가갔다. 두려움에 떨고 있는 신시아의 눈빛이 불안하게 흔들렸다.

"신시아를 살리고 싶으면 칼 버려."

"그러지 말아요, 칸."

신시아가 고개를 저었다. 떨리는 목소리에 간절함이 깃들었다.

"괜찮아. 곧 괜찮아질 거야."

딸각. 신시아의 목을 누르고 있는 헤크란을 보며 조심스럽게 몸을 낮추고 칼을 바닥에 놔뒀다. 양손을 머리 옆으로 들어 손이 비었음을 강조했다.

"으흐흐흐흐."

빤히 칸을 바라보던 헤크란이 웃었다.

"으하하하하!"

실성한 사람처럼 웃는 그의 몸이 들썩이자 칼이 조금씩 움직이며 신시아의 목에 생채기를 남겼다. 통증이 느껴졌지만 그녀는 신음을 꾹 참았다.

"헤크란! 칼 버렸어. 시아를 놔줘."

"어렸을 때부터 네 눈빛이 마음에 들지 않았어. 항상 날 내려다보는 그 눈빛 말이야. 그런데 어머니는 항상 너만 찾으셨지. 늘 나는 뒷전이었고. 신하들도 너를 많이 좋아했어. 그들은 어린 너하고 재미삼아 정사를 논하면서 나는 찾은 적이 단 한 번도 없었지. 왜일까? 왜 모두가 너만 떠받들고, 너만 찾을까 수도 없이 고민했다. 결론은 하나였어. 넌 현이 될 몸이니까!"

흥분한 헤크란이 거칠게 움직일 때마다 신시아의 목에 더 깊은 상처를 냈다. 신시아의 하얀 목에서 선명하게 붉은 선혈이 흘렀다.

칸은 헤크란을 달래 신시아를 놓도록 만들어야 했다.

"넌 아버님의 사랑을 받았잖아. 아버님은 나보다 널 찾으셨어."

"아니야! 아버님의 사랑은 포장일 뿐이었다. 동생에게 밀리는 내가 불쌍해서 동정했어. 나를 사랑했으면 네가 아닌 나를 현의 자리에 올렸어야지!"

"그렇게도 현의 자리가 탐난다면 가져라."

칸의 빠른 포기에 힘없는 신시아가 펄쩍 뛰었다.

"칸! 미쳤어요? 가지라니 뭘……. 앗!"

목으로 칼날이 더 파고들었다.

"내가 그런 말에 속을 거 같아? 신시아, 차라리 네가 죽어. 그래! 신시아가 죽으면 카르카노가 또 미치겠지. 더 간단한 방법이 있었는데 머리 아프게 왜 다른 세계로 보낼 생각만 했지?"

헤크란은 지금 당장이라도 신시아의 목을 벨 것처럼 굴었다. 그가 그녀의 목숨 줄을 쥐고 있는 이상 칸에게 뾰족한 수가 없다.

아문이나 샤이크가 있다면 좋으련만 자신의 위치를 지키느라 생각할 여력이 없을 것이다. 신시아만 아니면 어떻게 해볼 텐데, 방법을 찾지 못했다.

"으악!"

갑자기 헤크란의 비명이 들렸다.

신시아가 헤크란의 옆구리를 무언가로 찔렀다. 비명과 함께 헤크란의 힘이 느슨해졌고, 신시아가 재빠르게 그에게서 벗어났다.

손가락 하나도 까딱하기 힘든 그녀였는데 막상 죽음 앞에 서니 초인적인 힘이 발휘되었다. 칸은 그 찰나를 놓치지 않았다. 기다리고 있었다. 헤크란이 혼자가 되는 순간을.

칼로 더 베지 못한 게 아쉬웠지만 더 지체하다간 일을 그르칠 수도 있었다.

눈을 감았다. 칸이 배꼽 아래에 두 손을 모으고 아무도 들을 수 없게 조용히, 그리고 빠르게 주문을 외웠다.

그가 뭘 하는지 눈치챈 헤크란은 도망가려고 했지만 몸이 말을 듣지 않았다. 곧 이어 칸이 마지막 주문을 외웠다. 헤크란과 신시아가 들을 수 있도록 크게 외쳤다.

"룩센에서 살아가는 모든 생명을 주관하는 신이시여. 그대를 반(反)하는 이가 여기 있으니 거두어 가소서!"

겁먹어 눈이 커진 헤크란은 주위를 두리번거리며 덜덜 떨었다. 칸이 외문 주문이 무엇인지 알고 있었다.

그대를 반(反)하는 이.

자신을 지칭함을 헤크란도 알고 있었다. 그는 과거에 잡신을 룩센의 '모래의 신'으로 탈바꿈시켰다.

접신에 뛰어난 그였지만 룩센의 신관으로서 절대 해서는 안 되는 일이었다.

그래서 제 영혼을 두고 어둠과 거래를 했다. 룩센에서 섬기는 유일신이 언젠가 알게 될 날이 올 거라 생각했지만 오늘은 아니었다. 지금은 안 된다.

그는 도망가기 위해 몸을 틀었다.

접신의 능력이 조금도 없었던 칸이 어떻게 이럴 수 있는지, 신전을 제외한 궁 안에서는 불가능했던 접신을 그가 어떻게 하고 있는지 알고 싶은 것투성이였으나 우선은 도망쳐야 했다.

"칸, 안 돼! 이러지 마. 차라리 죽여!"

지금 칸의 목적이 무엇인지 안다.

"내가, 널 죽일 거라 생각했나."

칸의 눈빛이 더욱 이채를 띠며 빛나고, 입술의 중얼거림이 빨라졌다. 자신이 신시아에게 행했던 그대로 되돌려주려 한다.

발을 움직이려 애써도 꿈쩍도 하지 않았다. 겨우 왼쪽 다리를 앞으로 뻗는데 바닥으로 떨어지지 않고 허공에 박혔다. 마치 물속에서 허우적거리는 모양새로 박제가 된 듯한 꼴이었다.

칸에게 공격을 받았던 자리가 이글이글 타는 듯이 아파왔다. 고개를 숙이니 상처가 난 배에 붙어 있는 가느다란 실이 보인다. 반짝 빛을 낸 실에 불이 붙었다.

"으악! 으아아악! 떨어져! 떨어져!"

손톱보다 작은 불꽃이 커지며 헤크란의 하반신을 덮더니 곧이어 상체도 덮어갔다.

"이럴 수는 없어! 싫어! 싫어!"

눈 깜짝할 사이에 사람만 한 불꽃이 만들어져 헤크란을 덮었다. 새빨간 불꽃은 안에 있는 그의 형체를 까맣게 보이게 하였다. 그 안에서 몸부림치는 헤크란의 움직임이 그림자 같았다.

푸슉. 갑자기 물을 끼얹은 것도 아닌데 불이 꺼졌다. 소량의 까만 재만이 남아 헤크란이 있던 자리를 대신했다.

"어, 어떻게……."

놀란 신시아가 자리에 앉아 그 자리를 손으로 쓸었다. 가벼운 바람이 일더니 재가 날아간다.

어지러운 그녀는 손으로 머리를 잡았다가 헛구역질이 나와 입을 막았다. 계속 밀려오는 구역질에 상체가 앞으로 숙여지고 눈물이 흘렀다.

"시아!"

다급한 칸의 음성을 듣고 고개를 들었다.

달려오는 그의 형체가 흐릿하다. 물로 만든 장막을 덧댄 것처럼 칸의 모습이 흐물거리더니 주위가 어그러지며 녹아내린다.

어디선가 피어난 시뻘건 불꽃이 눈앞에서 타오르며 달려오는 칸을 가로막았다.

"아! 칸!"

그녀는 짧은 외마디 비명과 함께 타들어가는 어둠의 나락으로 떨어졌다.

16장

"언니!"

몸이 흔들렸다.

"언니이!"

주아 목소리에 눈이 번쩍 떠졌다. 걱정스러운 얼굴로 나를 보고 있는 내 동생.

"주, 주아니?"

"그럼 내가 나지, 누구야? 아니, 무슨 잠을 그렇게 깊게 자? 전화해도 안 받고, 벨을 눌러도 답이 없어서 가물가물한 도어록 비밀번호 떠올리느라 완전 고생했잖아. 어디 아파? 열은 없어 보이는데……."

내 이마에 손을 짚어본 주아가 제 이마에 손을 갖다 댔다. 멍하게 바라보고 있자 뺨을 가볍게 두드렸다.

"언니, 진짜 아픈 거 아냐?"

"주아야!"

자리에서 벌떡 일어나 주아를 안았다. 꿈인지 생시인지 구분이 되지 않아 손으로 등을 문질러보고 얼굴을 만졌다. 말랑말랑 살이 느껴졌고, 따뜻한 체온이 현실임을 알려줬다.

"내가 다시는 너 못 보는 줄 알고, 정말 못 보는 줄 알고, 흐으윽!"

터진 눈물이 멈추지 않고 흘렀다.

존재 유무가 확실치 않은 다른 세상 속에 사는 동생이라고 했지만 믿지 않았다. 어디에도 주아가 살았다는 증거가 없기에 부러 떠올리지 않으려고도 하였다. 그러나 모든 것이 생생했다.

부모님이 없이 자라며 함께 고생했던 날.

라면 하나를 두고 서로 양보하며 맛있게 먹었던 때.

내가 원하던 대학에 합격해 창피한 줄 모르고 길거리에서 소리를 지르기도 했었지.

주아가 결혼하던 날은 또 어떠했던가. 비어 있는 부모님석에 어린 내가 앉아, 제부와 동생의 인사를 받으며 울지 않기 위해 입술에 상처가 날 정도로 참기도 했다.

우리가 이렇게 살았는데 없던 일이 된다는 건 믿고 싶지 않다.

"아유, 오늘 우리 언니 오늘 왜 그러지?"

주아가 걱정할까 봐, 우는 날은 손가락으로 꼽을 정도로 없었다. 그런 나를 잘 아는 동생은 내가 울 때면 말없이 안아주었다.

"여기는 어떻게 온 거야?"

한참 동안 울다가 주아에게 물었다. 도대체 어떻게, 무슨 방법으로 룩센에 올 수 있었을까. 지난번에 칸이 동생을 부르는 건 어떻겠냐고 묻더니 데려온 건가.

뭐가 됐든 주아가 와서 기뻤다. 하지만 이어지는 주아의 답에 뛸 듯이 기뻤던 마음이 와장창 깨졌다.

"어떻게 오긴. 운전하고 왔지."

운전? 아, 아까 주아가 전화를 해봐도 내가 안 받는다 했고, 도어록 비밀번호 이야기도…….

그제야 뭐가 잘못되었음을 느끼고 주위를 둘러봤다.

벽에 걸려 있는 TV, 구석에 놓은 에어컨. 주아와 나는 소파에 앉아 있는 상태였다. 여기는 한국에 있는 내 집의 거실이었다. 어떻게 된 거지?

자리에서 용수철처럼 튀어 올랐다.

"언니!"

안방에 들어가 보고, 욕실 문을 열어봤다. 주방은 물론이고 드레스 룸까지 내가 기억하고 있던 집이었다.

그럼 칸은? 칸은?

다리에 힘이 빠져 털썩 주저앉았다.

"언니, 정신 차려. 왜 그래, 정말."

주아가 달려와 쓰러지는 몸을 붙잡았다.

주아를 만나고 싶은 소망은 간절했으나 그렇다고 칸과 헤어지고 싶은 마음은 없었다.

아아, 일이 왜 이렇게 되었는지.

그때 휴대폰 벨소리가 들렸다. 주아는 식탁 위에 있는 제 가방을 뒤적여 휴대폰을 찾았다.

"네, 어머니. 냉장고에 이유식 만들어놨어요. 네, 네. 그거 맞아요."

주아가 나를 살피며 통화를 했다. 상대는 사돈 어르신인가 보다.

"어머니, 저 많이 늦을 거 같아요. 언니가 아파서요."

휴대폰 너머로 놀라는 음성이 들렸다. 뭐라, 뭐라 묻는 소리에 주아가 고개를 끄덕이며 '네, 네.' 답하고 끊었다.

"너 배가, 배가……."

순간 주아가 사돈 어르신과 통화하며 이유식이란 단어를 꺼냈음을 떠올렸다. 그러고 보니 불러 있어야 할 주아의 배가 꺼져 있다.

"어제 나랑 통화도 잘했으면서 왜 그러는데."

주아가 훌쩍였다.

"우리 윤아 이름도 언니가 지어줬잖아. 시아, 주아, 윤아 하면 좋겠다고. '아' 자 돌림하자고. 어머니께서 미인인 이모 닮아서 좋다고 말했잖아. 지난 주말에 여행도 다녀왔잖아! 기억 안 나?"

하나도 기억이 안 나는데 어쩌면 좋지. 내가 기억하는 거라곤 룩센으로 가기 전의 일밖에 없었다.

꿈…… 이었나?

아니면 한국으로 돌아온 건가.

헤크란이 사라지며 날 다른 곳으로 보냈을까.

온갖 생각이 머릿속을 헤집어놓는다. 각오했던 일이나 당황스러운 건 어쩔 수 없었다.

"주아야. 나, 나 좀 잡아줘."

두 번 연속으로 놀란 탓에 몸에 힘이 들어가지 않았다. 부축하는 주아에게 기대 안방으로 들어가 침대에 누웠다.

꿈이라고 하기에는 룩센에서의 일이 너무 또렷하다. 세세하게 다 그려질 정도인데 정말 꿈이었던 거야? 내가 사랑했던 칸은 실존하는 인물이 아니었던 거야?

"왜 또 울어."

나도 모르게 눈물이 나왔나 보다. 주아가 손등으로 눈물을 닦아줬다.

"종일 밥 안 먹었지. 밥할 테니까 기다리고 있어. 먹고 나서 얘기해."

이불을 덮어주고 몇 번 토닥인 주아가 안방 문을 조금 열어뒀다.

냉장고 문이 열렸다 닫히고, 뭘 써는지 칼이 도마에 닿는 소리가 '딱, 딱, 딱.' 하고 들려왔다. 주방에서 들려오던 작은 소리가 점차 작아지며 들리지 않았다.

내게 사랑한다고 말하던 칸이, 뜨겁게 안아주던 그 남자가 곁에 없음을 어떻게 받아들여야 할지 모르겠다.

그러나 나는 언제나 그랬듯이 빨리 현실을 인정하게 되겠지. 그것이 너무 서럽다. 받아들이고 포기해야만 한다는 사실이.

"언니, 언니."

톡, 톡. 주아가 어깨를 두드린다.

나는 눈을 뜨기 전에 무얼 바랐을까. 잠깐 칸을 떠올려 주아에게 미안해졌다.

"밥 먹어."

설핏 잠이 든 줄 알았는데, 벌써 밖이 어두웠다. 젖은 솜처럼 무거운 몸을 일으켜 밖으로 나가 식탁에 앉았다.

두부와 애호박, 냉동실에 조금 있던 돼지고기를 넣어 끓인 맑은 찌개에서 모락모락 맛있는 김이 올라왔다. 노란 계란말이 안에 넣은 까만 김이 롤케이크처럼 예쁘게 말아졌다. 푹 익어 쉰 냄새가 났지만 반듯하게 잘라 하얀 접시에 담긴 김치가 맛깔스러웠다.

반찬이 세 가지뿐이지만 오랜만에 맡아보는 한국적인 향에 미소가 지어졌다.

내 눈치를 보던 주아가 얼른 숟가락을 손에 쥐어줬다. 국물을 떠서 입에 넣자 담백한 맛이 확 퍼진다. 주아를 봐서 억지로 먹기로 했는데, 생각보다 훨씬 맛있어서 저절로 손이 갔다.

내가 밥 한 공기를 싹싹 비우니 주아가 신났다. 그녀가 식탁을 정리하는 동안 원두커피를 내렸다. 룩센에서 마셨던 무카보다 훨씬 연한 편이었다. 샤이크는 약 같아서 무카가 싫다고 했었는데 이렇게 내리면 좋아하려나.

조금 원망했던 샤이크마저도 그립다.

주아가 찬장에서 꺼내준 머그잔에 커피를 담고 다시 식탁에 앉았다.

"괜찮아?"

지나가는 말처럼 내게 묻는다.

"응. 윤…… 아는 잘 크지? 제부도 잘 있고?"

내가 지어줬다던 이름이 정작 당사자인 나에게는 생소해서 잠시 머뭇거렸다.

"어제 통화하면서도 윤아랑 윤아 아빠 이야기 했었어. 기억 안 나?"

주아의 미간이 잔뜩 찌푸려 내 천(川) 자가 그려졌다. 어제 일이라면 기억이 날 법도 한데, 마치 겪은 적이 없는 일처럼 기억의 어디에도 없었다.

혹시 시간이 흐르면 지난 기억이 떠오르려나. 꿈이었던 룩센의 기억은 생생한데, 현실이었던 어제는 전혀 모르겠다.

"언니 우는데, 나 진짜 아까 심장이 벌렁거려서 혼났어. 솔직히 지금도 놀라서 멈추지 않는다."

"미안해. 내가 요즘 많이 피곤한가 봐."

"그래서 적당히 하라고 했잖아. 쉰다고 여행 갔으면서 다녀와서 왜 이렇게 강행군이야."

여행은 잘 다녀왔었구나. 꿈속에선 이집트 여행에서 룩센으로 가게 되었는데.

가만히 잔을 들어 커피를 마셨다. 아마 주아는 더 묻고 싶은 말이 많을 것이다. 피곤하다고 어제 일을 기억하지 못하는 게 말이 안 된다는 걸 알고 있으나, 내가 걱정이 되어서 참고 있음이 눈에 보였다.

"주아야, 행복하니?"

뜬금없는 질문에 주아는 고민하지 않고 답했다.

"행복은 왜?"

"궁금해."

"당연히 행복하지. 지금 내가 행복하지 않을 이유가 뭐가 있어. 윤아도 잘 크고, 윤아 아빠야 원래 나한테 잘하는 거 언니도 알잖아. 어머니께서도 항상 나 배려해주시고 오늘도 언니한테 놀러 가라고 윤아 봐주신다고 오셨어."

주아의 시댁 식구들은 참 좋았다. 시부모님은 고아로 자란 주아를 편견 없이 봐주며 어려운 형편에서도 잘 자랐다고 대견해하셨다. 시동생 내외하고도 사이가 좋아 자주 만나서 여행도 가고 외식도 자주한다고 들었다.

"근데 언니도 얼른 좋은 사람 만나 행복했으면 좋겠어."

"난 지금도 행복한데?"

"사람마다 행복의 기준이 달라 내가 강요할 수 없고, 꼭 결혼한다고 해서 행복하란 법도 없지만, 나는 동생이잖아. 그래서 내가 생전 처음으로 느껴보는 다른 종류의 행복을 언니도 알았으면 좋겠거든."

머그잔의 손잡이를 잡고 꼼지락대는 주아의 손가락에서 망설임이 느껴졌다. 뭔가 하고 싶은 말이 있는데 쉽사리 꺼내지 못하는 듯했다.

그럴 필요 없다는데도 주아는 내게 미안해하곤 한다.

세상에 단 하나밖에 없는 혈육. 칸과 헤크란처럼 남보다 못한 혈육도 있으나 우리는 오직 서로뿐이었다.

언니, 동생, 엄마, 아빠. 그 모든 역할을 내가 주아에게 했고, 주아가 내게 해줬다. 주아는 자신이 그 역할을 먼저 벗어난 것에 대해 늘 편치 않아 했다.

결혼했다고 사이가 멀어지진 않아도 예전과 같을 수 없음이 늘 마음에 걸리는 모양이었다.

"나도 네가 말하는 행복 알아. 연애 안 해본 것도 아니고."

연애라는 말에 칸이 떠올라 가슴 한쪽이 저릿한 통증이 일었다.

"있지, 언니."

주아가 내 손을 잡아 자신의 손으로 감쌌다.

"내 걱정 하지 마. 언니가 행복하다면 나는 괜찮아."

"뭐야, 갑자기 왜……."

"나 때문에 언니 고생 많이 했잖아. 그러니까 제발 내 생각하지 말고, 언니만 생각해. 이기적이었음 좋겠어. 좀 전에도 말했지만 나는 윤아도 있고, 윤아 아빠도 있고, 시부모님도 잘해주셔."

주아의 눈가가, 코끝이 빨갛게 물들어간다. 큰 눈망울에 눈물이 차올라 굵은 물방울이 후드득 떨어졌다.

"언니가 너무너무 보고 싶겠지만 참아볼게."

응? 이게 뭐지? 이 애가 무슨 말을 하는지 도통 알아들을 수가 없었다. 앞으로 계속 보고 살 건데, 내가 보고 싶을 거라니.

"주아야."

"건강하게 잘 지내. 행복해야 돼, 언니. 알았지?"

주아가 제 눈물을 닦아내며 예쁘게 웃었다. 눈앞이 부옇게 흐려진다.

또 머리가 어지럽고 속이 메스꺼웠다.

순간 알았다.

칸이 아닌 주아가 꿈이었구나.

네가 내 꿈속으로 나를 만나러 와줬구나.

우리는 이제 정말 이별이구나.

삼키지 못한 울음을 토해내며 떨리는 내 손을 주아가 놓지 않고 끝까지 잡고 있었다.

동생이 햇살처럼 반짝였다. 눈이 부셨다.

눈꺼풀이 무겁고 눈알이 뻑뻑하다. 전체적으로 눌리는 느낌이 있어 감은 상태에서 몇 번 굴려보다가 서서히 눈꺼풀을 들어 올렸다.

기하학적 무늬가 새겨진 높은 천장이 보였다. 나무로 만든 여러 개의 팬이 천천히 돌아가고 있다.

천장의 모서리에서 시작되는 기둥을 타고 내려오니 익숙한 벽과 창문이 보인다. 걸어둔 커튼이 옅은 바람에 살랑이고, 방 안 곳곳에 밝혀둔 초의 빛이 꺼질 듯 한들거렸다.

룩센의 방이었다.

"하아."

안도인지 실망인지 모를 작은 한숨은 내 것이었다.

주아를 만났던 건 그냥 꿈이었을까. 무심결에 얼굴을 만졌더니 축축했다. 손바닥으로 슥슥 닦아내고 주위를 둘러봤다.

칸이 침대에서 조금 떨어진 의자에 앉아 팔짱을 끼고 허리를 꼿꼿하게 세운 채로 잠들었다.

내 걱정으로 편히 잠들지 못했구나.

얇은 이불 속에서 나와 그에게 다가섰다. 그의 턱에 수염이 까슬까슬하게 자라나 있었다.

손가락 끝을 갖다 대자 그가 번쩍 눈을 떴다. 눈에 피곤함이 잔뜩 묻어 있지만, 눈빛만큼은 형형했다.

"너, 너!"

곧장 칸이 내 허리를 끌어당기고 배에 얼굴을 묻었다. 따뜻한 입김이 천을 통해 스며든다. 그리고 이내 젖어갔다. 이 남자가 나 때문에 울고 있었다.

"아, 다행이다. 다행이다."

낮게 중얼거리는 그의 머리를 쓰다듬었다.

"나는 널…… 또 잃는 줄 알았어. 깨어나줘서 고맙다."

넓은 어깨가 들썩인다. 숨죽인 울림이 피부를 통해 느껴졌다. 그는 그렇게 한참 동안 나를 안고 울었다.

잠시 후, 칸이 진정되자 조용히 물었다.

"나, 얼마나 누워 있었어요?"

"이틀."

소리 낮춰 웃었다. 겨우 이틀. 짧은 시간 동안 그는 천국과 지옥을 경험했으리라.

"이틀이면 길지도 않네요, 뭐."

"내겐 20년이었어."

두 손 가득 잡히는 그의 얼굴을 들어 올렸다. 수염이 손바닥의 여린 살을 찔렀다. 그사이 살이 빠졌는지 턱이 날카로웠다.

내가 없으면 안 되는 남자. 내가 전부인 남자.

안도하는 칸의 표정에 가슴이 뭉클하다.

"칸, 내 곁에 영원히 있어줄래요?"

그가 엷게 웃었다. 환하게 번지는 웃음이 근사하다.

"청혼하는 건가."

"네."

"선수를 빼앗겼군."

"누가 먼저 하면 어때요. 나와 결혼해주겠어요, 칸?"

상체를 숙여 그의 입술에 키스했다. 짧게 닿았다가 떨어지는 입술에서 아쉬움의 소리가 흘러나왔다.

"물론이지. 어떻게 싫을 수가 있겠어."

이번엔 그가 내 뒷목을 잡고 끌어당겨 입을 맞췄다.

"사랑해, 시아."

"사랑해요."

뜨거운 호흡이 서로를 감싼다. 칸이 이끄는 대로 움직여 그의 무릎 위에 앉았다.

내가 앞으로 머물러야 할 곳.

편히 쉴 수 있는 곳.

칸의 너른 품에 안겼다.

시간은 느긋하게, 또 바쁘게 흘러간다.

헤크란의 군대로 궁 안이 엉망이 되었다. 부서진 성벽, 쌓여 있는 시체들, 여기저기 탄 흔적.

그나마 다행이라면 궁의 내부는 거의 훼손되지 않았다는 점이었다. 그래도 복구시키기까지 제법 많은 시일이 소요됐다.

며칠 동안 음식물을 섭취하지 않아 몸의 기력이 쇠해졌으나 식사를 시작하니 금방 회복되었다.

헤크란이 칼로 찔렀던 목의 상처는 보기보다 심하지 않았다. 시간이 오래 걸리겠지만 관리만 잘하면 흉터도 옅어질 거라고 했다.

웬만큼 몸을 추스를 수 있게 되자 나도 복구하는 일을 도왔다. 처음엔 모두가 나서서 말렸다. 하지만 내가 굽히지 않고 의견을 피력한 끝에 나중에는 칸이 적극적으로 수용해주었다.

그렇다고 이제 병석에서 일어난 내가 도울 수 있는 일이 얼마나 크겠는가. 대개는 수고하는 이들에게 물이나 음식을 가져다주고, 더위를 식히는 데 조금이라도 도움이 되라 물수건을 제공하는 일뿐이었다.

"가만 보면 신시아 님도 고집이 세십니다."

뒤에서 물병을 들고 따라오는 로아가 말했다. 들고 있는 물병은 무겁고 날씨가 더워 대답할 힘도 없는 나는 묵묵히 걷기만 하였다.

"몸을 더 아끼셔야 해요."

로아도 내가 일을 도우는 걸 말렸는데, 앞으로 칸의 후손을 가져야 할 몸이라는 이유에서였다.

"로아, 내가 알아서 조절하며 일하고 있어요."

"일은 안 됩니다."

"룩센의 많은 여인들이 일을 하면서 살아요. 아이를 갖기 전에도 일을 하고, 갖고 있는 중에도 하고, 그 뒤에도 하죠. 내가 그들과 다르지 않다고 생각해요."

"다르십니다. 장차 룩센을 이끌어나갈 강하고……."

로아의 잔소리 아닌 잔소리는 일하는 내내 이어졌다. 그녀의 하고자 하는 얘기를 모르는 바는 아니다.

하지만 누워 있는 내내 많은 생각이 들었다.

헤크란이 벌인 일을 정리해야 하는 칸이 바쁜 탓에 우리의 결혼은 기약 없이 뒤로 밀렸다. 당연하기에 불만은 없었다.

다만 외모 때문에 어려서부터 보호만 받고 자라 칸의 여인으로 낙점되었던 나 자신에 대해 되짚어보는 시간이었다. 그리고 이에 대한 생각의 시작은 라리사였다.

나와 닮았다는 오래전, 현의 비.

당시 현을 도와 룩센을 광명의 시대로 이끌었다는 여인.

라리사와 외모만 닮았다는 평을 듣고 싶지 않았다. 그녀처럼 광명까지는 아니더라도, 아무것도 하지 않고 그저 자리만 지키는 비로 남을 수는 없었다.

룩센으로 돌아와서 살았던 곳은 물을 구하기 어렵고 지저분한 마을이었다. 쓰러져가던 흙집과 정반대로 호사스러운 생활의 끝장을 보여주는 카투스.

뭣 모를 때는 그저 카투스가 좋아 누리고 싶은 마음만 있었다면, 이제는 내가 살았던 마을과 같은 곳을 돌아봐야 한다는 의무감이 든다.

당장 무얼 할 수 있지는 않다. 궁 재건이 끝나면 서고에서 라리사의 기록을 보며 해야 할 일을 차근차근 정리하기로 하였다.

그리고 궁 안의 간단한 일을 돕는 것이 내 나름대로의 시발점이었다.

종일 움직이면 저녁 식사 시간부터 피곤이 몰려왔다. 며칠째 칸의 얼굴을 보기 힘들었다. 헤크란을 도왔던 나라들의 일을 마무리하느라 저녁을 함께할 수 없다는 연락만 취했다.

대신 항상 아문이 같이 먹어주었다.

그사이 그에게 많은 이야기를 들었다.

칸은 헤크란의 수상한 움직임을 진작 눈치채고 뒷조사를 했었다. 헤크란이 2년 동안 사라졌던 것은 나 때문이 아니라 반란을 준비하기 위해서였다.

그러나 룩센에서는 림보다 현을 따르는 무리가 워낙에 많아서 포기하고, 룩센 안의 몇몇 조력자들과 다른 나라의 도움을 빌어 일을 벌이려고 했다.

헤크란은 그사이에 나를 부르게 됐고, 그런 나를 찾으러 다니다가 우연하게 만나서 그런 일을 저질렀다고 하니 욕이 절로 나왔다.

헤크란을 씹어 먹어도 시원찮을 판이지만 어차피 죽어 사라진 사람에게 내 시간을 할애하고 싶지 않았다.

칸의 기억은 아직 돌아오지 않았다. 아문이 그에게 약을 먹인 것은 사실이라는 고백을 들었다.

그럴 수밖에 없었던 그는 진정한 나의 오라버니였다. 물론 한때 나에게 다른 감정을 가지고 있었지만, 별궁에서 본 나는 행복해 보였다고 했다. 그 모습에 칸을 믿었고, 복잡하고 어려웠던 감정이 생각보다 빨리 정리되었단다.

과거 내가 20살이었을 때.

아문은 헤크란의 이상한 의도를 파악하고 도와주는 척하면서 계획을 알아차렸다. 그래서 칸의 아버지, 즉 선대 현에게 사실을 알렸지만, 헤크란을 더 사랑하고 믿었던 그는 아문의 말을 귀담아 듣지 않았다.

뒤늦게 아문의 함고를 알게 된 헤크란이 이상한 마법을 걸었다. 아문이 헤크란의 계획을 알리려는 순간 죽는 저주. 그것이 실제로 일어날 수 있는지 아닌지는 모르겠으나, 그때는 헤크란의 능력이 엄청났기 때문에 믿었다.

도와달라는 협박을 가장한 부탁을 들어줄 수밖에 없었다.

'아문, 사막에서 접신을 하며 신시아를 다른 세계로 보내기 위해 억지로 카르카노를 먼저 보내려고 해요. 카르카노를 보내는 척하면 신시아는 분명 대신 달려들 테지요.'

헤크란의 계획을 듣고 아문이 선택한 것이 또 다른 접신이었다.

접신을 통해 헤크란이 만든 공간과 시간을 바꿀 수 있도록 하는 것이 그의 목표였다.

다행히 그의 노력은 성공했고, 헤크란이 의도했던 곳이 아닌 아문이 만든 공간, 즉 21세기 한국으로 나를 보냈다. 하지만 능력 밖의 일을 하느라 그의 신체가 늙는 결과를 가져왔다.

그 이야기를 들으니 미안했다. 지금도 잘생겼지만 나 때문에 그의 젊음이 사라졌다니 가슴이 쓰라렸다.

"당시에 신시아 님을 다른 세계로 보내며 마음이 갈렸습니다. 돌아오길 바라는 마음과 영영 돌아오지 않길 바라는 마음."

"왜요?"

"다시 돌아오셔서 현과 함께 행복해지길 바라면서도 만약 돌아와서 과거와 같은 일이 반복된다면 그처럼 끔찍한 일도 없지 않겠습니까."

"아, 그래서……."

아문은 후자의 마음이 더 컸기에 다른 세계로 빠져드는 내게 잘 가고 행복하게 지내라는 인사를 했던 것이다.

내가 사라지고 헤크란은 아문을 시켜 칸을 죽이려 했다.

헤크란이 지켜보고 있었기에 아문은 다른 약으로 교체하거나 칸에게 안 먹일 수는 없었다. 대신 몰래 다른 약을 섞어서 생명에 지장은 없었지만 기억을 잃게 되었다.

"신시아 님께서 떠나고 현께서는 비록 기억을 잃었지만 현으로서 부족함이 없었습니다."

칸은 가끔 기억 속에 희미하게 남아 있는 소녀를 떠올리곤 했지만 그가 집착한 부분은 소녀보다는 '칸'이라 부르던 이름에 대해서였다.

그가 기억을 잃은 상황에서 나에 대해 알려줄 수 없었던 아문은 재상으로 곁에 있으면서 헤크란을 주시하던 중, 칸의 호위무사였던 페론에게 나에 대한 소식을 접하고는 설마 했단다.

내가 궁에 들어온 날 직접 눈으로 보면서도 믿지 못했고, 서고에서 마주쳤을 때 비로소 나를 알아봤다.

과거와 같은 일이 벌어질 것을 아문은 예측했다. 칸에게 전부를 털어놓을까, 아님 나를 자각하도록 만들까 고민하던 차에 샤이크가 고맙게도 일을 벌여줬다.

바로 하얀색 가루.

아문은 아무리 구하려고 백방으로 알아봐도 손에 넣지 못했는데, 도둑이라 그런지 샤이크가 가지고 있었다. 거기다 내게 주기까지 했으니 룩센의 신이 우리를 도왔는지도 모르겠다.

아문이나 칸이 내게 아무 말도 하지 않았던 것은 헤크란을 완벽하기 속이기 위해서였다.

아! 그리고 별궁.

별궁을 관리하라고 명한 사람은 칸이었다. 물론 별궁이 어떤 곳인지 몰랐지만 가끔 그곳에서 쉬었다고 했다.

그럼 그렇지. 현이 자신의 궁에 있는 별궁을 모른다는 게 말이 되는가. 믿은 내가 바보였지.

내가 서서히 자각을 시작하면서 아문은 자신과 내 관계를 비롯해 과거 이야기를 칸에게 조금씩 했고, 아무리 신뢰하는 아문이었으나 칸은 처음엔 반신반의할 수밖에 없었다.

그리고 내가 샤이크와 헤크란을 추궁하던 날, 확실하지는 않지만 그때부터 아문의 말을 깊게 생각하고 어떻게 할지 고민을 시작했다고 한다.

별궁에서 조용한 만남을 추진하는 것도 칸의 제안이었다. 자신이 모르고 있는 과거와 현재를 모두 알 수 있는 유일한 방법이었으니까.

별궁에서 모두를 만나기로 한 날 아침. 그가 다른 때와 달리 내 몸에서 쉽게 떨어져준 것도, 자신은 바빠서 그날만큼은 시간을 낼 수 없다는 것도 이미 다 계획이었다.

어쩐지, 그날 뭔가 너무 쉽더라. 샤이크가 궁에 들어올 수 있도록 아문의 설득에 허락했다는 것도 너무 쉽게 풀린다 했지.

"현께서 돌아오신 신시아 님의 처음 만났을 때 오해를 하셨습니다. 신시아 님이 헤크란과 손을 잡고 움직이는 사람인 줄 아셨지요."

그래서 처음에 그렇게 살벌하게 대했던 거겠지. 그러나 운명은 그와 내가 다시 사랑에 빠지도록 해줬다.

과거에 샤이크는 헤크란의 협박으로 그를 도왔다. 그러나 그도 헤크란 못지않은 연기자였다.

여관에서 재회했을 때, 처음엔 나를 모르는 척했다. 뒤늦게 나타난 칸에게는 뻔히 상황을 알면서도 '네 여자가 아니다'라고 말한 듯했다. 그때만 해도 헤크란을 도우는 연기를 했을 테니.

어렸던 샤이크가 협박으로 헤크란을 도울 수밖에 없었으나, 나중에 헤크란에게서 이상한 낌새를 느끼고 거리를 뒀다고 했다.

그러다 확실하게 돌아선 건 하이겐에 있다는 헤크란을 내 납치 사건으로 소란에서 만났을 무렵이었다.

샤이크는 그때부터 헤크란을 속였다. 그 후 축제에서 나를 납치

했던 것도, 나의 추궁에 대한 답도, 아문과 헤크란과 함께 별궁에서의 만남도, 모두 연기였다. 물론 개인적인 사심이 담기긴 했었지만, 아문과의 논의 끝에 그리했다고 들었다.

샤이크는 아버지를 그렇게 만든 원수를 돕고, 나를 다른 세계로 보냈다는 죄책감에 늘 시달렸다고는 했다.

샤이크를 완전히 용서하지는 않았다. 어린 그의 잘못된 판단과 그에 따른 실수를 용서하기에는 내가 겪은 고통이 너무 컸다. 하지만 용서하려고 노력한다. 그의 입장에선 어쩔 수 없는 선택이었으니까.

헤크란만 연기에 능숙하다 여겼건만 칸과 아문, 샤이크까지 모두가 연기의 대가였구나. 아무리 완벽하게 속이기 위해 그랬다고는 하나 어쩜 그렇게 감쪽같았지.

아문의 말로는 샤이크의 아버지, 선대 현, 그리고 우리 부모님.

모두 비슷한 시기에 돌아가셨다.

그 이야기를 듣고 잠시 헤크란을 의심했지만 그건 아니라 믿고 싶었다.

설마 그렇게까지 나쁜 짓을 했을까.

그렇게 우리의 지난 일은 마무리가 됐다.

아문은 오라버니로 내 곁에 남았다. 그래도 이제는 우리의 나이와 신분에 맞게 행동하자 약속했다.

"오라버니, 내가 여기 오기 전에 살았던 곳 말이에요."

피곤함이 몰려와 무거운 눈꺼풀을 겨우 올리고, 맑은 수프를 입안으로 억지로 밀어 넣었다. 졸음이 쏟아지나 어찌 됐거나 먹어야 내일 또 일을 할 수 있다는 일념 하나로 꾸역꾸역 먹었다.

"그곳은 정말 존재하지 않나요?"

내가 말하는 '그곳'이 어딘지를 그도 잘 알고 있었다. 주아와 살았었고, 그녀가 사는 곳.

꿈에서 만났던 주아는 아직도 정말 꿈인지 현실인지 모르겠다. 어쩌면 그녀에 대한 책임감에서 벗어나고픈 내 마음이 만들어낸 허상일 수도 있지만 그 이후로 내 마음은 놀랍게도 편해졌다.

항상 마음 한쪽에 걸려 있던 바위가 조금 가벼워졌다. 나는 주아가 꿈속에서 말했던 것처럼 행복하길 진심으로 바란다.

"왜 궁금해하시는지 여쭤도 되겠습니까."

아문에게 조금은 편하게 대해달라고 하여도, 그는 현의 여인께 그럴 수 없다며 절대 안 된다고 했다.

나는 사적인 자리에선 '재상'이라는 호칭 대신 오라버니라 불렀다.

"기억이 너무 생생하잖아요. 그곳에서 살았던 기억이, 내 동생이, 비록 돌아갈 수 없어도…… 아니, 돌아갈 마음은 없어요. 전 원래 룩센의 사람이었으니까. 그래도 동생과 그 세계에 살던 많은 사람이 존재하지 않는다면 너무 슬퍼져요. 허탈해요."

차라리 꿈처럼 희미해진다면 이러지는 않겠지.

한국에서 살았을 때 주아와 함께였던 시간, 많지는 않지만 즐거웠던 친구들, 내가 가르치던 아이들, 더 나아가 나와 말 한 번 섞은 적이 없고, 텔레비전에서만 보던 유명 인사들까지. 모든 사람이 너무 뚜렷하게 기억한다. 감정마저 생생했다.

그런데 그게 그저 실체가 없다면 너무 허무하지 않은가.

"그들은…… 실제로 존재합니다. 우리와 만날 수 없는 공간에 있을 뿐이지요."

실제로 존재한다, 라는 말에 졸음이 싹 달아났다.

"정말인가요? 정말 우리 주아랑 모두 살아 있어요? 정말 살아 있는 사람 맞아요?"

"네, 신이 만드셨습니다. 저는 신께 헤크란이 만드는 것과는 다른 공간을 만들어달라고 부탁을 드린 것뿐입니다. 사람인 제가 만들었다면 허상이겠지만 신께서 하나하나 정성스럽게 만든 곳입니다. 우리와 사는 모습은 분명 다를 테지요. 그러나 그들도 사람으로 열심히 살아가고 있습니다."

"다행이다."

눈물이 나올 것만 같았다. 내 기억 속에서만 존재한다면 어쩌나 싶었다. 내가 사랑했던 사람들이 없다면 지금의 나도 없지 않겠는가.

모든 기억이 돌아오고 이따금 내가 정말 한국 사람이 맞지 않을까 고민했다. 겉으로 표현은 안 했지만 솔직히 룩센의 사람들과는 전혀 다르게 생겼고, 오히려 한국인에 가까웠다.

어렸을 때, 입양했던 부모님께서 노예시장에서 샀다고 하니 당시 내가 한국에서 왔던 것은 아닐까, 혹은 나를 낳아준 친부모님이 한국에서 왔던 것은 아닐까, 뭐, 그런 생각도 들었다.

"음, 연락 같은 걸 취할 방법은 없겠죠?"

차원을 넘나들 수 있다면 혹시 가능하지 않을까 하는 생각에 물었다.

"죄송합니다. 그건 어렵습니다."

"어려운 건가요, 안 되는 건가요?"

"되는지 안 되는지는 해보지 않아서 모르겠지만 어려운 일인 건 분명합니다. 우선 지금 룩센에 '림'이 없지 않습니까. 설마 저더러 또 공부하라고 말씀하시는 것은 아니겠죠? 이보다 더 늙고 싶지 않습니다. 머리도 예전만 못하고요."

"그런 건 아니에요. '림'이 있으면 가능한가요?"

"불가능하지 싶습니다. 그쪽 세계의 시간과 룩센의 시간이 다를 테니까요."

예상했던 대답이지만 밀려드는 실망감은 어쩔 도리가 없다. 이 대로 기억 속에 묻어야 하는 건가.

헤크란이 사라지고 현재 림의 자리는 비었다. 그러나 칸은 그 자리를 굳이 채우려 하지 않았다. 현보다는 낮지만 현과 비슷한 위 치가 존재한다는 것은 나라를 불안정하게 만든다고 판단해서 내 린 결정이었다.

또한 림이 접신을 통해 사리사욕을 채울 수도 있다는 것이 이번 사건을 통해 드러난 이유도 있었다.

칸은 한편으로 우리의 아이들이 자신과 헤크란처럼 자라기를 바라지 않은 마음도 있었기 때문이라고 했다.

나는 그의 결정에 동의했다.

물론 권력은 언제나 문제의 중심이 될 수 있음을 알고 있다. 그 러나 칸과 나는 적어도 태어날 때부터 아이들이 경쟁하는 일만큼 은 피하고 싶었다.

룩센의 대신들이나 백성들은 림이 없다는 사실에 불안해하고 있지만, 시간이 흐르면 차차 안정될 것이라고 칸이 말했다.

"그들이 잘 지낼 수 있도록 기원하시는 것이 가장 좋은 방법이라고 생각합니다. 신께서는 항상 귀 기울여 듣고 계십니다."

고개를 끄덕이며 웃었다. 비록 다시는 만날 수 없고, 어떻게 지내는지조차 알 수 없지만 생명을 갖고 살아간다는 것 하나로 감사할 수 있다.

"사제들에게 기도를 부탁을 해도 될까요?"

"당연하지요."

"내일 말을 해둬야겠네요. 참, 칸을 도왔던 사제들에게는 어떤 상이 주어졌나요?"

"그들은 해야 할 일을 했습니다. 신을 모시면서 오로지 룩센의 안녕을 기원하는 삶을 사는 이들에게 상이 무슨 의미가 있겠습니까."

그런가. 하긴 상이라면 물질이나 직위에 대한 것인데 보상이 이뤄진다면 신전은 그 할 일에 대한 기본적인 목적을 잃게 된다.

역시 아직 나는 생각이 한참 모자라다.

"오라버니, 저는 앞으로 많이 공부해야겠어요."

"서고의 책을 많이 읽으십시오. 원하신다면 스승을 소개해드릴까요."

"네! 좋아요!"

격하게 반응했다. 책만 봐서 습득하지 못하는 지식도 있기에 가르쳐주는 사람이 있다면 더 효과적이다.

순간 의욕이 앞서 에너지가 솟구치다 뚝 떨어졌다. 스승을 둬도 괜찮으려나.

예전에 나를 가르쳤던 요하드가 떠올랐다. 칸의 질투를 보는 건 즐겁기도 하겠지만, 괜히 그의 마음을 불안하게 할 필요는 없었다.

그렇다면.

"음. 나이가 지긋하신 분으로 부탁해요."

솔직히 요하드 같은 미남이 스승이면 좋겠다는 마음이 살짝, 아주 살짝 들었다.

"그럼 현께 말씀드린 후, 조만간 처리하겠습니다."

"고마워요, 오라버니."

라리사처럼 현명하고 지혜로운 사람이고 싶다. 칸을 도와 제대로 된 비의 역할을 하고 싶다. 본바탕이 그러지 못하니 라리사보다 훨씬 더 많이 노력해야겠지만 이뤄나가는 기쁨도 그만큼 더 많으리라.

"헤크란은…… 죽었어요?"

헤크란이 어떻게 됐는지 궁금했다. 정말 어떻게 된 걸까.

내가 기억하는 그의 끝은 한 줌도 안 되는 까만 재였지만, 살았는지 죽었는지 확인할 길은 없었다.

칸과 헤크란이 마지막으로 나눴던 대화로 추정해봤을 때, 헤크란은 죽지 않았다.

'칸, 안 돼! 이러지 마. 차라리 죽여!'

'내가, 널 죽일 거라 생각했나.'

죽여달라 애원하는 헤크란과 죽이지 않는다고 답했던 칸.

칸에게 묻고 싶어도 긴 대화를 나눌 시간이 없었다. 사실 만약 죽지 않은 헤크란이 다시 나타나면 어쩌나 싶어 조금 불안하기도 했고.

"헤크란은 룩센이 아닌 어딘가에서 살아가겠죠."

"룩센이 아닌 어디요?"

"좋은 곳은 아닐 겁니다. 저번에 별궁에서 모였던 날, 현께서 알아냈는데 헤크란은 룩센의 신을 속이며 긴 시간 동안 어둠의 신과 내통하고 있었어요. 신시아 님을 다른 세계로 보냈던 신은 룩센의 신을 가장한 잡신이었습니다."

헤크란이 접신할 때 내가 봤던 괴기한 형체들의 신들을 얘기하는가 보다.

"거기에 대한 대가를 치르는 중일 듯합니다. 현께서 원하시는 최종 목표도 그랬고요. 죽는 건 너무 가볍다 하셨습니다."

칸의 성깔이 고스란히 드러나는 대목이다. 간혹 느꼈는데 그는 눈에는 눈, 이에는 이라는 법을 사용할 때가 있다. 함무라비가 자신이 만든 법전을 잘 이용한다고 칭찬하게 생겼다.

헤크란은 자신에게 닥칠 일을 예견했던 모양이다. 그래서 차라리 죽여달라고 했겠지.

"그럼, 앞으로 헤크란을 볼 일은 없다는 거죠?"

"그러길 바랍니다."

"대답이 확실하지 않아요."

"저는 미래를 볼 수 없습니다."

아문의 답은 냉정하게 말하자면 그렇다는 뜻이었다. 내가 돌아왔던 것처럼 헤크란 역시 돌아올 수도 있다는 그런 말.

특히나 그는 림이었으니까 더 가능성이 높을지도 모른다. 신전에서 기도할 제목이 하나 더 늘었다. 룩센의 신이 부디 그를 꼭 붙잡아두길. 해서 절대 다시는 이곳으로 돌아오지 않기를.

"나 몰래 둘이 무슨 모의를 하지?"

뒤에서 들리는 음성에 놀라 몸을 돌렸다. 언제 들어왔는지 칸이 문에 기대서 있었다.

"기척 좀 하고 들어오면 안 돼요?"

"아문에게 말했는데?"

아, 내가 문을 등지고 앉아 있었지.

"오라버니는 칸이 들어오면 말을 해줬어야죠!"

"신시아 님, 현이라 부르십시오."

"현은…… 정이 가지 않아서 싫어요."

"싫어도 하셔야 합니다."

가끔 이렇게 선생님처럼 나를 가르치려 들어서 문제다. 아문은 내가 현의 여인으로서 상냥하고 예의 바르고 정숙한……. 아니, 뭔가 그보다 더 거창한 것을 원했다.

"한꺼번에 바꾸려 하지 마세요, 오라버니."

"신시아 님께서는 예전에 이러지 않으셨습니다."

또 시작이다. 그는 예전의 나에 대해 말해주면서 일장 연설을 늘어놓을 준비를 했다.

예전의 나는 얌전하고 여성스럽고 고귀한 인품이 드러났다는 등등.

내가 그때와 같지 않다는 것은 인정한다. 그래도 이미 변한 걸 어쩌라고.

"오라버니, 벗어나지 않는 선에서 잘하고 있잖아요!"

"현의 여인은 그것 가지고는 안 됩니다."

끊임없이 쏟아져 나오는 아문의 잔소리에 울상을 하고 칸을 바

라보자 얄밉게도 어깨만 으쓱하고 만다. 좀 데리고 나가주면 좋으
련만.

똑, 똑, 똑.

칸이 손등으로 문을 두드렸다.

"아문 재상, 그만 나가지. 오랜만에 시아와 둘이 있고 싶은데."

칸이 날 도와줬다.

아문에게 샐쭉하고 웃자 그가 근엄한 눈으로 쏘아봤다.

못마땅한 얼굴을 하고 아문이 일어나 나와 칸에게 인사를 한 뒤
문밖으로 나갔다.

"도와줬으니 뭘 해줄 거야?"

아직 문 앞에 서 있는 칸이 물었다.

"치사하게 뭘 바라고 그런 거예요?"

"당연하지, 우리의 시작은 거래였던 거 몰라?"

지난날, 자신을 도우라며 나를 붙잡아두는 칸에게 비용을 지급
하라고 했던 일을 말하는 것이다.

"우리의 시작은 정략혼이었죠!"

"난 몰라. 기억 안 난다. 그러니까 우리의 시작은 거래였어. 내가
가장 바라는 게 뭔지 알지?"

칸이 휘파람을 불며 흥얼거렸다.

"안 바빠요?"

"아직 멀었지만, 급한 일은 거의 처리했어."

오늘 밤 제대로 자기는 틀렸구나.

푸흡, 하고 웃음을 터뜨린 내 손을 그가 잡아 이끈다.

"당신도 식사해야죠!"

"응. 그래서 먹으러 가잖아."

"네?"

식당이 여긴데 어디를 간다는 말이지. 빠르게 걷는 그의 속도를 맞추느라 뛰다시피 했다.

여유가 있어 보이던 그가 갑자기 돌변했다.

"너 말이야."

침실로 끌고 간 칸이 문 앞에서 로아에게 아무도 접근시키지 말라고 명령했다.

나를 안으로 밀어 넣고 문을 닫더니 다급하게 입술을 부딪쳐온다. 목이 꺾이고 그의 혀가 내 입속으로 무자비하게 침범했다.

"달리 수프 먹었어?"

"……네."

"향긋해."

손은 이미 옷 속으로 들어와 가슴을 짜부라뜨렸다. 그의 입술을 목을 따라 아래로 내려갔다. 서두르고 있었다.

벌써부터 숨이 헐떡거렸다.

"하아. 칸, 천, 천천히……."

"미안. 못 참겠다. 우선, 먼저, 한 번만."

그가 이를 물고 말을 끊어냈다.

"침, 침대로요."

"안 돼, 못 가."

너무 오랜만이라 그러나.

칸의 다른 손이 다리 사이를 만졌다. 이미 젖어든 그곳을 확인한 그가 다리 하나를 자신의 허리에 감도록 하고 속옷을 옆으로 밀었다. 그리고 속살을 내보인 안으로 쑥 들어왔다.

아아, 좋다.

좋아서, 너무 좋아서 나도 모르게 비명을 지르는 입을 손으로 막았다.

뜨겁다. 단단한 불덩어리가 내부를 뒤흔들어놓는 통에 정신을 차릴 수가 없다. 오늘따라 흥분한 그의 신음에 내벽이 움찔움찔 반응을 해온다.

나머지 다리도 그의 허리에 감겼다. 떨어지지 않기 위해서 그에게 최대한 매달리느라 온몸에 바짝 힘이 들어갔다.

쿵쿵쿵. 몸이 문을 찧는 소리가 빨라졌다.

칸의 명령으로 밖에 아무도 없겠지만 누가 들을까 봐 숨죽였던 소리를 내기 시작했다.

"흐윽!"

젖은 소리와 함께 살이 부딪치는 소리가 요란하게 들렸다. 밖으로 나갔다가 밀고 올라오는 그의 남성이 드르륵 질벽을 긁어댔다. 남성의 선단이 저 깊은 안쪽 어딘가를 찌를 때마다 신음이 터져 나왔다.

하얗게 시린 달빛을 녹일 정도로 뜨거운 밤이 깊어갔다.

새벽까지 나눈 사랑에 지쳤지만, 오늘은 이상하게 쉽게 잠이 들지 않았다. 늘 정신을 잃고 잠든 쪽은 나였는데, 어쩐 일인지 칸이 먼저 잠들었다.

내 허리를 안고 잠들어 있는 그의 머리카락을 쓰다듬었다.

무슨 남자가 머릿결이 이렇게 좋은 거야.

머리카락과 똑같은 색으로 가지런히 뻗어 있는 속눈썹을 향해 후 입김을 불었다. 칸의 미간이 살짝 구겨졌다가 원상태로 돌아왔다.

이제 행복할 일만 남은 건가.

그런데 곰곰이 생각해보니 제법 행복한 삶이었다.

여러 가지 사건이 많이 있었고, 겪고 있을 때는 말도 못하게 힘들었다. 그래도 길고 긴 인생의 선에서 그 일은 점에 불과할 것이다. 다른 점에 비해 커다랗긴 하겠지만.

가끔 그런 생각을 한다.

만약 내가 룩센으로 돌아오지 못했다면?

만약 처음부터 헤크란이 그런 계획을 하고 있지 않았다면? 아니면 가지고 있더라도 성공하지 못했다면?

나는 더 행복했을까?

뭐, 그런 생각들…….

하지만 이미 지나버린 일은 소용이 없다고 결론짓고 더는 생각하지 않으려 한다. 과거를 거울로 삼을 수는 있어도 매여 있을 필요는 없다. 현재를 열심히 살면 되지 않겠는가.

언젠가 칸이 했던 말처럼 오늘이 중요해. 바로 지금 이 순간.

어디에 있는지 모를 주도를 나를 잃은 슬픔보다 현재 함께하는 가족을 더 많이 사랑하고 열심히 살아가길 매일 기원했다.

허리를 누르고 있는 칸의 팔을 조심스럽게 빼냈다. 이마에 가볍게 키스를 한 뒤 침대에서 빠져나와 창가에 섰다. 해 뜨기 바로 전이라 날이 아직 차가웠지만 알몸으로 차가운 공기 앞에 서 있는 것도 나쁘지 않았다. 찬 공기에 샤워하는 기분이었다.

동이 트려는지 저 멀리 모래언덕의 끝이 붉게 물들어갔다. 희미하게 번지던 빛이 점점 강해지며 태양이 제 모습을 드러내자 따뜻한 햇볕을 몸으로 듬뿍 흡수했다.

오랜만에 보는 일출이라 그런지 가슴에서 뭉클하게 뭔가 올라왔다. 이 순간이 너무 감격스럽고 감사했다.

"역시 넌 뜨거운 여인이야. 사막의 강렬한 태양보다 더 빛나."

칸의 목소리에 뒤를 돌았다. 나의 열렬한 팬인 그는 늘 오글거리면서도 마음을 충만하게 하는 칭찬을 할 줄 아는 남자였다.

"룩센의 태양 아래 너처럼 아름다운 여인이 또 있을까."

이제 막 잠에서 깬 칸의 쉬어 있는 목소리가 아주 섹시하고 근사했다.

그는 침대에서 일어나 이불을 들고 다가와 나를 꽁꽁 싸맸다.

"아, 이렇게 있는 거 좋은데……."

"나도 좋아. 하지만 내 것을 누가 보는 건 싫다."

"누가 본다고 그래요?"

"태양이 널 뚫어지게 보고 있잖아."

"아, 뭐야! 유치하게!"

까르르 웃으며 눈을 흘기자 그는 '유치해도 싫은 건 싫은 거야.' 라고 하며 나를 창가 앞에 세웠다. 뒤에서 꼭 껴안은 그의 숨결이 귓가에서 느껴졌다.

"너와 있어서 좋아."

"나도 좋아요."

"사랑해, 나의 시아."

"사랑해요, 칸."

사랑해요, 카르카노.

사랑해요, 나의 백사자.

몸을 돌려 그와 긴 키스를 나눴다. 얌전하게 늘어뜨린 팔을 들어 그의 가슴 위에 놓자 그가 다급한 손짓으로 몸에 두른 얇은 이불을 벗겨내고 나를 안아 들었다.

"아니, 그냥 여기서 해요."

"여기? 창가에서?"

"응. 태양에게 내가 당신 것임을 보여줘요."

"유치하군."

입술을 대고 장난스러운 미소와 함께하는 칸의 속삭임에 그의 목에 팔을 휘감으며 답했다.

"우린 둘 다 유치하네요. 근데 그래도 좋아요. 룩센에서 우리처럼 뜨거운 연인은 없을 테니까!"

그는 답 대신 룩센의 사막처럼 뜨겁고 강렬한 키스를 퍼부었다. 우리의 정열적인 하루가 또 시작되고 있었다.

서고의 2층.

벽면에 걸려 있는 초상화를 하나씩 차례대로 감상하는 중이었다. 초상화가 남아 있는 대부분의 현은 모두 칸과 같은 백금발이었다. 조금 더 진하거나 옅을 뿐, 같은 집안의 남자들임을 여실히 보여줬다. 3층에는 다른 자녀들의 초상화가 있다는데 그들도 머리카락 색이 비슷하려나. 나중에 봐야겠다고 생각하며 한 초상화 앞에 섰다.

비(妃)들의 외모는 다 달랐다. 그러다 그중에 유난히 눈에 띄는, 더 자세히 말하자면 나와 닮은 초상화 앞에 멈췄다.

동양인이 가지고 있는 검은 머리카락, 연한 노란빛이 도는 하얀 피부. 룩센인과 비교했을 때 밋밋해 보이는 이목구비.

룩센에서는 절대 볼 수 없는 외모이기에 동양인이라는 것만으로도 닮았다고 여겼다. 엄밀히 따지자면 라리사와 나의 생김새는 완전히 다르다.

그림상으로만 봐도 나보다 작은 체구를 가지고 있었다. 거기에 동글동글 큰 눈, 발그레하게 달아오른 두 뺨, 앙증맞은 입술. 생김새로만 보자면 아직 여물지 않은 어린 소녀였다. 나이를 아무리 많이 먹었다 해도 10대 후반쯤 되어 보였다.

하지만 눈빛의 기세가 상당했다. 비록 그림이지만 뿜어져 나오는 카리스마에 압도되는 기분이었다.

"당신이 라리사군요."

초상화 아래에 붙은 글자를 읽으며 한 번 더 확인했다.

"심하게 동안이시네."

그녀가 바라크의 비로 있으며 대단했다는 것은 말로만 들었지 구체적으로는 무엇이 대단한지 몰랐다. 이 얼굴을 하고 어떤 업적을 세웠길래 후대가 그토록 칭송을 할까 문득 궁금해졌다.

1층으로 내려와 안내도를 보고 라리사에 관한 책을 찾았다. 나도 당신처럼 되리라, 하고 다짐하면서.

전래동화를 읽는 것처럼 재미있어서 정신없이 빠져들었다. 다 읽고 나서의 감상을 말하자면 '이 여자, 뭐지.'였다.

원래 룩센에서 여자는 정사에 참여하는 것이 금지였는데 바라크의 반란을 도와 성공한 라리사는 예외였다.

그녀는 룩센의 여자들의 인권을 위해 나섰다. 물론 지금도 분명

한 차별은 존재한다. 그러나 당시에 여자는 단순한 '물건' 취급이었다. 신분이 낮으면 낮은 대로 비참했고, 높으면 높은 대로 집안의 세력을 확장하기 위한 거래 도구였다.

라리사는 하급 계층의 유아를 포함해 여자들을 사고파는 매매 행위를 금지시키기 위해 노력했다. 또한 귀족들 간의 정략혼도 지양시키려고 한 모양인데 명확하게 기재되어 있진 않았다.

후에 내가 노예시장에서 팔린 걸로 보아 아마 이 부분은 실패하지 않나 싶다. 또 입양되고 칸과 정략혼을 했으니 이 역시도 이루지 못한 듯했다. 다만 적어도 당사자가 결정권을 가질 수 있는 결과는 뽑아낸 것 같았다.

바라크가 수로를 만들었고, 그때 라리사가 수력발전을 제시했다고 적혀 있다. 라리사와 같은 비가 되고 싶었는데 이 정도라면 내 능력 밖이었다.

쭉 글을 따라 읽어 내려가다 입이 벌어졌다.

"뭐야, 카투스도?"

그녀는 카투스를 세우는 목적, 목표로 잡는 주요 고객층, 제공되는 서비스, 직원들의 교육방침 등 획일화된 매뉴얼을 작성했다.

룩센 안의 카투스는 나라에서 만들고 운영했다. 국고를 채워놔 왕의 사리사욕이 아닌 나라의 비상시에 대비하기 위함이었다.

그리고 룩센 밖의 카투스는 매뉴얼을 제공해 단시간에 이윤을 남길 수 있도록 도와주는 대신 사용료와 매출의 일부분을 가져오도록 했다. 이 역시 국고로 채워진다.

마지막 페이지에는 라리사의 죽기 전 모습이 그림으로 남아 있었다. 옆에 그녀를 안고 있는 남자는 바라크라 짐작했다.

내 눈을 의심했다. 지나온 세월의 흔적이 고스란히 느껴지는 바라크의 주름진 얼굴과 달리 라리사의 얼굴은 성인 여자로서의 농염함을 가지고 있었다. 주름도 없었다. 라리사는 늙지도 않은 모양이다. 너무 완벽한 여자이지 않은가.

"당신도 21세기 한국에서 온 건가요?"

어느 날 갑자기 나타났다고 해서 나와 비슷한 처지라고 예상을 했다. 그녀처럼 칸을 도와 룩센의 좋은 비가 되고 싶었다. 하지만 이건 가지고 있는 지혜의 크기가 달랐다.

할 줄 아는 거라곤 그림 그리는 것이 전부인데 백성들의 초상화를 그려줄 수도 없고. 해주는 것이 문제가 아니라 그림 한 장은 그들에게 별 도움이 되지 않는다.

책을 덮고 엎드렸다. 한숨이 나온다.

서고에 들어오기 전, 저 혼자서지만 라리사처럼 할 수 있다 기세등등했는데, 부끄러웠다. 뭘 믿고 그랬는지 누군가에게 속을 들킨 것처럼 얼굴이 화끈거렸다.

라리사와 나는 전혀 다르다는 현실을 깨닫자 입맛이 뚝 떨어졌는지 저녁 식사가 시작되고 한참이 지났는데 수프에 숟가락을 담고 휘휘 휘젓고만 있었다. 식성이 폭발할 때인데 입맛도 없고 입안이 썼다.

똑똑, 식탁을 두드리는 소리에 고개를 들자 칸이 걱정되는 얼굴로 보고 있다.

"무슨 생각을 하느라 부르는 소리도 못 듣는 거야?"

나를 불렀었나 보다.

"미안해요."

"너 아까부터 먹지 않고 젓기만 하고 있다. 왜, 입맛이 없어?"

"아뇨."

어깨를 으쓱하며 웃어 보이고 숟가락으로 수프를 떠서 입에 물었다. 향긋한 달리 선인장 수프인데 맛이 느껴지지 않았다.

"무슨 일이 있군."

"아닌데?"

어색하게 웃었다. 억지로 입술 끝을 끌어 올리는 걸 칸도 알겠지만, 오래전에 죽은 라리사가 부러워 죽겠다고 말할 수는 없었다.

부러웠다. 혜안을 가지고 있는 그녀가. 룩센에서 가장 현명하고 지혜로운 여인으로 남아 있는 그녀가.

라리사의 반만 따르면 얼마나 좋아. 약간의 질투도 생기려 하고 있다. 사랑의 감정이 아닌 그 사람의 능력에 대해 느끼는 이런 질투는 처음이었다.

맞은편, 식탁 끝에 앉아 있던 칸이 의자에서 일어나 내게 다가왔다.

"너는 얼굴에 다 보여."

"당신만 나를 잘 아는 거겠죠."

이럴 땐 고맙지만 가끔은 모른 척해줬으면 하는 바람이 있다.

"뭐, 그럴지도. 그러니까 말해봐."

고개를 젓는 나를 칸은 천천히, 서두르지 않고 어르고 달랬다. 차분히 안정될 수 있도록 로아에게 양젖과 설탕을 섞은 무카를 준비하도록 했다.

달달한 향이 섞인 무카를 한 모금 마시자 부드럽고 달콤한 액체가 목구멍으로 넘어가 속을 푸근하게 감싸줬다. 이완이 된 어깨가 축 늘어졌다.

말하기를 기다리며 내 입술만 바라보는 그에게 싫다고 할 수도 없어 망설이다 그녀의 이름을 뱉었다. 하지만 너무 작아서 웅얼웅얼 거리는 소리만 난다.

"라…… 라리……."

"음?"

다정한 눈으로 고개를 갸웃하는 칸에게 털어놨다.

"라리사요! 라리사처럼 되고 싶은데, 그녀처럼 룩센에 도움이 되는 비가 되고 싶은데, 나는 그럴 능력이 안 되니까. 부럽고! 질투나고! 내 자신에게 실망도 되고!"

속상해져 눈에 눈물이 고였다. 울 정도의 일도 아니건만 왜 이렇게 기분이 다운되는지.

무능력하다는 것이 이토록 자괴감에 빠지는 일이었던가. 돌이켜보니 처음 겪는 기분은 아니었다. 주아를 키우면서 숱하게 빠져봤다. 물론 그때의 먹고사는 일과 비할 바는 못 되지만 비슷했다.

솔직히 두려움도 있었다. 그들의 눈에는 라리사와 나의 외모가 흡사해 기대치가 높을 텐데 내가 노력한다고 되는 수준이 아니었다.

"왜 라리사처럼 되고 싶어?"

"훌륭하고 멋지잖아요. 저도 현의 비로서 제대로 하고 싶어요."

"흠. 뭔가 오해하고 있는 듯한데, 라리사처럼 해야 한다는 생각은 버려. 라리사와 같은 일을 하는 것만이 비로서 훌륭하고 멋진 건 아니야. 그리고 넌 라리사가 아니잖아."

"당신은 이해 못해요."

칸의 말이 위로가 되지 않아 대꾸 없이 맺혔던 눈물을 훔치고 무카를 마셨다. 내 머리를 쓰다듬으며 칸이 웃는다.

"그런 고민을 하고 있는지 몰랐네. 기특하다."

"난 심각해요."

"시아."

나를 부른 칸이 옆에 있는 의자를 끌고 와 마주 보고 앉았다. 양 어깨를 잡은 그가 눈을 마주치며 차분하게 이야기를 이어나갔다.

"나 역시 너와 같은 고민을 했어. 단정할 수는 없지만 바라크 이후에 현의 앉은 사람이라면 대부분 똑같은 고민을 했을 거야."

"나와 같은 고민이요?"

"바라크와 같은 현이 되어야 한다는 것. 그가 한 일은 라리사 못지않게 대단했다. 반란군을 진압한 뒤, 군대를 양성하고 왕권을 강화시켰어. 왕이 폭정을 할 수 없도록 잠금장치도 마련했고. 또 레인강을 이용해 효율적으로 농사를 짓도록 하고, 해마다 풍년으로 이끈 것으로 모자라 가뭄이나 흉년에 대비해 곡물창고를 만들어 대비했어. 제도 개혁도 했지. 그 뒤로 자잘한 것까지 줄줄이 나열하자면 끝도 없을걸."

하긴 룩센의 현들에겐 바라크가 워너비고 롤모델이 되겠다. 동시에 비교될까 봐 내가 갖는 두려움도 있겠지.

다른 현들은 몰라도 아마 칸이라면 누구보다도 많은 갈등과 고뇌에 빠졌으리라 믿는다.

"그런데 말이야, 바라크가 이루어놓았던 업적들이 잘 유지가 됐다면 지금쯤 룩센은 더 강해지고 부유했을지도 몰라."

잘 유지? 아, 중간에 말아먹은 현들도 있었겠구나. 슬프게도 어느 나라나 그런 왕들이 꼭 있는데 룩센이라고 다를 바가 없었다.

"이만큼 살고 있는 룩센을 유지하는 일도 쉽지는 않아. 조금 느리게 가며 견고하게 다지는 것도 꽤 괜찮은 방법이다. 바라크와는 다른 나만의 길이기도 하지."

"무슨 말인지 알겠어요."

"너도 너만이 할 수 있는 길을 찾아봐. 라리사는 라리사대로 본인이 감당할 수 있는 일을 해냈고, 너는 너대로 할 일이 있을 거야."

어렵다. 만약 헤크란에 의해 다른 세계에 다녀오지 않고, 기억이 조작되지 않았다면 나는 더 괜찮은 비가 되었을까. 날아간 시간이 새삼스레 아쉽고, 이미 이곳에 없는 헤크란이 원망스럽다.

"이성적으로 냉정하게 자신을 보면 네가 원하는 것, 하고 싶은 것, 그리고 할 수 있는 것을 알게 되겠지.

고개를 끄덕였다. 모두 핑계에 불과했다.

나는 뭔가 거창한 일을 하고 싶었다. 룩센에 도움이 되고 싶다는 그럴듯한 말로 포장을 하고, 결국 라리사처럼 대단한 여인으로 기록에 남아 떠받들어지는 존재가 되고 싶었다.

아! 또 한 가지. 자꾸 미뤄지는 결혼에 대한 불안함도 한몫했으리라. 신하들도 처음에는 내 존재를 쉽게 받아들이는 것 같더니 그게 아니었다. 현의 여인으로 충분하나 비의 자리까지는 어렵다는 것이다.

나의 신분이 문제였다. 아문이 잃었던 동생이라고 했지만, 그걸 아는 사람은 극히 한정적이었다. 부모님도 돌아가셨고, 선대 현도 없는 마당에 아문의 외침은 먹혀들지 않았다.

아무리 칸이 나를 아낀다 하여도 첩이나 후궁이라면 모를까 비(妃)의 자리에 올리기에 탐탁지 않아 했다. 그는 상관없이 진행한다고 했지만, 솔직히 인정받은 결혼을 원했다. 그래서 더 잘 보이고 싶었는지도 모른다.

어차피 라리사와 나의 신분이 다른 상태에서 할 수 있는 일은 없었다.

"내가 너무 앞서 나갔어요."

"앞서 나가다니?"

"아직 그런 고민을 할 시기도 아니고, 입장도 아니잖아요."

"오늘따라 왜 이렇게 자신감 저하가 되셨나. 이 궁에서 어떤 사람도 네게 함부로 하지 못해."

"그건 알고 있지만 제가 그럴 입장이 아닌 건 사실인걸요."

괜히 칸에게 미안하기도 하고 고맙기도 해서 코끝이 찡해졌다. 좀 서럽기도 했다.

갑자기 칸이 들고 있는 무카 잔을 빼앗아 단번에 다 마시고 다가와 입을 맞췄다. 살짝 입술만 빨던 그가 내 입안으로 혀를 밀어 넣자 달짝지근한 무카의 맛이 났다.

그가 키스로 나를 달래고 위로한다. 끈적한 소성과 함께 입술이 떨어졌다.

"무슨 걱정을 하고 있는지 알아. 그래도 나를 믿어줬으면 좋겠어."

내 눈을 바라보는 칸의 눈빛이 올곧았다. 그의 얼굴 가득 자신감이 넘쳤다. 그것이 근거 없는 허무맹랑한 자신감이 아니라는 걸 알고 있다.

"……믿어요."

내 든든한 사람. 언제나 내 편인 사람. 나를 위해 무엇도 아낌없이 내주는 사람.

그래, 내게 이 사람이 있었지. 칸만 있으면 되는데, 나는 뭐가 그렇게 불안했던 걸까. 룩센을 위한다는 명목으로 내 욕심을 채우려 했으니 라리사와 같은 지혜가 떠오르지 않음은 당연했다.

결혼식이 늦춰질수록 내가 비의 자리에 올랐을 때 어떻게 해야 할지 고민할 시간이 늘어나고, 기회가 주어지는 것이다. 여유로운 마음으로 기다려보자. 그날까지 마음이 하루에 수십 번씩 뒤집어지겠지만 그때만 참고 견디면 된다.

그렇게 다짐을 하니 아까보다 마음이 놓였다. 급하게 서두르다 실패하거나 실수할 수도 있으니 성공할 확률을 높이도록 시간을 번다고 생각했다.

"밖에 다녀올까?"

점점 긍정적이게 생각을 바꾸는 사이, 칸이 제안을 해왔다.

"밖이요? 좋아요!"

간혹 나가고 싶어도 헤크란 때문에 난리가 난 후, 궁을 정비하느라 바쁜 칸에게 말을 꺼낼 엄두도 못 냈다. 로아와 호위병을 대동하고 나가도 되나 그가 허락하지 않을 테고.

그런데 직접 데리고 나가준다니 뛸 듯이 좋았다. 나란 여자는 정말 단순하기 짝이 없구나. 방금만 해도 우울의 바다를 헤엄치고 있었는데 순식간에 마음이 바뀌었다.

로아가 준비해준 옷을 입고 칸도 옷을 갈아입었다. 그의 짧은 바지 아래로 그을린 갈색의 근육이 적나라하게 드러났다.

"칸, 옷 바꿔 입어요."

칸이 어디로 데려갈지 모르지만 여자들이 그의 몸에 눈길을 주는 건 싫다. 궁 안에 있는 여자들만으로도 넘쳐서 짜증이 날 지경이다. 그들이야 어쩔 수 없다고 치지만, 밖은 그게 아니니까 조심해야 할 필요성이 있었다.

"왜? 이상해?"

그는 제 다리를 내려다봤다.

"짧아요, 바지."

"짧다니. 원래 이러고 다녔는데."

포대자루 같은 옷이 걸리적거려도 참으려고 했는데, 나는 이렇게 꽁꽁 싸매놓고 자기는 편한 대로 나가겠다?

"그럼 나도 좀 전에 입었던 걸로 다시 갈아입을게요. 답답해서 싫어요."

"뭐?"

그가 발끈하며 언성을 높였다.

"당신이 바꿔 입을래요, 아님 내가 바꿔 입을까요?"

결국 웃음을 터뜨린 그가 내게 양보했다. 헐렁한 바지가 무릎까지 내려와 아주 마음에 들었다.

칸과 난 얼굴을 가린 채 손을 잡고 밖으로 나왔다. 둥그런 달이 샛노랗게 익어 어둠 속에 더욱 빛났다.

일하는 이들이 우리를 보고 쓱 스쳐 갔다. 나는 그렇다 치더라도 왜 칸에게 인사하지 않을까 궁금했는데 그를 보니 머리에 후드를 썼다. 마치 비밀데이트를 하는 기분이었다.

페론이 말을 준비해줬고, 칸의 도움을 받고 말에 올라탔다. 내 뒤에 앉아 있는 칸이 고삐를 잡으며 몸을 밀착시켰다. 말을 탄 경험이 손가락에 꼽을 정도로 적어 탈 때마다 무서웠다. 막상 올라가면 아래에서 봤을 때와는 다르게 너무 높기도 해서 겁이 났다. 칸에게 몸을 기대 그의 허리를 잡으며 달라붙었다.

"편하게 정면을 보게끔 탈래?"

"아니요. 전 이렇게 있고 싶어요. 당신도 잘 잡아줘요."

그가 고삐를 한 손으로 옮겨 쥐고 다른 손으로 내 허리를 감쌌다.

"위험하면 그냥 해요. 내가 알아서 잡을게요."

고삐를 한 손으로만 잡고 있어 아슬아슬했다.

"내가 이 정도도 못 할까 봐? 걱정하지 마."

따각, 따각. 말이 천천히 움직였다. 비공식적인 외출인데 말발굽 소리가 유난히 요란해 누구에게 들키는 건 아닌지 좌우를 둘러봤다.

"우리 둘이서만 나가는 거예요?"

"아마도."

표면상으로는 우리 둘이지만 멀리서 페론이 몰래 따라오고 있겠지. 예전에는 의식하지 못하고 길바닥에서 칸과 키스도 했었는데, 페론이 항상 그의 근처에 있다는 것을 알게 된 이상 그런 실수는 하지 않겠다.

"어디 가요?"

"야시장. 꽉 잡아. 달린다."

이럇! 소리가 크게 울리자 말이 힘차게 달려 나갔다. 갑자기 빨라진 속력에 놀라 그의 가슴에 얼굴을 묻고 손에 힘을 줬다.

"눈을 들어 밤하늘 구경해봐."

슬며시 그의 가슴에서 얼굴을 떼고 고개를 위로 올렸다. 궁 안에서도 봤던 달이 따라오고, 그 주위로 수많은 별들이 총총 박혀 반짝였다. 궁에서 볼 적과는 또 다르네.

차가운 사막의 밤공기에 비소로 칸과 외출했다는 실감이 났다. 이게 얼마만이야.

그동안 밤에 돌아다닐 엄두를 못내 야시장을 말로만 들었지 한 번도 구경한 적이 없었는데, 오늘은 마음 놓고 놀아야지. 신 나서 두 팔을 번쩍 들고 소리를 질렀다. 하지만 무서워 곧바로 팔을 내리고 칸을 붙잡았다.

17장

야시장은 새로운 세상이었다. 곳곳에 횃불을 밝히고 물건을 사고파는 사람들이 넘쳐났다. 예전에 낮에 와서 그림을 팔고는 했었지만 낮에는 이 정도로 사람이 많지 않았었다. 해가 져서 활동하기 좋은 시간이라 그런가 싶다.

음식, 고기와 채소, 과일, 생활필수품, 여자들의 장신구 등등 물건도 낮보다 훨씬 다양했다.

갑자기 칸이 손가락으로 제 관자놀이를 눌렀다.

"음."

눈을 감고 낮은 신음을 냈다.

"머리 아파요?"

손가락으로 몇 번 빙글빙글 돌리고는 씩 웃는다.

"어. 오전부터 좀 아프네. 괜찮아, 이러다 말 거니까. 어디 보자,

저거 먹어볼래?"

계속 아프면 말하라고 한 뒤, 칸이 가리키는 쪽을 봤다. 좌판 위의 딱딱한 빵들을 사 가기 위해 사람들이 줄지어 기다렸다. 언젠가 먹어본 적이 있었다. 룩센 서민들이 주로 먹는 주식 중에 하나인데 씹다 보면 이가 아플 정도였다.

"당신 먹고 싶어요?"

"나왔으니 먹어보자는 거야."

"예전에 먹어봤어요. 근데 저 빵, 오래 먹으면 이가 상하지 않아요? 좀 더 부드럽게 만들면 좋을 텐데."

"어쩔 수 없지. 부드럽게 만들려면 수분이나 유분이 더 들어가야 하는데, 그럴수록 더운 날씨에는 상하기가 쉬워."

"그렇겠군요."

어쩐지 나만 궁 안에서 좋은 음식을 먹고 사는 것이 미안해졌다. 궁에서 식탁 위에 기본적으로 올라와 안 먹기 일쑤인 빵도 저것보다 훨씬 부드러웠다. 어렸을 적에 입양되지 않았다면, 그리고 현재 현의 여인이 아니었다면 지금쯤 어떻게 살고 있을까?

아, 또 머리 아파지네. 라리사 영향으로 이런 고민까지 하게 되는 건가?

머리를 흔들며 애써 떨쳐냈다.

칸의 손을 잡고 시장 안을 누볐다. 손으로 만든 작은 장신구를 사줘 받아 주머니에 넣어뒀다. 머리에 두른 천만 아니라면 맛있어 보이는 간식거리를 사 먹고 싶었는데, 아쉬움에 입맛만 다셨다. 손잡고 사람들 사이를 거닐며 쇼핑을 하니 평범한 연인된 기분도 들었다.

긴 길을 따라 모퉁이를 돌던 순간이었다.

"아이고, 깎는 거 안 됩니다."

"세상에 안 되는 것이 어디 있어. 안 해주는 거지!"

"그래도 안 됩니다."

단순한 가격 흥정인 줄 알았다. 하지만 그 뒤에 나오는 말을 듣자 놀라서 잡고 있는 칸의 손을 꽉 쥐었다.

"원래 어릴수록 비쌉니다."

노예를 팔고 있었다. 말로만 듣던 노예 시장이 떡하니 자리 잡고 있었다. 이제 겨우 8~10살쯤 되어 보이는 여자아이가 얼마나 고생하고 울었는지 얼굴에 구정물이 흘러내리고 있었다. 하지만 꽉 다문 입술과 살아 있는 눈빛은 그 또래의 아이와 달랐다. 고생을 많이 했나. 아이인데 어른의 눈이었다.

아이를 단상 위에 세워놓고 흥정을 하는 모습을 보자 가슴이 답답해지고 보고 있기가 불편했다.

"저건 당신 힘으로 어떻게 안 되는 거예요?"

"한때는 법으로 묶어놓기도 했어. 하지만 암거래를 하기 시작했고, 조직화되면서 돈을 더 벌기 위해 납치하는 사태까지 발생했지. 그 뒤로는 오히려 이렇게 나라의 관리감독 아래 행해지는 편이 낫겠다 싶어 그렇게 하고 있는 중이다."

깎아달라, 어릴수록 비싸다. 이런 말을 들어야 하는 아이의 마음이 어떨지 가슴이 아파온다. 원래 이런 문제에 예민하지는 않았는데, 지금의 나는 도저히 들어줄 수 없었다.

"저 아이, 우리가 데려와요."

"시아, 노예를 산다는 건 단순히 물건을 구입하는 게 아니다. 한 사람을 책임져야 하는 거야."

노예를 사는 사람들 중에 정상적인 책임을 지는 사람들이 얼마나 될까 염려스럽다. 그리고 저 여자아이가 정상의 범위를 벗어난 주인을 만날까 두려웠다.

"책임지면 되잖아요. 내가 책임질게요. 책임질 수 있게 해줘요."

"흠, 시아."

그가 한숨을 쉬었다.

"칸, 네?"

들어주기 어려운 부탁이란 걸 알면서도 억지를 부렸다. 어렸을 때 내가 이랬겠지. 이런 나를 보고 부모님이 입양하셨겠지.

그런 생각들로 도저히 그냥 지나칠 수가 없었다.

"그럼 약속해. 이번 한 번만이야. 너의 동정심으로 모든 노예들을 살 수는 없어."

고개를 끄덕였다. 칸이 누군가를 찾는 듯 고개를 돌렸다. 그가 머리 위로 손짓을 하자 페론이 나타났고, 아이는 그가 데리고 갔다.

그러나 그것이 끝이 아니었다. 그 뒤 마른 청년이 단상 위로 올라섰다. 내가 저 청년을 산다고 하더라도 또 누군가가 올라와 흥정이 되고 팔려갈 것이다. 칸의 말처럼 동정심으로 저들을 모두 구제할 수가 없다.

화가 났다. 아이는 어디서 왔을까. 또 저 청년은, 뒤에 서 있는 많은 사람들은.

그들의 가족은 모두 어디 가고 혼자 있는 걸까.

온갖 생각들이 머릿속을 헤집어놓았다. 문득 내가 누리는 모든 것들에 대한 의문이 조금씩 들기 시작한 건 이 무렵이었다.

"혹 네가 저기에 있는 모습이 그려져?"

"네."

환영처럼 포대기에 싸인 작은 아기에게 눈독을 들이는 남자들. 서로 손을 들어가며 경매를 하듯 가격을 올리는 사람들. 부모님이 아니었다면 가장 많은 가격을 부르는 누군가에게 팔려 지금과는 다른 삶을 살고 있을지도 모른다.

"괜히 나왔나?"

걱정하는 그가 내 머리를 당겨 살며시 입을 맞췄다.

"아니에요. 재미있어서 종종 나오고 싶어요. 다만 저들을 보고 있으니 머리가 좀 복잡해지네요."

"나도 그래."

결코 좋은 광경이 아닌 건 칸도 마찬가지겠지. 그도 나름의 노력을 했으리라 믿는다. 오래된 악습을 바꾸는 일은 그 악습이 행해져 온 시간 이상의 세월을 보내며 노력해야 가능했다.

그래도 국가가 직접 관리감독 하도록 했다니 첫발을 잘 내디뎠다.

다음 날 오전이 되자마자 노예시장에서 데려온 아이를 불러 씻기고 깨끗한 옷으로 갈아입히도록 했다.

"어머!"

여자아이인 줄 알았는데 남자아이였다. 여자애만큼 곱게 생겨 내가 착각했었나 보다.

새카만 머리카락에 보랏빛 눈동자가 신비로웠다. 게다가 룩센의 남자들과 달리 까무잡잡한 피부가 아니라 나보다 하얗다.

외모는 타국에서 온 듯한데 룩센 근처는 아니리라. 주위가 모두 사막 지역인데 저런 피부는 가질 수 없다.

제대로 갖춰 입혀놓으니 어제 몰랐던, 아이의 신비로움이 더욱 크게 다가왔다. 어딘지 모르게 귀하게 자랐다는 느낌을 지울 수가 없다.

"이름이 뭐야?"

"……퀜 ……퀜턴."

강인한 인상과 달리 말을 더듬었다.

"퀜턴? 좋은 이름이네. 몇 살이니?"

"10살입니다."

"나는 앞으로 퀜턴의 도움이 필요할 거 같아. 도와줄 거지?"

아직 경계를 풀지 않은 퀜턴이 고개를 끄덕였다. 퀜턴. 평범한 이름이 아닌 것 같은……. 궁금했지만 아이를 상대로 캐묻고 싶지는 않았다. 어린 나이에 저런 눈빛을 가지고 있는 것도 필시 사연이 있겠지.

그나저나 퀜턴만 한 또래가 없는 궁에서 어떻게 키워야 할지 계획이 서지 않았다. 어제 다분히 충동적이었다는 거 인정한다. 그렇다고 책임지지 않겠다는 건 아니고.

우선 퀜턴에게 방 하나를 내어주도록 했다. 처음엔 퀜턴이 간단한 시중을 들도록 하려고 했으나 어려서 관뒀다.

대신 글을 모른다 하여 하루에 한 시간 동안은 직접 글을 가르쳤다. 영리한 머리를 갖고 있는지 금방 습득하는 것이 신통해 가르치는 나도 즐거웠다.

그러기를 열흘. 오늘도 퀜턴과 수업을 끝내고 마주 앉아 차를 마셨다.

"나중에 글을 완벽하게 읽고 쓸 줄 알면 스승을 소개해줄게. 열심히 공부하도록 해봐."

"죄송합니다만 공부보다는 검술을 배우고 싶습니다."

"검술? 그건 왜?"

"그래야 제가 하루라도 빨리 신시아 님을 지켜드릴 수 있잖아요."

퀜턴의 답에 야시장에 간 날 충동적이었던 나를 칭찬해주고 싶은 순간이었다. 나이에 맞지 않은 어른스러움이 안타깝기도 하면서 대견스러웠다.

"너는 나를 지키는 사람이 아니야."

"하고 싶습니다! 꼭 할 수 있도록 해주세요!"

퀜턴의 두 눈에 담긴 의지가 너무도 결연해 거절할 수 없었다.

"검술 배울 수 있도록 알아볼게. 하지만 공부도 게을리하면 안 된다. 알았지?"

"네!"

아들이 생기면 이런 기분이려나. 배우고 싶어 하는 초롱초롱한 눈망울에 가슴이 뿌듯하고 든든하다.

퀜턴이 나가자 로아가 땅이 꺼져라 한숨을 쉬었다.

"신시아 님."

"왜요?"

"지금 궁에서 어떤 소문이 돌고 있는지 아십니까?"

"잘 몰라요. 어떤 소문이 돌고 있는데요?"

"아휴, 아닙니다."

말을 꺼냈으면 끝까지 해줘야지, 저렇게 하다 말 때가 있다. 묻지 않고 가만히 있으면 혼자 답답해하다가 결국 내게 실토하기 마련이라 모르는 척 넘어갔다.

"서고에 가야겠어요."

그간 룩센의 선대 현들과 비들이 어떻게 정치를 했는지 자세히 알고 싶어서 요즘 룩센의 역사서를 읽고 있었다.

내가 앞장서서 걷고, 로아가 뒤를 따라왔다. 그리고 저 앞 멀찍이서 어떤 여자가 다가오고 있었다.

얼마 전부터 가는 곳마다 마주쳐 신경이 쓰여 피하고 싶지만 그렇다고 가던 길을 돌아갈 생각은 없었다.

내 앞에 선 그녀가 무릎을 굽혔다 펴며 인사를 했다. 코를 찌르는 진한 향유 냄새 때문에 저절로 인상이 써졌다.

"신시아 님, 안녕하십니까."

"네, 좋은 하루 되세요."

간단하게 인사만 하고 돌아서는데 그녀가 다시 나를 불렀다.

"아이가 비록 현을 닮지 않았지만, 잘 키우면 훗날 좋은 인재가 될 듯합니다."

이건 무슨 소리지? 말속에 철저히 나를 비꼬는 감정이 담겨 있다. 아이는 바로 퀜턴을 지칭했다.

몸을 확 돌려 쏘아보자 여전히 고개를 숙이고 있는 여자는 '아! 이런 말 하면 안 되나?' 하며 실수하는 척 연기를 한다.

이 아줌마야, 당신 연기 진짜 못하거든. 어디서 누구를 속이려고.

억지로 웃으며 고개를 갸웃했다.

"아이가 현을 닮지 않았다니. 무슨 소리를 하는 건가요."

"아무래도 신시아 님 위치가 위태로우니 아이를 입양해서라도 지키고 싶으셨겠죠. 다 이해합니다."

일부러 내 신경을 긁기 위해 하는 말이란 걸 알고 있다. 그래서 열을 내지 않으려고 하는데 스트레스가 쌓여 있던 터라 잘 누를 수 있을지 자신이 없었다.

"오랜 시간 동안 현을 모셨는데도 후사가 생기지 않으니 신시아 님도 불안하셨을 거예요. 그렇죠?"

곧 터지기 일보 직전이었다. 로아가 짜증이 잔뜩 섞인 얼굴로 나를 바라봤다. 빨리 저 여자를 눌러버리라고 무언의 메시지를 보내왔다.

"그대, 고개를 들라. 이름이 무엇인가?"

천천히 고개를 든 여자의 눈이 동그랗게 떠졌다. 같이 존대하던 내가 말을 놓자 놀란 모양인지 황급히 허리를 숙였다.

궁 안에서 지내는 대부분의 사람들에게 존중하는 마음의 표현으로 존대했건만, 꼭 이렇게 고마운 줄 모르고 기어오르는 사람이 있다.

"샤샤입니다."

"그대는 현을 독대한 적이 있나?"

없는 걸 알고 물었다. 칸이 신하들의 부인을 제외하고 다른 여자를 만나지 않으니까. 지나가다 본 것이 전부일걸.

"네? 아, 아니요."

"그럼 밤에 현을 모셔본 적은?"

"……없습니다."

없는 걸 알고 있으니 물어봤다.

칸은 나 말고 다른 여자를 안지 않는다.

"현께서 밤에 어떤 분인지 전혀 모르겠군."

샤샤의 얼굴이 빨갛게 물들어갔다.

붉은 기가 귀와 목까지 번지고 있었다. 아마 치욕스럽겠지. 림의 여인으로 시집왔으나 그가 사라져 자동적으로 현의 여인으로 귀속되는데, 한 번도 안기지 못했다는 건 그녀에겐 여자로서 수치스러운 일이었다.

어차피 궁 안의 여인들이 칸에게 안긴 적은 없을 테지만 속으로 담고 있는 것과 입 밖으로 꺼내는 건 완전 다른 일이었다.

"샤샤, 그대의 목숨이 두 개이지 않은 이상 함부로 입을 놀리지 마세요. 현을 몰라서 알려주는데요, 현께서 이 일을 아는 날에 그대의 목숨은 장담할 수 없습니다."

내게 아이가 생기지 않는다는 모욕은 다른 의미로 칸을 모욕하는 것과 같다는 걸 왜 몰라. 나의 임신 능력을 의심하는 건 다른 한편으로 칸을 의심하는 것과 같은데.

쯧쯧. 혀를 차며 고개를 저었다.

옆에 있는 로아가 티 나지 않게 슬쩍 미소를 지었다. 샤샤의 몸이 바들바들 떨리고 있다. 죽을 수도 있다는 말에 겁을 먹은 건지, 나 때문에 화가 난 건지 알 수 없지만 그녀가 KO패 당했다. 그러게 감히 어디서 퀸턴을 들먹이며 내가 아이를 낳니 못 낳니 하고 있어.

샤샤에게 물러가라고 한 뒤 이마를 문질렀다. 분통을 꾹꾹 눌렀더니 머리가 아프다.

"아우, 짜증 나."

"대응 잘하셨습니다."

대응이 문제가 아니라, 이런 일로 내가 만만한 대상이 되었다는 것이 짜증 났다. 예상보다 많이 늦춰지는 결혼식에 감정이 널을 뛴다.

샤샤와의 일로 서고로 향했던 발걸음을 돌려 칸의 집무실로 향했다.

"시간이 이릅니다. 현께서 업무 중이시면 방해됩니다."

말하지 않아도 내 목표가 어딘지 로아가 눈치챘다. 아무렴 내가 칸의 일을 방해하러 갈까 봐.

이럴 땐 로아가 내 시중을 드는 사람인지, 칸의 시중을 드는 사람인지 헷갈렸다. 고민 끝에 걸음을 멈췄다.

"방금 내가 그런 일을 겪었으면 로아가 나보다 더 화내면서 칸에게 함고해야 한다고 청하는 게 맞지 않아요?"

"현이십니다. 이름을 부르는 것은 예법에 어긋난다고 말씀드렸지 않습니까. 제발 현의 여인으로 품위를 잃지 마십시오. 저는 신시아 님께서 궁 안의 모든 이들의 입에 오르내리지 않길 바랍니다."

저렇게 말하면 할 말이 없다. 나를 위한다는데.

"또 제가 신시아 님께 그런 청을 올린다고 들어주실 겁니까?"

로아와 그리 오랜 시간을 함께 있지는 않았지만 나에 대해 잘 알고 있는 말에 입을 다물고 몸을 돌렸다. 사실 샤샤의 일을 칸에게 일러바칠 생각은 없었다.

그녀의 말에 반박할 수 없어 멋쩍었다.

"로아, 오늘 정무회의가 없는 날이고, 칸이 외부 나갈 일도 없다고 했어요. 아침 식사 하면서 시간 있으면 오라고도 했구요."

그가 일할 때만큼은 철저하게 떨어져 있기 위해 노력했다. 방해할까 봐 일부러 내 일을 만들고, 서고에 가서 책도 읽으며 보낸 건데.

"로아 눈에는 내가 그렇게 철없게 보여요?"

"전혀 아닙니다. 감히 제가 어떻게 그러겠습니까. 단지 저는 하나의 빌미라도 만들고 싶지 않아서요."

"잠깐 얼굴만 볼 거예요. 걱정 말아요."

말을 마치고 앞장서서 걸었다. 발목에 달린 방울의 딸랑딸랑 울려 퍼졌다.

칸의 집무실 앞에 도착하자 시종이 그가 안에 없다고 알려줬다. 페론이 보이지 않아 혹시나 싶었는데 역시나였다.

"급하게 잠시 자리를 비우신 거라 곧 오실 듯합니다."

급한 일이 뭔지 궁금해 물으려다 말았다. 아직 거기까진 내 영역이 아니었다.

"다녀갔다고 전해줘요."

다시 내 방으로 돌아와 양젖과 설탕 듬뿍 넣은 무카를 마신 뒤, 소파 팔걸이에 머리를 기대로 누웠다.

샤샤의 말이 계속 괴롭히고 있었다. 어째서 시간이 이렇게 흘렀는데 임신을 못 하고 있냐는 말이.

나라고 알겠나. 칸과 잠자리를 할 때는 둘 다 따로 피임을 하지 않았다. 샤샤의 말처럼 임신을 하고도 남을 기간이 지나 내심 불안했다. 혹시 대신들 사이에서도 이런 말이 돌고 있으려나.

내 신분 때문에 반대하는 건 그냥 내세우는 변명인가.

"으아!"

벌떡 일어나 앉아 머리카락에 손을 넣고 쥐어뜯었다. 결혼, 까짓 것 안 하고 말지, 그게 뭐라고 초조하고 불안해하는지.

결혼도 그렇고, 라리사의 일도 그렇고 요즘 나는 내가 아니다. 평소의 난 깊은 생각과는 거리가 먼 사람이지 않았던가.

"그렇지 않아도 매력적인데 얼마나 더 많은 매력을 발산하려고 머리카락을 헝클어뜨려놓는 거야?"

칸이 들어와 양손으로 내 머리카락을 더 헝클어뜨려 놓고 옆에 앉았다. 산발이 되어 있을 머리는 거울을 안 봐도 뻔했다.

"이게 매력적이에요?"

"그럼. 마구 헝클어져 있으면 입이 바싹 말라."

"쳇, 그게 뭐야. 차라리 못났다고 말해요. 지금 엄청 열 받아서 그러는 거거든요."

"정말이다. 지금 대단히 치명적인 걸 모르는가 보군. 샤샤가 뭔 가 하는 여자 때문에 그러나?"

칸은 로아에게 들었다고 했다. 아까 내가 한 말이 걸렸나 보다. 칸의 말로는 로아가 샤샤에 대해 상세히 이야기하면서 그녀를 처 벌해줄 것을 요청했다고 한다.

"지금까지 로아가 그렇게 흥분한 건 처음 봤어. 게다가 자신의 입장이 그럴 말할 위치가 아닌 것을 누구보다도 잘 아는 사람인데, 단단히 화가 났나 봐."

피식 웃었다. 잔소리가 아문 못지않게 심해서 그렇지, 그녀는 궁 안에서 칸과 아문을 제외하고 온전히 믿을 수 있는 좋은 사람이었다. 하긴 아문과 로아의 잔소리가 없었다면 실수깨나 했을 것이다.

"그 여자가 했던 말이 마음에 걸려?"

"솔직히 뭐, 틀린 말은 아니잖아요. 당신 믿고 있어요. 믿고 있는데, 불안하고 신경 쓰이고……. 아무튼 그래요."

가지지 못해서 이토록 불안한 건 실로 오랜만이었다. 보통의 나와 비교했을 때, 이 정도면 집착 수준이다.

"나 별로죠."

"뭐가?"

"당신이 믿어달라고 했으면 끝까지 믿는 모습을 보여줘야 하는데, 잘 안 되네요. 미안해요."

"흐음. 오히려 난 고마워. 너 원래 현실에 금방 순응해서 포기가 빠른 사람이라며. 그런 네가 나와의 혼인에서만큼은 그 성격이 적용되지 않아 포기가 안 되니까 불안한 거잖아. 미안한 건 나지, 네 불안함을 좋아하고 있으니. 나는 좋다, 신경 쓰는 네 모습이."

아, 눈물이 나올 것 같아 그의 품으로 파고들었다. 믿어달라는 말보다 더 믿음직하다는 걸 그는 알까. 오롯이 나만을 향한 무한한 사랑이 가슴을 꽉 채웠다.

그의 손길이 머리와 등을 오가며 어루만졌다.

"좋은 건 좋은 거고, 그 여자 당장 혼내줘야겠네."

"이미 제가 혼내줬어요."

"잘했어. 누가 또 겁 없이 함부로 굴면 오늘보다 더 세게 눌러줘."

"알았어요. 당신이 허락했으니까 자비를 베풀지 않겠어요. 나중에 나더러 독하다고 하기 없기에요."

칸이 크게 웃으며 부디 독해지길 바란다고 했다. 그건 그거 나름대로 매력적이라면서.

좋아, 허락받았다. 앞으로 '누구 하나 걸리기만 해봐라.' 하는 심정으로 기다리고 있을 테다.

다음 날, 칸이 오후에는 한가하다며 집무실로 와도 좋다고 했다. 그런데 오라고 해서 갔더니 오늘도 자리를 비웠다. 다시 돌아갈까 하다가 기다리는 쪽을 택했다.

"안에서 기다릴게요. 무카 한 잔 부탁해요."

소파에 앉아 천천히 무카를 비워낼 때까지 칸은 오지 않았다.

기다리기 지루해져 그의 널찍한 책상 앞에 서서 눈으로 구경했다. 책상 한쪽에 사람 앉은키만큼 쌓여 있는 종이 뭉치를 보려고 허리를 숙였다.

눈에 띄게 특별한 내용은 없었다. 궁 보수공사로 돈이 얼마 들어갔는지, 레인강 유역에서 거두어들인 농산물이 얼마나 되는지, 룩센의 각 지역에서 일어난 문제 등등이었다. 몇 장 읽다가 책장을 빙글 돌아 벽에 붙어 있는 책장으로 다가갔다.

빼곡히 꽂아져 있는 책의 제목을 하나씩 중얼거리며 살펴봤다. 얼핏 봤을 때 적어도 서른 개 이상의 칸이 나뉘어져 있고 모두 책이 꽂아져 있는데, 중간에 텅 비어 있는 곳을 발견했다.

완전히 비어 있다고는 할 수 없었다. 나무로 만든 상자 하나가 덩그러니 놓여 있었으니까. 도료를 발라 매끈한 상자는 한눈에 보기에도 고급스러웠다. 온갖 무늬를 새겨 넣어 많은 공을 들였다.

열어보고 싶은 충동이 느껴진다. 꿀이 발라진 통을 보는 곰이 된 것도 아니고, 왜 이렇게 강력한 유혹을 느끼는지 모르겠다.

이러면 안 되는데. 이건 정말 예의에 어긋나는 짓인데. 머리에서는 안 된다고 끊임없이 외쳤다.

하지만.

이미 내 몸은 머리의 통제를 벗었다.

상자의 뚜껑을 열자 회색빛의 얇은 천으로 싸여진 물건이 보였다. 조심스럽게 천을 벗겨내니 오래되어 누렇게 변한 종이가 나왔다.

"이게 뭐야."

반으로 접어진 종이를 폈다.

아아, 이건! 이게 왜 여기 있지?

별궁에 지내면서 그렸던 칸의 초상화였다. 당시 이 그림을 그가 가져가긴 했었는데, 그 이후로 어떻게 되었는지 알 수 없었다.

그가 보관하고 있었던 건가. 비록 과거의 나를 기억하지 못하지만 소중하게 생각하고 있었다. 담아놓은 상자가, 종이를 싸고 있던 고급스러운 천이 그의 마음을 증명하고 있다.

그때 벌컥 문이 열리고 칸이 들어왔다. 그림을 손에 든 채로 그를 멍하니 바라봤다.

"오래 기다렸어? 잠시……."

그가 내 손에 들린 그림을 보고 멈칫했다. 이내 미소를 짓고 다정한 음성으로 말한다.

"이런, 벌써 들켰네."

벌써 들켰다니. 숨기고 있었다는 건데, 대체 왜? 혹시 이 그림이 뭔지 알고 있었던 거야?

"칸, 설마."

"맞아."

입술을 길게 늘어뜨리며 그가 웃었다.

"정, 정말 기억이…… 기억이 돌아왔어요?"

"응."

그림을 책장 위에 올려두고 그에게 다가갔다. 가슴에서 뜨거운 기운이 몰아쳤다. 목으로 올라와 콧등을 타고 눈으로 퍼져나갔다. 눈시울이 뜨거워져 곧 물기를 머금었다.

"왜 말 안 했어요? 아니, 어떻게, 어떻게 기억이 돌아온 거예요? 정말 다 기억나요?"

"하나씩 물어야 답해주지."

칸과 내 사이에 과거의 기억은 상관없었다. 그의 말대로 현재가 중요하고, 나 역시 그렇게 생각했다. 하지만 자신의 삶의 한 부분을 잃은 그가 안쓰러울 때도 있고, 나만 기억하고 있는 게 미안하기도 했고 아쉽기도 하였다.

"울지 마."

눈물이 볼을 타고 주르륵 연이어 흘러냈다. 그가 두 손으로 내 볼을 감싸고 가볍게 입을 맞춘다.

"어떻게 된 거예요. 나빴어요. 이렇게 좋은 일을 왜 나한테 말 안 한 거야."

칭얼거렸다. 너무 기쁘고 좋아서.

"앉자."

먼저 소파에 앉은 그가 제 무릎 위로 나를 앉혔다. 테이블에 있는 물컵을 들어 손수 물을 먹여주고 토닥토닥 다독여주었다.

"꾸준히 각의 차를 마셨어. 샤이크가 권하기 전부터 각의 차의 효능을 알고 있었지만 굳이 잃은 기억을 되찾고 싶지 않았거든."

"그런데 마음이 변했어요?"

"그 기억 속에 네가 있잖아. 어린 날의 네가 보고 싶어서 마시기 시작했지. 전부 돌아오지는 않았다. 짤막하게 떠오르는 기억 가운데 드문드문 까만 커튼을 쳐놓은 것처럼 전혀 떠오르지 않은 부분도 있기는 해."

"저 그림은 어떻게 된 거예요?"

눈으로 책장 위의 그림을 가리켰다. 기억이 돌아오기 전 책상 서랍에서 우연히 찾았다고 했다. 칸은 기억에 없는 그림이었지만 분명 자신이 간직하기 위해 넣어뒀다 생각하고 보관했단다.

"언제부터 기억이 돌아왔어요?"

"야시장 다녀오고 나서 조금씩 떠올랐지."

그날 머리 아프다더니 기억이 돌아오려고 그랬던 건가. 조금이라도 돌아오다니 다행이었다. 그와 공유할 수 있는 것이 더 늘어났다. 과거 이야기를 나눌 수 있다는 생각에 벌써부터 기대됐다.

칸의 목을 꼭 끌어안고 춤추는 것처럼 엉덩이를 흔들었다.

"그렇게 좋아?"

"네, 너무너무. 참, 당신 떠오른 기억 중에 뭐가 제일 좋아요?"

고민할 것도 없다는 듯이 바로 답이 나왔다.

"첫날밤?"

"어…… 음…… 다 기억나요?"

어떤 마음으로 서로를 받아들였는지.

어떻게 우리가 사랑을 나눴는지.

칸이 고개를 끄덕이며 검지로 내 미간을 톡톡 두드렸다.

"응. 아주 자세하게. 이곳이 예쁘게 찡그려졌어."

새삼스럽게 부끄러워 얼굴이 뜨겁다. 손등을 갖다 댄 뺨에서 열기가 느껴졌다.

"잠깐 눈 감아봐."

눈을 감고 그가 무엇을 할지 기대했다. 그는 자신의 손바닥이 내 손을 올렸다. 곧 이어 서늘한 기운이 손가락을 타고 들어갔다.

"눈 떠."

왼손 약지에서 얇은 금빛의 반지가 끼워졌다. 오래된 반지는 빛을 잃었지만 어떤 물건인지 단번에 알아볼 수 있었다.

첫날밤 그가 끼워줬던 반지.

"아문이 사막에서 주웠다며 줬었어. 기억이 돌아오지 않은 때라 버릴까 하다가 왠지 그러면 안 될 거 같아서 따로 보관했지. 하지만 도무지 어디에 보관했는지 모르겠는 거야. 그러다 어제 퍼뜩 생각이 나서 찾아왔다."

어제 급하게 자리는 비운 이유가 반지 때문이었다.

"사실 이걸 찾으면 기억이 돌아왔다고 밝히고, 하고 싶은 말이 있었거든."

"반지가 어디에 있었어요?"

"별궁에. 무의식적으로 별궁의 주인과 반지의 주인이 같다는 걸 알았던 것 같아."

"하고 싶은 말, 해봐요."

그의 입술이 다가왔다.

"이번엔 정식으로 하는 거야."

내 뒷목을 부드러운 손길로 잡았다.

"모두 줄게."

미소를 지으며 눈을 감자 칸이 눈꺼풀에 입을 맞춰왔다.

"너만 사랑할 거라는 내 다짐."

그리고 볼에 키스했다. 그날처럼.

"내 마음."

마지막으로 입술. 마주 대고 있는 그의 입술이 길게 호선을 그었다.

"나의 비가 되어주겠어?"

칸이 청혼했다.

"네, 그럴게요. 천 번이라도 될 수 있어요."

나를 힘껏 안아주는 칸의 어깨에 턱을 얹고 등에 팔을 둘렀다.

세상에는 아무리 힘들어도 단념되지 않는 것이 있다면 내게는 칸이 그렇다. 이제 앞으로 무슨 일이 있어도 절대 놓지 말고, 잃지 말아야지.

창문 너머로 그의 눈동자를 닮은 태양이 모래 언덕에 걸려 찬란하게 빛나고 있었다.

에필로그

칸과 혼인한 신시아는 종종 룩센에 도움이 될 만한 사안을 제시하곤 하였다. 자신은 죽었다 깨어나도 라리사처럼 할 수 없다는 걸 깨닫고 능력이 되는 범위 안에서 움직였다.

한국에서 룩센으로 떨어졌을 적에, 그녀를 도와줬던 자매와 살았던 마을은 가난했고 불편했다. 물을 구할 수 없어 멀리 옆 마을에서 길어 와 사용하는 것이 전부였다.

그래서 우물을 파주는 일을 제안했는데, 다행히 통과가 되었다. 물론 많은 신하들이 반대했지만, 대다수가 그녀의 의견을 수용하는 쪽으로 기울어 가능했다.

"땅을 파도, 파도 물이 나오지 않는 마을은 어떻게 해야 할까."

지도에 표시된 위치를 보면 고민에 빠진 시아가 중얼거렸다.

"요하드, 수로를 놓는 건 비용이 많이 발생하겠죠?"

요하드가 그렇다며 고개를 끄덕였다. 원래 나이가 있는 스승으로 바꾸려고 했는데, 한번 스승은 영원한 스승이라며 아문이 다시 요하드를 배치시켰다.

덕분에 요하드는 칸에게 살벌한 다짐을 받아야 했다.

그 뒤로 요하드는 정규 수업 외에도 그녀가 하는 일에 대한 고문과도 같은 역할을 해주었다.

신시아가 지도 위를 손가락으로 두드리며 한숨을 쉬었다. 방법이 없다, 방법이.

"오아시스 근처로 이주시키는 건……."

"어려운 일임을 아시잖습니까."

"네, 알죠."

오아시스 근처는 개인 사유지가 많아 반대에 부딪힐 것은 뻔했다.

"어디 남는 오아시스 없나."

말도 안 되는 소리지만 답답한 마음에 신기루 같은 말이 나온다. 얼마 전까지만 해도 문제에 당면하면 그녀는 자신과 라리사를 비교하다 절망하곤 했다. 그러나 그도 여러 번 겪다 보니 조금씩 무뎌졌다.

"방법을 찾자면 수로를 놓는 수밖에 없는데, 대신들이 예산에 넣어줄지 의문입니다."

"안 해주겠죠."

신시아가 하는 일마다 사사건건 방해하는 그들이다. 여자가 국사(國事)에 참여하는 것을 싫어하는 신하들이 돈 들어가는 일에 힘을 실어줄 리가 만무했다. 우물을 파는 데 들어가는 돈도 겨우겨우 받아냈다.

"사업을 해보심은 어떻겠습니까?"

"사업이요?"

"하나의 사업을 만들어 거기서 벌어들이는 모든 수입은 오직 수로가 연결되지 않은 마을의 발전을 위해서만 쓰는 겁니다."

"사업을 하려면 밑천이 있어야 하는데 그것도 보통 문제가 아니잖아요."

"그건 현께 부탁하시면……."

요하드가 넌지시 묻자 신시아가 고개를 세차게 저었다. 안 되는 말이었다. 칸에게 도움을 구할 생각도 없지만, 그 역시 도와준다는 말을 절대 하지 않았다. 비의 자리만 지키는 것이 아니라 무언가를 하고자 마음을 먹었다면 신시아 스스로 해내야 한다는 걸 그녀도, 그도 잘 알고 있기 때문이었다.

"도움 받지 않고 내가 해내고 싶어요. 시간이 조금 걸리더라도 천천히 신중하게 생각해볼게요."

"네, 현명하십니다."

요하드는 진심이었지만 신시아의 입장에선 그가 제자의 사기를 올려주기 위해 하는 말로 여겼다.

"돈이 항상 문제예요. 손실과 이익을 예측할 수 없어 함부로 쓸 수 없다는 걸 잘 알지만, 이렇게는 아무것도 못하겠어요."

그동안 다른 제안도 했었다. 신전이 궁 안에만 있고, 출입이 자유롭지 않아 지도계층만 사용이 가능하였다. 그것을 안 그녀는 나라 곳곳에 작은 신전을 세워 백성들도 기도할 수 있는 기회를 주고자 했는데, 거절당했다.

"비용이 발생하지 않는 제안을 저도 생각해보겠습니다."

요하드의 말에 신시아의 눈빛이 반짝였다.

"요하드, 사실은 제가 오래전부터 망설였는데요."

그녀가 꺼낸 말을 들은 요하드의 표정이 심각해졌다. 신시아는 제도 개선을 원했다. 바로 노예에 대한.

신시아의 궁극적인 목표는 노예제도를 없애는 것이나 당장 불가능하다는 걸 알기에 작은 일부터 시작하고 싶었다.

"룩센의 노예에겐 발언권이 없다면서요. 노예라는 이유로 억울한 일을 당하면 당한 대로 살아야 한다는 것이 말이 되나요. 죄를 뒤집어쓰고 죽은 사람들도 있다고 들었어요. 또 유아나 영아를 매매하는 부분도 고쳤으면 좋겠어요. 최소한 사고(思考)를 제대로 할 수 있는 나이는 되어야 하잖아요. 그리고 노예를 살 때는 목적을 분명히 밝혀야 한다고 봐요. 가끔 보면 성적 유린의 대상으로 사는 사람들도 있더군요. 노예지만 그 전에 사람이에요. 그들도 인격이 있어요."

요하드가 신시아의 말에 동조하며 고개를 끄덕였다. 물론 신하들의 거센 반대는 불 보듯 뻔했다. 노예시장을 운영하는 매매상들의 반발과 노예를 노리개의 목적으로 사는 귀족들이 반대 세력의 우위를 차지할 것이다. 힘겨운 싸움이 예측된다. 그럼에도 불구하고 요하드는 신시아의 편에 서리라 다짐했다. 자신이 가르치는 제자가, 나아가 현의 비가 이런 일을 고민하고, 개선하기 위해 노력하는 것이 얼마나 아름다운가.

라리사만큼 훌륭한 현의 비가 나타났다. 그는 그녀를 적극적으로 보필하리라 맹세했다.

신시아는 얼마 전부터 고민해온 문제를 누구와 상의하는 것이 좋을지 생각해봐도 떠오르는 사람은 오직 아문밖에 없었다. 가장 마음 터놓고 지내는 상대는 로아였지만 오늘 이야기의 내용은 로아가 알면 안 되는 부분도 있어서였다.

"로아, 오라버니께 가야겠어요."

"신시아 님, 아문 재상님이십니다."

예전에 로아는 이 정도까지는 아니었는데 요즘은 즉각, 즉각 정정을 요구하는 통에 신시아가 입술을 삐죽 내밀었다. 입에 붙지 않아 어려운 호칭 문제를 해결하기 위해서는 그때그때 정정해주는 길밖에 없다고 아문이 로아에게 부탁한 뒤부터다.

"알겠어요. 아, 문, 재, 상, 을 만나야겠어요. 됐죠?"

그녀는 흡족한 미소를 띠며 신시아를 아문의 방으로 안내했다.

아문을 찾아가자 그가 반갑게 맞아주었다.

"어서 오십시오. 무슨 일로 저를 찾으셨습니까?"

누이에게 항상 깍듯하게 예의를 차리는 아문이 허리를 숙여 공손하게 인사했다.

"오늘은 아문 재상을 찾아온 것이 아니라 오라버니를 찾아온 거예요. 편안하게 이야기했으면 좋겠어요."

"말씀하십시오."

"편안하게 대해달라니까요. 자꾸 룩센의 재상에게 개인적인 고민을 털어놓는 기분이 들어요."

"제가 예의를 차린다고 해서 신시아 님의 오라비가 아닌 것은 아니지 않습니까."

그럼 그렇지.

매번 개인적인 문제를 상의할 때마다 돌아오는 대답은 저 말이었다. 어차피 먹히지도 않을 부탁이었다.

"이번엔 좀 다른 문제예요."

"편하게 말씀하시면 됩니다."

"혹시 다른 세계에 다녀온 것이 몸에 무리가 됐을까요?"

"어디가 안 좋으십니까?"

아문이 걱정스러운 얼굴로 물었다.

고민을 꺼내기 전에 잠시 머뭇거렸다.

"그게 아니라…… 저…… 아이가 생기지 않아서요."

칸과 수많은 밤을 보냈지만 도무지 임신 소식이 들리지 않았다. 정식으로 현의 여인이 된 지 벌써 1년 가까이 되어가는데 감감무소식이니 조급해지기 시작했다.

이 부분에 관해서 한 번 언급한 적이 있는 샤샤가 그 뒤로 조용히 지내지만, 그녀와 마주칠 때마다 마치 눈으로 '너 그럴 줄 알았다.'라고 말하는 것만 같았다.

"혼인하신 지 아직 1년도 안 됐습니다."

"벌써 1년이 되어가는 거죠. 저도 눈이 있고 귀가 있어요. 대신들이 계속 칸에게 후사 문제를 언급하고 있잖아요."

"그들은 항상 그렇습니다. 아직 궁에 많은 여인들이 남아 있으니 가능성을 노리는 것이지요. 어떻게 하면 자신의 편에 있는 여인을 현의 눈에 들게 할까 고민하는 사람들입니다."

신시아는 솔직한 마음으로 칸에게 샤샤를 포함한 여자들을 죄다 내보내라고 하고 싶었다. 그러나 그는 룩센의 왕이었다. 비록 여자들을 안지는 않았지만 일종의 친교 목적으로 온 여자들을 쫓아낸다는 것은 나라 간의 문제가 발생할 수도 있는 일이었다.

자신의 질투 때문에 룩센을 위험하게 하고 싶지도 않았고, 괜히 칸을 곤란하게 만들고 싶지 않아서 참고 있었다.

"그래도 신경 쓰여요."

그녀는 이런 생각도 해봤다.

나이 때문인가. 36살이면 젊지는 않지만, 그렇다고 임신 가능성이 현저하게 떨어지는 나이도 아닌데…….

나이를 생각하니 짜증이 났다.

"정확하지는 않지만 신시아 님 말씀처럼 다른 세계를 이동하면서 몸에 무리가 갔을 수도 있습니다. 회복하는 데 시간이 걸릴지도 모르니 마음을 편하게 먹고 계십시오."

편안하게 생각할 나이가 아니니까 이렇게 조급해하는 거라고 말을 꺼내지도 못하겠다.

"아직 어리십니다."

"어리긴 뭐가 어려요!"

결국 신시아가 소리를 꽥 질렀다.

"아, 죄송합니다. 어리다고 할 수는 없는 나이지만, 그렇다고 많다고 할 수도 없는 나이시지 않습니까?"

"오라버니, 제 나이 몰라서 그러세요?"

놀리는 것 같아서 미간에 힘을 준 그녀가 아문을 노려봤다. 아니면 룩센에서는 36살을 젊게 취급하는 건가?

"27살이 그렇게나 많은 나이입니까?"

"예에? 그 스물일곱이 저예요?"

그녀가 두 검지로 자신을 가리키며 물었다.

아닌데. 난 36살인데.

"네, 제가 기억하기론 맞습니다. 혹 조작된 기억 때문에 나이를 잘못 알고 계십니까?"

멍한 얼굴로 고개를 끄덕였다.

27살이라니! 27살이라니!

27살이 어린 나이는 아니다. 그러나 신시아 입장에서는 완전 횡재였다.

"꺄아악!"

즐거운 비명이 저절로 나와 벌떡 일어났다.

갑작스러운 비명에 놀란 아문이 자리에서 다가와 괜찮냐고 물어봤다.

"좋아서 그래요! 좋아서! 꺄악! 27살이래. 어쩜 좋아!"

신시아는 주체할 수 없는 흥분을 감추지 못하고 주먹을 흔들며 다리를 동동 굴렀다.

"신시아 님, 즐거운 마음 이해합니다만, 다리는 좀……."

지금 그의 말이 들리지 않았다.

"오라버니, 고마워요! 오라버니 덕분에 고민이 해결되었어요! 저 갈게요!"

고민이 완벽하게 해결된 건 아니지만 9살이나 어려졌다고 생각하니 자신감이 쑥쑥 올라왔다.

자신의 방으로 돌아오고 나서도 흥분이 가라앉지 않아 몸을 흔들며 춤을 췄다. 주의를 주는 눈으로 로아가 보고 있든 말든 신경 쓰지 않았다.

"신시아 님, 좋은 일 있으신가 봅니다."

"응, 좋은 일 있어요."

"하지만 신시아 님, 현의 여인으로서 좀 얌전하게 행동하시는 것이……."

"로아, 왜 그래요?"

로아가 그간 아문의 부탁으로 호칭 문제는 자주 걸고넘어졌어도 행동 가지고 뭐라 한 적은 없었다.

"사실 요즘 소문이 좋지 않습니다."

"소문요? 또 제가 얌전치 않다고 말이 나왔어요?"

신시아가 딱히 밖에서 이런 모습을 보이지 않았는데 어떻게 알고 틈을 두고 정기적으로 걸고넘어졌다. 적어도 칸 옆에 있을 때만큼은 정숙하고 현명한 여자가 되기 위해서 노력했다. 한데 노력만으로는 안 되는 일이었나 보다.

"아니면 후사 문제?"

아이에 대한 이야기는 늘 나왔던 거라 새로울 것도 없었다. 로아가 고개를 저었다. 그것도 아니면 뭐지.

"정말 모르고 계셨군요. 며칠 뒤에 하이겐에서 젊은 여자가 온다는 소문입니다."

로아에게 묻지 않아도 젊은 여자가 오는 이유를 대충 짐작했다. 하지만 확인하는 차원에서 물어봤다.

"하이겐에서 젊은 여자가 왜요."

"현께 바친 거겠지요."

혹시나가 역시나였다. 그간 몇 명의 여자가 왔던 탓에 놀랍지는 않았다.

"젊다면…… 몇 살인데요?"

"20살이랍니다."

젠장! 입술 사이로 나오는 욕을 로아가 듣지 못하게 씹어 삼켰다. 27살이라고 좋아했더니 20살짜리가 온단다. 그래, 이미 있는 여자들 가운데도 20살이 많았는데 뭘 새삼스럽게.

바보처럼 27살이라고 좋아서 날뛴 자신이 한심했다.

좋았던 기분이 언제 그랬냐는 듯이 푹 꺼졌다.

"그래서 로아는 칸이 그 여자에게 눈을……"

"현이십니다."

"지금 호칭 정정할 기분 아니에요."

"물론 현께서 신시아 님을 두고 그러실 분은 아니지요. 다만."

"다만?"

"이번에 하이겐에서 오는 여자가 굉장한 미인이라고 들어서요. 다들 입에 침이 마르도록 칭찬을 한답니다."

"알아. 그도 남자였지."

또 같은 문제에 봉착했다. 그도 남자니 미인을 보면 마음이 움직일 테고, 설사 마음이 움직이지 않는다 해도 신시아가 아직 아이를 낳지 못했으니 다른 여자에게서 후사를 보고 싶어질지도 모른다. 암울하다.

"제가 드리고 싶은 말씀은 현께서 신시아 님을 아주 많이 사랑하시지만 사람 일은 모르는 거잖습니까. 그러니 신시아 님도 현께서 흔들리지 않게 많이 사랑해드리세요."

"많이 사랑해주고 있어요."

이만큼 사랑해주면 됐지, 얼마나 뭘 더?

기운이 쭉 빠진 신시아가 의자 팔걸이에 머리를 기대고 누웠다. 아문에게 27살이라는 말을 들은 순간 솟아올랐던 자신감은 이제 사라지고 없었다.

"물론 신시아 님도 현을 많이 사랑하신다는 거 알죠. 제 말은요. 그러니까 저, 저기."

갑자기 로아가 말을 더듬으면서 얼굴을 붉혔다.

"뭔데 그래요?"

"그러니까 신시아 님께서 밤의 능력을 더 키우시라는 말씀입니다!"

로아의 얼굴이 빵 터질 것같이 새빨갛게 달아올랐다.

"웅? 밤의 능력?"

"현께서 절대 다른 여자를 안으실 생각을 할 수 없을 만큼 신시아 님께서 만족을 시켜드려야 한다는 거죠. 남자만 여자를 만족시키는 것이 아니라 여자도 마찬가지입니다."

가끔 로아가 이런 말을 아무렇지도 않게 잘도 건네는 게 신기했다. 하긴 아무렇지도 않은 건 아니었다. 그녀의 얼굴이 빨갛게 돼서 속사포처럼 말을 쏟아내고 있었으니까.

어쨌든 신시아는 그녀의 말을 이해했고, 일리가 있다고 생각했다.

그렇지만 어떻게 능력을 키운단 말인가. 뭘 아는 게 있어야 시도라도 하지.

21세기의 한국이었다면 다양한 방법으로 정보를 접할 수 있었겠지만 지금 있는 곳은 룩센이다.

"그런 거 잘 몰라요. 알고 있었으면 진즉에 써먹었겠죠."

"아실 방법이 있습니다."

신시아의 귀가 솔깃해졌다. 방법이 있다면 당장 알고 싶다.

"어떻게?"

"예전에 제가 말씀드렸잖아요. 서고의 가장 안쪽, 맨 끝의 책장에 있는 책들요."

"아!"

신시아가 손뼉을 쳤다. 맞다, 생각났다.

여자 경험이 전혀 없는 칸이 왜 그렇게 능숙한지 모르겠다는 말에 로아가 알려준 책들.

"그런데 그건 칸이 보는, 그러니까 남자가 보는 책 아닌가요?"

"여자가 보는 책도 있다고 들었습니다."

마치 엄청난 비밀을 말하는 사람처럼 로아가 신시아의 귓가에 대고 조용히 속삭였다. 기대감이 상승됨과 함께 궁금증이 밀려왔다.

"그거 봤다고 정숙하지 못하다, 뭐, 그런 소문나는 건 아니겠죠?"

"어차피 신시아 님께서 서고에 계실 때는 현 외에 아무도 못 들어가지 않습니까."

고개를 끄덕인 신시아는 어떤 내용이 있을지 궁금해 손가락이 근질거렸다.

그리고 하이겐에서 어린 여자가 온다는 생각이 머릿속을 지배했다. 거기다 굉장한 미인이라니.

궁금증과 초조함을 견디지 못하고 결국 당장 서고로 향했다.

늦은 오후의 서고는 노을빛으로 붉게 물들었다. 곧 어두워질 때를 대비하는지 서고의 곳곳을 초가 밝히고 있었다.

가장 안쪽, 맨 끝의 책장이라고 했지.

신시아는 넓은 서고를 빠른 걸음으로 질주했다.

가장 안쪽에 도착. 이제 맨 끝의 책장을 찾기만 하면 되는데.

책장에 빽빽하게 꽂혀 있는 책을 보는데 좀 이상했다. 온통 빨
간색과 검은색으로만 싸인 책의 표지에는 제목이 없고 숫자만 쓰
여 있었다.

뭐가 뭔지 알 수 없어서 바로 눈앞에 보이는 검은색 책을 뽑았
다. 그 자리에서 자세하게 읽어볼 생각이 없어 무조건 페이지를 넘
기다가 깜짝 놀라서 작은 비명을 질렀다.

"엄마야!"

지금까지 한 번도 본 적이 없는 이상한 자세로 사랑을 나누는
남녀의 그림이 가득했다.

탁! 책을 덮고 주위를 둘러봤다. 누가 보고 있는 것도 아닌데 책
에 관한 이야기를 해줄 때의 로아처럼 얼굴이 뜨거워졌다.

민망해서 다시 펼칠 엄두가 나지 않았다.

'현께서 절대 다른 여자를 안으실 생각을 할 수 없을 만큼 신시
아 님께서 만족을 시켜드려야 한다는 거죠.'

로아의 말이 신시아의 귓전에 맴돌았다. 그녀는 마음을 가다듬
고 떨리는 손으로 책장을 넘겼다. 뽑아 든 책은 여자를 위한 내용
이었다. 천천히 그림과 비교하면서 설명을 읽었다. 가끔 모르는 단
어가 있기도 했지만 이해하는 데 큰 어려움이 없었다.

페이지를 넘길수록 다리에 힘이 풀리고 숨이 가빠왔다. 처음엔
낯부끄럽고 '이게 가능해?' 하는 부분도 있었다. 하지만 점점 자세

해지는 설명에 읽는 것만으로도 흥분이 됐다.

"별궁에서 칸은 아무렇지도 않게 내 앞에서 읽었는데, 어떻게 그럴 수 있지?"

칸은 얼굴색 하나 변하지 않았었다. 남자는 시각적 동물이라 더 힘들었을 텐데, 잘도 참았다. 저도 모르게 계속 중얼거리며 신시아는 점점 수위가 높아지는 놀라운 장면 속으로 머리를 박았다.

와아, 이래서 남자들이 야한 잡지를 보는구나.

심장이 쿵쿵 달리며 아랫배가 조여진다.

"뭐 해?"

칸이 묘한 미소를 지으며 내려다보고 있었다.

"꺄앗!"

그녀는 갑자기 들리는 목소리에 놀라서 소리를 질렀다. 하필 확인되는 얼굴이 칸이라 더 놀랐다.

"아, 저, 그, 그냥 책……. 책, 네! 책 봤어요! 하하."

손에 들고 있는 책을 얼른 뒤로 감췄다.

하필 정신없이 보고 있을 때 마주칠 건 뭐람. 얼굴에 불이 붙은 것처럼 열이 오르고 급기야 딸꾹질이 나왔다.

쯧, 하고 혀를 찬 칸이 신시아의 등을 두드렸다.

"무슨 책인데 계속 불러도 모를 정도야?"

짓궂게 올라간 입꼬리가 다 알고 있다는 듯이 빙글거렸다.

"내가, 히끅! 누구 때문에 이러고, 히끅! 있는데."

순간 짜증이 일어난 신시아가 눈을 흘겼다.

사실 그에게 짜증이 났다기보다는 아이가 생기지 않는 데다 20살의 젊은 여자가 온다는 것에 대한 짜증이었으리라.

"이 책요!"

등 뒤에 감춘 책을 칸 앞에 당당하게 내보였다.

"오호, 이걸 왜."

그가 단번에 알아보는 척을 했다. 이미 알고 있었으면서 연기하고 있다.

"왜긴요. 재밌으니까 그러죠."

"네가 적극적인 여자인 건 알았지만 이런 책에 관심을 둘지는 몰랐네?"

"사람이니까 그렇죠. 여자는 뭐, 욕구도 없어요?"

"요즘 불만 있었나? 매번 기절하기 직전까지 가서 만족한 줄 알았는데."

"누가 부, 불만 있어서 그렇대요?"

차마 칸에게 당신 때문에 불안해서 그렇다는 말을 못 하겠다. 신시아가 자리에서 일어나 책을 얼른 책장에 꽂아 넣었다.

그의 눈길이 계속해서 그녀를 따라다녔다.

"어? 딸꾹질 멈췄다."

"몰라요. 나 먼저 가요."

칸에게 화낼 일도 아닌데 하이겐에서 젊은 여자가 온다는 말에 그녀는 심술이 났다. 아니, 질투겠지.

사실 언젠가 터질 부분이었다. 지금까지 현의 여인으로 그에게 누가 되지 않기 위해서 노력하다 보니 스트레스가 이만저만이 아니었다.

"왜 화를 내지?"

지나치는 신시아의 팔을 그가 붙잡았다.

"화 안 났어요."

"아니, 너 지금 내게 화내고 있다."

"아니라니까!"

"내가 너를 몰라?"

"정말 아니…… 으읍!"

칸이 신시아의 입술을 거세게 부딪치며 훔쳤다. 그녀는 칸의 힘에 떠밀려 뒷걸음질 치다가 가로막힌 책장에서 멈췄다. 잠깐 그의 어깨를 밀며 반항을 했지만 소용이 없었다.

그가 자신의 길고 두꺼운 손가락을 신시아의 손가락 사이로 집어넣어 깍지를 꼈다. 그러고는 깍지 낀 두 손을 머리 옆으로 올려 책장에 고정됐다.

벌어진 입술 사이로 그의 혀가 들어오자 그녀의 가는 목에서 고양이 같은 희미한 신음이 나왔다.

칸이 신시아의 입안을 누비며 깍지 낀 손을 풀었다. 그의 두 손이 밑으로 내려오고, 한 손은 상의 안으로 들어와 가슴을 움켜잡았다. 다른 한 손은 얇은 치마 안으로 파고들었다.

예민한 속살에 손이 닿자 신시아는 그대로 주저앉을 것 같았다. 허리를 휘며 내는 작은 신음에 그가 신시아에게서 입술을 뗐다.

"어떤 이유로 화내는지 모르겠지만 마음의 여유를 가질 수 있게 해줘야겠군."

아까 책을 읽을 때부터 젖어 있던 그녀의 아래로 긴 손가락이 들어왔다. 점액으로 미끈거리는 곳을 마음껏 휘저었다.

"책 보면서 상상한 건가."

"아, 아니……."

"나와 하는 걸 상상했어? 응?"

아니라고 말을 하려는데 갑자기 손가락이 세 개로 늘어났다. 신시아의 몸이 비틀리고 신음이 커졌다. 구부려진 손가락이 내부에 가득 고인 액을 밖으로 퍼내자 몸이 참지 못하겠다고 소리 없는 아우성을 쳤다.

"흐윽. 칸, 싫어요."

"음?"

목덜미에 얼굴을 묻고 키스를 퍼붓던 칸이 고개를 들었다. 정말 싫냐는 듯이.

"당신을 원해요."

신시아가 헐떡이는 숨을 겨우 내쉬며 말했다. 책에서 읽었던 내용을 떠올리려 애를 쓰는데 백지처럼 텅 비었다.

칸의 손가락이 빠져나간 은밀한 곳이 허전했지만 곧 채워질 것으로 인해 기대감이 상승됐다.

빠른 동작으로 입고 있던 바지를 벗어 던진 칸이 이번에는 그녀의 옷을 허물 벗기듯이 끌어 내렸다. 나신을 잠시 보던 그는 신시아의 한쪽 다리를 잡아 자신의 허리에 걸치게 했다. 한 발로만 지탱하기 힘든 그녀의 다리가 덜덜 떨렸다.

이윽고 나머지 다리마저 들어 올리자 신시아는 그의 허리를 감싸고 매달렸다. 두꺼운 목을 팔로 휘감았다.

굳이 묻지 않아도 그가 어떻게 하려는지 짐작됐다. 처음 해보는 건데, 잘할 수 있을지 걱정도 됐다.

칸은 그렇게 신시아를 안은 채로 자리를 옮겨 책장과 책장 사이의 좁은 벽으로 밀어 넣었다.

등에 차가운 벽이 닿는 순간 그가 허벅지를 양옆으로 힘껏 벌리고 자신의 것을 신시아의 내부로 꽂았다.

그가 뜨거운 입김과 함께 그녀의 귓불을 씹으며 속살거린다.

"느껴지지? 날 이렇게 만드는 여자는 너뿐이다."

밀려들어 왔다가 빠져나간다. 사지의 끝으로 감각이 퍼져나갔다.

"흐으윽."

그가 들어올 때마다 그녀의 등이 벽에 쓸려 위로 올라갔다. 따끔거렸지만 그 고통마저 쾌락을 동반해 허리가 휘었다. 처음 하는 자세라 그런지 금방 절정이 찾아오려 했다. 허벅지 사이가 떨리고 숨이 끊어졌다.

"아아."

어떡해.

그의 목을 감고 있는 팔에 힘이 들어가며 동시에 엉덩이가 들썩였다. 세상이 뒤집어지고 천장이 노랗게 변해갔다.

미치겠다. 그녀의 아랫배가 잔뜩 조여지며 칸을 끌어당겼다. 주르륵 쏟아지는 미끈한 애액이 그의 것을 감쌌다.

"아직이야. 다시, 시작한다."

축 늘어진 여린 몸이 거친 담금질에 또 반응했다. 갑자기 칸이 그녀의 안에서 빠져나갔다. 끝난 줄 알았더니 칸이 신시아의 몸을 돌려세워 두 손으로 벽을 짚게 했다. 신시아의 한쪽 다리를 제 팔에 걸친 그가 뒤에서 들어오자 그녀가 목을 뒤로 젖히며 가느다란 신음을 내질렀다.

칸이 신시아를 안은 채 바닥으로 쓰러졌다. 그녀가 세 번의 절정을 경험하고 나서야 그는 자신의 씨앗을 뿌렸다. 거칠게 내쉬는 호흡을 따라 그녀도 함께 움직였다.

"말해. 왜 화났지?"

신시아의 숨이 어느 정도 안정이 되자 그가 물었다.

"화난 거 아니라니까요."

"계속 그럴 건가? 요즘 무슨 생각을 하는지 멍하게 있을 때도 있고, 표정도 어두워. 불러도 잘 모르잖아. 너답지 않다."

"쳇."

"왜 그래. 응?"

볼에 키스하며 다정하게 물었다.

그냥 그가 말하는 자신답게 이야기를 할까 고민된다. 하이겐에서 오는 여자 쫓아버려라, 더 나아가 궁에 남아 그의 여인이 될 꿈을 안고 있는 여자들도 모두 쫓아내라, 하고 싶다.

하지만 안 될 말이었다.

"당신은 내가 아직도 좋아요?"

"좋기만 하나. 사랑스러워 죽겠다."

"흐응. 얌전하고 여성스럽고 어린…… 여자 나타나면 홀랑 넘어가는 거 아니에요?"

어린 여자라는 말은 빼어야 했는데 그가 눈치채는 거 아닌가 싶어 슬쩍 곁눈질로 살펴봤다.

"너도 가끔 얌전해."

"내가 그럴 때마다 좋아요?"

"응."

"그럼 항상 얌전하게 있어요?"

"아니, 하고 싶은 대로 해. 난 네가 얌전해도 좋고, 지금처럼 통통 튀어도 좋고, 여성스러워도 좋고, 그 반대로 남자처럼 옷을 입는다고 해도 좋다. 아니, 그편이 지금 입는 옷보다 훨씬 보기 좋겠네."

"내가 어리지 않아도 좋아요?"

"무슨 질문이 그렇지?"

칸이 신시아의 몸을 돌려 자신을 바라보게 했다. 그녀는 저 빛나는 황금색 눈동자가 다른 여자를 보고 있다 생각하니 가슴 아래에서 뜨거운 열이 확확 올라오는 것 같았다.

"내가 마냥 이 나이에 머물지는 않겠죠."

"아, 나도 같이 늙어간다, 신시아."

"피. 남자들은 나이 먹을수록 어린 여자 찾잖아요!"

"하하하하하하!"

"왜 웃어요!"

"혹시 내가 다른 여자 찾을까 봐 그래? 여성스럽거나 얌전하거나 어린?"

"아무튼 다른 여자한테 눈 돌리기만 해요."

그녀는 더 이상 참지 않기로 했다. 지금까지 겉으로 티도 안 내고 잘 참아왔지 않은가. 남편에게 이런 말도 못 하고 살면 그게 남편인가?

"룩센은 다수의 부인을 허용하는 곳이야. 그건 내게도 적용이 되고."

신시아도 알고 있다. 그리고 그가 그럴 마음도 없으면서 이런 얘기를 꺼내는 이유는, 단순히 그녀의 반응을 보기 위한 장난이라는 것도 알고 있다. 알면서도 그를 흘겨봤다.

"정말 눈 돌리기만 해요."

"내가 눈 돌리면 어쩔 건데."

"현의 여인 안 할 거예요."

"안 하면?"

"다른 남자 찾아봐야죠. 아직은 젊은데 평생 혼자 살 수는 없잖아요?"

흥! 아쉽지 않다, 이거야.

진심이든 장난이든, 칸이 그리 나온다면 똑같이 해주리라 다짐하는 그녀였다.

갑자기 칸이 그녀의 턱을 꽉 잡고 노려봤다. 커다란 손에 쥐인 턱이 아팠지만 그녀 역시 지지 않고 그의 눈을 뚫어지게 봤다.

"그러기만 해. 죽여버릴 것이다."

죽인다는 말에 움찔할 법도 하건만, 신시아는 콧방귀를 뀌었다.

"웃겨. 당신은 다른 여자 품에 안아도 되고, 나는 왜 안 되는데?"

순간 그녀의 머릿속에 헤크란이 떠올랐다. 따지고 보면 칸에게 여자는 자신밖에 없었지만, 반대로 그녀는 그러지 못했다. 설령 모르고 갖게 된 관계라곤 하나 칸의 기억에서는 지워지지 않을지도 모르는 일이었다. 미안한 마음이 조금 들기도 했다.

그래도 그건 어쩔 수 없이 생긴 지난 일이지 않은가.

"누가 그래? 내가 다른 여잘 안는다고."

"궁 안에 있는 수많은 여자는 뭔데요. 그 여자들이 있는 이상 당신이 나만 볼 거라고 어떻게 믿어요?"

"질투하나?"

"그래요! 질투해요!"

꾹꾹 묵혀놨다가 터진 감정이 분수처럼 솟아올라 질투한다는 말을 서슴없이 내뱉었다.

아, 이거 그냥 입 다물고 있어야 했나, 하고 잠시 멈칫했다. 이렇게 다 말하면 여자로서의 매력이 떨어지는 게 아닌가 싶기도 했다. 그렇다고 이미 뱉은 말을 주워 담을 수도 없는 노릇이었다.

"하하하하하."

"웃지 마요. 나 진심이니까!"

"신시아, 나는 과거에도 너뿐이었고, 앞으로도 너뿐이다. 궁 안의 여인들은 따로 생각이 있으니까 조금만 참아."

"거짓말. 하이겐에서 여자가 온다면서요. 그것도 굉장한 미인이! 따로 생각 있다는 사람이 또 여자를 받아요? 말만 그러는 거잖아요."

"하이겐? 하이겐에서 왜."

칸이 고개를 갸웃거렸다. 생각에 빠지는 것 같더니 이번에는 이마에 손을 얹고 목을 뒤로 젖혀가며 크게 웃었다. 뭐가 그리 재미있는지 좀처럼 웃음이 멎을 생각을 안 했다.

"너도 아는 여자야. 잊으면 어떻게 해? 새로운 림이 오기로 했었는데 기억 안 나?"

한참 만에 웃음을 멈춘 그가 말했다.

림?

"응? 정말요?"

그제야 신시아가 아! 하고 잊고 있었던 사실을 떠올렸다. 칸과 그녀가 고심 끝에 고른 림이었다. 지난날의 림처럼 현과 거의 동등한 위치의 림이 아니라 일종의 월급 직원이었다. 그리고 특별히 여자로 림을 뽑은 데에는 이유가 있었다.

아무래도 그녀에 관한 소문이 다른 식으로 퍼진 것 같았다.

"아, 아무튼요. 다른 여자와 밤을 보내기만 하면 나도 그 즉시 다른 남자 찾을 줄 알아요!"

"그런 말은 농담으로라도 하지 마. 널 정말 죽일 수도 있어."

조금 전까지 유쾌하게 웃던 칸은 사라지고 지독한 질투에 사로잡힌 남자만 남았다. 황금색 눈동자가 붉게 물들어갔다.

신시아는 급변하는 그의 반응이 좋아 마음이 풀어졌다.

"당신만 지켜준다면 나도 지켜요."

"끝까지 그럴 거야?"

그가 한 손으로 볼을 잡아 신시아의 입술을 붕어처럼 만들어 좌우로 마구 흔들었다.

"으! 아! 그마안해요오오!"

쪽. 가볍게 키스를 하고서야 놔줬다.

어깨에 그녀의 작은 머리를 기대자 힘껏 안아주는 남자.

"요즘, 계속 그 생각 중이었던 건가?"

"그렇기도 하고, 아이 소식도 없어서요."

"아이? 난 천천히 생겨도 좋은데."

"불안해요."

"내가 너만 보고 있잖아. 뭐가 불안하다는 거야."

그녀도 자신이 이렇게까지 불안해할 줄 몰랐다. 혼인만 올리면 다 끝났다고 생각했는데, 현의 여인이라는 자리가 부담이 됐다. 후사 문제는 오로지 그녀 스스로 해결해야 하는 부분이었다.

"너무 걱정하지 마. 어련히 때가 되면 알아서 찾아올까."

"……."

"흠. 네가 질투하니까 좋긴 하다만, 다른 남자에게 가겠다는 말로 날 자극하지 않았으면 한다."

"미안해요. 안 그럴게요."

"상상만으로도 심장이 터질 것 같아."

그래, 칸은 이런 남자였다.

신시아는 진심으로 그가 다른 여자를 안으면 저도 똑같이 다른 남자에게 안길 생각이었다. 물론 실제로 그 상황이 닥치면 정말 그렇게 할 수 있을지 장담할 수 없었지만 말이다.

어쨌든 칸은 신시아와 달랐다. 그녀가 다른 남자에게 안기는 순간 다른 여자를 찾는 것이 아닌 죽인다고 하는 사람이지 않은가. 섬뜩하게 무서운 말이기는 하나 그 말은 곧 칸은 그녀를 대체할 다른 여자를 생각할 수 없다는 뜻이기도 했다.

신시아가 제 볼을 감싸고 피식피식 웃었다.

아, 남들이 들으면 질겁하겠지만, 질투 때문에 죽인다는 말에 감동이라도 된 건가.

오호호, 괜히 웃음이 나온다.

"그 책, 정말 재미있어서 읽은 거야?"

"네. 뭐, 다른 이유도 있고."

읽다 보니 재미가 부가되었으나 본디 목적은 재미가 전혀 아니었다.

"다른 이유?"

"솔직히 배우고 싶어서 그랬어요. 됐어요?"

"흠. 배워서 뭐하게."

"당신이 내게만 만족하게 만들려고 그랬는데 하나도 기억이 안 나요. 머리가 나쁜가 봐."

"오늘 예쁜 짓만 하기로 작정한 건가? 질투도 하고, 날 위해서 책도 읽고, 너무 예쁘네."

칸이 그녀의 볼을 잡고 흔들다가 가벼운 입맞춤을 계속해댔다. 쪽, 쪽, 쪽. 끝도 없이 들려오는 소리를 들으며 그녀는 머릿속으로 그림을 그렸다. 칸과 자신, 그 사이에서 태어난 아이들이 함께 있는 모습을.

칸은 아이를 좋아할까. 아버지의 모습을 하고 있는 칸이 그려지지 않았지만 상상만으로도 기분이 흐뭇했다.

"천천히 공부해둬. 당분간은 내가 배운 것만 써먹어도 될 테니까."

"배웠다뇨? 누구한테요?"

저절로 도끼눈이 된 신시아가 뾰족하게 물었다.

"책 말이야, 책. 네가 놀랄까 싶어서 아직 시도도 안 해본 것들이 아주 많다. 이왕 이렇게 된 거 오늘 밤부터 써먹어야지."

"그럼, 저 기대해요."

그날 밤부터 칸은 자신의 말을 지켰다. 신시아의 몸 구석구석까지 물고 빠는 것은 물론이고, 할 수 있는 온갖 야한 짓을 다 했다. 피곤하다고 칭얼거려도 봐주지 않는 시간이 계속되었다.

그렇게 반년 정도가 지나 두 사람에게 좋은 소식이 들렸다.

칸은 아이가 천천히 생겨도 좋다고 말한 사람답지 않게 뛸 듯이 기뻐했고, 시도 때도 없이 그녀의 배를 만지며 기뻐하였다.

임신 소식으로 신시아의 자리가 확실하게 굳어졌다.

그것을 계기로 칸은 궁에 있던 여자들을 모두 집으로 돌려보냈다. 신하들과 관련 있는 여자들에게는 많은 재물을 주었고, 다른 국가나 부족들이 친교 목적으로 온 여자들을 돌려보낼 때는 무역의 좋은 조건을 제시했다. 다들 속마음은 어떨지 모르겠지만, 적어도 표면적으로는 누구 하나 불만 없이, 분쟁 없이 일이 깔끔하게 처리됐다.

시간이 흘러 신시아의 배가 산만 하게 불러왔고, 출산이 임박했다. 등이 젖혀지는 의자에 편하게 앉아 쉬고 있는 그녀에게 퀜턴이 찾아왔다.

약 2년 동안 놀랍도록 자란 아이는 이제 신시아의 손을 벗어나 공부를 하고, 검술을 배우며 가끔 문안인사를 왔다.

'신시아, 책임을 져야 하는 건 맞아. 하지만 퀜턴은 노예다. 노예는 노예에 맞는 대우를 해줘야지. 네가 그 아이를 아끼는 건 알지만, 퀜턴을 위해서라도 신중해야 돼.'

퀜턴이 온 지 얼마 되지 않아 곁에 두고 있는 신시아에게 칸이 충고했다. 처음에는 그의 말을 받아들일 수 없었지만 그가 말하는 '퀜턴을 위해서'가 무엇인지 생각해봤다.

현의 비가 아끼는 아이에게 여러 가지 목적으로 접근하는 자들이 생기고, 목적을 달성시키기 위해 좋든 나쁘든 퀜턴이 희생하는 일이 벌어질 것이다.

그것을 우려하는 건 사실이었다. 신시아는 많은 고민 끝에 임신하기 전, 퀜턴을 밖으로 내보냈다. 정확히는 신하들 중 신시아와 관계가 좋은 대신의 집으로 입양을 보냈다. 거기서 양질의 교육을 받으며 훌륭하게 자라는 모습을 지켜보는 것도 뿌듯한 일이었다.

"신시아 님, 이자로트가(家)의 퀜턴, 인사 올립니다."

아직 12살인데 늠름했다. 어디 하나 나무랄 데 없이 완벽했다. 될성부른 나무는 떡잎부터 알아본다고 했던가. 그녀는 퀜턴이 분명 룩센을 위해 일할 수 있는 인재가 되리라 믿었다.

"오랜만에 왔구나. 바빴니? 6개월 만인가?"

"자주 찾아뵀어야 하는데, 수업 시간이 늘어나서 이제 왔습니다. 죄송합니다."

"네게 죄송하다는 말을 듣자고 물어본 거 아니야. 반가워서 그렇지. 근데 수업 시간이 늘어나? 내가 알기론 전에도 꽤 많은 시간을 보낸다고 들었는데?"

"많이 부족하기 때문에 남들보다 더 많이 노력해야 따라갈 수 있습니다."

신시아가 퀜턴에게 이리 오라고 손짓을 했다. 퀜턴이 다가가 그녀 앞에 한쪽 무릎을 꿇고 앉아 고개를 숙였다.

"아, 퀜턴, 일어나."

퀜턴은 입양되고 나서부터 신시아를 찾아올 때마다 바닥에 한쪽 무릎을 꿇고 인사를 했다. 그녀에게 충성한다는 의미로, 퀜턴 고향의 예법이라 하였다. 주종 관계를 확실히 한다는 의미도 있다고 들었다. 하지만 그녀는 자신과 퀜턴이 주종의 관계이길 바라지 않았다.

"내가 몇 번을 말하니, 퀜턴. 내가 비록 너를 노예시장에서 샀지만, 넌 내 노예가 아니라 대신의 아들이야."

"제가 사는 이유는 신시아 님 때문입니다. 공부를 하고, 수양을 하는 이유도 신시아 님을 지켜드리기 위해서입니다."

"퀜턴, 네 마음은 고마워. 그렇지만 날 지켜주는 남자는 헌, 한 분이시면 충분하단다."

퀜턴의 진지한 말에 신시아가 웃었다. 결코 아이의 말을 무시해서도, 가볍게 여겨서도 아니었다. 매번 같은 말을 하는 퀜턴이 기특하기도 했고, 다른 한편으로는 아이가 평범한 또래 아이다웠으면 하는 바람도 있어서였다.

하지만 그런 마음을 알 리 없는 퀜턴은 신시아의 웃음에 마음이 상했다. 퀜턴이 나이답지 않게 어른스러운 점이 늘 마음에 걸렸는데, 상처 입은 그의 눈동자는 아이임을 증명하고 있었다.

험한 일을 겪은 퀜턴이 좀 더 자신을 위해 살아가길 바라는 신시아의 마음을 아직 그는 받아들이기 힘들어했다. 그런 애한테 필요 없다는 식으로 거절을 했으니.

퀜턴이 듣지 않게 혀를 차며 자신을 질책하는 그녀였다.

아우, 내가 무슨 짓을 한 거야.

재빨리 변명할 거리를 찾았다.

"퀜턴, 부탁이 있어. 내가 아니라 곧 태어날 아기를 네가 지켜주겠니?"

"저, 저는 신시아 님을……."

"나는 다 자란 성인이잖아. 나중에 혹 내가 나이가 들어 죽게 되면 아기가 혼자 남을 상황이 올 거야. 그때 내가 사랑하는 이 아기를 꼭 지켜주렴. 네가 용감하고 멋진 남자가 되리라 믿어 의심치 않는단다."

신시아는 아직도 한쪽 무릎을 꿇고 앉아 올려다보는 퀜턴의 머리를 쓰다듬었다. 실망했던 그가 안심하는 표정을 짓자 그녀가 생긋 웃어줬다. 이때는 신시아도, 퀜턴도 몰랐다. 훗날, 태어날 아기와 퀜턴의 인연이 어떻게 얽힐지…….

다음 날, 샤이크가 왔다는 소식을 전해왔다. 궁 안으로 들어오지 못해 입구에서 들여보내달라고 난리를 치는 모양이었다. 신시아는 몸이 무거웠지만, 평소에 운동을 해뒀던 터라 그를 만나는 일이 귀찮지는 않았다.

샤이크는 신시아와 칸과의 결혼 소식이 온 나라에 퍼졌을 즈음 선물을 보내왔었다. 익명으로.

그가 즐겨 하는 귀걸이와 모양이 비슷한 귀걸이를 보며 신시아는 깔깔 웃었더랬다. 이렇게 한눈에 금방 알아볼 수 있는 걸 익명으로 보내면 뭐하나. 딱 봐도 샤이크의 선물이었다.

샤이크의 방문 소식을 들은 칸은 샤이크를 들어오지 못하게 했고, 신시아는 한 번만 허락해달라고 부탁했다. 헤크란의 일을 끝으로 본 적이 없어 아주 조금 보고 싶은 마음이 있어서였다.

신시아는 그를 용서했는지 자신은 할 수 없었다. 다만 마음이 여유로워서일까. 굳이 찾아온 그를 돌려보내고 싶지 않았다. 결국 임산부에게 약해진 칸이 져줬다.

"왜 왔어?"

칸이 얼굴 가득 못마땅한 기색을 표출했다.

"신시아와 할 얘기가 있어서. 이제는 네 아이까지 임신한 여자에게 관심 없거든. 적당히 하지?"

"내가 너를 어떻게 믿냐? 빨리 이야기하고 가. 시아 힘들다."

칸의 말에 샤이크가 신시아의 동그랗게 부른 배를 가만히 봤다.

"참 이상하다, 카르카노."

"뭐가?"

"신시아가 아주 뚱뚱해졌는데 말이다."

신시아가 입술을 삐죽거렸다. 임신했으니까 살이 찔 수밖에 없는데 꼭 칸에게 뚱뚱해졌다고 말해야 하냐.

"그런데?"

"예전보다 훨씬 아름답게 보여."

"당연히 아름답지. 누구 여잔데."

샤이크가 경이로운 것을 보는 듯한 눈동자를 하고 그녀를 바라봤다.

"뚱뚱해졌다고 해서 화나려고 했어요. 그래도 아름답다고 했으니 봐줄게요."

샤이크의 눈이 그녀가 예전보다 아름답다는 진실성을 담아 착실하게 고개를 끄덕였다.

"그건 그렇고, 할 말 있어서 온 거 아니었어요?"

샤이크가 답하려는 찰나, 밖에서 칸을 찾는 소리가 들렸다. 나가봐야 하는 칸이 샤이크에게 허튼짓 말라며 경고했다. 예전만큼은 아니지만 두 사람은 여전히 으르렁댔다.

"칸, 어서 가요. 샤이크는 할 얘기 빨리하세요."

시끄러워지려는 찰나, 신시아가 중재에 나섰다. 칸이 샤이크에게 재차 경고하고 결국 떨어지지 않는 발길을 돌렸다.

"나 좀 도와줘, 신시아."

"네?"

"아, 저, 그게…… 이 천하의 샤이크가 마음대로 안 되는 여자가 있네?"

"어머! 좋아하는 여자 생겼어요?"

그동안 샤이크에 관한 소문을 간간이 들었다. 여전히 도둑으로 살고 있고, 여자관계도 복잡하다고 했는데 이건 무슨 말인가.

"너도 알다시피 내가 좀 인기가 있어? 나랑 한 번 어쩌지 못해서 다들 안달인데, 그 여자는 나를 싫어해. 완전히 싫어해."

풀이 죽은 목소리로 대답하는 샤이크.

"옆에도 오지 말라고 한다."

그의 어깨가 축 처졌다.

"샤이크는 그 여자가 좋지요?"

"어? 음……."

새로운 문제에 대한 국면에 부딪힌 사람처럼 그의 고민이 깊어졌다. 자신이 그 여자를 좋아하고 있는지 몰랐던 모양이다.

신시아의 눈에는 지금까지 봤던 그의 모습 중에 오늘이 가장 멋있어 보였다. 어둡고 위험한 기운을 뿜어내는 저 남자가 -물론 그녀는 다른 모습의 샤이크도 이미 봐버렸지만- 여자 때문에 풀이 죽은 모습은 상상도 할 수 없었다.

그런데 왜 자꾸 웃음이 나오려 할까. 그녀는 손으로 제 손을 막았다.

"풋!"

기어이 터지고 말았다.

"아, 미안해요, 샤이크. 웃겨서가 아니에요."

"아니다. 나도 우스워."

"정말 웃겨서가 아니라 오늘 샤이크가 좀 귀여워서요."

"난 진지해."

결국 그녀는 참지 못하고 큰 소리로 웃고 말았다.

그는 여자를 잘 다루는 사람이 아니었던가. 하긴 신시아의 입장
에서는 그걸 느껴본 적이 없었지만, 기본적으로 남자가 정성을 보
이고 잘해주면 여자는 조금이라도 흔들리기 마련인데 그 여자는
철벽인가 보다.

"샤이크가 마음대로 안 되는 여자도 다 있네요. 어떤 사람인지
보고 싶어요."

"마음대로 안 되는 여자, 이전에도 있었잖아."

"누구요?"

"너 말이야."

"에이, 전 칸이 있었으니까 그렇죠."

"아무튼 너 같은 여자가 또 있다. 네 말대로 너는 카르카노가 있
었으니 그렇다 치지만, 그 여자 주위에 남자는 나밖에 없단 말이
지. 대체 어떻게 해야 해?"

샤이크가 여자 때문에 안절부절못하는 모습에 자꾸 웃음이 나
왔다.

"많이 잘해줘요."

"잘해주고 있어. 내가 얼마나 잘해주는데!"

억울한 듯이 그가 소리를 버럭 질렀다. 신시아가 말은 하지 않
았지만 누군지 몰라도 그를 단단히 붙잡아주었으면 했다. 그래서

앞으로 위험한 도둑질도 그만하고, 안정적인 삶을 살아가길 바랐다. 이왕이면 칸의 곁에서 아문과 함께 그를 도와주면 더 좋겠지만, 사이가 좋지 않으니 거기까지 욕심내진 않았다.

"솔직히 처음에…… 조금 잘못한 게 있는 해. 하지만 이제는 잘하고 있어."

"사실대로 털어놔 봐요. 정말 조금 잘못했어요?"

"음, 조금 많이."

어쩐지. 잘못한 게 있으니 상대가 그러지.

"샤이크, 내가 도움이 되면 좋겠지만 이건 도와준다고 되는 문제가 아니에요."

샤이크가 울상을 지었다.

"이대로 포기하란 말이야? 싫다, 그건 못 해."

"포기하란 말은 아니구요, 당신이 잘못한 점이 있다면서요. 스스로 그녀의 마음을 움직이게 하는 길을 찾아야죠. 그리고 그건 나보다 당신이 훨씬 더 잘할 거예요."

신시아는 그가 뉘우치고 있는 듯했고, 충분히 매력적인 사람이니 좋은 결과를 가져올 거라 예상했다. 그래도 항상 여자에게 둘러싸여 있었던 샤이크가 모르는 부분이 있을까 봐 충고는 잊지 않았다.

"그녀의 마음을 얻고 싶으면 지금까지 살아왔던 것처럼 다른 여자를 만나지 말아요. 여기저기 사랑을 흘리고 다니는 남자, 정말 재수 없거든요."

말이 좀 셌나? 하다가 샤이크가 꼭 알아야 할 말이라는 생각에 정정하지 않았다.

"다른 여자들 눈에 들어오지도 않아. 서지……."

"네?"

"아니야."

"아무튼 앞으로도 그래야 해요."

샤이크가 바람 빠지는 소리를 내며 한숨을 쉬었다. 갑자기 살아온 방식을 바꾸려면 어렵겠지만 고민의 대상이 얼마나 좋느냐에 따라 자연스럽게 바뀔 거라 기대했다.

별다른 성과 없이 돌아가야 해서 걱정스런 표정을 짓는 샤이크를 보고 있으려니 또 웃음이 났다.

"웃지 마."

신시아가 샤이크의 조용한 경고에 소리를 낮추는데 갑자기 배가 쿡쿡 찌르는 느낌이 났다.

"아야."

아기가 나오려고 하는 건가? 아까부터 조금씩 아파서 혹시 몰라 로아에게 미리 알려두긴 하였다. 신시아가 배를 잡고 웅크리자 샤이크가 인상을 찌푸렸다.

"어디 아파?"

"밖에, 밖에 로아 좀 불러줘요."

"어, 그래."

후다닥 일어난 그가 로아를 불러왔고, 놀란 눈이 된 그녀에게 괜찮다는 손짓을 했다. 한국에 있을 때 주아 때문에 출산에 대해서 약간 공부한 적이 있어서 다행이었다.

"아기가 나오려나 봐요."

"네. 산파도 대기하고 있고 다 준비 다 되었습니다. 어서 현을 모셔오라고 전하겠습니다."

로아가 그녀를 부축해 침대로 옮겨줬다. 옆에서 바라보고 있던 샤이크는 로아에게 쫓겨났다.

신시아는 시간이 어떻게 흘렀는지 모를 정도로 끙끙댔다.

참을 만했던 진통의 간격이 점점 짧아지면서 심하게 아플 때쯤 칸이 들어왔다. 그리고 배가 너무 아파 이대로 죽겠구나 했는데 그 순간 아기가 나왔다. 그녀의 몸에 힘이 빠지고 정신이 하나도 없었다.

길었던 진통의 시간 동안 아파서 울고불고 난리를 친 것까지만 기억이 났다. 사실은 너무 아파서 저도 모르게 칸에게 원망의 소리를 쏟아낸 사실이 떠올라 그것만 기억나지 않는 척했다. 물론 그는 이해한다고 하겠지만 그녀가 민망해서였다.

"힘들었지?"

칸이 땀에 젖은 머리카락을 쓸어 올려주며 그녀의 반듯한 이마에 입을 맞췄다.

룩센은 원래 여자가 분만을 할 때 남자가 들어가지 않는 관습이 있었다. 하지만 칸은 고통스러운 그녀의 비명을 밖에서 듣는 것보다 곁에 있어주기를 원했다.

로아가 신시아에게 아기를 안겨줬다. 머리카락 색과 눈동자는 칸을 쏙 빼닮았고, 피부는 그녀를 닮은 여자 아기였다. 눈을 감고 꼬물거리는 아기를 보는데 그녀의 심장이 마구 뛰었다. 뭉클한 것이 올라오며 자꾸 눈물이 흘렀다.

누군지 모르는 자신의 엄마도 이랬을까. 정말 죽을 것처럼 아픈 고통 끝에 자신을 낳은 후 감격했을까. 비록 버려졌으나 그랬을 거라고 믿고 싶었다.

"흑흑."

칸은 신시아의 눈물을 닦아주며 머리를 쓰다듬었다.

감정이 복잡하게 섞인 그녀가 갑자기 큰 소리로 울음을 터뜨렸다. 그는 아기를 얼른 로아에게 넘겨주며 물러가라는 손짓을 했다.

"으아아아앙."

"괜찮아, 괜찮아."

"너무 아팠어요."

신시아가 엉엉 울면서 그에게 말했다.

"응. 그래도 잘해냈어."

"너무너무 아파서 당신이 미울 정도였어요."

이제야 그가 미웠다고 실토를 한다.

"미워해도 돼."

"근데 아기를 보니까 너무 예쁘잖아. 당신 닮은 아기가 너무 예쁘고 사랑스러워서 또 낳고 싶어졌어."

"쿡."

"왜 웃어요! 흑흑. 죽을 것처럼 아파서 다시는 못 낳겠다고 했는데, 무슨 마음이 손바닥 뒤집듯이 바뀌냔 말이야!"

칸이 신시아를 안고 등을 토닥였다. 그러면서도 그는 계속 웃음을 멈추지 않았다.

"고맙다. 사랑해. 평생 사랑해줄게."

"당연히 그래야죠. 나한테 잘해야 해요!"

"그럼, 그럼."

그날 그녀는 꽤 긴 시간 동안 울먹이면서 칸에게 많은 것을 요구했고, 그는 웃으면서 다 들어준다고 약속했다. 그날 하루만큼은 신시아가 아기가 된 날이었다.

외전 1 : 헤크란

[오호라, 내일 카르카노에게 비가 생기는구나.]

파란 불덩이가 소년의 곁을 맴돌며 소리를 냈다. 눈을 감고 잡신과 교접 중인 그는 '카르카노의 비'라는 말에 번쩍 눈을 떴다.

벌써 비를 들인다고?

카르카노가 차기 현으로 정해진 건 불과 석 달 전이었다. 20살이 되어야 정해지는 자리를 5년이나 앞당겼고, 그 자리의 주인은 자신이 아닌 카르카노가 될 것을 짐작하였다.

그러나 앞으로 바뀔 기회가 있다고 생각했건만 지금 카르카노가 비를 맞이하게 된다면 그의 자리는 더욱 굳어진다. 거기다 상대의 집안이 누구냐에 따라 실리는 힘이 더욱 커질 것이다.

난데없이 왜 비를 내정하는 걸까. 림이 신탁이라도 받은 건가?

"누구죠?"

바닥에 툭 떨어진 파란 불덩이의 빛이 사그라들며 연기를 피웠다. 그리고 연기가 사라진 자리에는 사람 팔뚝만 한 검은 전갈이 나타나 제자리를 빙글빙글 돌았다.

[총사령관이네. 그 집에 딸이 하나 있는데…… 룩센에서는 볼 수 없는 미인이지. 헤크란, 보여줄까? 궁금해?]

속삭이는 소리가 귓가를 간지럽히며 유혹하자 헤크란이 망설였다. 환영을 보기 위해서는 형체를 마음대로 바꾸는 이 잡신에게 신접을 허락해야 한다.

이런 뜨내기 귀신에게 몸을 주는 것 자체가 위험한 일이라 고민이 되었지만, 힘을 빌리지 않고는 앞으로 카르카노의 비의 모습을 볼 방법은 없었다.

아직까지 밝히지 않았다면 비밀스럽게 진행하는 일이라 사람들 앞에 보여줄 의향이 전혀 없다는 뜻이기도 했다.

[어쩔 거야. 곧 날이 밝으면 난 가야 해.]

고민의 시간이 길어지자 잡신은 헤크란을 재촉했다.

"좋아요. 쓸데없는 짓 하면 소멸시킵니다. 그리고 싶지 않으니 알아서 잘해주세요."

헤크란이 부드러운 음성으로 웃으며 말했지만 접히는 눈꼬리가 섬뜩했다. 그걸 발견한 상대가 '크크크' 하고 웃었다.

룩센의 잡신들은 사람처럼 성격이 다양했다. 악하기도 했고, 장난꾸러기도 있었다. 반대로 여리고 좋은 성격도 있었다. 하지만 대부분 각자 나름대로 가진 한(恨) 때문에 귀신이 되었던 터라 악한 성격이 대부분이었다.

그들은 귀신의 몸을 하고는 자기 원하는 행동을 취할 수 없었다. 해서 이렇게 사람을 꼬드겨 몸을 빌리고 장난을 치든 악한 일을 행하든가 했다.

장난에서 끝나는 일이라면 다행이지만 만약 그 이상의 것을 한다면 후일의 책임은 오로지 몸을 빌려준 사람의 몫이었다. 더러는 그 과정에서 목숨을 잃는 경우도 있었다.

[감히 룩센의 림이 될 몸에게 내가 무슨 짓을 하겠어. 너를 위해 해주겠다는 거야. 환영을 보여주는 것 외엔 아무 짓도 하지 않아.]

굳게 다문 입술의 헤크란이 고개를 끄덕였다.

전갈이 꼬리를 아치 모양으로 말아 헤크란의 허벅지를 푹 찔렀다. 따끔한 통증에 몸이 움찔거렸지만 참을 만했다.

몸에 열기가 돌았다. 다른 영혼이 스며드는 기운이 역력히 느껴지며 호흡이 거칠어졌다. 전갈이 온데간데없이 사라졌다.

잠시 후 머릿속에서 다른 의식이 말을 걸어온다.

[으흐. 얼마 만에 들어와 보는 사람 몸이야. 좋다.]

"어서 보여줘요."

[서두르지 마. 너에게 도움을 주는데 이 정도의 쾌감은 느낄 수 있도록 해줘야지.]

바닥에 앉아 있는 헤크란이 일어나 팔을 위로 길게 뻗으며 기지개를 켰다. 뒷목을 잡고 몇 번 돌리는 그의 입에서는 연신 만족스런 신음이 나왔다.

물론 이건 헤크란이 아닌 귀신이 내는 소리였다.

[하아. 기운이 충만한 몸이야. 뺏고 싶은걸.]

곧이어 '헉!' 하고 숨을 들이켜며 짧은 비명을 질렀다. 헤크란이 손으로 제 목을 움켜쥔 것이다.

[으헉! 이, 이봐. 이거 네 모, 흐윽. 네 몸이잖아!]

"윽. 이런 느낌이란 걸 알려주기…… 위해서예요. 수작 부리면, 흐윽, 이것보다 더한 고통으로 소멸…… 됩니다."

몸에 다른 영혼이 들어왔을 때 사람들은 스스로 통제가 불능했지만 이쪽 방면으로 타고난 헤크란은 가능했다. 쉽지는 않았으나 완벽히 잡아먹히는 일은 없었다.

목을 쥔 손이 느슨해지자 콜록, 콜록 기침을 하며 급하게 공기를 들이마셨다.

[독한 놈.]

머릿속에서 들려오는 소리를 무시한 헤크란이 어서 보여달라하며 창가에 서서 눈을 감았다.

눈을 감았지만 뜨고 있는 것처럼 훤하게 모든 것이 시야에 들어왔다. 갑자기 공기가 당겨지며 그 안으로 빨려 들어가는 느낌이었다.

땅과 하늘이 뒤엉켜 소용돌이를 쳤다. 몸이 위로 올라갔다가 다시 아래로 곤두박질치는 바람에 속에 메스꺼웠다.

순간 한 소녀가 보였다.

열매의 속살처럼 하얀 피부가 가장 먼저 눈에 들어왔다. 새카만 어둠 같은 검은 머리카락과 맑은 눈동자를 가진 소녀는 귀신의 말대로 룩셴인의 것이 아니었다. 붉은 입술이 하얀 피부 때문에 유난히 새빨갛다. 그런데 이 아름다운 소녀를 어디서 본 적이 있었다.

총사령관에게 딸이 있는 건 알았지만 결코 만난 적은 없었다. 궁 안의 여인들 중에도 본 기억이 없었다. 그럼 어디서 봤단 말인가.

궁 밖을 나갔을 때 봤다면 그냥 보내지는 않았을 것이다. 입술을 훔치고 열매와 같은 속살을 만지고도 남았을 텐데, 기억에 전혀 없었다.

하지만 분명히 본 적이 있는 얼굴이었다. 기억을 더듬던 그의 머릿속을 빠르게 스치고 가는 그림.

초상화였다. 그래, 라리사! 라리사와 같은 얼굴을 하고 있다. 어떻게 된 거지? 라리사의 후손인가. 아니다, 그럴 리가 없다.

라리사의 후손은 왕의 피를 이어받은 자신이었다. 그럼 라리사의 형제의 후손이라도 된다는 말인가. 그것도 아닌데. 기록에 의하면 라리사는 어느 날 갑자기 바람 속에서 나타난 여인이었다.

오래전의 업적이 많은 인물이라 과장되어 기록되었다 한들, 그녀가 룩센에 홀로 왔던 건 확실하다. 지금까지 닮은 얼굴을 본 적이 없으니까.

설마? 그의 추측이 맞다면 소녀를 카르카노의 비로 데려온 이유를 알 듯했다.

선대왕 중에 하나였던 바라크를 도와 룩센을 광명의 시대로 이끌었던 여인과 똑 닮았으니 그녀에게도 그걸 바라고, 기대하고 있을 것이다. 그것은 카르카노가 지난날 바라크와 같은 왕이 되기를 기원한다는 의미였다.

기분이 엉망이다. 제 아버지의, 카르카노에 대한 기대치가 점점 높아지고 있고, 그의 자리는 굳건해지고 있다.

"나오세요."

[벌써? 더 보고 싶지 않아?]

"나오라고 했습니다."

헤크란이 단호하게 명령했다. 부르르 떨리던 몸이 힘을 잃고 벽에 기댔다.

몸을 내어주는 일은 체력 소모가 크고, 골이 흔들리는 통증을 동반해 헤크란의 얼굴이 구겨졌다.

파란 불덩이가 그의 옆에서 '파팟' 하고 터졌다.

[나는 이만 가야 될 시간이다. 짧아서 아쉽지만 그래도 즐거웠어.]

"잠깐만요. 혹 앞으로 내 근처에 있을 수 있나요. 필요할 때 부르면 언제든지 나타났으면 합니다."

[으잉? 종속 관계가 되자는 건가? 말이 좋아 네가 나의 주인이 되는 거지, 너에게 손해야.]

"알고 있어요."

몸을 빌려주는 횟수가 늘어날수록 체력 소모는 둘째 문제고, 정신이 잡아 먹혀간다. 하지만 헤크란에게 문제 되지 않았다.

태어날 때부터 현으로서 가져야 할 모든 능력을 카르카노가 가지고 태어났다면, 자신은 림으로서 가져야 할 모든 능력을 가지고 있었다.

말문이 트이기도 전부터 접신을 해왔다는 걸 아무도 모른다. 물론 그때는 자신이 접신을 하고 있는지도 알 수 없을 만큼 어렸지만.

체력 소모와 두통이 있었으나 지금까지 아무 문제 없었고, 앞으로도 없을 것을 확신했다. 이런 조무래기 잡신들 따위 제 손안에서 마음대로 가지고 놀 수 있는 실력은 되었다.

"대신 앞으로는 물리적인 형태를 가지고 나타나요. 불빛은 눈에 쉽게 띠네요."

[알았어, 알았어. 그럼 우리 계약은 완료된 거네?]

"이름이?"

[가일런이야.]

헤크란이 고개를 끄덕였다. 깊어가는 밤, 그의 입가에 어둠과도 같은 미소가 걸렸다.

모두가 잠든 새벽.

헤크란은 자신의 방, 창가 옆 벽에 기대어 밖을 보고 있었다. 몸을 최대한 안으로 숨긴 그의 눈이 매서웠다.

날이 밝기 전 이른 시간에 궁의 입구를 통과한 마차 한 대가 안으로 들어왔다. 얌전한 말은 천천히 달렸던 모양이다. 거친 숨소리 하나 들리지 않고 따각, 따각 말발굽 소리만 냈다. 바퀴가 작은 마차는 조용히 움직였지만, 고요한 시각이라 그런지 마차 움직이는 소리가 궁 안에 낮게 울려 퍼졌다.

하지만 누구도 신경 쓰지 않을 것이다. 은밀히 행해지는 일에 아랫사람들은 그저 눈과 귀, 입을 막고 살아간다.

마차 안에는 차기 현으로 내정되어 있는 카르카노의 비(妃)가 타고 있겠지. 현재 현의 자리를 지키고 있는 아버지와 총사령관을 포함해 이 일을 아는 소수의 사람들이 헤크란에게도 쉬쉬했었다. 모르고 지나갈 뻔했는데 어젯밤 잡신과 교접했을 때 우연히 알게 되었다.

"라리사를 닮은 비라……."

때마침 마차의 문이 열렸다. 총사령관이 먼저 내렸고, 그의 손을 잡은 여자가 따라 내렸다. 베일로 얼굴을 가렸지만 얇은 옷 아래로 보이는 하얀 피부 때문에 누군지 짐작할 수 있었다.

밖을 보고 있는 헤크란이 눈동자가 좌우로 굴렀다.

만약 자신이 그녀를 차지하게 된다면 어떻게 될까. 카르카노가

라리사를 닮은 비를 잃게 된다면 상황이 바뀔 가능성은 있을까.

안으로 들어가는 부녀를 바라보며 헤크란은 아버지가 저를 부르지 않을까 조금의 기대를 하였다. 하지만 며칠이 지나도 조용했다. 마치 아무 일도 없다는 것처럼.

언제나 이런 식이었다. 한날한시에 태어난 쌍둥이로 헤크란이 먼저 나온 장자였음에도 불구하고 아버지에겐 동생인 카르카노가 먼저였다.

그도 아버지의 마음을 이해한다. 헤크란보다 글을 먼저 깨우치고 암기력이 뛰어났던 동생은 서고의 책을 줄줄 외울 정도로 읽어 댔고, 수학에도 두각을 나타냈다.

거기다 몸놀림이 빠르고 체력이 월등히 좋아 칼로 싸우든 창으로 싸우든, 하다못해 맨주먹으로 싸워도 카르카노가 늘 위였다. 그들을 가르치는 선생들도 입이 닳도록 칭찬하는 쪽은 카르카노였다.

타고난 카리스마도 한몫했다. 의미 없이 툭툭 내던지는 말에도 신하들이 머리를 숙였다. 해서 어머니도, 아버지도 동생에게만 집중했다.

다르게 태어난 걸 어쩌란 말인가. 죽어라 쫓아가도 카르카노를 따라 잡을 방법이 없었다.

단 하나, 신과 교접하는 일을 제외하고는.

그 일에 있어서는 카르카노에게 가야 할 약간의 소질마저 헤크란에게 몽땅 쏟아부은 것 같았다.

어렸을 적, 카르카노가 책과 함께 놀았다면, 헤크란은 잡신들과 놀았다. 오직 신관인 림만이 헤크란을 아꼈다. 이미 각자 갈 길은 정해져 있다고 스스로 위안했지만 늘 따라다니는 자격지심을 감추기 위해 억지로 웃는 얼굴과 친절함으로 무장했다.

철저히 연습한 결과로 까칠한 성격의 카르카노보다 헤크란이 더 인정받았고, 여자들에게 인기도 훨씬 좋았다. 그러다 보니 가면을 쓰고 사는 삶이 진짜인 것처럼 고착화되고 말았다.

어디서부터 어디까지가 제 모습의 진실인지 그도 알 길이 없었다. 인제 와서 그런 생각이 무슨 소용이 있을까. 그는 신시아를 찾는 것에만 열중하였다.

궁으로 들어온 신시아가 지내는 곳을 찾기란 쉽지 않았다.

시간이 날 때마다 궁을 뒤지고 다녀봐도 결과는 같았다. 하는 수 없이 온갖 잡신들을 불러내 알아내려고 했지만 보이지 않는다는 답만 돌아왔다.

아무리 머리를 굴려봐도 방법이 없었다. 대체 어디에 꽁꽁 숨겨 놨길래 접신을 통해서도 찾는 게 불가능한 것일까.

헤크란은 신전 안에 있는 자신의 집무실에 앉아 창밖을 바라보고 있었다. 까만 어둠이 내려앉았지만 환한 달빛으로 인해 모래가 하얗게 빛을 냈다. 그리고 그의 머리 옆에 엄지만 한 푸른색의 작은 구슬이 동동 떠 있었다.

[아무래도 내가 접근할 수 없는 곳에 있나 봐.]

며칠 동안 찾아다녔던 가일런이 포기를 권유했다. 이 정도면 필시 알아내지 못하도록 차단하는 이가 있을 거라는 게 그의 주장이었다.

"어떻게 하죠? 카르카노와 혼인하기 전에 그녀에게 접근해야 합니다."

[음…… 방법이 아주 없는 것도 아니야.]

"있었으면 빨리 말했어야죠!"

[더 깊은 거래를 할 생각이 있어?]

깊은 거래. 그것이 무엇을 뜻하는지 헤크란이 모르지는 않았다. 림의 교육을 받을 때는 물론이고, 신전에서 일하는 사제들도 공통적으로 명심해야 하는 지침이 있다.

바로 신과의 거래. 특히 정체를 알 수 없는 잡신이라면 더더욱 금기시되었다.

"원하는 게 뭡니까?"

기다렸다는 듯이 답이 바로 나왔다.

[네 영혼.]

대충 어려운 걸 원하리라 예상했지만 영혼일 줄이야.

"가일런, 당신의 정체가 뭔가요."

보통의 잡신이라면 영혼이 아닌 사람처럼 살아 움직일 수 있는 육체를 원한다. 그보다 한 단계 올리는 잡신은 이미 잡신이 아니었다.

[흐, 역시 넌 눈치가 빨라서 좋아. 정체 따위는 없어. 인간의 영혼을 모으는 게 취미지.]

"영혼을 모아요?"

영혼을 모으는 취미. 어둠을 먹고사는 신.

책에서 봤고, 림에게 들었다. 헤크란은 가일런이 제게 접근했던 목적은 처음부터 영혼을 둔 거래였음을 깨달았다.

[얼마 후면 내가 사는 세상으로 돌아가야 하는데, 거긴 너무 심심하거든. 같이 놀아줄 상대가 필요해.]

"얼마 뒤라면, 내가 하고픈 대로 누릴 시간은 되나요?"

[오오, 그럼, 그럼! 네가 나이가 들어 죽을 때, 네 영혼을 내게 주면 돼.]

키득키득 가일런이 웃었다.

헤크란은 영혼을 파는 일을 겪어보지 않아 정확히 어떤 것인지 모르나, 적어도 옳지 않고 큰 대가가 뒤따른다는 것쯤은 알고 있었다. 그렇다고 거절할 마음은 조금도 없었다.

살아서 누리고 싶은 대로 누릴 수 있다면 그깟 죽은 뒤의 영혼쯤이야 원 없이 내어주리라.

"좋아요, 앞으로 이런 상황이 발생하면 계속해줄 수 있죠?"

[계속은 안 돼. 여기는 내 세상이 아니잖아. 세 번 정도는 가능할지도?]

"겨우 세 번에 내 영혼을 두고 거래하자고요?"

[세 번을 잘 쓰면 되는 거지. 싫으면 관둬. 나는 아쉽지 않아~]

주먹을 쥐고 있는 헤크란의 손에 힘이 더해졌다. 이미 그의 마음이 기울었음을 가일런이 알고 놀렸다.

결국 깊은 거래에 응했다.

후에.

한 번은 신시아가 사는 별궁을 알아냈고.

한 번은 룩센 최고 신관으로서의 능력을 달라 했으며.

한 번은 가일런을 모래의 신으로 탈바꿈시켰다.

신시아가 지내는 별궁을 알게 된 헤크란은 몰래 별궁으로 찾아가 그녀를 지켜봤다.

"당신도 내가 좋아질 겁니다."

모든 여자들이 그러했듯이.

창가에 앉아 조용히 책을 읽고, 때로는 산책을 하는 신시아의 모습은 날이 갈수록 아름다워져 카르카노에게 주기 아까웠다. 내재되어 있던 새카만 욕망이 신시아를 보며 더욱 커졌다. 그녀를 가지면 자신이 현의 자리에 오르는 데 또 하나의 명분이 추가될 것이다.

세월이 흘러 다시 만난 신시아는 달라졌다. 조용하고 깨끗한 소녀의 향기를 가졌던 그녀는 여인으로 성숙함을 풍겼다. 그녀의 얼굴이 더욱 신비스러워진 데 반해 몸짓 하나하나에는 관능미가 넘쳤다.

헤크란의 원래 계획은 납치였다. 납치해 카르카노에게 넘겨 둘이 사랑에 빠지도록 한 뒤, 멀리 보낼 계획이었는데 틀어졌다. 막상 재회하니 만져보고 싶고, 입 맞추고 싶고, 욕심이 나서 견딜 수가 없었다.

카르카노를 잊은 그녀가 자신을 봐주었다.

그래서 신시아를 가졌다.

헤크란은 당시 그녀에게 왜 저를 '칸'이라고 소개했는지 의문이었다. 무심결에 나온 이름이 '칸'이었다. 아마 그도 자신이 싫어서 카르카노가 되고 싶은 욕구가 나왔는지도 모른다.

함께하는 시간 동안 행여나 그녀의 기억이 돌아오면 어쩌나 불안하고 초조하면서도 즐겼다. 세상을 다 얻은 것처럼 좋아서 잠시 모든 걸 다 잊고 오직 신시아만 보며 함께 살까도 했었다. 하지만 그녀는 헤크란이 꿈꾸던 세상이 아니었다.

시간이 흐를수록 고민이 깊어지고 마음이 흔들렸다. 결국 마음을 잡으려면 그녀와 계속 함께 있을 수가 없어 혼자 후일을 기약하며 급하게 떠났다.

그것이 의도치 않게 카르카노와 만나는 계기가 되었다. 손가락 하나 까딱하지 않고 둘이 만나 서로에게 빠져 잘된 일이다 생각했는데, 속이 쓰렸다. 그렇게 애써 스스로를 세뇌했다.

신시아는 오로지 이용의 목적이었을 뿐, 아무 감정도 없었다. 그리고 세뇌가 계속될수록 사실화가 되어갔다.

사물이 하나도 보이지 않을 만큼 깜깜한 공간이었다. 발을 딛고 서 있기는 하지만 바닥인지 천장인지 구분되지 않았다. 숨을 쉬고 있으나 공기가 있는지도 모르겠다.

머리를 짓누르는 기운에 머리가 아팠다.

바람 한 점 없는 이상한 공간, 그 중심에 헤크란이 멍한 얼굴로 있었다.

카르카노에 의해 다른 세계로 빠졌다. 역시 죽는 편이 나았다. 하긴 어차피 죽어도 가일런이 영혼을 거두러 온다고 했으니 별반 다를 게 없던 거였나. '차라리 죽이라'고 카르카노에게 바락바락 악을 썼건만, 자세히 생각해보니 의미가 없는 외침이었다.

깊은 한숨이 나왔다.

"여기 어떤가?"

저 멀리서 하얀 천으로 전신을 휘감은 사람이 다가오며 물었다. 비현실적으로 큰 키와 흰자위 없이 까맣게 빛나는 눈이 공포감을 조성했다.

그러나 헤크란은 무표정하게 그를 맞이했다. 누군지는 뻔했다.

"끔찍하군요."

헤크란은 그를 제대로 본 적이 없었으나 누군지 잘 알고 있었다. 가일런.

어차피 지금 하고 있는 모습도 가일런의 몸은 아닐 것이다. 자유자재로 모습을 바꿀 수 있는 그가 본인의 세상에 있으니 더 쉽게 가능하겠지.

자신의 영혼을 팔아서 계약했던 결말이 이리되었다.

가일런이 소정의 목적을 가지고 접근했다는 걸 알면서도, 무엇 하나 카르카노보다 뛰어난 것이 없었던 헤크란에게 계약은 뿌리칠 수 없는 유혹이었다.

"후회하지 않나, 헤크란?"

"지난 일을 후회해봤자 달라지는 게 있나요? 그렇다면 저를 보내줄 건가요?"

"그럴 순 없지."

"그럼 그런 질문은 하지 마시죠."

"이 끔찍한 곳에서 기약 없는 시간을 나와 보내야 할 텐데 괜찮겠어?"

헤크란이 픽 웃었다. 영혼을 두고 계약을 하자더니 이번에는 또 뭐가 필요해서 슬슬 미끼를 던지는지 모르겠다.

"벗어날 방법이 있기는 한가요?"

미끼인 줄 알면서도 헤크란은 물어볼 수밖에 없었다.

"있지. 하지만 조건이 필요해."

"어떤 조건인가요?"

"네가 룩센에 살면서 진심으로 대한 게 있었나? 있었으면 그 진실한 마음으로 한 번 더 계약을 할 수 있다. 다만 현의 자리에 대한 욕심 때문에 생긴 마음은 소용이 없다."

진심으로 대한 것이라…….

헤크란에게 진심이란 오직 현의 자리에 대한 욕심밖에 없었다. 하나만을 바라고 달려온 인생에 진심으로 대할 것이 뭐가 있겠는가.

그 자리의 욕망 때문에 몇 사람의 인생을 송두리째 흔들어놨다.

"당신이 말하는 현의 자리 말고 진심은 없었습니다. 몇인지도 모를 사람을 죽였어요. 죄 없는 사람에게 누명을 뒤집어씌웠고, 피를 나눈 형제도 버렸지요. 사랑하는 여인 또한 속였……."

순간 헤크란은 자신의 입에서 나온 '사랑하는 여인'이란 단어에 흠칫 놀랐다.

"네가 사랑하는 여인도 있었는가?"

"아……."

모두에게 신시아를 사랑하지 않는다고 말했다. 단 한 번도 진심인 적이 없었다고 했다.

하지만 그녀가 처음 궁에 들어왔을 때, 몰래 지켜봤다. 카르카노의 신부가 온다는 소식을 들었기 때문에 궁금했다.

베일에 가려진 얼굴이 보이지 않았지만 밖으로 드러난 팔다리가 새하얀 피부를 가지고 있었다.

결이 좋은 까만 머리카락이 바람에 나부꼈다. 한 번도 본 적이 없는 묘한 분위기를 지닌 그녀에게…… 한눈에 반했다. 사랑했다. 그걸 이제야, 여기 와서야 인정하고 말았다.

돌이켜보면 그는 신시아의 얼굴을 보지 않고도 사랑을 시작했다. 카르카노보다 더 사랑해줄 수 있는데, 그녀는 후대 현의 여인이 될 운명이었다.

모르겠네. 현의 자리가 갖고 싶어서 그녀를 욕심냈는지, 그녀가 욕심이 나 현의 자리를 갖고 싶었는지. 그런 게 다 무슨 소용일까. 현의 자리나 신시아나 처음부터 기회조차 주지 않았다. 그래서 더 독해질 수밖에 없었다.

"정말 사랑했어?"

새카만 눈이 헤크란의 얼굴 가까이 다가왔다.

"사랑했지요. 하지만 현의 자리를 더 사랑했어요. 현의 자리 때문에 그녀를 사랑했으니까."

혼란스럽다가도 항상 결론은 같았다.

헤크란이 어깨를 으쓱하자 흰옷을 입는 상대는 안타까운 신음을 냈다.

한 번 더 계약해서 헤크란의 영혼을 소멸시켜 가지려 했는데 계약 조건에 걸리는 '현의 자리'에 대한 욕심이 있는 한은 계약 성립이 안 되었다. 우선은 끝없는 어둠 속에 묶어두는 것밖에 할 수 없었다.

가일런은 아쉬워 쩝쩝 입맛만 다셨다.

"가일런, 당신의 진짜 정체, 이제는 말해줘도 되지 않나요?"

"그렇게 궁금하다면야, 난 너와 같은 영혼을 먹…… 모으는 취미를 가지고 있어."

황급히 말을 바꾸는 가일런의 말을 헤크란도 알아챘다. 어둠의 신이라는 건 짐작하고 있었는데 영혼을 먹어치우는 놈인 줄 몰랐다.

가일런과 처음 만났을 때, 그를 소멸시킨다고 협박했던 사실이 떠올랐다. 가일런이 저를 보며 얼마나 가소로웠을까.

이로써 헤크란은 이곳에서 어떻게 해야 할지 결정을 지었다.

가일런은 언젠가 헤크란이 신시아에 대한 사랑이 진심이라 밝히며 거래에 응할 때가 오기를 기다리고 있을 것이다.

"그럼 언제가 될지 모르겠지만 다음에 보자."

흰옷을 입은 그는 흐흐흐 하는 음산한 웃음을 흩뿌리며 사라졌다. 하는 짓은 어둠인데 입은 옷은 마치 환한 빛과 같았다.

가일런이 사라지자 헤크란은 바닥에 털썩 주저앉았다.

죽어도 죽은 것이 아니군. 어둠뿐인 공간에서 먹지도 않고, 자지도 않고 긴 시간을 보내다 보면 다시 계약을 하고 말겠지.

그건 불 보듯 뻔한 일이다. 이곳에서는 누구도 오랜 시간 견디지 못하고 자신을 내어줄 수밖에 없을 것 같았다.

헤크란은 고개를 푹 숙였다. 문득 그녀와 만났을 때가 떠올랐다. 과거의 그녀가 그에게 물어왔다.

'칸은 내게 왜 이렇게 잘해줘요?'

그리고 과거의 그가 답했다.

'사랑하니까.'

가일런은 이 말이 진심이길 기다리고 있다. 분명 기약할 수 없는 먼 훗날, 신시아를 진심으로 사랑했다고 말하게 될 것이다.

외전 2 : 아문

어머니!

어머니께서 눈에 넣어도 아프지 않을 만큼 사랑하셨던 신시아 는 행복하게 살고 있습니다. 바라시던 대로 현의 여인이 되어 그 자리에서 할 일을 제법 해내기도 합니다.

다시 만난 신시아는 많이 변했습니다. 조용하던 그 애가 하고 싶은 말을 다 하는 모습이 그려지십니까? 가끔 현께 맞서기도 하 고, 신하들과 대립하기도 합니다.

물론 아무 때나 대책 없이 그러는 건 아닙니다. 룩센의 비로서 백성들을 위한 일을 진행할 때 의견이 부딪치면 설득하기 위해서 입니다. 다행히 현께서는 그런 신시아를 사랑스럽게 봐주시고, 어 쩌다 한 번씩 서로 티격태격해도 대부분 현께서 양보하실 정도입 니다.

오늘은 묵혀뒀던 이야기를 털어놓고 싶어 오랜만에 편지를 씁니다.

요즘 신시아가 제게 빨리 혼인하라고 채근입니다. 비록 얼굴이 늙어 보이기는 하지만 아직 젊은데 뭐가 그리 급하다고 난리인지 모르겠어요. 거기다 제 마음은 꼼짝하지 않고 그대로인데 말입니다.

하긴 그 애는 제 거짓말을 전혀 의심하지 않았습니다. 동생의 감정만 가지고 있다는 말을 믿었으니까요.

그래도 다행이라고 생각합니다. 신시아가 그 거짓말을 의심 없이 받아들인 순간부터 제게 오라버니로 편안하게 다가옵니다. 어제는 아기가 생기지 않는 문제를 상의하고 갔습니다.

가끔은 그렇게 아무것도 모르는 그 애가 원망스러울 때도 있으나 그것마저도 제게는 행복입니다.

어머니! 돌아가시기 전에 신시아를 부탁하신 말씀, 가슴 깊이 담아두었습니다. 오라버니로서 그 아이를 지켜달라는 부탁 말입니다.

죽을 때까지 그리하겠습니다. 한때는 욕심도 냈지만 지금은 제 자리가 아니란 것을 깨달았습니다.

신시아를 행복하게 해줄 수 있는 사람은 현뿐이십니다.

그러나 정리 못 한 제 마음은 저도 어쩔 수가 없습니다. 너무 노하지 않으셨으면 합니다. 아무리 잘라내려 애를 써도 뜻대로 되지 않습니다.

한동안 괴롭기도 했습니다. 솔직히 신시아가 다른 세계에 갔을 때 저를 위해 돌아오지 않기를 바란 적도 있었습니다.

돌아온 신시아를 다시 봤을 때는 절망감을 느꼈습니다. 가질 수 없는 상대를 사랑한다는 건 너무 고통스럽다는 사실을 충분히 경험했기 때문이지요.

하지만 신시아가 돌아온 이상 현실을 받아들이기로 했습니다. 오직 그 애가 행복할 수 있도록 하는 것에만 집중했습니다.

지금은 행복한 신시아를 보면서 저도 행복합니다. 그 애가 돌아왔을 때 그런 생각을 했습니다. 저는 죽을 때까지 신시아를 지켜야 하는 운명이라고요. 물론 어디까지나 오라버니로서입니다.

저, 어머니의 유언대로 잘하고 있습니까? 나중에 다시 뵈었을 때 꼭 칭찬해주세요. 그리고 그곳에서 신시아가 행복할 수 있도록 아버지와 함께 지켜주십시오.

이곳에서는 제가 그 아일 지키겠습니다.

                    -어머니를 사랑하는 아들 아문 드림.

아문은 일기장을 덮으며 옅게 한숨을 쉬었다. 절대 누가 보면 안 되는 물건이라 아무도 모르는 곳에 깊숙이 넣고 작은 자물쇠로 잠갔다.

몰래 숨겨둔 마음을 들키지 않기 위해 노력하는 것이 때로는 감당할 수 없는 무게로 다가와서 힘들었다. 그때마다 돌아가신 어머니에게 편지를 쓰는 아문이었다.

그는 피곤한 듯 엄지와 검지로, 감은 눈을 가볍게 눌렀다. 림의 자리가 비어 있어 재상인 그가 신경 써야 할 일이 더 많아졌다.

카르카노가 림의 자리에 대해 심사숙고해서 선택한다고 했는데 감감무소식이라, 신전 관리만으로도 벅찬 와중에 사제들 중 누가 림 대신 신탁을 받을지 정하는 문제가 컸다.

지금 대(代)에서는 림의 역할을 할 왕족이 없는 상황이라 사제 중에서 정해야 했다. 욕심이 없고, 능력이 좋은 사람을 고르는 일은 어려웠다. 지난번, 신시아의 일을 도와줬던 사제들 중에서 정하고 싶었건만, 그들은 평범한 사제로 있겠다며 한사코 거부하였다.

아문은 책상에 팔꿈치를 올리고 머리를 기댔다.

골치 아픈 문제에 직면에 있는데, 요즘은 신시아마저 도와주지 않고 있다. 그녀가 자꾸 혼인에 관한 이야기를 꺼내서 난감했다. 다른 여자가 눈에 들어오지 않는데 자신더러 어쩌라는 건지.

그냥 가만히 두는 게 도와주는 건데 눈치 없는 누이는 만날 때마다 혼인 이야기를 꺼내 그를 피곤으로 몰아넣었다.

감은 눈을 살며시 뜬 아문이 나지막이 혼잣말을 뱉었다.

"신시아, 나는 너를 지키는 사람이다. 그러니까 이제는 너도 그만 포기했으면 좋겠다. 둔한 내 동생아."

그는 의자에 걸터앉은 채로 잠이 들었다. 이 정도면 만족한다고 중얼거리면서.

똑, 똑, 똑. 문을 두드리는 소리가 들렸지만 잠이 든 아문은 듣지 못했다.

잠시 조용해지고 다시 똑, 똑, 똑. 몇 번 더 노크를 하더니 그래도 답이 없자 문이 조심스럽게 열렸다.

끼익. 문이 빠끔히 열리고 사이로 붉은 머리카락을 가진 여자가 얼굴을 내밀었다.

"잘못 찾아왔나?"

조용히 안으로 몸을 들이민 여자가 방 안을 둘러보다가 의자에서 잠든 아문을 발견했다.

"아직 늦은 시간도 아닌데 벌써 주무시네. 흐음, 어쩌지?"

여자가 구불거리는 붉은 머리카락을 손가락으로 꼬았다. 난감할 때 나오는 버릇이었다.

그녀는 아문의 잠든 모습을 한 번 더 확인하고 나가려던 찰나였다.

"누군데 함부로 들어온 것이냐?"

잠에서 깬 아문의 말에 여자가 빙그르르 몸을 돌리며 웃었다. 여자를 눈으로 한 번 쭉 훑어 내린 아문이 이맛살을 찌푸렸다.

큰 키에 풍만한 몸매를 가져 얇디얇은 룩셴의 옷으로는 여자의 가슴이 완벽하게 가려지지 않았다. 다행히 구불거리는 붉은색의 긴 머리카락이 몸을 조금이나마 감춰줬다.

"어머! 깨셨네요?"

"누구냐니까?"

"아, 인사드립니다. 룩셴의 새로운 림, 메레디스입니다."

메레디스가 허리를 숙이자 가슴이 적나라하게 드러나 아문은 고개를 돌렸다.

"림이라니?"

림을 뽑는다고 해놓고 까맣게 잊은 것 같더니, 상의도 없이 벌써 뽑은 모양이었다.

"현께서 내일 따로 인사하자고 하셨는데, 제가 너무 궁금해서요."

"전 아직 현께 들은 이야기가 없습니다."

그녀가 림이라는 것을 안 이상 함부로 하대할 수 없었다.

처음 만난 사이라 어색하고 불편할 법도 한데, 메레디스는 모든 것이 익숙한 듯 행동했다.

"조금 전처럼 대해주세요. 저는 그게 더 편하답니다."

나긋나긋 간드러지는 목소리가 묘하게 귀를 자극했다. 문 근처에 서 있던 그녀가 천천히 걸어서 아문의 책상 앞으로 다가왔다. 엉덩이를 살짝 걸터앉고 허리를 틀어 아문을 내려다봤다.

진한 향기가 그의 주위를 맴돌았다. 평소라면 머리가 아파 코를 얼굴을 찌푸렸겠지만, 어쩐지 메레디스에게서 나는 향은 거북하지 않았다. 도리어 오묘한 기운이 사람을 끌어당겼다.

"어차피 재상님께 인수받아야 할 것도 있고, 함께 일해야 할 텐데 편하면 서로가 더 좋지 않을까요?"

그녀가 검지를 들어 허공을 툭툭 두드렸다. 가늘고 긴 손가락의 움직임이 악기를 연주하는 것처럼 유연했다.

"그 이야기는 내일 하겠습니다. 아직 현께 들은 바가 없으니."

"그래요, 그럼. 룩센의 재상님이 이렇게 잘생기신 줄 꿈에도 몰랐네요. 진작 알았으면 더 빨리 왔을 텐데."

이상한 여자다. 나이에 맞지 않게 늙은 얼굴을 보고 잘생겼다 칭찬하는 것으로도 모자라 눈을 반짝인다. 아부에 타고났든지, 아니면 취향이 독특한 여자임에 분명했다.

메레디스가 상체를 숙여 아문의 얼굴을 더 가까이에서 보려 하자 그가 몸을 뒤로 젖혔다. 그걸 본 그녀가 생글거렸다.

"타국에서 오셨습니까?"

"네, 하이겐에서 왔어요. 힘들었지만 나름 재미있는 여행이었지요."

한쪽 어깨를 올리며 눈웃음을 짓는 메레디스의 모습에 아문의 이마 주름이 더 깊게 파였다. 머리부터 발끝까지 얌전치 못하다.

"그렇군요. 그럼 이만 나가주시겠습니까."

"그래요. 단잠을 깨워서 죄송해요. 내일 봐요."

살랑살랑 유혹하듯 움직이는 몸짓과 지나치게 화려한 외모가 신관을 할 만한 인물은 아니라고 생각됐다. 어쩌자고 저런 여자를 림으로 뽑았는지. 카르카노의 속을 알 수 없는 아문은 고개를 절레절레 흔들었다.

아문은 아침에 카르카노와 신시아에게 메레디스를 소개받았다. 신시아와 메레디스는 이미 본 적이 있는지 서로 알은척을 하며 대화를 나눴다.

업무를 인수인계하기 위해 메레디스와 집무실로 온 그는 시녀에게 얇은 겉옷을 가져오라고 했다.

카르카노에게 소개받으며 조마조마했다. 그녀는 어젯밤보다 훨씬 얇은 옷을 입고 겨우 가릴 곳만 가리고 있는 수준이었다. 이런 옷은 자주 봤다. 궁 안에서 돌아다니는 여자들도 대부분이 같은 모양의 옷을 입고, 신시아도 마찬가지였지만 메레디스에게는 유난히 야했다.

시녀가 겉옷을 가지고 오자 메레디스에게 내밀었다.

"덮으세요."

"싫어요. 더운데 이걸 왜 덮어요."

"앞으로 옷을 입는 데 좀 더 신중하셨으면 합니다."

"왜요? 설마 림이라는 이유로 정숙하고 얌전해야 한다는 편견을 갖고 계신가요? 실망인데요."

말은 실망이라고 하면서 표정은 그렇지 않았다. 싱긋 웃으며 고개를 갸우뚱하자 붉은 머리카락이 고개를 따라 기울어졌다.

"신께서는 신관이 옷을 입는 데 신중하라고 말씀하신 적이 없어요."

"신전의 사제들은 모두 남자입니다. 그들이 신을 모시는 일을 하고 있어 마음을 늘 정화한다고 하나 인간이기에 유혹에 넘어질 수도 있습니다. 그들을 흔들리게 하는 일은 처음부터 차단해주십시오."

"아아, 그렇겠구나."

그녀가 고개를 끄덕이며 알았다고 했다. 하지만 아문이 들고 있는 겉옷은 받지 않았다. 그가 한 번 더 내밀며 받으라는 신호를 보내자 메리디스가 영문을 모르겠다는 표정을 지었다.

"사제들 앞에서 조심하라는 말씀이셨잖아요. 여기는 사제가 없고 재상님과 저, 단둘뿐인데 입어야 하나요?"

"당연합니다."

"어머! 재상님도 저 때문에 흔들리시군요!"

이야기가 왜 그렇게 되는가.

눈을 어디다 둬야 할지 모르는 건 사실이었다. 그러나 그런 이유가 있다고 말할 수는 없었다. 궁 안의 여자들이 같은 형식의 옷을 입는다는 걸 메레디스도 잘 알고 있을 텐데, 말했다간 괜한 오해만 받는다.

"아닙니다. 제가 왜요. 관두죠."

하는 수 없이 들고 있던 겉옷을 책상 위에 뒀다.

메레디스 맞은편에 앉아 종이 뭉치를 펼쳤다. 하나씩 손으로 짚어가며 설명하는 중인데 자꾸 그녀가 꽁알거렸다.

"재상님, 옆에 가서 들으면 안 될까요? 제가 눈이 나빠서 잘 안 보이네요."

"⋯⋯그렇게 하십시오."

눈이 나쁘다는 말이 미심쩍었지만 그러라 했다.

아문의 답에 왠지 메레디스는 신 나 보였다. 그녀가 옆으로 바짝 붙어 앉아 몸을 앞으로 내밀었다. 그녀에게서 나는 진한 향에 별안간 정신이 아득해지는 기분이 들어 아문은 고개를 흔들었다.

"향유 씁니까?"

"아뇨."

메레디스는 제 팔을 들어 냄새를 맡고 살며시 미소를 지었다.

"아, 향유는 아니고⋯⋯ 개인적으로 필요해서 가지고 다니는 물품이 있는데, 아마 그 냄새일 거예요. 많이 안 좋은가요?"

"됐습니다."

필요해서 가지고 다니는 물품을 뭐라 할 수 없었다.

어느 틈에 팔이 닿고, 허벅지가 닿았다. 갑자기 그는 올라가는 체온과 등줄기를 타고 흘러내리는 식은땀에 당황했다. 여자의 피부와 닿는 건 처음이 아니었다. 더 은밀하고 깊은 곳도 닿아봤건만 메레디스에게 왜 이러는지 모르겠다.

그녀에게서 떨어졌다. 하지만 메레디스는 자연스럽게, 아무렇지도 않은 듯이 또 붙어 앉는다. 숨이 차올라 호흡이 가빠져 주변의 공기가 답답해지기 시작했다.

이럴 줄 알았으면 자기에게 흔들리냐는 그녀의 질문에 그렇다고 할 걸 그랬다. 흔들리지는 않지만 신경 쓰이는 건 사실이었으니까.

카르카노가 원망스러웠다. 남자로 림을 뽑지 왜 여자를 들여서 난감한 상황을 만드는가.

아문은 하루만 참자 했다. 넉넉잡고 오늘 하루면 인수인계가 다 끝나리라.

앞으로 단둘이 볼 일이 없어서 다행이었다.

그러나 그것은 그의 바람일 뿐, 메리디스는 신시아가 카르카노와 함께 치밀하게 고르고 또 골라 아문을 흔들 목적으로 부른 것이었다.

외전 3 : 샤이크 (1)

'샤이크, 살다 보면 네 눈에 빛나는 여자가 나타날 거란다. 주위가 환해질 정도로 반짝거리는 사람. 그 사람을 꼭 잡으렴.'

돌아가신 어머니가 어린 샤이크에게 늘 했던 말이었다. 반짝반짝 빛나는 사람이 나타나면 꼭 잡으라고. 하지만 정작 어렸던 그에게 빛나던 사람은 어머니였다.

샤이크가 15살이었던 해.

처음 본 신시아는 눈부시게 반짝이는 아이였다. 하얀 피부 때문이었을까.

사막의 강렬한 태양빛처럼 반짝였고, 시린 달빛처럼 하얗게 빛났다. 때로는 오아시스의 잔잔한 물결같이 반짝거렸다. 그래서 좋았다. 단지 그것이 샤이크가 신시아를 사랑한 이유였다.

동경이었을 수도 있다. 그에게 있어 신시아는 어머니가 잡으라던 여자였고, 어머니처럼 빛나던 사람이었다.

비록 카르카노의 신부였지만 그녀를 사랑하는 마음은 지지 않는다고 생각하였으나, 막상 아버지의 일이 눈앞에 닥치자 그 마음은 쉬이 변절했다. 헤크란의 협박에 무너져 그녀와 카르카노에게 끔찍한 일을 저지르고 말았다. 신시아를 아버지 이상으로 사랑할 수 없었던 것이다. 그래도 항상 마음에 죄책감을 가지고 살아가고 있었다.

신시아가 룩센으로 돌아오고 카르카노가 헤크란을 찾으러 간 사이, 그녀와 함께 지내던 어느 날이었다. 함께 식사를 마치고 그녀를 위해 준비한 무카를 시녀가 들어왔다. 입이 헤벌어지는 걸 보니 꽤나 마시고 싶었던 모양이었다.

이렇게 좋아할 줄 알았으면 잊지 말고 빨리 줄 걸 그랬다.

"진작 준비해놓고 잊고 있었어. 시커멓고 독약 같은 맛이 뭐가 좋다는 건지 모르겠다."

"음. 맛있게 먹는 방법이 있는데 알려줘요?"

그가 호기심에 찬 표정을 지었다. 신시아가 시녀에게 데운 양젖과 설탕을 부탁했다.

"여기 와서 처음으로 양젖을 마셔봤는데요, 생각보다 맛이 좋았어요."

"설탕이 있는 건 어떻게 알았어?"

"카투스에서 먹어봤거든요."

샤이크가 고개를 끄덕였다. 설탕은 무역을 통해 가져오기 때문에 아무나 쉽게 구할 수 없는 귀한 재료였다. 샤이크에게는 넉넉하게 있었지만, 일반 백성들은 물론이고 귀족도 부유하지 않으면 먹기 힘들었다.

그녀가 무카를 빈 잔에 따라내고 양젖과 설탕을 섞어 저었다. 잠시 망설이더니 다시 설탕을 한 스푼 듬뿍 넣는 걸 본 그의 인상이 찌푸렸다. 단걸 좋아하지만 저건 너무 심하지 않나.

히죽거리며 신시아가 잔을 내밀었다. 받아 든 그는 쉽사리 마실 엄두를 못 내고 잔을 바라보고만 있다.

"나 믿고 한 번만 마셔봐요. 독약 맛이라는 생각이 저 멀리 날아갈 거예요. 아마 마시고 싶어서 계속 생각날걸요?"

뭐 그리 어려운 도전이라고 그가 크게 한숨을 쉬었다. 과연 그가 맛있다고 해줄까. 신시아는 기대에 찼다. 이럴 때 그는 꼭 10대 소년처럼 보여 사냥을 끝낸 후 피칠갑을 하고 나타난 모습과는 딴판이었다.

샤이크가 침을 꿀꺽 삼키고 잔을 입술에 댔다. 벌어진 입술 사이로 갈색의 액체가 들어가 혀를 적셨다. 달달하면서도 오묘한 맛이 났다. 예전에 맛봤던 무카와는 차원이 달라 확실히 맛있었다.

"먹기가 수월한데, 맛이 별로야."

하지만 그는 괜한 심통을 부렸다.

"어? 맛없어요? 맛이 없을 수가 없는데!"

"에잇, 잔뜩 기대했네."

그가 잔을 옆으로 치웠다.

"정말 맛없어요? 이게 한번 맛보면 자꾸 생각나는 맛이거든요."

울상을 짓는 그녀에게 억지로 잔뜩 불만족스러운 표정을 지었다. 큰일이다. 함께 있는 시간이 흐를수록 보내기 싫어졌다. 마음을 비워야 하는데, 이런 소소한 일마저 또렷하게 남아 아프게 할 것 같았다. 신시아가 만들어준 무카는 그녀 말대로 앞으로 자꾸 생각날 맛이었다.

얼마 만의 사냥이었는지 미쳐서 날뛰었다. 샤이크뿐만 아니라 검은 바람의 무리 전체가 그랬다. 소란 국경지대의 빈 사막에서 사는 도둑들로 얀센이라는 수장이 이끌었는데, 잔인하기로 소문이 났다. 남녀노소 가리지 않고 닥치는 대로 죽이며 재물을 갈취하고, 외모가 뛰어난 여자와 아이들은 노예시장에 팔았다. 물론 검은 바람도 잔인하였으나 적어도 그들은 여자와 아이들은 보호하기 위해 노력했다.

얀센은 빼앗아온 재물을 빼돌리기 일쑤여서 그 사실을 안 몇몇의 부하들에게 신임을 잃었다. 그러다 결국 얀센의 측근이 그를 배신했고, 그사이 샤이크가 쳤다.

살려달라는 이들은 살려줬다. 하지만 대부분의 도둑들이 그러듯이 얀센의 무리도 끝까지 저항하는 바람에 칼을 얼마나 휘둘렀는지 모를 정도였다.

온몸에 피를 뒤집어쓴 샤이크는 부하들을 이끌고 저택에 도착할 즈음에서야 안에 신시아가 있다는 것을 깨달았다.

저택에 도착하자마자 부리나케 신시아의 방으로 올라갔다. 자신을 보고 놀라는 그녀의 눈을 본 순간 샤이크는 제 모습을 떠올렸다.

"어, 어디 다쳤어요?"

그녀의 물음에 소매로 대충 얼굴에 묻은 피를 닦아냈다. 이런 모습 보이고 싶지 않았는데.

"아니, 다치지 않았어. 널 오랜만에 보는 거라 씻고 오려고 했는데 시간이 없어서 바로 올라왔어. 오늘 밤은 안에서 문을 잠그고 밖으로 절대 나오지 마. 사냥을…… 일을 끝낸 날이라 내 수하들이 하룻밤 머물 거야. 여자들을 부르고 술도 많이 마실 테니 조심해야 돼. 나 나가면 바로 문 잠가."

사냥을 끝낸 검은 바람의 무리는 마치 굶주리다 먹잇감을 본 짐승과 같았다. 사냥 중에 피를 보면 과도하게 흥분해서 힘을 쏟아붓고, 후에는 급격한 스트레스에 술과 여자로 하룻밤 탕진해야 했다.

모두에게 이 방 근처는 얼씬도 말라 단단히 일러두겠지만, 이성을 잃으면 어찌 될지 모르기에 문을 꼭 잠그라고 했다. 그리고 그건 샤이크 자신도 마찬가지였다.

그녀에게 말을 마친 뒤 정원에 판을 벌렸다. 모두 한데 모여 밤이 깊어가도록 술을 마셨다.

샤이크는 허리를 껴안고 찰싹 달라붙어 있는 여자를 봐도 감흥이 생기지 않았다.

"샤이크 님, 안으로 들어가요."

평소 같았으면 진작 여자와 방으로 들어가고도 남을 시간이었으나, 취기만 올라올 뿐이었다. 여자는 안달이 나 있었다. 풍만한 가슴을 그의 몸에 비비고, 무릎으로 살짝살짝 그의 허벅지를 문질렀다. 붉게 칠해진 입술로 그의 귓가에 뜨거운 바람을 넣기도 하였다.

술 때문에 머리가 아파 여자를 밀어내려다 문득 짜증이 치밀었다. 내가 왜 이래야 하는가. 저를 조금도 봐주지 않는 신시아 때문에 달라지는 자신이 싫었다.

샤이크가 풀밭에 누웠다. 눈짓으로 신호를 보내자 여자가 요사스러운 웃음을 흘리며 그의 바지를 내리고 상체를 숙였다.

"흠. 오늘 많이 힘들었나 봐요?"

꽤 오래 공을 들여도 반응이 없자 여자가 입가를 손등으로 훔치며 물었다.

"네 능력 부족 아니야?"

"내 탓하지 말아요."

"그만 입 다물고 계속해."

아무렇지도 않은 척했지만 잇새에서 욕이 나왔다. 왜 서지 않는 거야!

눈을 내려 허리 아래에서 움직이는 여자의 머리를 봤다. 까맣다. 신시아와 다른 색이어도 까맣다는 이유 하나로 숨이 차오르기 시작했다.

미친. 자신을 질책해봤으나 반응이 왔다. 나른한 한숨과 함께 그의 몸이 이완되었고, 기뻐하는 여자의 웃음이 들려왔다.

순간 번뜩 떠올랐다. 지금 누워 있는 자리는 예전에 신시아가 누워 있던 곳이었다. 급속도로 흥분한 그는 일어나 여자를 눕히고 올라탔다. 지체하지 않고 다리를 벌리고 안으로 들어가 움직이자 신음이 비명처럼 들렸다.

제길, 환상이 깨졌다.

입술을 깨문 그는 고개를 들어 신시아의 방을 바라봤다. 여자의 신음을 듣기 싫어 손으로 입을 막고 늘 탐하고 싶은 그녀가 있는 곳을 보며 마음껏 상상을 펼쳤다.

신시아! 신시아! 입안에서 맴도는 이름을 부르려던 찰나였다.

그녀가 창가에 나타났다. 놀란 눈과 마주쳤다. 어둠 속에서 그녀의 눈은 잘도 보였다. 환상이 또 깨지고 말았다. 이번에는 완전히, 와장창창.

그대로 몸을 일으키고 다급히 걸어가며 바지를 여몄다.

"샤이크 님? 샤이크 님!"

뒤에서 그를 부르는 애타는 음성이 들려왔지만 걸음걸이가 더욱 빨라졌다. 머리가 돌아가지 않고 오로지 신시아를 당장 만나야겠다는 생각만 들었다.

똑, 똑, 똑. 그녀의 방문을 두드렸다.

답이 없었다.

"신시아, 나야. 문 열어."

여전히 안은 조용했다.

"깨어 있는 거 알고 있다. 빨리 열어라."

살며시 문을 열어준 신시아가 입술을 삐죽거렸다. 술 마시는 내내 신경을 미묘하게 건드렸던 짜증이 그녀의 얼굴을 본 순간 말끔히 사라졌다.

신시아는 이 밤중에도 빛났다. 술에 취해 착각을 일으켰을 수도 있다. 하지만 그의 눈에 그녀는 머리부터 발끝까지 별빛가루를 뿌려놓은 것처럼 반짝였다. 너무 예쁘고 고와서 저절로 웃음이 지어졌다.

사막의 신기루처럼 잡을 수 없는 사람. 보고 있으려니 슬프기도 하였다.

그 이후, 밤이 어떻게 지났는지 기억이 나지 않았다.

아침에 아픈 머리를 부여잡고 잠에서 깼다. 샤이크는 소파에 앉아 졸고 있는 그녀를 발견하고 안아서 침대에 눕혔다. 마음 같아선 도톰한 입술에 입을 맞추고 싶었으나 손가락으로 볼을 살며시 쓸어내리는 것으로 만족했다. 허리를 숙여 그녀의 귓가에 속삭였다.

"너 그거 알아? 내가 잘해주는 여자는 너밖에 없어."

여자란 한순간을 즐기기 위한 상대에 불과한 그에게 신시아는 특별했다. 잘해주는 이유에는 여러 가지가 있었다. 그녀는 사랑하는 마음과 그 밑에 깔린 미안함과 죄책감. 복합적인 마음을 보일 수 없어 비록 그녀가 듣지 않더라도 그저 전하고 싶었다.

얇은 이불을 어깨까지 덮어주고, 방 밖으로 나가기 전 그는 잠든 신시아를 바라봤다. 눈에 깊이 새기듯이.

수영을 하기 위해서 갔던 오아시스에서 샤이크는 신시아에게 큰 실수를 저지르고 말았다. 의도는 순수했다. 더위를 씻겨내고 기분이 상쾌하게 하는 데는 수영만 한 것이 없었으니까.

다만 물에 젖은 옷 때문에 드러난 그녀의 몸매를 보고 이성을 잃는 통에 일이 벌어졌다.

비명을 지르며 몸부림치는 그녀를 보면서도 그는 제 욕구를 채우는 일에만 몰두하다가, 겁에 질린 눈동자를 보고 멈췄다. 그때 비로소 알게 되었다.

사랑하는 마음, 미안한 마음 다 제쳐두고 절대 자신은 신시아를 욕심내면 안 되었다. 반짝이는 그녀가 좋았는데, 자신과 함께한다면 금세 빛을 잃고 말 것이다.

그녀가 빛날 수 있었던 까닭은 카르카노 때문이었다. 그래서 그녀는 기억을 잃었음에도 불구하고 또다시 카르카노를 선택했던 걸까.

어쩌면 그때 이미 신시아에게 안녕을 고했는지도 모른다.

훗날, 마지막으로 그녀에게 물었던 적이 있었다.

"신시아, 정말 나는 안 되는 거야?"

간절하게 내보였던 진심에 답이 돌아오지 않았지만 들은 거나 마찬가지였다.

"이제 정말 안녕, 어디서나 빛을 잃지 않길 기도한다."

정말 안녕이었다.

그의 기억 속에서, 그의 가슴에서.

외전 4 : 샤이크 (2)

따가운 햇살에 샤이크가 찡그리며 눈을 떴다. 침대까지 빛이 들어온 걸 보니 분명 해가 중천에 떴을 시간이었다. 일어나야 하는데 속이 쓰리고 머리가 아파 앓는 소리가 먼저 나왔다.

"으으."

사냥을 끝낸 어제, 광란의 밤을 보냈다. 항상 그렇듯이 죽어라 술을 마시며 여자를 끼고 놀았던 것까지는 기억이 났다. 문제는 그다음을 모르겠다.

조용한 걸 보면 특별한 일은 없던 거 같았다.

그가 누운 채로 목을 좌우로 움직이며 기지개를 켜려는 순간, 팔꿈치에 물컹한 것이 닿았다.

"으악!"

"으음, 샤이크, 일어났어요?"

옆자리에 여자가 누워 그의 이름을 다정스레 불렀다. 화장이 번져 엉망인 얼굴로 나른한 미소를 짓자 퍼뜩 정신이 들었다.

"너 뭐야?"

"왜 그래요. 밤새도록 즐겼으면서 벌써 잊었어요?"

아, 어렴풋이 기억이 났다. 취한 사이에 여자를 안았다. 아무리 심하게 취해도 그렇지 개인 침실까지 같이 들어왔다니 너무 많이 마셨다.

"야, 나가."

"아직 졸려요."

눈치 없는 여자가 샤이크의 품으로 파고들며 아양을 부렸지만 도리어 그의 화만 부채질하는 꼴이 되고 말았다. 가슴을 안고 맨살에 얼굴을 비비는 여자를 거칠게 떼어냈다. 그의 눈빛이 싸늘하게 변했다.

"너, 여기 처음 와봐?"

"네?"

"검은 바람의 샤이크가 아침까지 옆에 누워 있는 여자의 목을 벤다는 소문도 못 들었나 보군. 더구나 이 침대에서 밤을 보내다니, 내가 내 침대로 여자를 들이지 않는다는 것도 몰라? 너 보낸 놈 누구야. 누군데 이따위로 일을 시켜! 솔직히 말해. 나 취해서 자고 있는 사이에 몰래 들어왔지?"

난데없는 봉변에 여자의 얼굴이 사색이 됐다. 사실 난데없는 봉변이라고 말할 수는 없었다. 오래전부터 기회를 노리다가 어제 드디어 샤이크에게 안겼는데 이렇게 펄쩍펄쩍 뛸 줄은 몰랐다.

뭔가 잘못됐다. 밤에 열심히 그를 만족시켜주면 한몫 단단히 챙길 줄 알았다.

"어서 꺼져. 목 날아가고 싶지 않으면."

샤이크가 잇새를 단단히 물고 말하자 놀란 여자가 얼른 침대에서 내려와 주섬주섬 옷을 들고 밖으로 쏜살같이 달려 나갔다.

"하아, 나 요즘 왜 이러냐."

손으로 얼굴을 감싼 그가 한숨을 뱉었다.

여자가 끊이지 않은 그였지만 기억도 없이 여자를 안는 건 질색이었다. 서로가 합의하에 즐거움을 나눈다면 모를까, 취한 틈을 타서 모르게 접근하는 여자들은 위험했다.

그가 아침까지 여자를 곁에 두지 않는 이유는 틈을 보이기 싫어서였다.

위험한 상황에 노출되는 것도 문제였지만, 어릴 적 신시아를 알게 된 후부터 가끔 자다가 꿈에서 그녀의 이름을 부르곤 했다. 예전에도 혹시 몰라 조심했는데 지금은 더더욱 그래야 한다.

그 이름을 듣고 카르카노나 그의 측근에게 알린다면 그녀가 곤란해질 수도 있다. 아니, 그렇게 생각하고 싶었다. 적어도 자신으로 인해 곤란함을 겪을 만큼 그녀에게 의미 있는 존재로 기억되고 싶었다. 혼자만의 착각이라도 말이다.

헤크란 사건이 정리되고 신시아는 카르카노와 혼인했다. 도둑이라는 신분 때문에 정식으로 초대받지 못했지만 멀리서나마 몰래 지켜봤다. 순백색의 옷을 입은 그녀는 눈부셨다. 그 누구보다도, 그 무엇보다도 아름답게 빛났다.

"아 씨, 옛일 생각하니까 또 씁쓸해지네."

머리를 헝클어뜨리며 침대에서 내려와 테이블에 준비된 무카를 마셨다. 술을 마신 그를 위해 시녀가 일찍 준비해놨는지, 다 식었으나 나쁘지 않았다. 신시아와 추억이 있는 양젖과 설탕을 섞은 무카였으니까.

샤이크는 가끔 그녀가 저택에 머물렀을 때를 떠올리곤 했다. 지금 그가 쓰고 있는 방은 예전에 신시아가 사용했던 곳으로, 침대와 테이블, 소파, 커튼까지도 바꾸지 않고 그대로 썼다.

바람이 불어 커튼이 날릴 때면 그녀가 검은 머리카락을 날리며 창가에 서 있는 기분이 들었다. 신시아가 사용하던 침대에 얼굴을 묻으면 그녀의 체취가 나는 듯해서 마음이 안정되고 기분이 좋았다.

아, 맞다! 침대.

그러고 보니 낯선 여자가 저 침대에 아침까지 누워 있었다. 침대에서 그 망할 여자랑 뒹굴었다고 생각하니 화가 머리끝까지 치솟았다. 남들이 뭐라 하든 소중하게 남겨두고 싶었는데!

"밖에 누구 없어?"

큰 소리로 외치자 시녀가 고개를 숙이고 들어왔다.

"다 걷어내서 깨끗하게 빨아."

침대를 가리키며 말하자 시녀가 재빠르게 움직여 모두 거둬갔다.

젠장. 기분이 급속도로 저하됐다.

예전처럼 사냥하고 여자를 만나 즐기곤 했지만 어느 순간부터 마음이 항상 무거웠다. 가슴이 뻥 뚫린 듯한 기분에서 벗어날 수가 없었다.

이 모든 감정이 신시아 때문이었다. 안녕을 고했어도 미련이 남아 있었는데, 그녀가 완벽한 카르카노의 신부, 현의 비가 되자 허전함이 몰려왔다.

제 옆에서도 그리 빛나주었다면 절대 카르카노에게 보내지 않았을 것이다. 그래도 잘했다고 스스로 다독이면서도 가끔 제어가 안 돼서 우울해졌다.

이런 날에는 밖으로 나가는 것이 상책이었다.

오랜만에 나온 시장은 시끌벅적했다. 시끄러우면 확실히 잡생각이 들지 않아 좋았다.

오늘은 조용히 구경만 하고 싶어서, 검은 옷이 아닌 흰옷을 입고 눈 밑까지 가린 채로 나왔다. 흰옷은 타국 사람이 자주 입어 오해받을 일이 없지만, 검은 옷은 사막의 도둑들이 주로 입기 때문에 시장에 들어서면 다들 도망가느라 바쁜 모습을 연출했다.

슬렁슬렁 주위를 구경하며 걷는 그때였다.

"자, 여기 보십시오! 아름답습니다. 흰 피부와 검은 눈동자! 갖고 싶지 않으십니까?"

노예 상인의 외침이었다. 카르카노가 노예를 사고파는 것을 없애기 위해 노력한다는 말을 들었으나 아직 성공하지 않은 모양이었다.

눈으로 힐끔 쳐다보고 지나치던 샤이크는 걸음을 멈췄다.

흰 피부와 검은 눈동자라고?

고개를 돌려 노예 상인의 손에 잡혀 있는 여자를 봤다.

맙소사, 신시아였다!

아니, 아니. 정확하게 말하자면 신시아와 비슷하게 생긴 여자였다.

이상한 옷을 입은 여자는 신시아보다 키가 작았고, 더 하얀 피부를 가졌다. 꽤 고생을 했는지 더러웠지만 피부가 하얀 건 눈으로 확인이 가능하였다.

유난히 크고 검은 눈동자가 겁먹고 촉촉하게 젖어 바들바들 떨고 있는 여자가 불쌍했다.

그 여자에게 다가간 건 다분히 충동적이었다. 오직 신시아를 닮았다는 이유 하나로.

"이봐, 내게 팔지. 달라는 대로 값을 쳐주겠네."

손을 들고 샤이크가 외치자 주위에 있는 사람들의 눈이 그에게 집중됐다.

큰 눈을 굴려 그를 보는 여자의 눈에서 눈물이 뚝뚝 떨어졌다.

사람들은 아직 샤이크를 못 알아봤다. 그도 그럴 것이, 머리부터 발끝까지 흰 천으로 싸맸으니 누가 알아보겠는가.

"아, 제가 얼마를 부를 줄 알고 그러십니까. 이 노예는 굉장히 비싸서 말입니다. 보시다시피 룩센 어디를 뒤져봐도 볼 수 없는 외모잖습니까."

뭘 어디서도 볼 수 없는 외모야. 샤이크가 조용히 중얼거렸다. 하긴 상인이 신시아를 못 봤으니 저리 말하는 것이다.

상인은 샤이크의 행색을 훑어보며 얼마를 부를지 고민하는 티를 냈다. 아마 샤이크가 흥정을 하리라 여긴 듯했다. 뜸을 들이는 상인 때문에 그는 슬슬 짜증이 올라오고 있었다.

"그래서 판다는 건가, 안 판다는 건가."

"우선 먼저 가격을 제시하십시오."

"한 번에 일이 끝나지가 않군."

상인과 승강이할 일이 귀찮아진 샤이크가 눈 밑까지 싸매고 있던 천을 목 아래로 풀어 내렸다.

"내가 산다면 사는 거지, 뭘 그렇게 말이 많아?"

노예 상인과 옆에서 구경하던 사람들의 눈이 샤이크의 문신에 꽂혔고, 그와 동시에 하나둘 자리를 뜨기 시작했다.

순식간에 모두 흩어져 그 자리에는 노예 상인과 여자, 샤이크만 남게 됐다. 상인 뒤로 열댓 명의 노예들이 대기 중이었다. 누구에게든 팔리게 되는 운명인 노예들은 자신을 사는 주인이 샤이크가 아님에 안도의 한숨을 쉬었다.

한편 샤이크의 문신을 본 여자는 더욱 겁에 질려 낯빛이 창백하게 변했다.

"샤, 샤이크 님!"

갑작스러운 상황에 놀란 노예 상인이 말을 더듬으며 부르자 샤이크의 한쪽 눈썹이 꿈틀거렸다.

"얼마냐고. 셋 셀 동안 말해. 나 인내심 없는 거 알지 않나?"

"하하. 예예, 셋 셀 필요도 없습니다. 주고 싶은 대로 주고 데려가십시오."

목숨이 두 개지 않은 이상 샤이크와 흥정할 수는 없었다. 그것을 잘 알고 있는 상인은 그가 건네주는 돈을 받은 뒤 세어보지도 않고 여자를 넘겼다. 상인이 슬금슬금 뒷걸음질 치더니 대기하고 있는 다른 노예들 사이로 숨었다.

샤이크가 가만히 눈으로 그녀를 살폈다.

"정말 닮았군."

고개를 푹 숙이고 있는 여자는 말없이 굵은 눈물방울만 흘렸다.

"너 이름 뭐야."

"……"

"말 못 하나."

반응이 없던 여자는 샤이크의 목소리가 약간 올라가자 어깨를 흠칫 떨었다.

다시 자세히 보니 신시아와 닮지 않았다. 비슷하게는 생겼지만 전혀 다른 얼굴이었다.

"예쁜 건 신시아가 훨씬 더 낫네."

"……"

"몇 살."

"……"

답답했다. 순간의 충동 때문에 수중에 쥐고 있던 돈을 몽땅 다 줘버렸다. 방금 벌어진 일이건만, 그는 점차 후회가 되기 시작했다.

"내가 얼마 주고 널 산지 모르지? 엄청난 돈이니까, 돈값 해라."

"……"

"말 좀 해!"

"……네."

희미하게 목소리에 울음이 섞여 흘러나왔다. 노예로 팔리는데 울지 않을 여자가 어디 있을까. 소리 질러서 미안했지만, 미안하다 말하지 않았다. 저처럼 좋은 주인을 만난 것이 얼마나 다행스러운 일인데 미안하다고 말할 필요는 없었다.

"따라와."

샤이크가 앞서서 몇 발자국 걷는데도 그녀는 가만히 자리를 지켰다. 그가 오라는 손짓을 하자 그제야 움직인다.

"어디서 왔어."

"……."

샤이크가 앞장서 걸어가고 여자는 울면서 그 뒤를 따랐다.

"그 옷은 처음 보는 건데, 먼 나라에서 온 건가."

"……."

"너 못 듣는 거냐. 아까 '네.'라고 한 거 보니까 말은 할 줄은 아는 듯한데."

여전히 침묵이다. 답답해진 그는 신경질적으로 제 머리카락을 움켜쥐었다. 가던 걸음을 멈추고 가까이 다가가 여자의 얼굴을 꼼꼼히 뜯어 봤다. 얼굴을 들이미는 그를 피해 여자는 움츠러들었다.

아무리 신시아를 닮았다 한들 죽었다 깨어나도 이렇게 답답한 여자를 마음에 담는 일은 없을 것이다. 신시아와 닮아서 첫눈에 혹한 건 사실이지만 엄연히 다른 사람이다.

그나저나 거금을 들여 샀는데 저택 청소나 시켜야 하나.

샤이크가 고개를 돌려 여자를 보고는 쯧쯧 혀를 찼다. 저렇게 작고 몸의 선이 가느다란데 일이나 제대로 할 수 있을까 싶었다.

저거 오래 걸을 수는 있는 거야? 저택으로 가기도 전에 자신이 안거나 업고 가야 하는 사태가 발생할지도 모르겠다.

바람이 조금만 세게 불면 그대로 쓰러질 것처럼 약해 보였다. 돈이 아까워 죽겠다.

쯧쯧, 혀를 찬 샤이크가 다시 걷자 멈춰 있던 그녀도 따라 걸었다.

"너, 이름."

"……."

"이름!"

"……윤아."

'이름'이라는 단어를 겨우 알아듣고 답했다. 윤아가 아는 단어
는 손가락으로 꼽을 정도였다.

이상한 곳에 오게 된 지 한 달이나 되었을까. 말도 통하지 않는
이곳은 낯설고 무서웠다. 특히 목부터 턱까지 검은 문신을 새긴 남
자는 그녀를 더욱 불안하게 만들었다.

훗날 상황이 바뀌어 자신이 샤이크를 불안하게 만든다는 걸 알
리 없는 윤아였다. 흘러내리는 눈물을 훔쳐내며 무거운 걸음으로
그의 뒤를 따랐다.

외전 5 : 카르카노

신시아는 요즘 국가사업에 푹 빠졌다. 첫째 딸을 낳기 전부터 관심이 많아 조금씩 활동하더니, 둘째를 가지고 잠깐 쉬는 기간을 가졌다. 그런데 둘째가 아들로 태어나자 기다렸다는 듯이 더욱 활발해졌다.

결혼하고 한동안 임신을 하지 않아 그녀가 하는 일에 신하들이 제동을 걸어왔다. 하지만 딸에 이어 아들의 탄생으로 그녀의 위치가 확고해졌다.

그간의 노력도 인정을 받아 원하던 일을 하나씩 착수해갔다. 그렇다고 말도 안 되는 뜬구름을 잡는 것이 아니라 누가 들어도 납득이 가는 일들이었다. 함께 일을 진행하는 요하드의 도움을 받아 계획적으로 차근차근 진행했다.

카르카노는 그런 신시아가 자랑스럽고 기특했다. 처음에 신시아를 부정적인 시각으로 보던 신하들도 그녀의 의견에 수긍하고 '제2의 라리사'라며 칭찬을 아끼지 않았다.

거기까지는 좋았으나, 신시아가 그보다 바빠지는 날이 늘어나고 있었다. 그의 일은 앉아서 정사를 논하는 쪽에 가까웠으나, 신시아의 경우 직접 몸으로 움직이는 일이 많았다.

아랫사람에게 보고를 받아도 될 텐데, 그녀의 성격상 눈으로 직접 확인해야 직성이 풀리는 탓이었다.

함께하는 시간이 줄어들고, 밤에 지쳐서 곯아떨어지는 날도 많아 점점 인내의 한계를 느끼는 카르카노였다. 불만이 쌓여도 한 나라를 다스린다는 사람이 이런 개인적인 이유로 신시아에게 일을 줄이라 할 수 없는 노릇이었다.

그러던 어느 날, 그에게 기회가 왔다. 아침 식사를 하는 도중 신시아가 코피를 흘렸다.

"이것 봐. 내가 적당히 하랬지."

다급히 손수건을 그녀의 코에 대고 시녀에게 찬물을 준비하라 명했다. 심각해진 카르카노와 달리 신시아는 헤헤 웃고 있었다.

"에이, 코피 조금 난 거 가지고 뭘 그래요."

"안 돼. 당분간 휴식을 취하도록 해. 애들하고 놀아주랴, 일하랴. 그러니 몸이 남아나질 않지."

"애들은 이제 유모하고도 잘 놀아서 전 가끔 들여다보는 정도인데요, 뭘. 일도 생각보다 많지 않아요."

신시아가 괜찮다며 계속 주저리주저리 말을 늘어놓자 그의 음성이 낮게 가라앉았다.

"쉬어. 명령이다."

"하지만 칸, 저 당장 해야 할 일이 있어요."

"시아."

카르카노가 조용히 이름을 부르고 입을 다물었다. 그가 화났다는 표시였다.

혼인하고 5년이 지나도록 단 한 번도 싸운 적이 없었는데, 오늘은 신시아가 포기하지 않으면 싸울 분위기였다.

그녀는 잠깐 어찌해야 할지 망설였다. 싸우고 싶은 마음은 전혀 없지만, 오늘 일을 처리해야 한다.

우연히 오아시스 근처의 사유지 하나를 싸게 매입하게 되어, 그곳에 카투스를 짓기로 하였다. 오아시스가 바로 옆에 있어 손님들이 수영을 즐길 수 있도록 어떻게 시설을 만들지 보고 결정해야 하는데, 하필 휴식 명령이라니.

이럴 때는 거래가 필요하다.

"좋아요, 당신 말 듣고 오늘 하루는 쉴게요."

"안 돼. 일주일."

"3일이요."

"일주일."

"아이, 봐줬어요. 5일!"

"일, 주, 일."

웬만한 일에는 져주었는데 이번엔 그가 절대 뜻을 굽히지 않겠다는 의지가 보였다. 결국 신시아가 두 손을 들었다.

"알았어요, 알았어. 일주일이요. 대신 요하드를 만날 시간은 줘요. 어떻게 된 건지 설명하고, 대신 일을 진행하라고 해야죠."

"요하드도 쉬라고 해. 그동안 너 때문에 쉬지도 못하고 일만 했잖아. 일하느라 여자도 못 만나고 있다는 거 아나?"

카르카노의 말이 맞았다. 요하드가 자기는 일이 좋다고, 혼인 생각은 전혀 없다고 해서 그렇다 믿었는데 그녀가 너무 무책임했다.

남자는 가정을 가져야 안정이 되어 더욱 일에 매진한다고 하지 않았던가. 입버릇처럼 떠들며 아문에게 서둘러 가정을 갖도록 했으면서 요하드는 다르게 적용하고 있었다. 카르카노가 봤을 때 가족이 아니라 차별한다 생각할지도 모르겠다.

"알았어요. 요하드도 쉬라고 할게요."

"진즉에 그랬어야지."

이제 마음이 풀린 그가 환하게 웃었다.

마침 시녀가 찬물을 가지고 들어와 새 손수건에 물을 적셔주자 그가 받아서 신시아의 콧등에 댔다. 다른 손은 여전히 콧구멍 아래에 댄 채였다.

"칸, 이리 줘요."

양손을 쓰고 있는 그가 불편해 보였다.

"내가 해."

"괜찮은데……."

"내가 해주고 싶어."

그가 하는 대로 뒀다. 해주고 싶다는 사람 막아봤자 또 괜히 핀잔 들을 것이 뻔했다.

"근데 나 일주일 동안 가만히 쉬기만 해요? 참, 애들이랑 많이 놀아줘야겠네."

위아래로 코를 누르고 있는 통에 그녀가 코맹맹이 소리를 하였다.

3살, 5살이 된 애들과 자주 시간을 보내기 위해 노력했지만, 몸이 하나라서 생각처럼 쉽지 않았다. 카르카노에게 강제 휴가를 받았으니 이번에는 그동안 해주지 못한 거 해야겠다.

"애들은 유모랑 놀면 돼. 넌 나랑 놀자."

"네에?"

"아무리 바빠도 애들하고는 꼬박꼬박 시간을 내서 보내면서 나는 잊었잖아."

그의 말에 반박할 수가 없었다.

그에 대한 사랑이 식었다거나 애들보다 덜 사랑하는 건 아닌데, 어른이라는 이유로 우선순위에서 밀려나 그렇게 되고 말았다.

"미안해요."

"미안하면 나랑 놀아주면 된다."

코피가 멎었는지 그가 손수건을 떼고 허리를 숙여 자세히 살펴봤다. 코끝에 묻은 피를 물수건으로 닦고는 신시아의 입술에 쪽하고 입을 맞췄다.

"아프지 마."

"이런 건 하나도 안 아파요."

"넌 안 아플지 몰라도, 내 가슴은 덜컹해. 그러니까 항상 건강해 줘."

그녀는 그동안 타고난 체력을 믿고 주의하지 않았었다. 물론 지금도 건강하지만 앞으로 가족과 행복한 시간을 보내기 위해 신경 쓰리라 다짐했다.

"네, 그렇게 할게요. 그럼 이제 어떻게 놀아줄까요?"

그의 손을 잡으며 묻다 순간 자신만 쉼에 대한 허락을 얻었음을 상기했다.

"아, 당신은 일해야 되잖아요."

"나도 휴가야."

당연하다는 듯이 카르카노가 말했다.

"권력남용이에요"

"이럴 때나 남용하지, 언제 남용하겠어?"

맞아요, 하며 신시아가 까르르 웃었다. 이왕 이렇게 된 거, 정말 신 나는 일주일을 보내리라.

오랜만에 카투스에 방문하고 싶었다. 그간 일하면서 돌아보기는 했으나 말 그대로 일 때문에 갔을 뿐이라, 마음껏 술 마시며 잠시 비의 자리에서 벗어나 자유로움을 누리고 싶기도 하였다.

"칸, 우리 카투스 가요. 그리고 야시장도 가요!"

"놀아준다더니 순전히 네가 하고 싶은 것만 말하는군."

"당신도 하고 싶은 거 있음 얘기해봐요."

카르카노가 다 알고 있지 않느냐는 눈빛을 보내왔다. 신시아는 전혀 모르고 있다가 그의 눈동자를 보며 깨달았다. 황금색의 눈동자가 붉게 물들어가고 있었다.

"시아! 신시아!"

이름을 부르며 흔들었지만 전혀 깨어날 기미가 보이지 않았다. 밤을 잔뜩 기대하게 해놓고 술에 취해 잠이 들었다.

그녀는 휴식이 필요 없는 사람처럼 굴더니, 카투스로 출발할 때부터 들떠 있었다. 도착한 뒤에 달리 수프로 급하게 배를 채우고 한 잔, 두 잔 주고받은 술이 병째 쌓여갔다.

카르카노는 뒤늦게 후회했다.

"한 병만 시킬걸. 내가 왜 그랬을까."

그러나 그 상황이 또 온다고 해도 그는 한 병만 주문하지 않을 것이다. 새빨간 과실주를 본 신시아가 좋아서 애교를 잔뜩 피우는데 넘어가지 않을 수가 없었다.

그에게 안겨 간간이 입을 맞추며 홀짝홀짝 술을 마시는 모습에 당장 침대로 가고 싶은 걸 참았건만 결과는 이리되고 말았다.

얼마 만에 찾아온 기회를 이런 식으로 놓치고 마는 것인가. 그동안 어떻게 견뎠는데. 한숨이 절로 나왔다. 아무리 내일이 있다고 해도 지금 당장이 중요했다.

이마를 긁적인 그는 침대에 누워 잠든 신시아를 끌어안았다. 힘을 잃은 몸이 착 감기지는 않았지만 지금 상태에서 이 정도로 만족해야지 다른 방도가 없었다.

술 향과 함께 그녀의 체취가 비강을 파고들어 머리를 어지럽혔다. 깊이 잠든 그녀를 안을 수도 없는데 단전 아래는 이미 힘이 들어가 있었다.

하는 수 없이 그녀의 입술을 빨았다. 사실 가볍게 하고 말 생각이었다. 하지만 입술이 닿자 생각은 저 멀리 날아가 목이 마른 사람처럼, 배가 고픈 사람처럼 허겁지겁 혀를 밀어 넣고 휘저었다.

달다. 그녀는 항상 달았다. 세상에 이런 미약은 또 없을 것이다. 머리가 몽롱해지면서도 몸은 끊임없이 열기를 띠며 신시아를 원했다. 머리부터 발끝까지 전해지는 쾌감에 이대로 미쳐버린대도 좋았다.

구석구석 입안을 탐하자 그녀의 목구멍에서 작은 신음이 흘렀다. 소리를 들은 그가 입술을 뗐다. 빨간 입술이 타액으로 반들거렸다. 살며시 벌어진 입술 사이로 보이는 조그마한 혀가 그를 다시 유혹했다.

그는 그녀의 가슴에 얼굴을 묻었다. 이제는 모르겠다.

정신없이 턱 아래에 입을 맞추고, 위로 올라가 귓속에 혀를 집어 넣어봤다. 다시 볼을 핥고 입술을 머금으며 그녀의 옷을 벗겨냈다.

어깨와 쇄골, 둔덕 곳곳의 살을 흡입하듯이 키스한 다음, 한입에 채워지지 않는 가슴을 물었다. 문득 눈가를 스치는 자국에 고개를 드니 그녀의 목부터 가슴까지 붉은 반점들이 가득했다.

"제기랄."

이게 뭐 하는 짓인가.

자신이 한심하면서도 멈출 수가 없었다.

카르카노는 신시아의 옷을 모두 벗겨 알몸으로 만들고, 그가 입고 있는 거추장스러운 천들도 벗어 던졌다.

그녀의 다리 사이에 자리를 잡고 두 허벅지를 붙잡아 벌렸다. 곧장 입을 대고 기다려왔던 수밀도를 맛봤다.

그래, 멈춘다는 건 있을 수가 없는 일이었다. 죽을 만큼 사랑하는 여자가 발갛게 달은 얼굴을 하고 누워 있는데 멈추는 건 불가항력의 일이었다.

늘 그랬다. 그에게 신시아는 시작하면 멈출 수가 없는 존재였다. 어린 시절 처음 봤을 때도, 기억이 없는 상태에서 다시 만났을 때도 그랬다. 벗어나려고 해도 점점 빠져드는 모래 늪처럼 헤어 나올 수 없는 구덩이였다.

"내가 어떻게 멈출 수 있겠어."

그저 탐스러운 그녀를 맛보고 있을 뿐인데, 흥분의 강도는 점점 세져갔다. 나중에 깨어나면 뭐라고 하려나.

자고 있음에도 느끼는지 신시아가 계속 신음을 냈다. 그가 열심히 핥고 있는 곳이 반응을 하며 젖어가더니 흘러내리기 시작했다. 이 정도면 충분하다 싶어 그녀 위에 올라탔다.

카르카노는 입구를 맞추고 자신을 조심스럽게 밀어 넣었다. 좁았지만 흠뻑 젖어 매끄럽게 들어간다. 뒤통수를 가격당한 듯한 쾌감이 척수를 타고 흘러 짙은 신음이 절로 나온다.

전부 밀어 넣고 신시아에게 입을 맞추려던 찰나, 그녀가 눈을 번쩍 떴다.

"너!"

당황한 카르카노가 미간을 찌푸리자 그녀는 키득키득 웃었다.

"나랑 그렇게 하고 싶었어요?"

"잠든 게 아니었군."

그가 노려봤다. 그래도 뭐가 좋은지 그녀는 싱글벙글이었다.

"아뇨, 잠깐 잠들긴 했어요. 금방 깨서 그렇지."

"언제 깼는데."

"당신이 부를 때? 취하기는 했지만 정신을 잃지는 않았다구요."

"그럼, 왜 잠든 척했어."

"재미있어서요. 당신이 어디까지 할까 궁금하기도 했고."

잠깐 어이가 없었는데 앙큼한 짓을 그녀가 사랑스러웠다. 샐쭉

내미는 혀를 물어 당기자 끙끙거린다.

그 모습이 귀여워 진하게 입을 맞추며 느릿하게 움직였다. 오랜만이라 그럴까. 천천히 마찰을 일으키는데도 온몸의 혈관이 터지며 일어나는 기분이었다.

"아아, 칸. 잠시 멈춰요."

눈을 감고 달뜬 호흡을 뱉던 신시아가 그에게 멈춰달라고 했다.

"왜."

그녀는 베개 밑으로 손을 넣더니 분홍색 액체가 담긴 병을 꺼냈다. 액체의 정체를 아는 그의 눈이 가늘게 좁혀들었다.

"오늘은 이거 마시고 해요."

"안 돼."

"왜요?"

그렇잖아도 마음껏 질주하고 싶은 걸 겨우 참고 있는데 약을 먹으면 어떻게 변할지 장담할 수가 없었다. 그가 가만히 보고만 있자 한 번 더 묻는 신시아.

"왜요!"

"너 죽어."

움찔. 그녀의 내부가 조여들었다. 순간 신시아는 입술을 깨물며 그의 눈을 피했다.

이 반응은.

"그러고 싶은 건가?"

"모, 몰라요."

"이번엔 그냥 하고, 두 번째엔 마시고 하자."

그녀의 얼굴이 새빨갛게 물들어갔다.

카르카노는 입술 끝을 올리며 낮게 웃고는 멈췄던 움직임을 다시 시작하였다.

절대 서두르지 않고, 아주 느릿하게 서서히 그녀를 열락의 세계로 인도한다. 그 누구도 침범하지 못할 둘만의 세계로.

-마침-